Dan Amheuaeth

nofel gan

John Alwyn Griffiths

Hoffwn ddiolch eto i Myrddin ap Dafydd am ei ddiddordeb ac am gyhoeddi'r nofel hon. Hefyd i Nia Roberts am ei gwaith campus yn golygu'r testun a phawb arall yng Ngwasg Carreg Gwalch sy'n gweithio'n ddibynadwy yn y cefndir.

Argraffiad cyntaf: 2016

Rhif rhyngwladol: 978-1-84527-562-4

Mae'r cyhoeddwyr yn cydnabod cefnogaeth ariannol
Cyngor Llyfrau Cymru

Cynllun clawr: Tanwen Haf

Cyhoeddwyd gan Wasg Carreg Gwalch,
12 Iard yr Orsaf, Llanrwst, Conwy, LL26 0EH.
Ffôn: 01492 642031 Ffacs: 01492 641502
e-bost: llyfrau@carreg-gwalch.com
lle ar y we: www.carreg-gwalch.com

I Julia

Rhagair

Tawelodd bywyd Ditectif Sarjant Jeff Evans QPM gryn dipyn yn dilyn ei briodas â Meira, yr heddferch a fu'n gymaint o gefn iddo yn ystod sawl achos treisgar. Fe wirionodd yn lân pan anwyd William Tomos lai na blwyddyn ar ôl y briodas, ac erbyn hyn, roedd y bachgen pedair blwydd oed yn paratoi i groesawu brawd neu chwaer fach i'r teulu. Dros y blynyddoedd llonyddodd ei fyd proffesiynol hefyd – er bod achosion digon annymunol yn codi eu pennau o dro i dro. Ni fu'n hawdd iddo newid ei ffordd annibynnol, fyrbwyll o weithio, ond fe orfododd ei hun i arolygu ac arwain eraill, yn dditectifs ifainc yn ogystal ag un neu ddau mwy profiadol, yn hytrach na thynnu'n groes fel y gwnâi yn yr hen ddyddiau. Enillodd barch am hynny – er bod un neu ddau o'i gydweithwyr yn genfigennus mai fo oedd y plismon ieuengaf ym Mhrydain erioed i dderbyn y Queen's Police Medal – nid pob plismon oedd wedi bod yn gyfrifol am achub Prydain o ddwylo terfysgwyr oedd â'u bryd ar chwythu pob pwerdy ym Mhrydain yn yfflon. Ond er gwaethaf ei benderfyniad i newid ei ffordd a bod yn llai o rebel, ni fedrai beidio â disgyn i'r hen batrwm o dro i dro, a symud unwaith eto ym myd tywyll y lladron a'r troseddwyr eraill oedd yn britho tref braf Glan Morfa.

Ond ar y cyfan, bywyd hamddenol a hapus oedd un Jeff ers pum mlynedd bellach, a dyma, yn sicr, oedd ei gynllun ar gyfer y dyfodol.

Beth yn y byd allai fynd o'i le?

Pennod 1

'Wyddost ti fod Gwyn Cuthbert wedi'i ryddhau o'r carchar echdoe?' gofynnodd yr Uwch-arolygydd Irfon Jones, gan syllu ar Jeff er mwyn ceisio darllen yr ymateb ar ei wyneb. 'Does dim rhaid i mi dy atgoffa di be ddeudodd o pan gafodd o ei garcharu, nag oes?'

'Argian, does bosib?' atebodd Jeff yn anghrediniol, gan eistedd ar y gadair wrth ochr desg ei bennaeth ym mhencadlys rhanbarthol yr heddlu yng Nghaernarfon. 'Ond does dim diawl o ots gen i be ddeudodd y cythra'l – chaiff o ddim cyffwrdd pen ei fys yndda i na 'run aelod o 'nheulu i.'

Roedd y ddau ddyn yn adnabod ei gilydd yn dda ac wedi gweithio ochr yn ochr am amser hir cyn dyrchafiad Irfon Jones o Lan Morfa ddwy flynedd ynghynt. Roedd y ddau hefyd yn cofio'r digwyddiadau erchyll a arweiniodd at y carchariad yn dda. Symudodd Jeff yn anghyfforddus yn ei gadair a phwyso ei benelinoedd ar ei ben-gliniau. Crafodd ei ben lle bu unwaith fop o wallt cyrliog du, ac ochneidiodd yn uchel.

'Tynna'r gôt flêr 'na, wnei di Jeff, ac mi gawn ni baned,' awgrymodd Irfon Jones. 'Wn i ddim pam rwyt ti'n dal i wisgo'r rhacsyn peth a deud y gwir, yn enwedig a hitha mor braf.'

Gwenodd Jeff wrth gofio nad oedd ei fòs erioed wedi bod yn hoff o'i gôt ddyffl hynafol. Doedd hi ddim yn edrych fel côt ditectif, medda fo – ond roedd hynny'n rheswm digon da i'w gwisgo yng ngolwg Jeff. Gwir, roedd hi'n flerach nag erioed erbyn hyn, ond nid oedd gan y ditectif profiadol fwriad o waredu dilledyn a oedd bellach fel hen gyfaill iddo. Tynnodd Jeff hi a'i rhoi yn daclus ar y bachyn tu ôl i'r drws, tra oedd Irfon Jones yn tywallt dwy gwpanaid o de.

'Mi gafodd o ddeng mlynedd, do? A doedd hynny ddim hanner digon o ystyried yr holl drais y bu o a'i fwlis yn gyfrifol amdano. Mi gafodd y bobl ifanc druan 'na eu trin fel anifeiliaid ganddyn nhw. Mae'n rhaid ei fod o wedi cael ei ryddhau yn gynnar iawn felly,' meddai Jeff wrth eistedd. Estynnodd am un gwpan oddi ar y ddesg o'i flaen a chymerodd lymaid ohoni.

'Do – parôl ar ôl gwneud pum mlynedd a hanner,' cadarnhaodd Irfon Jones.

'Pum mlynedd a hanner am fasnachu dynion a merched ifanc o rannau tlotaf Ewrop i weithio mewn caethiwed heb gyflog, gan wneud arian mawr i'r meistri.' Roedd Jeff yn dechrau cynhyrfu. 'Biti bod y ferch honno o Rwmania wedi gwrthod tystio fod Cuthbert wedi ei threisio'n rhywiol, ne 'sa fo 'di cael mwy o ddedfryd o lawer.'

'Gwir,' cytunodd Irfon Jones, 'ond doedd Cuthbert ddim yn un o'r prif feistri, nag oedd – un o'r is-droseddwyr yn y fenter oedd o, ac er gwaetha'r holl niwed wnaeth o i nifer fawr o bobl ifanc o ddwyrain Ewrop, mae'n amlwg bod y barnwr wedi ystyried hynny pan benderfynodd ar hyd y ddedfryd. Dilyn – neu gael ei hudo gan – ei ffrind Dafi MacLean a'r prif feistr, Gwyndaf Parry, oedd ei fai mwyaf.'

'Efallai, ond dilyn Dafi MacLean neu beidio, mi oedd o'n hoff iawn o daflu 'i bwysau o gwmpas, cofiwch. Uffern brwnt a chas oedd Gwyn Cuthbert, ac mae o'n dal i fod felly heddiw, 'swn i'n dychmygu, yn enwedig ar ôl treulio bron i chwe blynedd mewn carchar.'

'Mi safodd yn ddewr wrth ochr ei arwr.'

'Do: MacLean, ei arwr a'i hanner brawd.'

'Hanner brawd? O, ia – ar ôl marwolaeth MacLean ddaru ti ddarganfod hynny, os cofia i'n iawn, ia Jeff?'

'Tuag at ddiwedd yr ymchwiliad oedd hi, pan holais i Cuthbert yn y ddalfa – bron i bythefnos ar ôl i Gwyndaf Parry saethu Dafi MacLean yn farw.'

'Ac ers hynny mae Cuthbert yn honni mai ti oedd yn gyfrifol am farwolaeth ei hanner brawd.'

'Yn ôl pob golwg.'

'Sut felly?'

'Yn ystod yr achos yn ei erbyn yn Llys y Goron yn yr Wyddgrug, mi glywodd mai fi ddaru ddarganfod lleoliad y ffarm yng nghanol mynyddoedd y Berwyn lle roedd Gwyndaf Parry yn cadw'r bobl ifanc o Romania. Sylweddolodd mai dim ond o un lle y byswn i wedi medru cael gafael ar yr wybodaeth honno.'

'MacLean?'

'Wrth gwrs. Ond cyn belled ag y gwyddai pawb – hynny ydi, pawb ond fi – hysbyswr cudd ddeudodd wrtha i. Chafodd hwnnw ddim ei enwi. Dach chi'n cofio?'

'Ac mae Cuthbert wedi treulio'r chwe blynedd ddiwethaf ynghlo dan yr argraff fod ei hanner brawd wedi ei ladd am agor ei geg.'

'Cywir. Ond yn fwy na hynny,' meddai Jeff heb edrych i lygaid ei fòs, 'fedar o ddim coelio bod y dyn mawr ei hun, ei arwr, MacLean, wedi bod yn gymaint o gachgi.'

'Fedri di ddychmygu'r cywilydd deimlai Cuthbert?'

'Mi fu'n corddi yn ei gell am bum mlynedd a hanner mae'n siŵr,' dychmygodd Jeff.

'Be ddigwyddodd i fêt Cuthbert ... be oedd ei enw fo?'

'Eric Johnson. Doedd ganddo fo ddim cymaint o ran yn yr holl ymgyrch. Pum mlynedd gafodd o, ac mae o allan ers pedair bellach. Yn ôl pob golwg, mae o wedi bod yn byw bywyd digon distaw ers iddo gael ei ryddhau, ac yn gweithio'n galed y dyddiau yma. Wedi cael digon o'r bywyd treisiol, am wn i.'

Edrychodd yr Uwch-arolygydd Irfon Jones i fyw llygaid Jeff unwaith yn rhagor.

'Sut wyt ti'n meddwl y dylet ti ystyried bygythiad Cuthbert?' gofynnodd. 'Be 'di'r cam gorau?'

'Mynd i'w weld o a rhoi dipyn o fraw iddo fo, ella?' Cwestiwn yn hytrach nag ateb oedd ymateb Jeff. 'Neu ffeindio esgus i'w arestio fo a'i gloi mewn cell am ddiwrnod er mwyn dangos iddo fo pwy 'di'r bòs.' Gwenodd Jeff ar ei bennaeth.

Gwyddai Irfon Jones yn iawn y byddai Jeff wedi bod yn fwy na pharod i wneud hynny rai blynyddoedd ynghynt, ond yr hen Jeff Evans oedd hwnnw, ac roedd o wedi callio ers hynny. Wel, tan rŵan, o leia.

'Paid â gwneud dim byd gwirion, Jeff,' rhybuddiodd yr Uwch-arolygydd. 'A chofia nad dyn heb ofal na phoen yn y byd wyt ti rŵan, ond gŵr a thad efo cyfrifoldebau, ac mae'n rhaid i ti fod yn ddoeth. Wyt ti isio diogelwch o ryw fath o gwmpas dy dŷ yn ystod y dyddiau nesa 'ma? Rhyw fath o dechnoleg i gadw golwg ar y lle?'

'Argian, nag oes, diolch yn fawr. Y peth dwytha dwi isio ydi i Meira ddechrau poeni. Cofiwch fod bron i chwe blynedd ers iddo fy herio fi'r adeg honno, a does yna ddim pwynt gwneud ffys fawr heb fod angen, nag oes?'

Rai munudau yn ddiweddarach, safai Irfon Jones wrth ffenestr ei swyddfa yn yfed gweddillion ei de oer. Edrychodd ar draws y maes parcio a sylwi ar Jeff yn agor drws ei Volkswagen Touareg gyriant pedair olwyn newydd, oedd yn sgleinio yn yr haul. Gwyliodd wrth i Jeff daflu ei gôt ddyffl i mewn trwy'r drws ôl a mynd i eistedd tu ôl i'r llyw. Gyrrodd y car yn araf tua'r allanfa. Nid am y tro cyntaf, myfyriodd yr Uwch-arolygydd sut yn y byd roedd ditectif sarjant yn medru fforddio car mor smart, a pham fod Jeff yn ei ddefnyddio i wneud ei waith yn lle un o geir pŵl yr heddlu.

Gyrrodd Jeff y Touareg yn hamddenol yn ôl i gyfeiriad Glan Morfa. Rhoddodd CD Eric Bogle ar system sain y cerbyd ond doedd ei feddwl ddim ar y gerddoriaeth swynol. Crwydrodd ei feddwl yn ôl chwe blynedd i ddiwrnod ei gyfweliad â Gwyn Cuthbert, y diwrnod ar ôl angladd Dafi MacLean. Dyn mawr creulon a threisgar oedd MacLean, dyn oedd â byddin fach o ddilynwyr yn dawnsio i bob un o'i orchmynion boed yn lladrata, dosbarthu cyffuriau, ymosod neu frawychu. Roedd ei enw yn gyfarwydd i bawb yn ei ardal leol, rhyw ddeugain milltir o Lan Morfa, a thu hwnt. Gwyn Cuthbert oedd dirprwy MacLean ac yn ennyn yr un parchus ofn, yn fawr a chryf fel MacLean a phob cyhyr yn ei gorff wedi chwyddo trwy flynyddoedd o ymarfer caled. Yr unig wahaniaeth rhwng y ddau oedd y byddai MacLean yn defnyddio ei ymennydd yn ogystal â'i gyhyrau.

Yn yr ystafell gyfweld y diwrnod hwnnw, bron i chwe blynedd ynghynt, roedd claddu ei hanner brawd a chael ei arestio am chwech o'r gloch y bore canlynol wedi bod yn fwy nag y gallai Cuthbert ei oddef. Yn wahanol i'r ymateb yr oedd Jeff wedi'i ragweld, daeth Cuthbert i mewn i'r ddalfa ar ôl cael ei arestio heb fath o firi yn y byd. Gwrthododd ddweud yr un gair am ei ran yn y cynllwyn i fasnachu pobol, ond pan holwyd ef am MacLean, torrodd Cuthbert i lawr. Mentrodd Jeff awgrymu efallai fod MacLean wedi agor ei geg a datgelu lleoliad y fferm lle roedd y trueiniaid yn cael eu cadw, ond taerodd Cuthbert na fuasai MacLean byth wedi rhoi'r fath wybodaeth i neb.

Cofiodd Jeff fod Cuthbert wedi cynhyrfu'n lân pan glywodd yr honiad. Newidiodd ei agwedd yn syth, daeth ei emosiynau i'r wyneb – a chymerodd Jeff fantais o'r sefyllfa. Cyn hir roedd Cuthbert wedi cyfaddef ei holl ran yn yr ymgyrch, bron heb sylweddoli'r hyn yr oedd o'n ei ddweud. Pan sylweddolodd faint ei gyfaddefiad, collodd reolaeth arno'i hun a cheisio ymosod ar Jeff. Daethpwyd â'r cyfweliad i ben yn syth a bu'n rhaid i dri heddwas arall roi cymorth iddo i'w arwain yn ôl i'r gell.

Rai misoedd yn ddiweddarach, yn Llys y Goron yr Wyddgrug, sylweddolodd Jeff fod Cuthbert bellach yn ei feio fo am yrru MacLean i'w fedd; yn ei ddal o yn gyfrifol am ysgogi Gwyndaf Parry i'w saethu. Pan dderbyniodd ei ddedfryd o ddeng mlynedd, ceisiodd Cuthbert neidio o'r doc i gyfeiriad Jeff. Wrth i'r swyddogion ei gario ymaith, atseiniodd bygythiadau i gyfeiriad yr heddwas, a'r peth olaf a welodd Jeff oedd Cuthbert yn rhedeg ei fys canol ar draws ei wddf yn arwydd pellach o'i ddicter. Roedd Jeff wedi anghofio'r bygythiad hwnnw – tan heddiw.

Nesaodd Jeff at gyrion Glan Morfa gan feddwl am Meira a Twm bach – ei gyfrifoldebau pwysicaf. Gwyddai nad oedd Gwyn Cuthbert yn un i barchu cyfraith a threfn, ond doedd yntau chwaith, er ei fod o'n blismon, yn ŵr a thad, ddim ofn torri ambell reol pe byddai rhaid.

Pennod 2

Arafodd Jeff y Touareg wrth iddo agosáu at giât ei gartref.
Adeiladwyd Rhandir Newydd yn unol â gofynion Meira ac
yntau ychydig dros ddwy flynedd ynghynt. Roeddynt wedi
bod yn lwcus i gael gafael ar ddarn o dir mewn llecyn mor
braf, gyda golygfa wych dros y môr a rhan o harbwr Glan
Morfa islaw, tir gyda chaniatâd i adeiladu arno'n barod. Yr
unig fai, os oedd yn fai o gwbl, oedd y gwynt cyson trwy
fisoedd y gaeaf, ond ar y diwrnodiau hynny, hoffai Jeff a
Meira eistedd yn y stafell haul yn edmygu'r olygfa a gwylio
ewyn gwyn y tonnau yn golchi'n afreolus dros y creigiau
duon islaw. Byddai'r gwres dan lawr yr ystafell yn sicrhau
eu bod yn glyd, waeth faint o law fyddai gwyntoedd nerthol
y gaeaf yn ei hyrddio dros y gwydr. Ond doedd mo'i angen
ar ddiwrnod fel hwn, a hithau'n diwrnod braf o haf a'r haul
wedi bod yn tywynnu ers dyddiau.

Estynnodd Jeff am y teclyn bach i agor y giât drydan
o'r boced yn nrws y car a phwysodd y botwm gwyrdd.
Agorodd y giât a gyrrodd y Touareg i fyny'r dreif tuag at y
garej, gan adael y giât yn agored ar gyfer y gwesteion yr
oedd Meira ac yntau wedi eu gwahodd draw y noson
honno. Estynnodd Jeff am yr ail declyn bach ac agorodd
ddrws y garej yn araf, a pharciodd y Touareg wrth ochr
Passat Sport Meira. Gwenodd wrth ryfeddu, nid am y tro
cyntaf, at y dechnoleg a wnâi ei fywyd gymaint yn haws. Ar
ôl pwyso botwm arall i gau drws y garej, cerddodd drwy'r

drws a arweiniai i'r ystafell iwtiliti ac yna trwy'r drws i'r gegin. 'Dwi adra!' gwaeddodd, gan oedi i dderbyn y croeso arferol gan ei fab.

Rhuthrodd Twm ato fel mellten mewn pyjamas, gan neidio yn ôl ei arfer i freichiau ei dad.

'Dad, Dad, Dad ...!' Ceisiodd y bychan adrodd holl ddigwyddiadau ei ddiwrnod yn yr ysgol mewn un frawddeg frysiog. Edrychodd Jeff i fyny a gweld Meira yn pwyso ar y drws, yn gwenu.

'Dach chi wedi dal lot o bobl ddrwg heddiw, Dad?' gofynnodd Twm.

'Cannoedd, 'ngwas i. Pam na dwyt ti'm yn dy wely, a hitha'n hanner awr wedi chwech yn barod?'

'Ddeudodd Mam y byswn i'n cael aros lawr nes i chi ddod adra.'

'Wel dwi'n falch iawn o hynny. Drycha be sy gin i iti yn fama,' meddai Jeff, gan dynnu llyfr allan o'i boced. 'Alun yr Arth, yli. Dos di i dy wely yn reit handi rŵan i edrych ar y lluniau, a dwi'n addo darllen dipyn i ti nos fory, iawn?'

'Iawn, Dad.' Taflodd Twm ei freichiau o amgylch gwddf ei dad a'i gusanu, cyn rhedeg drwy'r drws gyda'r llyfr yn saff yn ei law. Gwrandawodd Jeff a Meira ar sŵn ei draed, oedd yn rhyfeddol o drwm, yn dringo'r grisiau.

Trodd Jeff at ei briod. Roedd ei phrydferthwch yn ei daro bob tro y deuai adref, fel y gwnaeth y tro cyntaf iddo'i chyfarfod. Gwenodd wrth sylwi fod ambell flewyn gwyn yn britho ei gwallt du, cyrliog, bellach, a daeth teimlad o lawenydd cynnes drosto wrth werthfawrogi'r chwydd yn ei bol. Allai o ddim esbonio pam, ond roedd y nodweddion hyn yn ei gwneud yn fwy deniadol fyth.

'Pam 'i fod o'n troi'n angel bach yr eiliad yr wyt ti'n

dangos dy wyneb? Mae o wedi bod yn rêl mwddrwg bach ers iddo ddod adra o'r ysgol!' Camodd Meira yn nes ato a'i gusanu'n llawn ac yn araf. Tynnodd Jeff yn ôl i'w hateb.

'Am ein bod ni'r dynion yn dallt ein gilydd,' meddai gyda gwên. 'Sut mae'r dyn bach arall?' ychwanegodd, gan roi ei law yn ysgafn ar stumog ei wraig.

'Hogan ydi hon, mi gei di weld,' atebodd Meira, gan orffwys ei hwyneb yn erbyn ei foch.

'Mi fydd yn rhaid i ni feddwl am enw iddi os wyt ti'n iawn – dwi ddim wedi ystyried enwau genod hyd yma! Ond mae yna ddigon o amser tan hynny, does?'

'Llai na dau fis rŵan, cofia. Ond mae 'na bethau pwysicach na hynny i ti feddwl amdanyn nhw cyn hynny – mi fydd pawb yn dechrau cyrraedd ychydig ar ôl saith, cofia. Dos di am gawod,' awgrymodd, 'ac mi ro' i Twm bach yn ei wely.' Oedodd am eiliad. 'Wyt ti'n iawn? Oes 'na rwbath yn bod?'

'Nag oes, tad. Pam wyt ti'n gofyn?'

''Dwn i ddim ... jyst rhyw olwg yn dy lygaid di, rwbath yn dy agwedd di.'

'Dim byd i ti boeni amdano.'

Trodd i gyfeiriad y grisiau a tharodd olwg trwy ddrws yr ystafell fwyta fel yr oedd o'n pasio. Roedd Meira wedi paratoi gwledd o fwffe ar gyfer y gwahoddedigion.

'Dos i'r gawod a phaid â meiddio dwyn dim oddi ar y bwrdd 'na,' dwrdiodd Meira o'r tu ôl iddo.

'Wel, well iddyn nhw frysio,' atebodd. 'Dwi ar lwgu.'

Llifodd y dŵr cynnes dros ben ac ysgwyddau Jeff a rhedodd ei ddwylo sebonllyd dros ei gorff a gweddillion ei wallt cyrliog. Lle oedd Gwyn Cuthbert heno, tybed? Mwynhau ei ryddid, mae'n debyg, myfyriodd Jeff. A ddylai bryderu amdano? Na, dim heno. A ddylai sôn wrth Meira – yn ei chyflwr hi? Os oedd achos i bryderu, gwarchod Meira, Twm bach, a'r babi newydd, oedd ei flaenoriaeth, nid achub ei groen ei hun. Rhesymodd fod Twm yng nghwmni Meira bob eiliad nad oedd y bychan yn yr ysgol, ac roedd ganddi hi ddigon o brofiad yn blismones yn Lerpwl am flynyddoedd i fedru delio ag unrhyw fygythiad. Roedd hi wedi dangos iddo lawer gwaith, wrth i'r ddau gydweithio, ei bod hi'n gallu defnyddio ei synhwyrau a'i phrofiad, ac y byddai'r holl hyfforddiant a gawsai ar flaenau ei bysedd ar amrantiad mewn unrhyw argyfwng. Penderfynodd y byddai'n rhaid iddo ddweud wrthi am Cuthbert, ond nid heno. Dim tan ar ôl i bawb adael, beth bynnag.

Rob Taylor a'i wraig, Heulwen, oedd y cyntaf i gyrraedd. Roedd Rob a Jeff wedi gweithio ochr yn ochr ers blynyddoedd, ac yn gyfeillion da. Dyrchafwyd Rob yn sarjant mewn iwnifform yng Nglan Morfa ddwy flynedd ynghynt, ac nid cyn pryd chwaith ym marn Jeff. Yn dynn ar eu sodlau daeth Esmor Owen, pen cipar afonydd yr ardal a chyfaill oes i Jeff, yng nghwmni ei wraig, Jessi. Roedd Jeff wastad yn werthfawrogol o gymorth parod Esmor, yn bersonol ac yn broffesiynol, ac roedd y cymorth hwnnw wedi bod yn allweddol mewn nifer o achosion. Fe'u dilynwyd gan y Tad O'Reilley, offeiriad eglwys Babyddol yr ardal, a fu'n gefn mawr i pan Jeff pan gollodd ei wraig gyntaf, er eu gwahaniaethau ysbrydol.

Yr olaf i gyrraedd oedd Gwyneth, chwaer Heulwen, gyda'i chariad newydd, Cwnstabl Dan Foster; bachgen tal a chryf yn ei ddauddegau hwyr. Dim ond ychydig fisoedd

oedd yna ers iddo symud i Lan Morfa o Wrecsam, ac er ei fod yn aelod gweddol newydd o'r heddlu, roedd yn amlwg i Jeff fod digon yn ei ben, a'i fod wedi cael addysg dda. Cawsai barch yn lleol am ddysgu Cymraeg yn hynod o sydyn a gwneud ymdrech i ddod yn rhan o'r gymuned. Cafodd le yn nhîm cyntaf Clwb Rygbi Glan Morfa yn fuan ar ôl cyrraedd yr ardal, ac roedd yn rhaid i Jeff gyfaddef ei fod yn edrych yn hynod o ffit. Yn ei waith bob dydd, roedd Dan wedi dangos ei allu i ddal lladron y fro – ac yn bwysicach fyth ym marn ei benaethiaid, roedd yn un ardderchog am baratoi'r gwaith papur angenrheidiol. Roedd ei frwdfrydedd yn atgoffa Jeff ohono'i hun yn ei oed o, ac yn fuan ar ôl i Dan gyrraedd yr orsaf, penderfynodd Jeff ei gymryd dan ei adain, ei hyfforddi a'i addysgu ymhellach ar sut i ddal troseddwyr o bob math a pharatoi'r dystiolaeth hollbwysig. Roedd wrth ei fodd yn gweld plismyn ifanc yn datblygu. Cyd-ddigwyddiad, yn ôl pob golwg, oedd bod Dan wedi dechrau canlyn Gwyneth, chwaer yng nghyfraith Rob. Er bod Dan ar yr un shifft â Rob, doedd Jeff ddim yn sicr a oedd Rob yn cymeradwyo perthynas yr heddwas ifanc â'i chwaer yng nghyfraith. Ta waeth, meddyliodd Jeff, mater i Rob oedd hynny.

Dechreuodd y noson gyda phowlen fawr o bwnsh wedi'i baratoi gan Meira, rysáit cryfach o lawer na'i olwg. Esmor oedd yr unig un, heblaw Meira wrth gwrs, na fentrodd ei flasu, gan ddatgan ei fod yn hapusach o lawer gyda'i beint o lager, diolch yn fawr. Buan y llaciodd y tafodau dan effaith y gwirod, a Meira yn ôl pob golwg yn mwynhau'r mân siarad â'r hwyl gymaint â phawb arall er gwaetha'r sudd oren yn ei llaw.

Roedd Jeff a Meira wrth eu boddau yn croesawu eu

cyfeillion i'w cartref newydd, ac roedd nosweithiau fel hyn wedi dod yn ddigwyddiadau cyson. Edrychodd Jeff o'i gwmpas a gwenodd pan welodd fod y Tad O'Reilley a Dan Foster mewn trafodaeth ddofn – dau ddyn a oedd wedi dysgu'r Gymraeg yn sgwrsio mor naturiol yn yr iaith. Chwarddodd Jeff wrth weld Esmor yn tynnu coes Gwyneth bob cyfle a gâi, a Jessi yn ysgwyd ei phen mewn ffuganobaith. Fel arfer, roedd Rob yn ei elfen yn adrodd hanesion doniol, a'r rheini yn llwyddo i ychwanegu at yr awyrgylch braf.

Cyn bo hir, arweiniodd Meira bawb drwodd i'r ystafell fwyta at y bwffe a'r gwin. Dechreuodd pawb fwyta ac yfed yn hamddenol, ac yng nghanol y sgwrsio a'r cellwair collodd Rob dipyn o'i win gwyn dros lawes gwisg Jessi. Fel bwled o wn, ymddangosodd Dan wrth ei hochr.

'Gadewch i mi helpu,' meddai Dan yn fonheddig, gan afael ym mraich Jessi a mynd ati'n syth i sychu'r hylif gyda hances lân o boced ei siaced.

'O, ma'n wir ddrwg gen i, Jessi bach,' ymddiheurodd Rob.

'Mae'n iawn siŵr,' meddai Jessi. 'Dwi ddim gwaeth.'

Wrth i Jessi bwysleisio na wnaed niwed parhaol i'w ffrog, sylwodd Rob fod cerdyn bychan wedi disgyn o boced Dan wrth iddo dynnu'r hances o'i boced. Plygodd i lawr a'i godi, a disgwyliodd i Dan orffen sychu'r llawes cyn ei roi yn ôl iddo. Gwelodd mai cerdyn tŷ bwyta yn Llundain oedd o.

'Argian bois, Llundain – mae'r dyn yma wedi arfer bwyta mewn llefydd moethus ofnadwy, mae'n rhaid,' chwarddodd Rob wrth roi'r cerdyn yn ôl i Dan.

'Ew, mac 'na sbel hir ers i mi fod yn fanna,' atebodd

Dan, yr un mor hwyliog. 'Ar ryw gwrs yn Llundain o'n i ar y pryd, ac anaml iawn y bydda i'n cael esgus i wisgo siaced smart fel hon. Beth bynnag, mae'r hyn mae Meira wedi'i baratoi i ni heno'n edrych yn llawer gwell na bwyd yr un tŷ bwyta crand!'

Cytunodd pawb, a chymerodd Jeff y cyfle i rannu newyddion yr oedd wedi bwriadu ei gadw tan y diwrnod wedyn.

'Wel, Dan,' meddai'n uchel. 'maddeua i mi am ddeud hyn o flaen pawb yn fama heno, ond mae gen i dipyn o newydd i ti. Mi fues i yn y pencadlys rhanbarthol heddiw, a dwi wedi dysgu dy fod ti i gael tri mis o brawf fel ditectif efo ni yng Nglan Morfa, i ddechrau wythnos i ddydd Llun nesa.'

Ni allai Dan guddio'i wên lydan.

'Does yna neb balchach na fi,' ychwanegodd Jeff. 'Dydi o ddim mwy nag yr wyt ti'n ei haeddu.'

Cododd y Tad O'Reilley ei wydr. 'Llongyfarchiadau, Dan, a phob llwyddiant.'

Dilynodd pawb a'i ganmol yn yr un modd.

'Be sy'n bod, sarj?' meddai Dan, gan droi i gyfeiriad Rob Taylor. 'Dach chi'm yn edrych mor falch â phawb arall.'

Distawodd yr ystafell.

'Wel, meddwl ydw i pwy ga i yn dy le di ar fy shifft i. Dwi'm yn licio colli dynion fel ti, w'sti.'

'Ti'n siŵr o gael rhywun arall, ond ella na fydd o lawn cystal,' meddai Gwyneth gan roi ei breichiau am wasg ei chariad. Gwenodd y ddau ar ei gilydd.

Pan oedd pawb yn ffarwelio ac yn symud yn araf tuag at y drws, gafaelodd Jeff ym mraich Rob a'i dynnu i un ochr.

'Oes 'na ryw broblem rhyngddat ti a Dan, Rob? Mi sylwis inna sut roeddat ti'n sbio arno fo gynna.'

Oedodd Rob cyn ateb.

'Ma' na rwbath na fedra i roi fy mys arno fo. A ma' raid iddo fo ddysgu sut i reoli'i dymer weithiau. Fedra i ddim deud mwy na hynna wrthat ti. Ond cadw dy lygad arno fo. Mae o'n hogyn craff a chyfrwys. Ma' hynna'n saff i ti.'

'Wel, dyna sail dda ar gyfer bod yn dditectif felly,' meddai Jeff. 'Ond mi gofia i dy eiriau di, Rob. Diolch i ti.'

Ymhen hanner awr, ar ôl sicrhau bod Twm bach yn cysgu'n dawel, gorweddai Jeff a Meira yn y gwely.

'Noson dda,' meddai Jeff yn gysglyd.

'Grêt,' atebodd Meira, cyn oedi mymryn. 'Pryd wyt ti am ddeud wrtha i be sy ar dy feddwl di?'

Meddyliodd Jeff am funud cyn ateb.

'Ti'n cofio Gwyn Cuthbert, hanncr brawd Dafi MacLean?'

'Ydw.'

'Mae o allan.'

'Ac mae o ar dy feddwl di am ei fod o wedi dy fygwth di ar ddiwedd yr achos llys, 'tydi? Wyt ti'n poeni ynglŷn â'r peth?'

'Mae 'na bron i chwe blynedd crs hynny, Meira bach. Dos i gysgu. Mi gawn ni ddiwrnod bach braf fory efo Twm. Lle awn ni â fo, dŵad? Be am y ffarm gwningod yn Llanystumdwy?'

'Syniad da. Mi fydd o wrth ei fodd.'

Pennod 3

Y drwg efo'r adeg honno o'r flwyddyn, ystyriodd Jeff, oedd ei bod hi'n tywyllu mor hwyr gyda'r nos – a gwnâi hynny hi gymaint yn anoddach ymweld â Nansi'r Nos. Roedd hi gymaint yn haws iddo daro i'w gweld liw nos, a dyna pam, os cofiai'n iawn, y rhoddodd y llysenw hwnnw arni.

Nid oedd y deng mlynedd a mwy ers i Jeff ddechrau defnyddio'r ddynes leol yn hysbysydd iddo wedi bod yn garedig wrthi. Arferai ymhel â chymeriadau mwyaf amheus y dref, a thrwy hynny byddai'n clywed nifer o gyfrinachau am ddrwgweithredu o fewn yr ardal. Daliai Nansi i wisgo fel petai yn ei harddegau er ei bod hi'n tynnu at ei hanner cant bellach, a chreithiau bywyd yn amlwg ar ei hwyneb, er ei bod, druan, yn gwneud ei gorau i gefnogi'r diwydiant colur. Delio mewn canabis oedd ei phethau, a chaeodd Jeff ei lygaid i hynny, cyn belled nad oedd hi'n mentro i fyd y cyffuriau caled. Roedd hyd yn oed wedi cyflenwi'r cyffur i Jeff, ond dim ond er mwyn iddo allu lleihau effaith sglerosis ymledol ei wraig gyntaf a fu'n dioddef yn enbyd am flynyddoedd cyn ei marwolaeth. Sut felly allai Jeff newid ei gân ar ôl marwolaeth Jean? Buasai hynny'n rhagrithiol a dweud y lleiaf.

Hyd yn oed ar ôl y dyddiau hynny, roedd Nansi'r Nos wedi bod yn werth y byd iddo. Gan ei bod hi'n byw ac yn bod ymysg troseddwyr yr ardal, roedd hi'n ymwybodol o bwy oedd yn gwneud be, ac yn fwy na pharod i roi'r wybodaeth i Jeff – ond dim ond os oedd hynny yn ei siwtio hi, wrth gwrs. Roedd Jeff yn sicr y gwyddai lawer mwy nad oedd hi'n fodlon ei ddatgelu, ond mater arall oedd hynny. Gorweddai'r math hwn o blismona ar ffin yr hyn y gellid ei alw'n gyfiawn, ychydig dros y ffin bob nawr ac yn y man – ond roedd cymorth Nansi wedi bod yn amhrisiadwy dros y blynyddoedd. Fe arestiodd fwy o ladron nag y gallai eu cofio o ganlyniad i'r wybodaeth a gawsai ganddi. Heb os nac oni bai, roedd Glan Morfa a'r cylch yn well lle i fyw ynddo oherwydd hynny.

Parciodd Jeff ei gar, nid ei gar ei hun am resymau amlwg, ym mhen draw'r ffordd a redai ar hyd y traeth, a disgwyl. Roedd hi'n tynnu at fin nos erbyn hyn, a'r twristiaid wedi hen adael y traeth a thwyni tywod Glan Morfa i fwydo'u plant swnllyd yn eu carafannau. Dim ond un neu ddau o bobl leol fyddai'n debygol o basio wrth fynd â'u cŵn am dro, felly dylai gael llonydd. Edrychodd yn nrych y car a gwelodd Nansi yn y pellter, yn edrych o'i chwmpas yn y ffordd fwyaf amheus bosib wrth gerdded tuag at y car. Gwenodd – gallasai ei chynghori ynglŷn â thynnu llai o sylw ati'i hun, ond Nansi oedd Nansi, a thasg amhosib fyddai ceisio ei newid.

Agorodd Nansi ddrws ochr teithiwr y car. Gwisgai drowsus a chôt o ledr du a chrys T melyn, tynn. Fel hyn yr oedd Jeff wedi arfer ei gweld hi'n gwisgo, ond yn ddiweddar roedd ei chnawd yn bradychu'i hoed a'i hoffter o'r math o fywyd nad oedd, yn amlwg, yn gwneud unrhyw les iddi. Llithrodd i'r sedd ffrynt fel neidr a gafael ym mhen-glin Jeff gan wasgu ei hewinedd i mewn i'w gnawd a symud ei bysedd yn bryfoclyd i gyfeiriad ei afl, fel y byddai'n gwneud ar ddechrau pob un o'u cyfarfodydd.

'Cer o'na, Nansi bach. Ti'n gwybod yn iawn 'mod i'n ddyn priod,' meddai Jeff, gan afael yn ei harddwrn gyda'i fys canol a'i fawd a symud ei llaw ymaith.

'Ydw, dwi'n gwybod,' atebodd, 'ond lle o'n i pan oeddat ti'n chwilio am ail wraig? Mi wyddost ti y byswn i'n medru rhoi pob math o resymau i ti ddod adra'n gynnar ...' meddai'n awgrymog, gan agosáu ato nes y gallai Jeff weld gwraidd gwyn ei gwallt tywyll ac arogli ei phersawr rhad, gorfelys.

'Bihafia,' gorchymynnodd. 'Ti'm ffit, nag wyt? Ti'n gwybod yn iawn be 'di'r sgôr rhyngddan ni, Nansi.'

Symudodd Nansi yn ôl i'w sedd. 'Ti'm yn gweld bai arna i am drio, nag wyt, a titha'n gymaint o hync.'

'Reit, amser siarad busnes,' mynnodd Jeff, yn teimlo ei fod wedi rhoi digon o benrhyddid iddi am y tro. 'Be sy gin ti i mi heddiw?'

'Digon i roi'r blydi Jaci Thomas 'na yn y clinc am sbel.'

'O!' meddai Jeff. 'A be mae o wedi'i wneud i dy bechu di, Nansi? Mi o'n i ar ddallt dy fod ti a Jaci yn dallt eich gilydd.'

'Ar un adeg ella, ond mae'r hurtyn hyll yn meddwl y medar o ddechrau cyflenwi fy nghwsmeriaid i efo cyffuriau – rhai caled hefyd, synnwn i ddim.'

'Wel?'

'Wel, mi wyddost ti fod ganddo fo gwch pysgota i lawr yn yr harbwr.'

'Na wyddwn.'

'O oes, cwch reit fawr. Un glas efo CO236 ar yr ochr mewn gwyn. Mae o'n gorwedd yn yr afon a does dim posib cerdded allan ato pan mae'r llanw allan am fod cymaint o fwd yno. Cwch bach rhwyfo pan mae'r llanw'n codi 'di'r unig ffordd i gael ato fo.'

'Felly be sy'n arbennig am y cwch 'ma?'

'Lle gwell gei di i guddio petha? Fel dwi'n dallt, mae ganddo fo owt-bord motor wedi'i ddwyn arno fo.'

'Paid â deud,' rhyfeddodd Jeff, heb bwyso'n ormodol arni er ei fod wedi gobeithio y byddai mwy i'r stori. 'Sut gwyddost ti ei fod o wedi'i ddwyn?' gofynnodd.

'Am fod fy mrawd yn 'i dŷ o ychydig nosweithiau'n ôl, ac mi welodd o Jaci yn ei garej, yn ffeilio ryw rifau oddi ar yr injan. Pam arall fysa rhywun yn gwneud y fath beth?'

'Wel, p'un ai fo ydi'r lleidr ai peidio, mae unrhyw un sy'n cael gwared â'r rhifau cyfresol yn gwybod, neu'n amau, ei fod o wedi'i ddwyn, mae hynny'n sicr. Ydi'r motor ar y cwch o hyd?'

'Wel mi oedd o yno ddeuddydd neu dri yn ôl. Dyna lle a'th o ar ôl gadael 'i dŷ fo beth bynnag – ond paid â gwneud dim am ddiwrnod neu ddau, plis. Newydd glywed ydw i, a dwi ddim isio i hyn ddod yn ôl ata i, cofia, neu mi fydda i mewn uffar o le.'

'Mi ddisgwylia i tan wsnos nesa,' cadarnhaodd Jeff. 'Rwbath arall?'

'Argian nag oes! Be ti isio, hufen ar ben dy blydi gacen hefyd? Ond mi ddeuda i hyn wrthat ti, ella byddi di'n brysur am dipyn ar ôl ti fynd i'r afael â fo, achos ma' Jaci a'i fys mewn pob math o betha, a Duw a ŵyr be arall fydd ar y cwch 'na.'

'Iawn, Nansi. Un dda wyt ti. Hwda,' meddai, gan fynd i'w boced i estyn arian iddi.

'Na, dwi'm isio dim am hyn. Ti'n gwneud ffafr â mi hefyd y tro yma.'

'Digon teg, Nansi, ond cymera'r ddecpunt yma i brynu potel o win bach neis i ti dy hun heno.'

'Mi wna i smalio dy fod ti'n ei rhannu hi efo fi,' meddai,

gan stwffio'r papur rhwng ei bronnau. Rhoddodd gusan sydyn, annisgwyl, iddo ar ei foch cyn agor drws y car.

Cyn iddi ddiflannu galwodd Jeff ar ei hôl.

'Ydi'r enw Gwyn Cuthbert yn golygu rwbath i ti?'

Meddyliodd Nansi am funud.

'Nac'di, dwi'm yn meddwl. Pam?'

'Dim byd neilltuol. Dim o'r ochra yma mae o'n dod. Ond os glywi di rwbath o'i hanes o, gad i mi wybod, nei di?'

'Siŵr o wneud.'

Tynnodd Jeff y feisor haul i lawr, er mwyn edrych ar ei adlewyrchiad yn y drych. Fel yr oedd wedi ofni, roedd ei chusan wedi gadael marc mawr coch. Defnyddiodd ei law a thipyn o boer i geisio cael gwared ohono.

'Daria hi!'

'Dwi adra,' gwaeddodd hanner awr yn ddiweddarach, ond doedd dim sŵn traed bach i'w clywed heno.

Ymddangosodd Meira yn ddistaw o'r llofft.

'Shshsh!' meddai. 'Mae o'n cysgu'n sownd.'

'Be sy' 'na i swper?' gofynnodd ar ôl y cofleidiad arferol.

'Mi ddeuda i wrthat ti pan ddeudi di o le ddaeth yr ogla persawr rhad 'na.'

'Oes rhaid i ti ofyn?' atebodd Jeff gyda gwên.

'O, paid â deud dy fod ti wedi bod yng nghwmni'r hen wrach 'na eto.'

''S'dim isio bod fel'na, nag oes? Mae Miss Nansi'r Nos yn beth handi iawn i mi, fel ti'n gwybod.'

'Peth handi, wir!'

'Fysat ti byth yn credu rhai o'r petha dwi'n gorfod 'u gwneud i achub Glan Morfa o fachau troseddwyr y byd 'ma, Meira bach!'

'Chdi a dy Miss Nos, wir Jeff Evans! Lasagne sy 'na, felly dos i gael cawod, yn reit sydyn. Mae o bron yn barod,' gorchmynnodd. 'A gwna'n siŵr bod yr ogla diflas na wedi diflannu cyn i ti ddod lawr y grisia.'

'Siŵr iawn, cariad,' gwenodd arni.

Edrychodd Jeff trwy ddrws yr ystafell fwyta wrth basio. Doedd yna ddim golwg o fwffe i naw o bobl yno heno, dim ond bwrdd wedi'i osod i ddau a channwyll yn y canol. Mae'r hogan 'ma'n werth chweil, meddyliodd.

Pennod 4

'Dwi'n falch o weld dy fod ti wedi mynd i'r drafferth o wisgo siwt daclus ar dy ddiwrnod cynta efo ni, Dan,' meddai Jeff ben bore dydd Llun yr wythnos ganlynol. 'Mi wnei di'r argraff gywir ar yr uwch-swyddogion, mae hynny'n sicr. Ond cofia mai gwisgo yn addas ar gyfer pa bynnag waith sydd o dy flaen di ydi'r gamp, er mwyn i ti doddi mewn i'r cefndir ym mha bynnag amgylchedd rwyt ti'n ffeindio dy hun ynddo.'

'Fel dach chi'n neud yn y gôt ddyffl 'na dach chi'n feddwl, sarj?' gwenodd Dan Foster.

Gwyddai phawb yng ngorsaf heddlu Glan Morfa nad oedd Jeff wedi cael canmoliaeth erioed am y ffordd roedd o'n gwisgo na'i daclusrwydd.

'Siŵr iawn. Ond gwranda di am funud, Dan. Dwi'n gwerthfawrogi dy barch di, ond does dim angen i ti sefyll fel soldiwr o 'mlaen i yn y swyddfa, w'sti, na 'ngalw fi'n "sarj" chwaith – dim ond yng nghwmni eraill. Mi wyt ti ar y CID rŵan, ac mae dipyn llai o ffurfioldeb yn fan hyn. Felly mae pethau'n gweithio orau.'

'Iawn, sgip,' atebodd.

'Sgip! Mi gei di anghofio am dy "sgip", a "sgipyr" hefyd. Ella'i fod o'n dderbyniol yn ne Lloegr, ond nid yn fama. Os nag wyt ti'n hapus yn 'y ngalw fi'n Jeff tra 'dan ni yn fan hyn, mi wneith D.S. yn iawn. Rŵan ta, ista di i lawr.'

Edrychodd Jeff i lygaid Dan wedi iddo eistedd yn y

gadair wrth ochr ei ddesg. Nid hwn oedd y dyn brwdfrydig cyntaf iddo'i weld yn yr un sefyllfa – yn fachgen ifanc ar ddechrau ei yrfa yn dditectif. Dyma ei gyfle, ei dri mis o brawf; a dim ond tri mis oedd ganddo i greu argraff ar y rhai yn uwch i fyny'r ysgol. Ac os gallai o yn ei rôl oruchwyliol, meddyliodd Jeff, roi hwb bach i'w gynorthwyo, i'w ddechrau ar ei daith, wel gorau'n y byd.

'Reit, gwranda, Dan. Dwi wedi clywed o le da bod 'na beiriant allfwrdd sydd o bosib wedi'i ddwyn ar fwrdd cwch yn yr harbwr.'

'Peiriant be? Cofiwch mai wedi dysgu siarad Cymraeg ydw i.'

'Owt-bord motor i chdi a fi, felly. Yr unig beth dwi'n wybod ydi bod y rhif cyfresol wedi'i ffeilio oddi arno. Dim mwy na hynna. Mae o ar gwch pysgota yn dwyn y rhif CO236 allan yn yr harbwr. Dyna'r cwbwl. Dos o gwmpas dy betha, a gad i mi wybod pan fydd gen ti rywbeth diddorol i'w adrodd yn ôl.'

Ymhen hanner awr gwenodd Jeff pan darodd olwg trwy ffenestr ei swyddfa a gweld Dan Foster mewn pâr o siorts a chrys hafaidd, yn cario sbienddrych a cherdded yn hamddenol i gyfeiriad yr harbwr. Roedd o'n union fel un o'r miloedd o'r gwenoliaid tymhorol fyddai'n treulio'u gwyliau yn yr ardal yn ystod misoedd yr haf. 'Mae'r bachgen yma'n dysgu'n gyflym,' meddai wrtho'i hun.

Trodd Jeff pan ganodd y ffôn ar ei ddesg. Yr Uwch-arolygydd Irfon Jones oedd yno.

'Be sy'n digwydd acw?' gofynnodd heb raglith.

'Dim llawer, o ystyried ei bod hi'n ganol haf,' atebodd Jeff, ond sylweddolodd yn syth fod llais ei gyn-feistr yn swnio'n fwy difrifol nag arfer. 'Roedd 'na dipyn o gwffio dros y penwythnos, ond chafodd neb ei anafu. Mi gafodd cwch cyflym ar drelar ei ddwyn nos Sadwrn, ond mi ddaethpwyd o hyd iddo ar ochr y ffordd yn swydd Caer yn fuan bore Sul.'

'Reit, dwi isio dy weld di yma yn fy swyddfa i ar dy union,' gorchymynnodd Irfon Jones.

'Argian, be sy?'

'Mi wna i esbonio ar ôl i ti gyrraedd.'

Awr yn ddiweddarach eisteddai Jeff ar gadair wrth ochr desg Irfon Jones.

'Pwy wyt ti wedi'i groesi yn ddiweddar?' gofynnodd yr Uwch-arolygydd.

'Neb neilltuol, neb y galla i feddwl amdanyn nhw,' atebodd Jeff. 'Pam felly?'

'Mae 'na brif swyddog o'r pencadlys wedi cyrraedd yma eisiau gair efo ti. Yn ôl pob golwg mae llythyr dienw wedi cyrraedd swyddfa'r Prif Gwnstabl sy'n awgrymu y dylai rhywun edrych ar dy fywyd personol di, yn enwedig dy faterion ariannol di.'

'Peidiwch â deud eu bod nhw'n cymryd llythyrau dienw o ddifri'r dyddiau yma?'

'Ma' hi'n edrych felly. Ond ti'n gwybod sut ma' hi, Jeff. Mae'n rhaid i ni, fel heddlu, ymateb yn sensitif pan dderbyniwn ni wybodaeth, neu hyd yn oed awgrym, o'r math yma.'

Am ychydig eiliadau syllodd Jeff i ryw wagle o'i flaen, ei feddwl ar garlam yn ceisio gwneud rhyw fath o synnwyr o'r cyhuddiad, os, yn wir, mai cyhuddiad oedd o. Gwyddai fod un neu ddau o fewn yr heddlu, hyd yn oed uwch-swyddogion yn y pencadlys, yn genfigennus ei fod wedi cael y QPM ac yntau mor ifanc, a dim ond yn dditectif sarjant. Uwch-swyddogion fyddai'n cael y fraint honno fel arfer – a hyd yn oed wedyn, dim ond pan fyddent yn agos at oed ymddeol.

Daeth cnoc ar y drws a cherddodd dau ddyn nad oedd Jeff yn eu hadnabod i'r ystafell. Cyflwynwyd y Prif Arolygydd Pritchard a Sarjant Bevan o'r pencadlys i Jeff gan Irfon Jones, cyn iddo adael Jeff yn eu cwmni. Dynion gweddol ifanc oedd y ddau. Roedd Pritchard yn ddyn tua chwe throedfedd, yn ei dridegau cynnar, a'i wallt du wedi'i gribo'n daclus, ac fel petai'n cael ei gadw yn ei le efo rhyw fath o olew. Tyfasai fwstas twt a wnâi iddo edrych yn hŷn na'i oed. Tybiai Jeff fod Bevan yng nghanol ei ddauddegau, a chanddo wallt melyn cyrliog, byr. Gwisgai'r ddau ddyn siwtiau pinstreip glas tywyll, ac edrychai'r ddwy siwt fel petaent wedi eu gwneud o'r un defnydd. Ai dyma, dyfalodd Jeff, oedd iwnifform y sodlau rwber, fel roedd plismyn yn galw'r adran oedd yn ymchwilio i gwynion yn erbyn yr heddlu neu honiadau bod plismyn wedi troseddu. Ond roedd yn ddigon hawdd gweld bod y rhain y math o ddynion a fyddai'n fodlon sathru ar rywun i wneud enw iddynt eu hunain. 'Bydda'n ofalus be ti'n ddeud wrth y rhain,' meddai Jeff wrtho'i hun.

'Eisteddwch yn y fan yna,' gorchymynnodd Pritchard, gan amneidio tuag at y gadair. Roedd ei lais yn oeraidd, yn ddigon i wneud Jeff yn fwy gwyliadwrus byth.

'Gwrandwch,' meddai Jeff, gan wneud ymdrech i achub y blaen ar y ddau. 'Mae'r Uwch-arolygydd Jones wedi esbonio be sy gynnoch chi dan sylw. Ydw i dan ryw fath o amheuaeth?'

'Dan amheuaeth, Sarjant Evans?' atebodd Pritchard yn

sgwrsiol, gan edrych i lawr arno mewn mwy nag un ffordd. 'Nid mewn swyddfa gyfforddus fel hon y bysan ni'n siarad efo chi petai hynny'n wir. Na, dim ond eisiau gofyn un neu ddau o gwestiynau syml ydan ni. Clirio'r aer fel y bysach chi'n dweud.'

Cwestiynau syml! Clirio'r aer! Dyna ateb twp, meddyliodd Jeff. Gwyddai'n syth nad oedd y rhain yn ddynion i ymddiried ynddynt – a pham oedd angen dau o'r pencadlys i ddod yr holl ffordd dim ond i glirio'r aer?

Wedi iddynt eistedd, Pritchard yn sedd y gyrrwr, fel petai, a Bevan ym mhen y ddesg, tynnodd Bevan ffolder blastig allan o'i friffcês. Ynddo roedd y llythyr dienw y soniodd Irfon Jones amdano. Pasiodd Bevan y llythyr iddo a gwelodd Jeff ei fod wedi'i argraffu ar bapur plaen gan ddefnyddio argraffydd digidol, yn ôl pob golwg. Yr unig beth a ddywedai oedd bod ditectif anonest o'r enw Evans yng Nglan Morfa yn gwneud arian mawr trwy gamymddwyn yn ei swydd, ac mai ymchwilio i'w gyfoeth fyddai'r dull gorau i ddechrau'r ymholiad. Arwyddwyd y llythyr 'Trethdalwr pryderus', ond nid mewn llawysgrifen. Tu ôl i'r llythyr yn y ffolder blastig roedd yr amlen y cyrhaeddodd y llythyr ynddi, a gwelodd Jeff ei bod wedi'i phostio wythnos ynghynt. Yng Nghaer y stampiwyd y llythyr, felly byddai'n amhosib darganfod o ba ardal y'i postiwyd.

'Mae'n edrych yn debyg eich bod chi wedi cael digon o amser i ddyfalu a phendroni dros yr wybodaeth,' awgrymodd Jeff.

'Nid pendroni na dyfalu, Sarjant,' atebodd Pritchard yn swta. 'Dechrau ein hymholiadau oedden ni, ac ar ôl bod wrthi am ddyddiau, rydan ni wedi darganfod bod digon o reswm i ofyn i chi am eglurhad, yn enwedig ynglŷn ag un neu ddau o bethau.'

'Fel?'

'I ddechrau, pam fod eich treuliau teithio chi ddwy neu dair gwaith cymaint ag unrhyw dditectif sarjant arall yng ngogledd Cymru?'

'Tydach chi erioed yn deud eich bod chi wedi dod yr holl ffordd yma i ofyn hynna i mi?'

'Atebwch y cwestiwn, Sarjant.'

'Am nad oes digon o geir ar gyfer staff y CID yng Nglan Morfa, wrth gwrs. Ac ar ben hynny, mae hi'n ardal fawr, wledig, sy'n ymestyn o'r traethau i'r mynyddoedd. Os liciwch chi edrych yn y llyfr lòg sy'n nodi pob taith mae ccir y ditectifs wedi eu gwneud, a'u cymharu â'r adegau yr ydw i wedi defnyddio fy nghar fy hun, mi welwch chi nad oedd gen i fawr o ddewis. Mi welwch hefyd mai achosion brys oedd y rhan fwya ohonyn nhw. Mae'n siŵr y gwnewch chi edrych yn fy nyddiadur i hefyd, i gadarnhau bod y teithiau wedi cael eu gwneud.'

'A'ch car chi?' gofynnodd Pritchard.

'Y Touareg?'

'Ia, y Touareg. Mae'n hymholiadau ni wedi datgelu eich bod chi wedi talu'n llawn amdano fo.'

'Cywir,' atebodd Jeff, gan ddewis peidio manylu ymhellach. Gwyddai yn iawn i ba gyfeiriad roedd yr holi yma'n mynd ond roedd ganddo fwy o brofiad o sut i ymddwyn mewn cyfweliad na'r ddau blismon yma efo'i gilydd. Penderfynodd eu bod am orfod llusgo'r atebion ohono.

'Felly mi brynoch chi'r Touareg yma gan ddefnyddio arian parod?'

'Os dach chi'n deud, ond fedrai i ddim gweld pa fusnes ydi hynny i chi,' meddai Jeff yn benderfynol.

'Pris y model sy ganddoch chi ydi £43,000.'

'Ia, rhywbeth tebyg i hynna, yn dibynnu ar y gajets ychwanegol,' cytunodd Jeff.

'Ac ar yr un pryd fe brynodd eich gwraig Volkswagen Passat Sport newydd yn costio £25,000 o'r un modurdy.'

Ystyriodd Jeff awgrymu y dylent ofyn i Meira ei hun beth oedd hi wedi'i brynu, ond ailfeddyliodd. Doedd dim pwynt mynd dros ben llestri i wneud awyrgylch annifyr yn waeth, a'r peth diwethaf roedd o eisiau'i wneud oedd tynnu Meira i mewn i'r helynt.

'Cywir,' meddai, 'a cyn i chi fy nharo fi efo'ch rhifyddeg, mae'r cyfanswm yn dod yn agos i chwe deg saith mil o bunnau,' ychwanegodd, er ei fod yn ymwybodol fod hynny'n swnio'n sinigaidd. Ta waeth am hynny.

'Eich tŷ chi, Rhandir Newydd. Mae hwnnw wedi costio ymhell dros hanner miliwn i'w adeiladu.'

'Ydi o wir?' Gwyddai Jeff mai amcangyfrif oedd hwnnw.

'Mae'n rhaid bod taliadau misol y morgais ar yr eiddo yn aruthrol.' Cododd Pritchard ei aeliau.

Nid ymatebodd Jeff. Nid cwestiwn oedd o, ond datganiad. Doedd gan Pritchard ddim syniad sut i holi.

'Rydan ni'n deall eich bod chi a'ch gwraig wedi bod ar wyliau ddwywaith y flwyddyn yn ystod y blynyddoedd diwethaf, i lefydd fel ...' edrychodd trwy ei nodiadau, '... Thailand, America, Patagonia, Costa Rica a Ffrainc.'

'Ffrainc ... o ia, mae ganddon ni dŷ arall yn y fan honno hefyd. Argian, dach chi wedi bod yn brysur, do?'

Edrychodd y ddau ddyn o'r pencadlys ar ei gilydd.

'Nag oes siŵr, does gen i ddim tŷ yn y fan honno.

Tynnu'ch coes chi o'n i,' meddai Jeff, yn sinigaidd eto. Ond roedd wedi dangos ei fod yn ymwybodol o gyfeiriad yr holi, nid bod yna angen gwneud y fath beth.

'Peidiwch â bod yn smala, Sarjant. Mae hwn yn fater difrifol.'

'Difrifol o ddiawl,' atebodd Jeff yn swta. 'Dim ond yn eich barn *chi* mae'r llythyr dienw 'ma ddigon difrifol i'ch gyrru chi'r holl ffordd i lawr yma i wastraffu'ch amser, achos dyna'r oll dach chi'n wneud, coeliwch fi.' Doedd y ddau yma ddim wedi creu argraff dda o gwbl ar Jeff hyd yma. Buasai wedi ystyried rhoi'r wybodaeth a fyddai'n eu bodloni iddyn nhw'n syth petai'r cwestiynau wedi eu gofyn yn fwy rhesymol, ond nawr, cyn belled ag yr oedd Jeff yn y cwestiwn, roedd y Prif Arolygydd Pritchard wedi piso ar ei jips go iawn.

'Mae'r Prif Gwnstabl angen gwybod os oes unrhyw wirionedd yng nghynnwys y llythyr yma,' meddai Pritchard. Yr oedd bellach wedi sylweddoli deallusrwydd y ditectif sarjant oedd, erbyn hyn, yn llygadrythu arno. Roedd ei agwedd a'i lais yn swnio ychydig mwy rhesymol y tro hwn. 'Does dim angen cyfrifydd i weld eich bod yn gwario llawer iawn mwy na'ch cyflog.'

Nid ymatebodd Jeff i'r datganiad hwn chwaith.

'Efallai bod ateb reit syml,' meddai. 'Efallai eich bod chi wedi ennill y loteri,' cynigiodd.

'Byth yn ei drio fo.' Dewisodd Jeff beidio ymhelaethu ymhellach, ond dim ond er mwyn i Pritchard orfod chwilio ymhellach am yr atebion.

'Wel gadewch i mi ofyn i chi yn bwmp ac yn blaen 'ta. O ble daeth yr arian, Sarjant Evans?' Cododd Pritchard ei lais fymryn.

Cwestiwn o'r diwedd, a meddyliodd Jeff am ychydig cyn ateb.

'Mae gan y Prif Gwnstabl berffaith hawl i wybod os oes 'na blismon anonest yn Heddlu Gogledd Cymru. Ac os oes 'na un, dywedwch wrtho mai fi fyddai'r cyntaf i ddod â hynny i'r amlwg. Rŵan 'ta, cyn belled ag y mae fy arian a'm heiddo personol i yn y cwestiwn, a chyda phob parch i'r Prif Gwnstabl, wel, mater i mi ydi hynny, a does gan neb hawl i gloddio i 'mywyd personol i. Dwi'n gobeithio bod hynny'n ateb eich cwestiwn chi.'

Yn annisgwyl, cymerodd y Prif Arolygydd Pritchard lwybr arall nad oedd hyd yn oed Jeff wedi ei ragweld.

'Be ydi'ch perthynas chi efo Dilys Hughes?'

Ni allai Jeff gredu'r hyn roedd o'n ei glywed.

'Dilys Hughes?'

'Ia. Dwi'n deall eich bod chi'n ei galw hi'n Nansi'r Nos ... ei llysenw yn hysbysydd i chi?'

Cyfrodd Jeff i ddeg cyn ateb er mwyn rheoli ei dymer, ac i geisio ystyried trywydd y Prif Arolygydd. Dewisodd ateb yn ffurfiol ac yn uniongyrchol.

'Tydi hi ddim yn gyfrinach fod Dilys Hughes wedi bod yn hysbysu i mi ers blynyddoedd, ac wedi'i chofrestru dan yr enw 'Nansi'r Nos' yn hysbysydd swyddogol yn unol â'r drefn.' Gwyddai Jeff ei bod hi'n debygol fod gan y Prif Arolygydd Pritchard hawl i weld y gofrestr a'r holl fanylion a ddangosai bob cyswllt rhyngddo fo a hi, a phob taliad a roddwyd iddi dros y blynyddoedd hefyd. 'Os liciwch chi ymchwilio ymhellach, mi ddarganfyddwch fod ein perthynas wedi bod yn un lwyddiannus dros ben, a bod nifer fawr o ladron a throseddwyr wedi'u dal o ganlyniad i'n perthynas. Ac eiddo gwerth miloedd wedi'i ddychwelyd i'r perchenogion cyfreithiol.'

'Dwi'n sylweddoli hynny, Sarjant Evans. Ond eisiau gwybod ydw i os ydi'ch perthynas chi yn mynd ymhellach nag y dylai.'

'Dim blydi peryg,' atebodd Jeff ar ei union, yn edrych i fyw ei lygaid. Sylweddolodd nad fo oedd yn rheoli'r cyfweliad erbyn hyn. Doedd Pritchard ddim wedi ymhelaethu ynglŷn â sut roedd y berthynas yn mynd ymhellach nag y dylai, ond nid oedd yn rhaid i Jeff ddisgwyl yn hir am yr wybodaeth honno.

'Deliwr mewn cyffuriau ydi Dilys Hughes, ynte?'

'Does ganddi hi ddim euogfarnau am wneud y fath beth.'

'Peidiwch â chwarae gemau efo fi, Sarjant. Mi wyddoch yn iawn be ydi'r sgôr.'

'Wel, os ydi hi yn dclio, dim ond mymryn o gyffuriau meddal ydi hynny, dipyn o wellt neu resin canabis ella, a dyna'r oll – ond does gen i ddim gwybodaeth am hynny.'

Aeth ias oer sydyn dros ei war wrth iddo ddweud y celwydd, ac wrth iddo gofio sawl gwaith y bu i Nansi'r Nos ei gyflenwi â chanabis. Ond tybiodd y byddai Pritchard wedi rhoi gefyn llaw am ei arddyrnau erbyn hyn petai ganddo unrhyw dystiolaeth o hynny.

'Dwi'n awgrymu ei bod hi wedi bod yn delio ar hyd a lled eich ardal chi, yr ardal rydach chi'n gyfrifol amdani ers blynyddoedd – a mwy na mymryn hefyd – a'ch bod chi, Sarjant, yn gadael llonydd iddi wneud hynny.'

'Lle mae'ch tystiolaeth chi?'

'A mwy na hynny,' parhaodd Pritchard, gan anwybyddu cwestiwn Jeff, 'eich bod chi'n rhan o'i menter hi ac yn rhannu'r elw.'

'A bod yr elw hwnnw wedi talu am dŷ a cheir a gwyliau i mi, mae'n siŵr. Ac yna fy mod i'n rhoi rhan o'r elw hwnnw yn ôl iddi am wybodaeth. Peidiwch â bod mor dwp, ddyn.'

'Peidiwch ag amharchu'ch uwch-swyddog, Sarjant. Pa well ffordd i amlygu'ch euogrwydd?' Cododd Pritchard ei lais. 'Y cwestiwn pwysicaf sydd gen i ydi pa mor bell y byddech chi'n mynd i'w diogelu hi rhag iddi gael ei dal?'

Roedd yn gas gan Jeff y ffordd roedd y cyfweliad yn datblygu. Pa hawl oedd gan y diawl dieithr yma i ofyn, neu hyd yn oed awgrymu, y fath beth? Roedd yn weddol sicr nad oedd gan Pritchard unrhyw fath o dystiolaeth yn ei erbyn neu mi fuasai wedi'i ddefnyddio erbyn hyn, a rhoi'r rhybudd swyddogol iddo. Byddai'n rhaid iddo recordio'r cyfweliad ar ôl hynny.

'Ddeudoch chi ar ddechrau'r cyfarfod yma nad oeddwn i dan amheuaeth, Brif Arolygydd. Mae'n edrych i mi fel petaech chi'n fy amau i rŵan. Os ydi hynny'n wir, bydd yn rhaid i chi fy arestio i – neu dwi'n troi ar fy sawdl a mynd o 'ma.' Safodd ar ei draed. 'Dwi 'di cael digon o hyn.'

Trodd a cherddodd allan o'r ystafell, a phan gafodd ryddid i wneud hynny, gwyddai yn iawn mai blŷff oedd honiadau di-sail y Prif Arolygydd Pritchard a'r Bevan Bach mud wrth ei ochr. Ond pam, myfyriodd Jeff, roedden nhw'n cymryd llythyr dienw gymaint o ddifrif, a pham llusgo Nansi'r Nos i mewn i'r holl firi?

Ar ei ffordd yn ôl i Lan Morfa, penderfynodd ffonio Nansi er mwyn ei rhybuddio. Ni wyddai pam, na'i rhybuddio o beth, ond roedd yna rywbeth yn ei ddŵr yn dweud wrtho y dylai wneud hynny.

Ar ôl digwyddiadau'r awr ddiwethaf, penderfynodd beidio â defnyddio'i ffôn symudol ei hun. Ystyriodd Jeff am eiliad a oedd paranoia arno, ond byddai'n well iddo fod yn saff o'i bethau. Ni wyddai fwriad na dylanwad pobl y sodlau rwber. Stopiodd ger bocs ffôn cyhoeddus ar ochr y ffordd a deialodd rif ffôn symudol Nansi. Byr oedd y sgwrs. Doedd honno ddim yn deall ei gyngor yn iawn chwaith.

'Jyst bydda'n ofalus,' meddai Jeff wrthi. 'Dyna'r cwbwl.'

Pennod 5

Roedd Jeff angen ystyried digwyddiadau rhyfeddol y bore yn drwyadl, ac i wneud hynny roedd yn rhaid iddo gael amser a distawrwydd i glirio'i ben a chanolbwyntio. A'i feddwl yn rhywle arall, yn hytrach na'r ffordd o'i flaen, gyrrodd y car i Aberdesach. Roedd hi'n pigo glaw mân erbyn hyn, a hynny wedi gwagio'r traeth. Dyma sut roedd Jeff yn hoffi gweld traethau gogledd Cymru. Eisteddodd yn y car am sbel yn edrych ar y tonnau ysgafn yn taro'r tywod a'r cerrig mân. O fewn ychydig funudau roedd y glaw ar wydr y ffenestr flaen wedi rhwystro'i olygfa dros y môr. Dringodd allan o'r car ac estynnodd ei gôt ddyffl o'r cefn. Gwisgodd hi a rhoddodd y cwfl dros ei ben, a throediodd odre'r traeth i gyfeiriad Dinas Dinlle ac Aber Menai a'i ddwylo yn ei bocedi.

Ceisiai Jeff ystyried sefyllfaoedd fel hyn yn ddiemosiwn, fel rhywun ar yr ochr allan, ond doedd hynny ddim yn hawdd ar ddiwrnod fel heddiw. Roedd yn rhaid iddo ddechrau dirnad yr helynt efo'r llythyr. Yn sicr, meddyliodd, roedd rhywun yn ymwybodol fod ei sefyllfa ariannol wedi newid yn ddiweddar. Wel, roedd pob un o'i gydweithwyr yng Nglan Morfa yn sicr wedi sylweddoli hynny, er mai yn araf y daeth y dystiolaeth o hynny i'r amlwg. Myfyriodd a fyddai wedi bod yn well petai heb ddefnyddio'r cyfoeth ychwanegol ... peidio â gwario cymaint? Swydd ryfedd oedd bod yn yr heddlu a bod yng nghwmni plismyn bob dydd – sefyllfa lle roedd natur ddrwgdybus o fantais. Gwyddai fod gwario arian fel y gwnâi o a Meira yn siŵr o fod wedi codi pennau un neu ddau, ac yn destun mwy nag ychydig o glebran. A dyma fo heddiw yn gorfod wynebu'r canlyniadau.

Ta waeth am hynny, roedd hi'n rhy hwyr i ddifaru. Beth oedd pwynt bod yn berchen ar y fath gyfoeth a chadw'r arian hwnnw yn y banc? Beth oedd pwynt mynd allan i weithio bob dydd, tasa hi'n dod i hynny – gallai fyw yn gyfforddus heb orfod gweithio – ond gwyddai Jeff na allai adael ei swydd er yr holl ffwdan a phoen oedd yn gysylltiedig â hi. Roedd Meira'n deall hynny hefyd. Byw i waredu'r wlad o droseddwyr oedd ei uchelgais ers y gallai gofio. Pam, tybed, oedd y mater wedi datblygu'n ymchwiliad erbyn heddiw? Yn sicr, ymchwiliad oedd o, waeth beth oedd y Prif Arolygydd Pritchard yn ei alw. Clirio'r aer, wir. Petai rhywun yng ngorsaf heddlu Glan Morfa wedi datgelu'r wybodaeth, ni fyddai angen gyrru llythyr dienw. Byddai galwad ffôn i'r pencadlys, neu nòd bach i'r cyfeiriad iawn, wedi bod yn ddigon. Na, nid plismon lleol oedd yn gyfrifol, roedd Jeff yn sicr o hynny. Ond roedd pwy bynnag a oedd yn gyfrifol yn ymwybodol o'i sefyllfa bersonol, ei sefyllfa ariannol. Beth oedd gan y person hwnnw yn ei erbyn, tybed? Mae'n rhaid mai aelod o'r cyhoedd oedd o, neu hi, felly. Dyna'r unig ateb.

Cerddodd Jeff yn ei flaen drwy'r gwlybaniaeth ysgafn. Yn y pellter gwelodd fachgen yn ei arddegau cynnar yn sefyll ger gwialen bysgota ar drybedd, a bwced abwyd wrth ei ochr. Edmygodd Jeff ei amynedd, yn sefyll ac yn disgwyl am frathiad yn y glaw. Roedd y Prif Arolygydd Pritchard yn sicr wedi cymryd yr abwyd a gyflwynwyd gan awdur y llythyr dienw, a fyddai Jeff ddim yn synnu petai o yr un mor amyneddgar â'r bachgen ar y traeth. Cerddodd Jeff yn ei flaen. Fel y dywedodd wrth Irfon Jones, doedd o ddim wedi croesi neb yn ddiweddar. Byddai'n ceisio aros ar delerau da efo pawb, hyd yn oed troseddwyr yr ardal, a dyna, fe gredai, oedd yn gyfrifol am ei lwyddiant fel ditectif.

Trodd ei feddwl at Gwyn Cuthbert, yr unig un y gallai Jeff ei gofio yn ei fygwth erioed. Oedd, roedd hynny gryn amser yn ôl, ond roedd o bellach â'i draed yn rhydd. Ond eto, rhesymodd, bygythiad corfforol fyddai steil dyn fel Cuthbert. Doedd dim digon yn ei ben o i ddechrau ymgyrch i geisio chwalu nerfau unrhyw blismon â rhyfel seicolegol. A ddylai fynd i weld Cuthbert tybed, a rhoi'r math o rybudd iddo na wnâi fyth ei anghofio? Drwy lwc, byddai hynny'n ddigon i ddangos iddo pwy oedd y bòs, a'i fod o'n ddigon parod i amddiffyn ei hun. Byddai'n hawdd iddo eirio'i rybudd yn ofalus, rhag ofn nad Cuthbert oedd awdur y llythyr. Y cwestiwn mwyaf yr oedd yn rhaid i Jeff ei ystyried yn awr oedd a fyddai'n tynnu nyth cacwn i'w ben drwy bryfocio'r llabwst.

Trodd yn ei ôl i gyfeiriad y car. Beth am Eric Johnson, seidcic arall Dafi MacLean, ystyriodd. Aeth hwnnw i'r carchar yr un diwrnod â Cuthbert ar ôl ei gael yn euog o gyhuddiadau digon tebyg. Chwe blynedd o ddedfryd gafodd Johnson oherwydd ei fod wedi chwarae rhan lai na Cuthbert yn y fenter erchyll, ac roedd o'n ddyn rhydd ers dwy flynedd bellach. Byddai'n werth ceisio darganfod a oedd Cuthbert wedi cysylltu â fo ac – os treuliodd y ddau amser gyda'i gilydd yn yr un carchar – beth oedd cyflwr meddyliol Cuthbert yno, a'i fwriad ar ôl dod allan. Ia, penderfynodd, dyna fyddai'r cam cyntaf.

Dwy alwad ffôn oedd eu hangen i ddarganfod lle'r oedd Johnson yn byw, a chyrhaeddodd Jeff ddrws ei dŷ fin nos y noson honno. Tŷ teras ym Mlaenau Ffestiniog oedd o, a rentiwyd gan ei gariad, geneth a fu'n ffyddlon iddo tra bu 'ar ei wyliau'. Yn ôl ymchwil Jeff, hi hefyd fu'n gyfrifol am sicrhau swydd labrwr iddo gyda chwmni adeiladu ei hewythr ar ôl iddo gael ei ryddhau.

Agorodd y drws yn araf a gwelodd Jeff lygaid Johnson yn culhau wrth iddo sylweddoli pwy oedd yr ymwelydd. Sgwariodd i lenwi'r gofod, yn ei jîns gwaith a fest a fu unwaith yn wyn, a llond ei geg o fwyd. Roedd golwg dyn oedd yn gweithio'n galed arno.

'Be ddiawl dach chi isio?' gofynnodd, gan edrych i fyny ac i lawr y stryd cyn syllu eilwaith ar Jeff. 'Pam na fedrwch chi adael llonydd i ddyn, deudwch? Sgynnoch chi ddim byd arna i y dyddia yma, dwi'n deu' 'thach chi.'

'Dim byd o gwbl,' cytunodd Jeff, gan godi ei ddwylo i fyny o'i flaen a dangos ei gledrau i Johnson. 'Dim ond isio gair ydw i.'

'Wel, dwi ddim isio gair efo chi. Ewch i haslo rhywun arall. Y peth ola dwi isio ydi cael fy atgoffa o be ddigwyddodd y tro dwytha ddaru ni gyfarfod.' Symudodd i gau'r drws.

Rhoddodd Jeff ei droed dros y rhiniog i'w atal. 'Aros am funud, Eric, plis,' plediodd.

'Sgynnoch chi warant?'

'Nag oes, ond aros am funud – 'mond isio gair ... isio dy help di ydw i.'

'Fy help i? Pam ddiawl ddylwn i'ch helpu chi?'

43

'Heb fy help i rai blynyddoedd yn ôl mi fysat ti wedi cael deng mlynedd, yr un peth â Gwyn Cuthbert, yn lle'r chwech 'na gest ti. Cofia di hynny.'

Meddyliodd Eric Johnson am rai eiliadau, a chofiodd fod Jeff wedi rhoi tystiolaeth ar ei ran o flaen y barnwr a gweddill y llys. Dywedodd Jeff fod Johnson wedi bod dan ddylanwad Cuthbert a Dafi MacLean – ei fod wedi'i hudo i fyd tywyll gan y ddau arall. Edrychodd Johnson yn bryderus i fyny ac i lawr y stryd unwaith eto.

'Reit, dowch i mewn 'ta,' meddai, 'rhag ofn i rywun 'ych gweld chi. Ma' gynnoch chi funud neu ddau nes bydd y ddynas 'ma adra, a dwi ddim isio iddi hi gael gwbod bod 'na dditectif wedi bod yma.'

Dilynodd Jeff ef i'r ystafell gefn lle'r oedd plât o datws stwnsh a selsig ar ei hanner ar y bwrdd. Eisteddodd Johnson wrth y bwrdd a chodi ei fforc yn ei law dde er mwyn parhau i lwytho'r bwyd i'w geg.

'Dwi wedi dysgu fy ngwers a rhoi'r gorau i'r math yna o driciau, Mr Evans. Ma' gin i job dda sy'n talu'n iawn a dynas dda. Dwi'm isio i chi na neb arall ddifetha hynny.'

'Neb arall?' neidiodd Jeff ar y cyfle iddo ymhelaethu o'i wirfodd.

'Chi na Gwyn Cuthbert.'

'Cuthbert?' meddai Jeff. 'Ydi o wedi bod yma yn dy weld di? Newydd ddod allan mae o.'

'Ydi, ac mi ddeudis i wrtho fo nad oedd gin i ddim diddordeb yn beth bynnag oedd ganddo fo ar y go.'

'Pryd oedd o yma?'

'Wsnos dwytha.'

'O, ddim yn hir ar ôl iddo fo gael ei ryddhau felly. Ddeudodd o be sy ganddo fo ar y gweill?'

'Naddo. Dim ond bod arian mawr i'w wneud am ddiwrnod neu ddau o waith. Un fel'na ydi o, a dyna'r camgymeriad nes i y tro dwytha, 'de? Os rwbath, mae o wedi caledu mwy yn y carchar – dim ond isio bywyd normal ydw i dyddia yma. Ond 'swn i'n betio na ddaw dim daioni o'r peth.' Rhoddodd Johnson fforcaid fawr arall o fwyd yn ei geg.

'A dyma chdi wedi cael dy ryddid a bywyd gwell,' meddai Jeff. 'Ma' siŵr ei fod o am 'y ngwaed i felly,' ychwanegodd, gan gofio fod Johnson yn dyst i fygythiad Cuthbert yn y llys.

Gwenodd Johnson. Oedodd i orffen cnoi cyn ymateb.

'Am y misoedd cynta, doedd o'n sôn am ddim byd ond dial arnach chi. Mi oedd o a Dafi'n agos iawn, ac ma' Gwyn yn 'ych dal chi'n gyfrifol am ei farwolaeth o. Mae o'n meddwl i chi 'i dwyllo fo i ddeud lle oedd ffarm Gwyndaf Parry – a bod Dafi druan wedi mynd i'w fedd fel polîs infformant heb gyfle i amddiffyn ei hun. Ma' Gwyn wedi penderfynu ei fod o am unioni'r cam.'

'A sut mae o'n meddwl gwneud hynny?'

'Dwn i ddim wir, a dwi ddim isio gwybod chwaith, ond taswn i'n eich sgidia chi, Mr Evans, 'swn i'n dechra sbio dros fy ysgwydd.'

Ar hynny, agorodd y drws ffrynt a cherddodd dynes reit smart yn ei thridegau cynnar i mewn i'r ystafell. Gwelodd Jeff lygaid Johnson yn cau mewn siomedigaeth, a sylwodd hefyd bod y ferch yn feichiog.

'Dwi adra,' meddai, cyn sylwi ar Jeff, oedd yn codi ar ei draed i adael.

'Ar fin mynd o'n i,' eglurodd Jeff, ac yna trodd at Johnson. 'Cofia rŵan, Eric,' meddai. 'Mi dala i yn dda i ti.

Awr neu ddwy yn ystod gyda'r nos a dros y Sul am chwe wythnos ffor'no. Ti'n gwybod lle i gael gafael arna i os newidi di dy feddwl.'

'Ydw, tad, Jeff,' meddai yntau, yn dilyn yr arweiniad. Rhoddodd ei fraich am ysgwyddau'r ferch. 'Mae'ch cynnig chi'n un da, ond fan hyn, yn edrych ar ôl y ddynas 'ma, ma'n lle fi gyda'r nosau a dros y penwythnos,' meddai. Gwenodd y ddau ddyn ar ei gilydd i setlo'r mater.

Cerddodd Jeff y tri chan llath at ei gar gwaith, a gyrrodd yn ôl i gyfeiriad Glan Morfa. Dysgodd ddau beth: roedd Eric Johnson wedi callio, ac yn ail – a llawer iawn pwysicach – fod Cuthbert â'i fryd ar ddial arno. Ond eto, allai o ddim peidio â meddwl nad oedd y llythyr dienw yn gweddu i steil Cuthbert. A ddylai fynd i'w weld? Na, penderfynodd, ddim eto o leiaf. Doedd dim diben codi bwganod heb fod rhaid.

Pennod 6

Yn hwyr fore trannoeth cnociodd Dan Foster, yn gwisgo dillad hamdden, ar ddrws agored swyddfa Jeff, a phan gododd yntau ei ben i'w gydnabod cerddodd Dan i mewn.

'Be 'di ystyr y jîns 'ma?' gofynnodd Jeff yn syth. 'Dim ond ers diwrnod 'ti yma!'

'Gwisgo'n addas ar gyfer pa bynnag waith sydd i'w wneud, dyna ddeudoch chi, D.S.,' meddai Dan, yn gobeithio am ymateb.

'Mae'n amlwg bod gen ti rywbeth diddorol ar dy blât felly. Stedda i lawr,' gorchymynnodd Jeff yn gyfeillgar. 'Mi welais dy fod ti wedi bod ar y ffôn drwy'r bore 'ma, a bod llwyth o bapur ar dy ddesg di'n barod. Be ti 'di darganfod?'

'Dwi wedi cael tair gwarant i archwilio tri safle o eiddo Jaci Thomas er mwyn chwilio am eiddo wedi'i ddwyn, a dwi'n meddwl eu gweithredu nhw pnawn 'ma. Ei gwch o, ei dŷ o a sied sydd ganddo i lawr ar y cei. Mae un neu ddau o'r bechgyn eraill am ddod i roi tipyn o gymorth i mi.'

'Sut gest ti'r dystiolaeth i gael gwarant mor handi?' gofynnodd Jeff, yn codi ei aeliau mewn syndod.

'Rhoi tystiolaeth ar fy llw o flaen yr ynad bod injan wedi'i dwyn ar ei gwch o, ac os oes ganddo eiddo wedi'i ddwyn yn y fan honno, y tebygrwydd ydi bod 'na fwy o nwyddau wedi'u dwyn yn y llefydd eraill.'

'Wel, mae hynny'n gwneud synnwyr,' meddai Jeff. 'Sut wyt ti'n gwybod bod yr injan wedi'i dwyn? Os dwi'n cofio'n iawn, yr unig wybodaeth gest ti gen i oedd bod y rhifau cyfresol wedi cael eu tynnu oddi arni, a dim mwy na hynny. Er bod hynny'n rhoi amheuaeth i ni, dydi o ddim yn cadarnhau cant y cant bod yr injan wedi'i dwyn.' Gwelodd Jeff fod Dan Foster yn methu cuddio gwên. 'Tyrd 'laen, Dan. Deud wrtha i.'

Cododd Dan a chaeodd ddrws y swyddfa. Eisteddodd i lawr a dechreuodd sibrwd yr hanes wrth Jeff.

'Wel, mi oedd yn rhaid i mi gael tystiolaeth – i ddechrau, bod yr injan yna; ac yn ail, ei bod hi wedi'i dwyn. Fel dach chi'n gwybod, ma' hi'n amhosib mynd at y cwch pan mae'r llanw allan, felly, mi es i allan neithiwr – wel, hanner awr wedi hanner nos a deud y gwir, er mwyn cael golwg fy hun. Roedd y llanw wedi codi digon erbyn hynny.'

'Sut est ti allan yno?' gofynnodd Jeff.

'Benthyca cwch bach oddi ar y lan, 'te.'

'Cwch pwy?'

'Duw a ŵyr, ond peidiwch â phoeni, D.S., mi oedd o'n ôl yn saff ymhell cyn iddi wawrio.'

Ochneidiodd Jeff yn uchel ac ysgwyd ei ben mewn anobaith, ond parhaodd Dan â'i stori.

'Dringais ar fwrdd cwch Jaci a dod o hyd i'r injan yn y caban heb drafferth.'

'Peth rhyfedd nad oedd y caban wedi'i gloi,' ymholodd Jeff.

'Mi oedd o, ond mater bach oedd hynny hefyd,' meddai Dan gan wenu. 'Yamaha 115HP ydi hi, uffern o beth fawr,' parhaodd, gan anwybyddu'r edrychiad ar wyneb ei sarjant, 'ac mae'r rhif wedi cael ei rwbio oddi ar y plât ar ei hochr hi. Felly mi dynnais yr injan yn ddarnau a dod o hyd i rifau cyfresol eraill tu mewn iddi. Un ar y tanc tanwydd a'r llall ar y pwmp sy'n sugno'r dŵr môr i mewn iddi i oeri'r peiriant. Ro'n i wedi rhagweld efallai y bysa'n rhaid i mi wneud hyn, felly ro'n i wedi mynd â llond bocs o dŵls efo fi.'

Roedd Jeff yn dal i ysgwyd ei ben.

'Dwi'n gobeithio dy fod ti wedi rhoi'r injan yn ei hôl yn daclus,' meddai.

'Do siŵr, a does 'na ddim arwydd bod neb wedi bod ar gyfyl y cwch. Yna, y bore 'ma, mi ffoniais Yamaha a darganfod bod y darnau yma wedi'u defnyddio i adeiladu injan a gafodd ei dwyn oddi ar gwch yn Abersoch ddiwedd yr haf diwetha. Dyma'r adroddiad sy'n cofnodi'r drosedd,' meddai, gan ddangos y ffeil. 'Ac efo'r wybodaeth honno mi wnes i'r cais o flaen yr ynad yn y llys rhyw awr yn ôl.'

'Heb ddweud wrtho yn union sut gest ti'r wybodaeth, dwi'n gobeithio.'

'Wrth gwrs.'

'Ac mi rwyt ti'n gwybod be fysa'n digwydd i'n hachos ni petai'n dod i'r amlwg dy fod ti wedi benthyca cwch yn anghyfreithlon a thresbasu ar gwch Jaci Thomas er mwyn cael y dystiolaeth?'

'Peidiwch â phoeni, D.S. Mi wnes i'n siŵr 'mod i'n ofalus. Yr unig anhawster oedd gorfod rhwyfo yn erbyn y llanw i fynd â'r cwch bach yn ei ôl, a chael a chael oedd hi.'

'Wel, Dan, mi wyt ti wedi cymryd risg fawr ar dy ddiwrnod cynta efo ni. Mae rhaid i ti gofio bod y dyddiau pan allai plismyn gymryd risgiau fel'na wedi hen fynd.' Cododd Jeff ei lais gan obeithio gwneud rhywfaint o argraff ar y bachgen. 'Bydda di'n ofalus,' gorchymynnodd. 'Petai'r hanes yma yn dod i'r clustiau anghywir, yn ôl yn dy iwifform fyddi di. Mae gen ti yrfa ddisglair fel ditectif o dy flaen – os fedri di ffrwyno chydig ar dy frwdfrydedd.

Rhaid i ti wneud popeth yn ôl y drefn y dyddiau yma, 'ngwas i. Rŵan ta, i ffwrdd â chdi, a gad i mi wybod sut hwyl gei di efo'r gwarantau 'na.'

Casglodd Dan ei bapurau a cherdded allan o'r swyddfa a'i gynffon rhwng ei goesau. Gwenodd Jeff wrth gofio sawl gwaith y camodd o ei hun dros y llinell anweledig honno er mwyn darganfod rhyw dystiolaeth neu'i gilydd. Byddai'r bachgen yma'n dditectif da, myfyriodd. Roedd wedi gweithio rownd y cloc, yn ôl pob golwg – yn union fel y gwnâi Jeff ers talwm – a doedd dim arwydd y byddai'n cael mynd adref am oriau maith eto.

Roedd Jeff wedi meddwl gorffen yn y gwaith yn gynnar er mwyn treulio tipyn o amser efo Twm cyn iddo fynd i'w wely, ond chwalwyd ei drefniadau pan gerddodd ar draws y maes parcio y tu ôl i orsaf yr heddlu am hanner awr wedi pump a gweld Dan Foster yn arwain Jaci Thomas i'r ddalfa mewn gefyn llaw. Gerllaw roedd dau dditectif arall yn gwagio fan yn perthyn i'r heddlu, fan oedd yn llawn o bob math o nwyddau, yn cynnwys peiriant allfwrdd Yamaha. Penderfynodd Jeff aros am dipyn er mwyn cael yr hanes gan Dan. Disgwyliodd am hanner awr tra bu Dan yn dilyn y ffurfioldeb arferol yng nghwmni swyddog y ddalfa.

'Sut aeth petha?' gofynnodd pan ddaeth y cyfle.

'Blydi grêt, D.S.,' atebodd Dan gyda gwên anferth. 'Mi oedd 'na ddwy injan arall ar fwrdd y cwch hefyd, a saith ecoseinydd – pa gwch fyddai angen saith ohonyn nhw i ddangos ble mae'r pysgod o dan y dŵr, Duw a ŵyr – a theledu HD newydd sbon efo sgrin hanner can modfedd. Roedd honno wedi ei chuddio mewn sachau o dan y llawr.'

'Ma' hynny'n canu cloch,' meddai Jeff yn syth. 'Ti'n

cofio'r lladrad 'na yn y siop nwyddau trydanol rai wythnosau'n ôl? Mi gollon nhw hanner dwsin o setiau teledu tebyg iawn i'r disgrifiad yna, os dwi'n cofio'n iawn.'

'Mae 'na fwy,' ychwanegodd Dan. 'Yn y sied ar y cei mi gawson ni ddau gyfrifiadur, tri gliniadur a phump o ddyfeisiau tabled, ond does gen i ddim syniad o ble mae'r rheini wedi dod ar hyn o bryd.'

'Na finnau chwaith. Oedd rwbath yn ei dŷ o?'

'Rwbath nad oeddwn i'n ei ddisgwyl, o gofio mai darganfod nwyddau wedi'u dwyn oedd yr amcan,' meddai Dan. 'Digon o heroin i gyflenwi holl bobl ifanc y sir 'ma, a theclyn i'w fesur ar gyfer ei werthu.'

'Pwy 'sa'n meddwl,' cytunodd Jeff. 'Cyffuriau caled, a chanddon ni ddim rheswm i'w amau o gyboli efo'r fath sothach o'r blaen.'

Dechreuodd Jeff deimlo'n hunangyfiawn pan gofiodd ei sgwrs â Nansi'r Nos, a'i rheswm hi am roi'r wybodaeth iddo yn y lle cyntaf. Oedd hi'n gwybod am y cyffuriau caled o'r dechrau, tybed? Gwyddai Jeff yr ateb yn iawn.

'Be sy gan Jaci i'w ddeud hyd yn hyn, Dan?'

'O, mi oedd o'n cega digon i gychwyn, ond buan y gwnaeth o ddistewi pan sylweddolodd be oedd yn ei wynebu. Mae o wedi gofyn am gyfreithiwr, wrth gwrs, felly mi fydd hi'n awr o leia cyn i mi gael ei gyfweld. Mae hynny'n rhoi cyfle i mi gofrestru'r holl eiddo 'ma a'i roi dan glo yn y stafell eiddo wedi'i feddiannu.'

'Iawn, gwaith ardderchog hyd yn hyn, Dan,' meddai Jeff. 'Ond cofia fod yn drylwyr wrth gofrestru'r eiddo a'i gadw'n saff dan glo. Mae gen ti werth arian mawr yn y fan yna, a dy ddyletswydd di ydi sicrhau bod y dystiolaeth yn ddiogel, deall?'

'Ydw, D.S.'

'A chofia baratoi am dy gyfweliad efo fo yn drwyadl. Does 'na ddim byd gwaeth na gwrando ar gyfweliad blêr, ac ar ddiwedd y dydd y barnwr a'r rheithgor yn llys y Goron fydd yn beirniadu'r cyfweliad.'

'Dwi'n deall,' meddai Dan. 'Wna i ddim eich siomi chi.'

'Ffonia fi yn hwyrach os leci di.' Winciodd Jeff ar y dyn ifanc cyn troi am adref.

Roedd hi'n ugain munud wedi chwech cyn i Jeff gyrraedd y tŷ. Nid oedd yn bwriadu mynd allan y noson honno felly pwysodd y botymau ar y teclynnau bach i gau a chloi'r giât a drws y garej ar ei ôl. Ar ôl gweiddi 'dwi adra!' yn ôl ei arfer, clywodd sŵn traed, a neidiodd y bychan swnllyd i'w freichiau agored. Ei waith o heno fyddai'r ymolchi a'r darllen stori cyn i Twm syrthio i gwsg bodlon.

Tynnai am hanner awr wedi saith erbyn iddo ddychwelyd i lawr y grisiau. Roedd hi'n nosi'n braf, gynnes a gwelodd bod Meira wedi paratoi pryd ysgafn i'r ddau yn y stafell haul. Agorodd Jeff botel o gwrw chwerw oer iddo'i hun a thywallt sudd oren i Meira, ac eisteddodd y ddau yn hamddenol ddedwydd, gan wylio'r cychod hwylio bach i lawr yn y bae. Ceisiodd Jeff beidio â meddwl am gyfweliad Dan â Jaci.

'Mi gafodd Twm ddiwrnod difyr yn yr ysgol heddiw, medda fo.' Ailadroddodd Jeff straeon eu mab wrth Meira.

'Mae o wrth ei fodd yno efo'i ffrindiau, diolch byth.' Nesaodd Meira ato ar y soffa gan orwedd yn ei gesail. Oedodd am ennyd i werthfawrogi'r machlud o'i blaen. 'Gyda llaw,' parhaodd, 'mi welais i Nerys, mam un o ffrindiau Twm, tu allan i'r archfarchnad ar y ffordd adra gynna. Gofyn oedd hi o'n i wedi gweld car dieithr wedi'i barcio i fyny'r lôn o'r ysgol.'

'O?'

'Wel, ma' rhywun yn sylwi pwy sy'n nôl eu plant bob dydd, ac yn dod i nabod eu ceir, ac mi oedd hi a dwy o'r genod eraill wedi gweld y boi 'ma yn ista mewn rhyw fath o dryc mawr du. Roedd o fel petai'n gwylio'r rhieni yn casglu'u plant, meddan nhw. Welis i mohono fo, ond mi ddeudis y byswn i'n sôn wrthat ti.'

'Wel does 'na'm adroddiadau o ddim byd fel'na wedi dod i law hyd y gwn i, ond tria chwilio amdano fo fory, ac mi ga i air efo'r swyddog cyswllt ysgolion yn y bore.'

Canodd y ffôn pan oedd y ddau yn hwylio i fynd i'r gwely. Hanner awr wedi un ar ddeg, sylwodd Jeff – ond roedd wedi hen arfer gorfod ateb y ffôn unrhyw amser o'r dydd a'r nos yn rhinwedd ei swydd.

'Mae'n ddrwg gen i os ydi hi'n rhy hwyr.' Llais Dan Foster.

'Na, dim o gwbl. Mi ddeudis i wrthat ti am roi caniad. Sut aeth hi efo Jaci?'

'Gwych, a deud y gwir. Dwi'n amau bod ei gyfreithiwr wedi sylweddoli pa mor gryf ydi'r dystiolaeth yn ei erbyn ac wedi ei gynghori i siarad yn gall a deud y cwbl. Mae o wedi cyfaddef pob peth. Nid fo fu'n dwyn, ond mae o wedi enwi tri o ladron hyd yn hyn: un ddwynodd y peiriannau allfwrdd, un arall y peiriannau atsain, a'r trydydd ddaru dorri i mewn i'r siop a dwyn y setiau teledu.'

'Go dda. Be am y cyfrifiaduron a'r tabledi?' gofynnodd Jeff yn awyddus.

'Gweithiwr nos yn Tesco ydi hwnnw, ond wn i ddim be ydi'i cnw fo eto. Dwi'n bwriadu dilyn y trywydd hwnnw fory. 'Dan ni'n cadw Jaci dros nos nes byddwn ni wedi arestio'r gweddill yn y bore. Mae o wedi gwerthu nifer o eitemau sydd wedi'u dwyn hefyd – yn ddigon rhad i'r prynwyr fod wedi sylweddoli eu bod nhw wedi'u dwyn, felly mi fydd 'na dwn i ddim faint o garcharorion yn dod i mewn drwy'n drysau ni yn ystod y dyddiau nesaf 'ma.'

'Wel, Dan, mae'n swnio fel petai gen ti ddigon o waith i dy gadw di'n brysur am weddill dy dri mis ar brawf. Da iawn chdi, rŵan dos adra i dy wely, 'machgen i, ac mi wela i di yn y bore.'

Roedd Meira yn y gwely pan gyrhaeddodd Jeff y llofft.

'Gwaith eto?'

'Wrth gwrs. Dan, yn gadael i mi wybod sut aeth hi heno.'

'Sut mae o'n siapio hyd yn hyn?'

'Mae angen ffrwyno tipyn bach arno, ond mae o wedi datrys digon o droseddau heddiw i'w gadw'n brysur am fis.'

'Siawns y gwneith o dditectif felly?'

''Swn i'n ddigon parod i'w gymryd o ar fy nhîm i fory nesa. Mae o 'di dangos mwy o addewid yn ystod y deuddydd dwytha na gweddill y swyddfa efo'i gilydd. Mae o'n hogyn da.'

'Dwi'n falch o hynny.'

'Pam?'

'Dwinna wedi cymryd ato fo hefyd, cofia.'

'Gwranda 'ngeneth i, does 'na ddim ond un boi y dylet ti gymryd ato fo ...'

Closiodd Jeff ati a'i chusanu.

Pennod 7

Cerddodd Jeff yn sionc ar draws maes parcio gorsaf heddlu Glan Morfa fore trannoeth, yn edrych ymlaen at ddarganfod mwy ynglŷn ag ymchwil Dan Foster. Sylwodd fod car Dan yno'n barod. Aeth trwodd i'r ddalfa a oedd yn eithriadol o brysur, o ystyried mai ychydig cyn naw yn y bore oedd hi. Roedd y ddalfa ym mherfeddion yr adeilad heb fath o ffenestr, yn annymunol o gynnes ac yn llawn carcharorion, rhai ohonynt, mae'n debyg, heb ymolchi ers dyddiau. Ond roedd y lle yn ail gartref i Jeff Evans ers amser maith bellach, a'i ffroenau wedi hen gynefino â'r arogl anghynnes. Ymhlith y plismyn, rhai mewn iwnifform ac eraill ddim, roedd dau gyfreithiwr, yn amlwg yn disgwyl yn amyneddgar i weld eu cleientiaid. Sylwodd Jeff fod dau dditectif o Sgwad Gyffuriau'r pencadlys yno. Nid carcharorion Dan yn unig oedd yn y ddalfa felly. Er iddo chwilio, ni welai Dan yn unman ac roedd sarjant y ddalfa, Rob Taylor, yn llawer rhy brysur i sgwrsio. Penderfynodd wthio'i ffordd tuag at y cownter i astudio'r cofnodion gwarchod er mwyn dysgu pwy oedd dan glo.

Darllenodd gofnod Jaci Thomas yn gyntaf. Gwelodd ei fod wedi cael ei gyfweld yn ystod y min nos cynt, a bod caniatâd i'w gadw yn y ddalfa tra byddai ymholiadau pellach yn cael eu gwneud ynglŷn â nifer o ladron y prynodd Thomas nwyddau ganddynt. Edrychodd Jeff ar dri chofnod arall. Roedd un yn cofnodi un o feddwon y dref, fyddai'n cael rhybudd swyddogol yn rheolaidd cyn ei ryddhau ar ôl iddo sobri. Roedd y ddau nesaf yn ymwneud â dau ddyn a arestiwyd gan Dan am chwech a chwarter wedi saith y bore hwnnw; y cyntaf am ddwyn a'r llall am fyrgleriaeth. Gwenodd Jeff. Nid oedd Dan wedi cael llawer o gwsg neithiwr, nac wedi gwastraffu llawer o amser y bore 'ma chwaith. Roedd yn amlwg bod y bachgen wedi deall mai cyn iddyn nhw godi oedd yr amser gorau i gornelu lladron.

Estynnodd Jeff am y cofnod nesaf, y pumed ar y cownter, a lloriwyd ef pan ddarllenodd enw'r carcharor. Dilys Hughes ... neu Nansi'r Nos fel yr oedd o'n ei galw hi. Roedd hi wedi cael ei harestio'n gynharach y bore hwnnw gan y ddau dditectif o Sgwad Gyffuriau'r pencadlys am feddiannu canabis gyda'r bwriad o'i gyflenwi i eraill. Damia! Byddai'n siŵr o gael dedfryd o garchar, sylweddolodd Jeff. Cofiodd am ei chymorth parod pan oedd o mewn cyfyng gyngor – yn ystod salwch ei wraig gyntaf roedd Jeff a Nansi wedi dod i ymddiried yn ei gilydd, a dyna sut y bu iddi ddechrau cario gwybodaeth iddo. Un dda fu hi dros y blynyddoedd – ond sylweddolodd Jeff yn sydyn mai dim ond fo ac un uwch-swyddog lleol arall wyddai mai Dilys oedd Nansi'r Nos, sef ei henw swyddogol ar gofrestr yr hysbyswyr. Heblaw Meira, wrth gwrs.

Myfyriodd Jeff dros y cyd-ddigwyddiad – heb yr wybodaeth ddiweddaraf a gawsai gan Nansi, ni fuasai tri o'r carcharorion eraill efo hi yn y ddalfa ar hyn o bryd. Ond ceisiodd gofio nad Nansi'r Nos, yr hysbysydd gwerthfawr, oedd hi'r bore 'ma, ond Dilys Hughes, y deliwr cyffuriau. Twt lol, meddyliodd Jeff, dim ond cyboli efo tipyn o ganabis oedd hi, a chyflenwi'i chyfeillion yn fwy na dim. Teimlai'n gyfrifol, rhywsut, ond gwyddai'n iawn y byddai'n rhaid iddo fod yn ofalus cyn ceisio rhoi unrhyw fath o gymorth iddi, os yn wir y gallai wneud unrhyw beth o gwbl.

Darllenodd Jeff y cofnod yn llawn, a dysgodd nad oedd hi wedi cael ei holi eto. Edrychodd draw i gyfeiriad y ddau dditectif a'i harestiodd hi, oedd wrthi'n clymu bagiau plastig ym mhen pellaf yr ystafell. Roedd yn eu hadnabod, ond nid yn dda. Aeth atynt.

'Sut ma' hi, hogia? Peidiwch â deud 'ych bod chi'n mynd i neud Dilys Hughes am feddiant efo bwriad i gyflenwi. Be am ein polisi ni o roi rhybudd i rywun sy'n cael ei ddal efo cyffur meddal yn unig?'

'Argian, sarj, edrychwch ar y dystiolaeth,' atebodd un. 'Mae ganddi hi ymhell dros bedwar pwys o resin canabis yn fan hyn. Digon i wneud yr holl dre 'ma'n hurt bost.' Dangosodd gynnwys y bag plastig yn ei law i Jeff. 'Sa ganddi hi, deudwch, chwarter owns, ella 'swn ni'n ystyried rhoi rhybudd swyddogol iddi, ond ar f'enaid i, sarj, pedwar pwys?'

'Ar ben hynny,' meddai'r llall. 'Ylwch be arall oedd yn y tŷ – clorian i'w bwyso er mwyn ei rannu i'w chwsmeriaid, a chyllell arbennig i'w dorri hefyd.' Dangosodd y ditectif y ddwy eitem iddo, yn eu bagiau plastig unigol.

'Wel, dwi'n gweld 'ych pwynt chi,' cyfaddefodd Jeff. 'Mae 'na fwy na digon o dystiolaeth i'w chyhuddo hi yn y fan yna. Sut gawsoch chi'r wybodaeth bod y stwff yn ei thŷ hi, os ga i ofyn?' gofynnodd Jeff, yn ymwybodol fod y cwestiwn yn mentro'n rhy bell.

Edrychodd y ddau ar ei gilydd gan wenu. 'Mae ganddon ninnau'n hysbyswyr hefyd, w'chi, sarj,' meddai'r cyntaf.

Ceisiodd Jeff beidio â dangos gormod o ddiddordeb.

'Wel, rhyngthach chi a'ch petha,' meddai, a'u gadael

heb ddweud gair arall. Gwyddai mai annoeth fyddai pwyso ymhellach.

Aeth yn ôl at y cownter ac estynnodd y goriadau i'r celloedd lle cedwid carcharorion benywaidd. Trodd Rob Taylor i'w gyfeiriad pan glywodd sŵn eu tincian. Dangosodd Jeff y swp goriadau yn ei law a thaflu winc i gyfeiriad Rob. Nodiodd yntau i gadarnhau ei fod yn ymwybodol o'r hyn oedd yn digwydd.

Edrychodd Jeff drwy'r twll yn nrws cell Nansi a'i gweld hi'n eistedd ar y fainc galed. Defnyddiodd y goriad i agor y drws ac aeth i mewn. Doedd y ddynes o'i flaen yn ddim byd tebyg i'r Nansi yr oedd Jeff yn ei hadnabod mor dda. Roedd yn amlwg ei bod hi wedi cael ei llusgo yn syth o'i gwely; roedd ei gwallt yn flêr ac nid oedd mymryn o golur yn agos i'w hwyneb.

'Ti'm yn edrych y rhy dda, Nansi,' meddai. Doedd dim pwynt dechrau ei galw hi'n Dilys, meddyliodd, hyd yn oed o dan yr amgylchiadau anodd hyn.

'Ti'n deud 'tha fi. Pwy 'di'r bastads diarth 'na ddoth acw bora 'ma?'

Esboniodd Jeff iddi.

'Ddeudis i wrthat ti am fod yn ofalus, do?'

'Gofalus? Gofalus o ddiawl. Welais i rioed y blydi hash 'na o'r blaen, dwi'n deud 'tha chdi'n strêt. 'Swn i byth yn medru fforddio gymaint â hynna, Jeff, ti'n gwybod hynny. Ma' gin i ddigon o brofiad i wybod bod 'na werth tua saith mil yn y bloc 'na. Blydi saith mil! Ma' hynna'n bell allan o'n lîg i. Be ti'n feddwl ydw i, blydi Banc Hong Kong a Shanghai?'

'Wel, o lle ddiawl ddaeth o 'ta?' Doedd Jeff ddim yn siŵr a ddylai ei chredu ai peidio.

'O, paid ti â dechra, Jeff ... dwi'n deud y gwir. Es i allan am ddrinc efo ffrindia neithiwr, ac mi oedd hi'n ddiawledig o hwyr arna i'n cyrraedd adra. O'n i 'di cael llwyth o lysh ac mi es i'n syth i 'ngwely. Y peth nesa, roedd y drws ffrynt 'cw'n cael ei falu – am bod rhyw gachgi wedi plantio hwnna arna i. Ma' hi 'di cachu arna i rŵan, tydi?'

'Be am y glorian, Nansi?' gofynnodd. 'Mi fyddan nhw'n siŵr o yrru honno i'r criw fforensig a ffeindio darnau mân o ganabis arni hi.'

'Wel, ia, fi sy bia honno. Ma' hi gin i ers blynyddoedd, a dwi'm isio'i cholli hi chwaith.'

'Dyna'r lleia o dy broblemau di ar hyn o bryd, Nansi, coelia di fi.'

'Paid â gadael iddyn nhw 'ngyrru fi i'r jêl, Jeff. Dwn i'm be 'swn i'n neud mewn lle felly ... a be am y plant? Rhaid i ti neud rwbath, Jeff. Rhaid i ti!' plediodd.

'Paid â chynhyrfu, Nansi. Mi wna i be fedra i, mi gei di fod yn siŵr o hynny, ond y peth pwysica ydi i ti beidio â phanicio. Mi fyddan nhw isio gair efo chdi cyn bo hir i drio gwneud i ti gyfaddef dy fod ti'n delio. Oes gen ti dwrna?'

'Oes. Mae o ar y ffordd i lawr 'ma, i fod.'

'Wel, deud wrtho fo nad dy ganabis di ydi o. Nad oeddat ti wedi 'i weld o cyn i'r ditectifs 'na 'i ddangos o i ti. A phaid â deud gair yn ystod y cyfweliad, neu dim ond crogi dy hun fyddi di. Ateba bob cwestiwn efo "dim sylw", ti'n dallt?'

'Ydw.'

'Dyna fo. Mi gysyllta i efo chdi cyn gynted ag y medra i.' Trodd Jeff i adael y gell.

'Ond, Jeff, er mwyn dyn, gwna rwbath ...'

'Mi wna i be fedra i.'

Caeodd y drws, a'i gloi, ei feddwl ar garlam.

Cyrhaeddodd ei swyddfa ychydig funudau'n ddiweddarach a rhoddodd ei ddwy benelin ar y ddesg o'i flaen, a'i ddwylo ar ei dalcen. Roedd o'n tueddu i gredu Nansi. Gwyddai yn iawn ei bod hi'n delio, ac wrth gwrs gwyddai hithau ei fod o'n gwybod hynny. Pam felly fyddai'n rhaid iddi ddweud celwydd wrtho fo ynglŷn â'r sefyllfa ar ôl cael ei dal? Yr ail beth pwysig i'w ystyried oedd bod y bloc resin a welodd Jeff yn anferth i rywun yn sefyllfa Nansi – ac fel y dywedodd, ymhell allan o'i chyrraedd hi'n ariannol. Ond eto, os oedd y ddau dditectif o'r Sgwad Gyffuriau wedi plannu'r dystiolaeth yn nhŷ Nansi, o ble ddiawl oedden nhw wedi cael gwerth dros saith mil o bunnau o resin canabis er mwyn gwneud hynny? A phwy yn y byd fyddai'n fodlon colli lwmp mor fawr o ganabis er mwyn rhoi Nansi'r Nos yn y carchar am gyfnod? Er bod y swm yn un anferth i Nansi, swm bychan iawn oedd o i'r math o ddelwyr yr oedd y Sgwad Gyffuriau ar eu holau fel arfer.

Ond yn bwysicach na dim ar hyn o bryd oedd dyfodol Dilys Hughes. Byddai'r ditectifs, euog neu beidio o blannu'r dystiolaeth, yn tyngu llw eu bod nhw wedi darganfod y cyffur yn ei thŷ. I gryfhau eu honiad, byddai'r glorian a'r gyllell yn dod yn ôl o'r labordy fforensig efo darnau mân o ganabis arnynt, olion bysedd Nansi a'i DNA. Roedd Jeff yn rhagweld nid yn unig y byddai'n cael ei chyhuddo ond y byddai'n cael ei dyfarnu'n euog hefyd – ac oherwydd gwerth y darn canabis, yn cael ei charcharu.

Tybed oedd yna gysylltiad rhwng digwyddiadau'r bore a'i gyfweliad yng nghwmni'r Ditectif Brif Arolygydd Pritchard y diwrnod cynt? Ai cyd-ddigwyddiad oedd iddo gael ei holi am ei berthynas efo Nansi'r Nos ganddynt oriau yn unig cyn iddi gael ei harestio? Doedd Jeff ddim yn coelio mewn cyd-ddigwyddiadau, ond ni allai ddirnad y fath beth chwaith. Cael ei holi ynglŷn â llythyr dienw oedd o. Dim ond ar ôl y cwestiynau ynglŷn â'i faterion ariannol personol y gofynnwyd iddo am ei berthynas â Nansi – roedden nhw hyd yn oed wedi holi oedd o'n rhan o'i menter hi. Oedd rhywun yn ceisio ei frifo fo drwy Nansi? Oedd unrhyw beth y gallai o ei wneud ynglŷn â'r sefyllfa? Ceisiodd Jeff roi ei feddwl ar waith.

Pennod 8

Treuliodd Jeff yr awr nesaf wrth ei ddesg yn bwrw golwg dros fynydd o waith papur a ffeiliau tystiolaeth diflas. Roedd hi'n ddeg o'r gloch, a doedd dim golwg o Dan Foster.

Penderfynodd fynd i'r cantîn. Byddai'n rhaid i'r gwaith papur ddisgwyl. Â'r baned yn ei law, eisteddodd wrth ochr Sarjant Rob Taylor a oedd wrthi'n bwyta brecwast sydyn, yn ymwybodol y byddai'n cael ei alw'n ôl i lawr i'r ddalfa cyn hir.

'Bore prysur, Rob.'

'Anodd gwybod os dwi'n mynd 'ta dŵad, Jeff bach. Ma' hi fel ffair yma.'

'Lle ma' Dan? Dwi'm 'di weld o bore 'ma.'

'Mae o'n ôl i mewn ers rhyw hanner awr, ac wrthi'n cyfweld â'r byrgler ar hyn o bryd. Mi aeth o i mewn i'r stafell gyfweld efo'r twrna ryw chwarter awr yn ôl. Wyt ti isio i mi ofyn iddo fo ddod i dy weld di?'

'Dim ond pan geith o gyfle. 'Sa'm brys. Mae'r hogyn yn ddigon prysur. Does 'na'm dwywaith ei fod o wedi lluchio'i hun i mewn i'r job 'ma – ti'm yn cytuno?'

'Siŵr o fod, ond gwylia di nad ydi o'n cymryd gormod ar ei blât. Mae o'n meddwl 'i fod o'n dipyn o ddyn o gwmpas y lle 'ma bore 'ma, ar ôl iddo gael rhyddid gin ti i gario 'mlaen heb gymaint o oruchwyliaeth ag yr oedd o'n 'i gael gen i.'

'Dyna sut gwneith o ddysgu, Rob – ond dyna pam dwi isio gair efo fo. Mae'n amser iddo fo adrodd yn ôl i mi ar yr hyn mae o wedi bod yn 'i neud.'

'Cadw lygad arno fo, Jeff. Mae o'n medru bod dipyn yn benboeth, fel pob hogyn ifanc o dro i dro.'

'Roeddan ninna'n ifanc unwaith hefyd, Rob.'

'Ia, ma' gin i ryw fân gof o hynny ...' myfyriodd Rob, gan godi ar ei draed.

Chwarddodd Jeff.

'Cyn i ti fynd, Rob, be 'di'r sefyllfa efo Dilys Hughes erbyn hyn?'

'Ma'i thwrna hi'n brysur yn y llys y bore 'ma. Fydd o ddim ar gael tan amser cinio – un o'r gloch ar y cynhara. Mae hogia'r Sgwad Gyffuriau wedi mynd allan i rywle tan hynny.'

'Ti fydd yn penderfynu be fydd y cyhuddiad yn ei herbyn hi, Rob?'

'Fi neu'r sarjant ar y shifft pnawn – dibynnu pryd fyddan nhw'n barod i roi'r ffeithiau o 'mlaen i.'

'Be nei di o'r achos, Rob? Do'n i 'rioed yn meddwl bod Dilys yn un am ddelio ar y raddfa yna.'

'Na finna, ond dwi'm yn gyfarwydd iawn â hi. Ond o ystyried y dystiolaeth dwi wedi'i glywed, mae hi wedi codi'i golygon yn uwch erbyn hyn. Mae gwerth saith mil o bunnau o ganabis yn swm sylweddol i ardal fach fel hon. A dyna fydd y cyhuddiad 'swn i'n meddwl – meddiant gyda bwriad o gyflenwi.'

'Mmmm,' myfyriodd Jeff yn uchel. 'Felly 'swn innau'n meddwl hefyd. Yn ôl y dystiolaeth arwynebol o leia,' ychwanegodd.

'Be ti'n feddwl, "arwynebol"?' gofynnodd.

'Dwn i ddim yn iawn,' atebodd Jeff. 'Dim byd y medra i roi fy mys arno ar hyn o bryd.'

Yn ei swyddfa yn ddiweddarach cododd llygaid blinedig Jeff o'i waith papur pan glywodd lais Dan Foster yn dod o ystafell y ditectifs. Edrychodd Dan i'w gyfeiriad pan gerddodd Jeff i mewn, gan stopio ysgrifennu yn y llyfr ar gyfer cofnodi eitemau wedi'u hawlio gan yr heddlu.

'Bore da, D.S.,' cyfarchodd, gyda gwên fawr. 'Mi o'n i am ddod i'ch gweld chi'r munud 'ma, ar ôl i mi orffen cofnodi manylion y tair set deledu ychwanegol ddaru ni ddarganfod yn nhŷ'r byrgler y bore 'ma.'

'Dwi'n falch o weld dy fod ti'n cymryd y gwaith papur o ddifrif, Dan. Ydi'r holl eiddo wedi'i ddwyn oedd ym meddiant Jaci wedi'i gofnodi rŵan felly?'

'Ydi, bob dim – edrychwch,' meddai, gan droi'r llyfr er mwyn i Jeff allu ei ddarllen.

Edrychodd Jeff trwyddo a gweld fod pob eitem wedi'i chofnodi'n daclus. Yng nghanol y cofnodion yn llawysgrifen Dan, ni fedrai osgoi sylwi ar y tri chofnod oedd yn ymwneud â'r achos yn erbyn Dilys Hughes: y bloc o resin canabis, y glorian a'r gyllell. Ceisiodd chwalu'r achos hwnnw o'i feddwl am y tro.

'Reit, Dan. Be 'di'r sefyllfa erbyn hyn?'

'Dwi'n weddol sicr bod y lladron mwyaf amlwg ganddon ni erbyn hyn. Mae lleidr y peiriannau allfwrdd a'r manion eraill o gychod yn y gell, ac mi fydda i'n ei gyfweld o pnawn 'ma. Mi fydd yr un a dorrodd i mewn i'r siop drydanol yn cael ei gyfweld yn hwyrach yn y dydd pan ga i gyfle, ac mae dau o'r hogia eraill wedi mynd i arestio hwnnw sy'n gweithio'r shifft nos yn Tesco, yr un a fu'n dwyn y cyfrifiaduron. Mi fydd 'na fwy o ladron, a rhai sy'n derbyn nwyddau ganddyn nhw, ar eu ffordd i mewn yn ystod y dyddiau nesaf 'ma – ar ôl i mi orffen efo'r rhain.'

'Reit dda, wir, Dan. Dwi wedi fy mhlesio efo'r ffordd rwyt ti wedi gafael yn y joban 'ma o'r dechrau. Dwyt ti ddim wedi bod ofn gofyn am help dy gydweithwyr, ac mi wyddost ti pryd i gymryd pwyll a gadael rhai o'r troseddwyr lleiaf difrifol nes byddi di wedi delio â'r hyn sy gen ti'n barod. Yn bwysicaf oll, rwyt ti wedi cofnodi manylion yr eiddo gafodd ei feddiannu ar y cyfle cyntaf. Fedra i ddim pwysleisio gormod pa mor bwysig ydi delio'n broffesiynol a phriodol ag eiddo sy'n dystiolaeth.'

'Ac mae bob dim wedi'i labelu'n iawn a'i gadw'n saff yn yr ystafell eiddo wedi'i feddiannu hefyd, D.S.'

'Os gwnei di gario 'mlaen fel hyn, Dan, mi fydd dyfodol disglair i ti yn y CID. Gad i mi wybod sut fydd pethau ar ddiwedd y prynhawn, wnei di?'

'Siŵr o wneud, D.S. – a diolch i chi,' meddai Dan, yn gwenu.

Roedd gan y llanc hawl i fod yn falch ohono'i hun, meddyliodd Jeff, gan droi i gyfeiriad ei swyddfa, a'r pentwr gwaith papur ar ei ddesg oedd yn gwrthod lleihau.

Am hanner awr wedi un roedd Jeff yn bwyta'i ginio wrth ei ddesg pan ganodd y ffôn. Sarjant Rob Taylor.

'Well i ti ddod i lawr gynted ag y medri di, Jeff. Mae 'na gachu diawledig yn fflio o gwmpas y lle 'ma.'

'Be sy?'

'Dim dros y ffôn.'

Pan gyrhaeddodd Jeff y ddalfa gwelodd fod Rob Taylor y tu ôl i'r cownter, yn siarad â chyfreithiwr Dilys Hughes yng nghwmni'r ddau dditectif o'r Sgwad Gyffuriau, oedd yn edrych fel petaent wedi cynhyrfu'n lân. Roedd Dan Foster yno hefyd. Syllodd y ddau o'r pencadlys yn syth i gyfeiriad Jeff pan gerddodd i mewn.

'Dyma'r sefyllfa, Ditectif Sarjant Evans,' dechreuodd Rob. Mae Dilys Hughes yn barod i gael ei chyfweld yng nghwmni ei chyfreithiwr. Cyn dechrau'r holi, gofynnwyd i mi am y bloc o resin canabis, y glorian a'r gyllell a ddarganfuwyd yn nhŷ'r carcharor yn gynharach y bore 'ma. Aethon ni i gyd i'r ystafell lle mae'r eiddo sydd wedi'i feddiannu yn cael ei gadw, ac ar ôl i mi ddatgloi'r drws, mi es i i mewn i'w nôl o. Ond doedd yr eiddo ddim yno. Dim un o'r tair eitem.'

Tarodd y datganiad Jeff fel ergyd ac ochneidiodd yn dawel. Gwyddai beth fyddai'r goblygiadau.

'Pwy roddodd yr eitemau yn y stafell?' gofynnodd.

'Ni'n dau,' meddai un o dditectifs y Sgwad Gyffuriau.

'Faint o'r gloch oedd hynny?'

'Rhwng hanner awr wedi naw a deg.'

'A lle oedd y goriad ar ôl hynny?'

'Yn fy ngolwg i yn y fan yma, nes i Dan ei ddefnyddio am chwarter wedi un ar ddeg ffor'no,' meddai Sarjant Taylor.

'Ydi hynny'n gywir, Dan?'

'Ydi, D.S.,' atebodd.

'Oes 'na oriad arall?' gofynnodd Jeff, er budd y ditectifs o'r pencadlys. Gwyddai fod Rob Taylor, fel yntau, yn ymwybodol o'r ateb.

'Oes,' meddai Rob. 'Ac ma' hwnnw dan glo mewn bocs yn swyddfa un o'r arolygwyr – dydi o ddim ar ddyletswydd heddiw.'

'Pam oeddet ti yno am chwarter wedi un ar ddeg, Dan?' gofynnodd Jeff.

'Ro'n i angen gadael tair set deledu oedd wedi'u dwyn yno. Dyma'r cofnod yn y llyfr,' meddai, gan roi'r llyfr agored ar y cownter a'i ddangos i bawb.

'Welaist ti'r bloc o ganabis, y glorian a'r gyllell yno bryd hynny, Dan?' gofynnodd Jeff.

'Dwi'n cofio i'r glorian ar y silff dynnu fy llygad i am ei bod hi'n fawr, ond wnes i ddim sylwi ar ddim byd arall. Doedd y glorian yn golygu dim i mi nes i mi ysgrifennu manylion y setiau teledu yn y llyfr cofnodi, a gweld manylion yr eiddo a feddiannwyd gan fois y Sgwad Gyffuriau yn union uwchben fy nghofnod i.'

'Oes rhywun wedi chwilio am yr eiddo yn rhywle arall?' gofynnodd Jeff.

'Ddim eto,' atebodd Rob Taylor. 'Mae'r ddau ŵr bonheddig yma wedi ffonio'r pencadlys yn barod, ac mae 'na Dditectif Brif Arolygydd Pritchard o'r adran Gwynion a Disgyblaeth ar ei ffordd i lawr yma. Ei orchymyn o ydi bod neb i ddod i mewn na gadael y safle 'ma nes bydd o wedi cyrraedd.'

Nid oedd cyfreithiwr Dilys Hughes wedi dweud yr un gair hyd yn hyn.

'Peidiwch â'm cyfri i yng ngorchymyn Mr Pritchard,' meddai o'r diwedd. 'Mi fydda i'n gadael pan fynna i. Cewch holi fy nghleient ryw dro liciwch chi, ond mi alla i gadarnhau rŵan na fydd gan Ms Hughes air i'w ddweud yn ystod unrhyw gyfweliad, heddiw nac yn y dyfodol. Os na fedrwch chi gyflwyno'r dystiolaeth gafodd ei feddiannu o'i chartref hi, dwi'n rhagweld nad oes ganddoch chi achos o gwbl yn ei herbyn. Os ydi hynny'n wir, Sarjant Taylor, mae'n ddyletswydd arnoch chi i'w rhyddhau hi ar unwaith.' Gwyddai pawb ei fod yn llygad ei le. 'A chyn belled ag y mae gorchymyn y Prif Arolygydd Pritchard yn y cwestiwn,' parhaodd, 'gwnewch fel y mynnoch chi, ond mi fyddai i a fy nghlient, Ms Hughes, yn gadael yr adeilad yma yn syth ar ôl i chi ddod i'r canlyniad cywir nad oes gennych chi unrhyw fath o dystiolaeth yn ei herbyn hi. Dwi'n gobeithio fy mod i'n gwneud y sefyllfa'n eglur.'

Cyrhaeddodd y Prif Arolygydd Pritchard a Sarjant Bevan ymhen hanner awr a bwrw iddi'n syth i ddechrau ymchwiliad mewnol. Ychydig funudau yn ddiweddarach, cyrhaeddodd tîm o wyth o ddynion eraill o'r pencadlys, a dechreuodd y gwaith o chwilio'r holl safle â chrib mân. Safai tri ohonynt wrth ddrysau'r adeilad i sicrhau nad oedd unrhyw rai o'r staff yn gadael.

Yn ei swyddfa, heb esgus i beidio tyrchu trwy ei waith papur bellach, eisteddai Jeff Evans. Edrychodd trwy'r ffenestr a gwenu wrth weld Dilys Hughes yn camu'n sionc allan o ddrws ffrynt yr adeilad yng nghwmni ei chyfreithiwr. Clywai sŵn siarad allan yn y coridor a sylweddolodd fod y Prif Arolygydd Pritchard a'i dri swyddog – oedd yn ôl bob golwg yn mwynhau eu gorchwyl – bron â chyrraedd i chwilio ei swyddfa. Penderfynodd eu hanwybyddu orau y gallai.

Yn ystod yr archwiliad, a Jeff yn corddi wrth orfod dal ei dafod, canodd ei ffôn symudol yn ei boced. Enw Meira oedd ar y sgrin. Anaml iawn y byddai ei wraig yn ei ffonio yn ystod oriau gwaith, felly penderfynodd ateb yr alwad. Dewisodd aros yng nghlyw'r swyddogion yn hytrach na chamu i'r coridor i siarad.

'Sut wyt ti 'nghariad i?' gofynnodd.

'Mae'n ddrwg gen i dy boeni di, Jeff,' dechreuodd Meira, a sylwodd yntau yn syth fod cyffro yn ei llais. 'Dwi wedi dod i nôl Twm o'r ysgol, ac mae'r car diarth 'na yma eto.'

'Yn lle?'

'Tua hanner can llath i fyny'r stryd o'r giât. Car mawr du ydi o, gyriant pedair olwyn 'swn i'n deud, ond fedra i ddim gweld y rhif o fama, na'i fêc chwaith, ond mae pwy bynnag sydd ynddo fo yn edrych i'r cyfeiriad yma.'

Gwyddai Jeff na chofnodwyd unrhyw gwynion ynglŷn â dynion yn stelcian o gwmpas plant yn yr ardal yn ddiweddar, ond beth ar y ddaear oedd hwn yn ei wneud yng nghyffiniau'r ysgol, a hynny yn rheolaidd?

'Ble mae Twm?' gofynnodd Jeff yn bryderus.

'Yn y car efo fi.'

'A phawb arall, y rhieni eraill?'

'Mae'r rhan fwyaf o'r merched eraill wedi mynd. Fi oedd y ddiwetha i adael yr ysgol ar ôl bod yn siarad efo'r athrawes.'

'Clo'r car ac arhosa yna. Dwi'n gyrru rhywun draw,' meddai, yn fodlon bod Meira, fel heddferch brofiadol, yn ddigon galluog i edrych ar ei hôl ei hun.

Roedd y chwilio ar fin gorffen pan sylweddolodd Pritchard fod Jeff yn symud i gyfeiriad y drws. Yr oedd hefyd wedi clywed hanner sgwrs Jeff ar y ffôn.

'Dydach chi ddim i fynd allan o'r adeilad,' gorchymynnodd.

Edrychodd Jeff arno'n ddilornus ac aeth allan o'r ystafell heb ddweud gair. Rhedodd i lawr y grisiau ac i ystafell reoli fechan plismyn y dref.

'Pwy sy gynnon ni allan ar y stryd?' gofynnodd yn frysiog i'r ferch oedd ar ddyletswydd. 'Rhywun yng nghyffiniau Ysgol Maes y Dref?'

'Neb, Sarjant. Mae'r bobl 'ma o'r pencadlys wedi gwrthod rhoi caniatâd i'r cwnstabliaid fynd allan.'

Doedd yna ddim byd arall amdani felly. Cerddodd Jeff yn benderfynol at y drws cefn, ond fe'i stopiwyd gan un o bobl Pritchard.

'Ditectif Sarjant Evans ydw i,' meddai. 'Ewch o'r ffordd. Dwi'n ymateb i alwad frys.'

'Cha i ddim gadael i chi fynd, sarj,' meddai hwnnw. 'Dyna 'di'r gorchymyn. Does neb i adael. Neb!'

Heb ddim lol, gwthiodd Jeff y dyn i un ochr a rhedodd i gyfeiriad y Touareg i gyfeiliant bloeddio ofer y swyddog arno i droi'n ei ôl. Edrychodd i fyny ar yr adeilad fel yr oedd o'n gyrru i ffwrdd a gwelodd y Prif Arolygydd Pritchard, yn amlwg wedi gwylltio'n gacwn, yn curo'n drwm ar un o'r ffenestri.

Pennod 9

Stopiodd Jeff y Touareg wrth ochr car Meira a galwodd hithau arno trwy'i ffenestr agored.

'Mae o newydd fynd i gyfeiriad canol y dref.'

'Mi a' i i chwilio amdano fo. Gest ti'r rhif?'

'Naddo. Ches i ddim cyfle.'

'Dos di adra. Mi ddo i ar dy ôl di ar ôl i mi gael golwg o gwmpas y lle.'

Gwasgodd Jeff ei drocd ar y sbardun a threuliodd yr ugain munud nesaf yn gyrru o amgylch y dref yn chwilio am gar du tebyg i'r un a ddisgrifiodd Meira, er nad oedd ganddo fawr o syniad sut gar oedd o. Acth o gwmpas cyrion y dref, gan ddechrau tybio ei fod o'n rhy hwyr gan fod hanner awr dda wedi mynd heibio bellach ers i'r car adael cyffiniau'r ysgol. Aeth adref, lle'r oedd Meira wrthi'n paratoi pryd ar gyfer Twm.

'Gest ti rywfaint o lwc?' gofynnodd Meira.

'Naddo, yn anffodus,' atebodd. 'Deud wrtha i eto be ddigwyddodd.'

'Wel, un o'r genod eraill ddeudodd wrtha i fod y dyn yn y car du yno fel roedd hi'n gadael,' atebodd. 'Pan welais i o, doedd gen i ddim amheuaeth mai edrych i gyfeiriad yr ysgol oedd y boi. Mae'n bosib ei fod o wedi 'ngweld i'n defnyddio fy ffôn, achos yn syth wedyn, mi yrrodd o i ffwrdd yn reit handi.'

'Dwi'm yn synnu,' cytunodd Jeff.

'Mi wnes i drio tynnu llun o'r car, ond fel y gwyddost ti, tydi'r camera ar fy ffôn i ddim yn un da iawn.' Dangosodd Meira'r llun aneglur oedd ar sgrin ei ffôn iddo.

'Rho dy liniadur ymlaen, Meira, rhag ofn y medrwn ni wneud rwbath efo fo.'

Eisteddodd y ddau i lawr wrth fwrdd y gegin tra oedd Twm yn bwyta. Llwythodd Meira y llun i lawr oddi ar y ffôn a chwyddodd Jeff y darlun gymaint ag y medrai.

'Mae'n edrych yn debyg i gar gyriant pedair olwyn i mi, ac mae 'na rwbath wedi'i sgwennu ar hyd yr ochr, yli,' meddai Jeff wrth graffu ar y ddelwedd o'i flaen. 'Mae 'na ran o'r rhif i'w weld hefyd,' meddai, gan chwarae gyda botymau'r rhaglen olygu lluniau. 'Dwi'n sicr mai CX 58 ydi hwnna, ond mae'r gweddill wedi'i guddio gan y car o'i flaen o.'

Edrychodd y ddau ar ei gilydd.

'Wyt ti'n meddwl yr un peth â fi?' gofynnodd Meira.

'Reit bosib,' atebodd. Roedd y ddau wedi dod i ddeall ei gilydd yn rhyfeddol o sydyn ar ôl eu cyfarfyddiad cyntaf, a gwibiodd meddyliau'r ddau ohonynt yn ôl i achos lle bu i gerbyd tebyg chwarae rhan amlwg. 'Roedd gan Dafi MacLean gar tebyg i hwn, ti'n cofio? Ydi hi'n bosib bod Gwyn Cuthbert yn defnyddio'r un car heddiw?'

'Paid â mynd o flaen gofid, Jeff,' cynghorodd Meira ef. 'Mae 'na filoedd o geir o'r un math yng Nghymru i ti – a beth bynnag, roedd hynny chwe blynedd a mwy yn ôl. Mae'r car hwnnw ar y domen sgrap erbyn hyn, mwy na thebyg.'

'Digon posib, ond wyt ti'n coelio mewn cyd-ddigwyddiadau fel'na?' Ni ddisgwyliodd Jeff am ateb i'w gwestiwn. 'Mae'n rhaid i mi fynd yn ôl i'r swyddfa. Mae 'na ryw bobl o'r pencadlys draw acw heddiw, ac mi fetia i y byddan nhw yma yn chwilio amdana i cyn bo hir os na ddangosa i 'ngwyneb yn reit handi.'

Oedd wir, meddyliodd wrth gau giât y tŷ gyda'r teclyn bach a gyrru i ffwrdd, mi oedd nifer o geir fel hwnnw yng Nghymru – ac efallai ei fod o'n poeni'n ddiangen. Er hynny, gwyddai y buasai'r posibilrwydd fod Gwyn Cuthbert yn loetran o gwmpas ei deulu yn troi yng nghefn ei feddwl nes iddo gael cadarnhad i'r gwrthwyneb.

Camodd Jeff drwy ddrws y swyddfa a dod wyneb yn wyneb â'r Uwch-arolygydd Irfon Jones, a ddwedodd wrtho fod y Prif Arolygydd Pritchard eisiau ei weld o ar unwaith.

'Dach chitha wedi cael eich galw i lawr 'ma hefyd?' meddai wrtho mewn syndod. 'Does ganddo fo ddim digon o ddynion yma yn barod, d'wch?' Gwenodd yn ddireidus ar ei bennaeth.

'Rŵan, Jeff, paid â chymryd hyn yn ysgafn. Mae dwyn tystiolaeth o orsaf heddlu'n fater difrifol – mi ddylet ti fod yn gwybod hynny. Dwyt ti ddim wedi helpu dy sefyllfa dy hun o gwbl drwy fynd allan o'r adeilad 'ma gynna, yn erbyn ei orchymyn o. Reit, dos i fyny i'w weld o … a well i ti ymddihcuro.'

Ymddiheuro, wir, meddyliodd Jeff wrth ddringo'r grisiau.

Roedd Pritchard yn disgwyl amdano â wyneb haearnaidd a safai Bevan y tu ôl iddo, yn ysu i weld Jeff yn cael ei haeddiant. Cerddodd Jeff i mewn yn hollol hamddenol, ei ddwylo yn ei bocedi.

'Clywed 'ych bod chi isio 'ngweld i, bòs,' meddai, gan wybod y byddai ei eiriau yn debygol o gorddi'r dyfroedd ymhellach. I wneud pethau'n waeth, eisteddodd i lawr heb wahoddiad. 'Wel, dach chi rywfaint callach erbyn hyn?' gofynnodd, cyn i Pritchard agor ei geg.

Neidiodd Pritchard ar ei draed, ei wyneb yn biws a'i lygaid yn llydan agored.

'Mi rois i orchymyn pendant i chi i beidio â gadael y safle 'ma. Does ganddoch chi ddim math o barch tuag at orchmynion eich uwch-swyddogion, Sarjant?'

'Ro'n i'n ymateb i alwad frys – roedd rhywun yn ymddwyn yn amheus tu allan i'r ysgol gynradd – a gan eich bod chi, yn eich doethineb, wedi rhoi gorchymyn nad oedd 'run cwnstabl i fynd allan o'r adeilad 'ma, penderfynais fynd fy hun. Gan mai bygythiad posib i fy ngwraig a 'mhlentyn i oedd o, a gan nad oedd neb arall ar gael, be arall o'n i i fod i'w wneud?'

'Parchu'r gorchymyn ac aros yma – mae lwmp mawr o ganabis, clorian a chyllell wedi diflannu, a dwi'n gwneud fy ngorau i gyfyngu ar bob cyfle i waredu'r dystiolaeth.'

''Swn i'n deall hynny petai'r canabis 'ma newydd fynd. Ond mae'n debygol iawn, os ydi o wedi gadael yr orsaf heddlu 'ma, ei fod o wedi mynd ers meitin, ymhell cyn i chi gyrraedd. A be sydd gan hynny i wneud â fi yn ymateb i alwad frys? Dach chi rioed yn deud eich bod chi'n meddwl mai fi aeth â fo? Ydw i dan amheuaeth?'

'Mi ddown ni at hynny mewn munud, Sarjant. Yn gyntaf, dwi angen gwybod yn union be fu'ch symudiadau chi heddiw, o'r munud y cyrhaeddoch chi eich gwaith.' Roedd Pritchard yn eistedd erbyn hyn ac wedi adennill rhywfaint o'i hunanfeddiant, a rhoddodd Jeff gofnod manwl iddo o'i ddiwrnod.

'A fuoch chi ddim allan o'r adeilad yn y cyfamser?'

'Naddo, ddim o gwbl,' cadarnhaodd.

Edrychodd Pritchard i gyfeiriad Bevan ac yna yn ôl at Jeff. 'Mae'n ymholiadau ni wedi datgelu nad oeddech chi yn eich swyddfa am gyfnod hir yn ystod y bore.'

'Dydi hynny ddim yn hollol gywir,' atebodd. 'Mi es i i'r cantîn am baned y tro cynta, a'r ail dro, mi es i swyddfa'r ditectifs i drafod mater efo'r ditectif dan brawf, Dan Foster. Y trydydd tro, ro'n i wedi mynd i lawr i'r ddalfa, a dyna pryd y darganfuwyd bod y canabis ar goll.'

'Ar goll? *Ar goll*, Sarjant?' cododd Pritchard ei lais eto. 'Wedi'i ddwyn mae hwn. Ond dwi am i chi ymhelaethu ynglŷn â'r tro cyntaf i chi fod yn y ddalfa'r bore 'ma.'

'Mi alwais ar y ffordd i mewn, fel y bydda i bob bore, er mwyn ffeindio pwy sy yn y ddalfa a pham.'

'Ac mi welsoch chi fod Dilys Hughes yn un o'r celloedd.' Gwyddai Jeff beth oedd yn dod nesaf. 'Ac fel y gwyddom ni, Dilys Hughes ydi eich hysbysydd chi, Nansi'r Nos.'

'Cywir.' Ochneidiodd Jeff heb geisio cuddio'i rwystredigaeth.

'Ac rydan ni wedi'ch holi chi echdoe am eich perthynas chi efo Nansi'r Nos, neu Dilys Hughes.'

'Do, a hynny heb fath o gyfiawnhad. Ac mi wnaethoch chi geisio, ar yr un pryd, i gysylltu hynny â f'eiddo personol i, os dwi'n cofio'n iawn. Hyd yn oed honni bod yna ryw fath o berthynas fasnachol rhyngddi hi a fi.'

'Mae ganddoch chi gof da,' meddai Pritchard yn sinigaidd. 'A beth wnaethoch chi yn y ddalfa y bore 'ma, ar ôl darganfod bod Dilys Hughes yn y gell?' Wnaeth Jeff ddim ateb, a bachodd Pritchard ar y cyfle i ymhelaethu. 'Wel, mi wna i'ch atgoffa chi. Mi aethoch chi at y ddau dditectif gwnstabl o'r Sgwad Gyffuriau i geisio'u perswadio nhw i beidio â chyhuddo Dilys Hughes o ddelio, a rhoi rhybudd iddi am feddiannu yn unig.'

'Wel … do.' Roedd yn rhaid i Jeff gyfaddef hynny. 'Ond do'n i ddim yn gwybod ar y pryd faint o ganabis oedd ganddi,' mynnodd.

'Pa hawl oedd ganddoch chi i ymyrryd â gwaith y Sgwad Gyffuriau?'

'Mae Nansi'r Nos, neu Dilys Hughes, wedi rhoi cymaint o wybodaeth i mi dros y blynyddoedd, doeddwn i ddim eisiau iddi gael ei chyhuddo. Mi synnech sawl ymchwiliad – rhai yn ddifrifol ofnadwy – mae hi wedi rhoi cymorth i mi efo nhw dros y blynyddoedd. Mae'r ardal yma yn well lle o'i herwydd hi.' Doedd dim diben gwadu hynny.

'Ac mi fuasech chi'n gwneud unrhyw beth i'w hachub hi rhag carchar.'

'Unrhyw beth cyfreithlon,' atebodd Jeff, heb dynnu'i lygaid oddi ar rai Pritchard.

'A be wnaethoch chi wedyn, ar ôl siarad â'r ddau dditectif?' Cododd Jeff ei ysgwyddau yn lle rhoi ateb. 'Mi aethoch i mewn i'r gell ac aros yno efo Dilys Hughes am tua deng munud. Cywir?'

'Cywir.'

'Dywedwch wrthon ni be ddigwyddodd yn y fan honno.'

Gwyddai Jeff fod Nansi wedi cael ei rhyddhau erbyn hyn, ac os nad oedd hi wedi cael ei holi gan ddynion Pritchard eisoes, mi fyddai hynny'n sicr o ddigwydd cyn bo hir. Duw a ŵyr be fyddai hi'n debygol o'i ddweud wrthyn nhw, yn enwedig dan bwysau, felly meddyliodd Jeff yn hir cyn ateb.

'Dewch, dewch, Sarjant Evans. Dim ond ychydig oriau'n ôl oedd hyn.'

Roedd Pritchard yn ei chael yn anodd cuddio'r sinigrwydd yn ei lais.

'Mi ddywedodd Ms Hughes wrtha i iddi fynd allan neithiwr efo'i ffrindiau, a'i bod hi wedi cyrraedd adref yn hwyr. Cafodd ei deffro gan yr heddlu'r bore 'ma, a dyna pryd y gwnaethon nhw ddarganfod y bloc o ganabis yn ei thŷ. Roedd hi'n mynnu nad oedd hi wedi'i weld o, nac yn ymwybodol o'i fodolaeth o, cyn hynny.'

'Ddaru hi ofyn am ryw fath o help ganddoch chi?'

'Do.'

'Ac mi ddywedoch chi ...?'

'Y byswn i'n gwneud be fedrwn i.'

'Ac ymhcn rhai oriau, diflannodd y dystiolaeth.'

'Wel, tydi hynny ddim i'w wneud â fi, Brif Arolygydd.'

'Pwy sydd wedi'i ddwyn o 'ta?'

'Wn i ddim.'

'Dewch rŵan. Chi 'di'r ditectif. Y Ditectif Sarjant Jeffrey Evans, QPM y mae pawb yn canmol cymaint arno. Cafodd yr eitemau hyn eu dwyn o dan eich trwyn chi. Reit o dan eich trwyn chi. Mi ofynnoch yn gynharach a oeddech chi dan amheuaeth – wel, yr ateb ydi eich bod chi. Dyna'r cyfan am rŵan, Sarjant Evans. Ond gwnewch yn siŵr nad ydach chi'n mynd ymhell, oherwydd mi fydda i isio'ch gweld chi eto. Dwi'n sicr o hynny. Deall?'

Ystyriodd Jeff roi ateb na fuasai Pritchard byth yn ei anghofio, ond penderfynodd beidio.

Pennod 10

Cerddodd Jeff allan o'r ystafell i'w swyddfa ei hun, ac eisteddodd i lawr tu ôl i'w ddesg. Roedd y pentwr gwaith papur wedi tyfu ers iddo'i adael, ac er nad oedd ganddo amynedd i ddelio â fo, denwyd ei lygad at y ffeil oedd ar ben y domen. Ffeil bersonol Dan Foster, wedi ei gyrru o'r pencadlys er mwyn iddo fo, ei oruchwyliwr, lunio adroddiad misol ynglŷn â chynnydd y bachgen yn ystod ei gyfnod prawf yn y C.I.D. Edrychodd trwyddi a sylweddolodd mai crynodeb yn unig ydoedd o'r ffeil a oedd yn y pencadlys. Er hynny, roedd ei chynnwys yn ddigonol i Jeff gasglu fod Dan wedi cael canmoliaeth fawr ym mhob postiad yn ystod ei gyfnod yn Heddlu Gogledd Cymru, ac ar bob cwrs y bu arno ers iddo ymuno â'r heddlu. Sylwodd Jeff fod pob cwrs ar y rhestr wedi ei gynnal yng Nghymru – tybed oedd y rhestr yn gyflawn, meddyliodd? Ta waeth am hynny, roedd Dan wedi dechrau'n arbennig o dda yn y C.I.D., ac edrychai Jeff ymlaen i gofnodi hynny yn ei ffeil bersonol pan ddeuai'r amser.

Ar gychwyn adref roedd o pan ddaeth yr Uwch-arolygydd Irfon Jones i mewn i'w swyddfa.

'Sut aeth hi?' gofynnodd.

Ysgydwodd Jeff ei ben a chau ei wefusau yn dynn. Roedd yr olwg ar ei wyneb yn ddigon o ateb.

'Yli, Jeff,' meddai'r Uwch-arolygydd. Gei di siarad yn blaen – deud wrtha i be sy ar dy feddwl di.'

Eisteddodd Jeff yn fud am sbel cyn codi ei ben.

'Maen nhw'n meddwl mai fi sy wedi dwyn y dystiolaeth 'na.'

'Wel, dwi'n dy nabod di'n ddigon da i wybod nad ydi hynny'n wir, ond edrycha di ar y sefyllfa o'u safbwynt nhw. Mae Nansi yn hysbysu i ti ers blynyddoedd. Dwi'n gwybod hynny gan mai fi oedd yn goruchwylio'r berthynas broffesiynol rhyngoch chi. Ond, a maddeua i mi am sôn, roedd amheuaeth ar un adeg ei bod hi'n dy gyflenwi dithau efo canabis, am resymau meddygol. Nid barnu ydw i rŵan, Jeff, dim ond codi'r pwnc gan fod posibilrwydd y bydd Pritchard wedi clywed hynny hefyd.'

'Roedd hynny amser maith yn ôl – mae'r cyfnod hwnnw'n teimlo fel bywyd arall erbyn hyn.'

'Ella wir, Jeff. Ond dydi hi ddim yn gyfrinach dy fod ti'n ddyn sy'n ... sut fedra i ddeud ... yn byw fel dyn cyfoethog.'

'Ac mae pawb ar dân eisiau gwybod o ble ges i'r arian. Wel, ddaeth o ddim drwy ddelio mewn cyffuriau efo Nansi'r Nos, mae hynny'n sicr i chi.'

Roedd Irfon Jones yn hanner disgwyl iddo gyfaddef ffynhonnell ei gyfoeth, ond cafodd siom.

'Mi wnest ti beth annoeth y bore 'ma yn trafod achos Nansi efo'r ddau o'r Sgwad Gyffuriau, ac roedd yn sicr yn syniad gwael mynd i mewn i'w chell hi wedyn, Jeff.'

'Ha! Dach chi'n meddwl y byswn i wedi mynd yn agos i'r lle taswn i'n gwybod bod y cyffuriau, a gweddill y dystiolaeth, ar fin diflannu? Dim ffiars o beryg!'

'Felly mae'n rhaid i ni ofyn oes cysylltiad rhyngddat ti a diflaniad y cyffuriau.'

'O, peidiwch *chi* â dechrau, plis.'

'Paid â 'nghamddeall i, Jeff. Does 'na ddim ond ychydig

ddyddiau ers i mi sôn wrthat ti fod Gwyn Cuthbert allan o'r carchar.'

Synnodd Jeff fod Irfon Jones ar yr un trywydd â fo.

'Mae'n hollol amhosib i ddyn fel Cuthbert fedru trefnu i rwbath gael ei ddwyn o stafell sydd dan glo mewn gorsaf heddlu,' rhesymodd.

'Dwi'm yn gwadu hynny, ond mae'n werth cymryd cam yn ôl ac edrych ar yr hyn sy wedi digwydd ers iddo gael ei ryddhau.'

'A deud y gwir wrthach chi, dydw i ddim wedi meddwl am ddim byd arall,' cyfaddefodd Jeff. 'Mae sawl peth amheus – y llythyr dienw yn cyrraedd y pencadlys, hwnnw ddaeth â'r Pritchard 'na draw i ddechrau busnesu yn fy mywyd i. Darn mawr o ganabis yn cael ei guddio yn nhŷ Nansi ac yna'n diflannu, a finnau, yn rêl ffŵl, yn rhoi fy hun yng nghanol yr holl achos. Ac ar ben hynny i gyd mae rhywun, Cuthbert efallai, wedi bod yn loetran o gwmpas ysgol yr hogyn 'cw.'

'Argian, do'n i ddim yn gwybod am hynny.'

Eglurodd Jeff y sefyllfa iddo.

'Be sy'n gwneud i ti feddwl mai Cuthbert oedd o?' gofynnodd Irfon Jones yn eiddgar.

'Dim byd ond yr amgylchiadau – a bod y car sy wedi cael ei weld ger yr ysgol yn debyg eithriadol i'r un roedd Dafi MacLean yn ei yrru cyn iddo gael ei ladd.'

'Tybed wyt ti'n trio creu cysylltiad o gyd-ddigwyddiad? Mae hynna'n swnio'n annhebygol iawn.'

Daeth ymateb ei bennaeth â gwên i wyneb Jeff.

'Efallai wir eich bod chi'n iawn, a dwi'n sylweddoli hynny, wrth gwrs, ond does gen i ddim trywydd arall i'w ddilyn ar hyn o bryd.'

'Wel ... ydi, mae Cuthbert yn un peryglus. Wyt ti isio i mi wneud trefniadau i rywun gadw golwg ar dy dŷ di heno?'

'Na, dim diolch. Efallai 'mod i'n gwneud môr a mynydd o hyn, a dwi ddim isio edrych fel hurtyn o flaen pawb. Yn enwedig Pritchard a'r Bevan 'na.'

'Digon teg – ond paid â gwneud pethau'n waeth drwy roi Cuthbert dan glo heb dystiolaeth, beth bynnag wnei di,' awgrymodd Irfon Jones. 'Dwi'n gwybod am dy driciau di.'

Roedd hi'n tynnu am saith o'r gloch pan adawodd Jeff orsaf yr heddlu a throi am adref. Tarodd ar Dan Foster, oedd yn gadael yr adeilad yr un pryd.

'Ti wedi cael diwrnod hir, Dan,' sylwodd.

'Hir a llwyddiannus,' atebodd y dyn ifanc. 'Mi fyswn i wedi medru gwneud mwy taswn i heb orfod gwastraffu amser efo'r dynion sodlau rwber 'na. Dwi'n mynd adra am hoe fach, ac mi fydda i yn f'ôl yn hwyrach heno i dacluso tipyn ar y gwaith papur.'

'Cofia fod gen ti fywyd tu allan i'r lle 'ma,' gwaeddodd Jeff ar ei ôl, gan dynnu ei ffôn symudol o'i boced er mwyn ffonio Meira. Byddai'n hoffi gadael iddi wybod ei fod ar y ffordd adref. Gwelodd fod neges destun ar y ffôn nad oedd o wedi sylwi arni yn gynharach. Gwelodd mai Nansi a'i hanfonodd hi.

Diolch i ti am sortio bob dim allan i mi heddiw. O'n i'n meddwl 'i bod hi 'di gorffen arna i.'

'Paid â sôn,' atebodd yn ôl, gan ddifaru'n syth. Pwysodd y botwm i ddileu'r neges, yn ymwybodol y byddai cofnod ohoni yn dal i fodoli ar ryw system yn rhywle, petai Pritchard a'i giwed yn penderfynu twrio ymhellach i'w faterion personol.

Treuliodd Jeff y gyda'r nos ym mreichiau Meira. Nid oedd arno awydd bwyd pan gyrhaeddodd adref, na hyd yn oed wydraid o win. Roedd Twm eisoes yn cysgu'n sownd pan aeth Jeff i'w lofft i ddweud nos da wrtho.

Doedd Jeff ddim wedi bwriadu sôn wrth Meira am ddigwyddiadau'r dydd, ond newidiodd ei feddwl pan ystyriodd y byddai ei wraig, y blismones brofiadol, yn deall y sefyllfa gystal ag yntau. Ond ar ôl trin a thrafod, doedd ganddi hithau ddim eglurhad synhwyrol i'w gynnig chwaith. Aeth y ddau i'r gwely.

'Jeff, Jeff, deffra. Ma' 'na rwbath tu allan!'

Deffrowyd Jeff gan sibrwd taer Meira, oedd yn ei ysgwyd. Edrychodd ar wyneb y cloc wrth ei ochr. Ugain munud i hanner nos. Mae'n rhaid ei fod wedi cysgu'n sydyn ac yn hynod o drwm.

'Be sy?' gofynnodd, ond wrth godi ar ei eistedd gwelodd olau anarferol yn llewyrch ar gyrtens yr ystafell wely, a neidiodd i'r ffenest. Roedd clawdd eithin trwchus yn gwahanu ei ardd oddi wrth y cae drws nesaf i'r tŷ, a oedd tua hanner canllath oddi wrth yr adeilad, ac roedd hwnnw ar dân. Roedd y fflamau'n dew ac uchel ac yn lledaenu ar hyd y clawdd yn ddychrynllyd o sydyn. Yn y pellter gwelai olau glas yn fflachio, yn arwydd bod y gwasanaeth tân ar ei ffordd yn barod.

'Aros di yn fama efo Twm,' galwodd Jeff ar Meira wrth dynnu ei ddillad amdano a rhedeg i lawr y grisiau. Pan aeth allan, gan gloi'r drws ffrynt ar ei ôl ac agor y giât drydan, gwelodd fod y tân yn dal i ruo, ond diolchodd nad oedd y gwynt yn ei chwythu i gyfeiriad y tŷ. Roedd y dynion tân yn brysur wrth eu gwaith erbyn iddo eu cyrraedd.

'Pwy dach chi?' clywodd Jeff lais y prif swyddog tân wrth ei ochr.

'Fi sy'n byw fan'cw,' meddai, gan bwyntio draw at y tŷ. 'Sut ddigwyddodd hyn?'

'Duw a ŵyr,' meddai'r swyddog, 'yn enwedig yng nghanol nos fel hyn.'

Sylweddolodd Jeff yn sydyn fod plismon mewn iwnifform wrth ei ochr, a gwelodd Dan Foster yn rhedeg i'w gyfeiriad hefyd.

'Be ti'n wneud yma, Dan?' gofynnodd yn ddryslyd.

'Ar y ffordd adref o'n i pan welais yr injan dân yn gyrru trwy'r dref. Mi es yn ôl i'r stesion a deall mai yma oedd y tân. Be sy 'di digwydd?'

Cymerodd dros ddwyawr i ddiffodd y tân yn llwyr, ac ar ôl sicrhau fod popeth yn ddiogel daeth y prif swyddog yn ôl at Jeff a Dan, ocdd wedi bod yn gwylio ymdrechion y dynion tân o'r lôn.

'Wel, Ditectif Sarjant Evans, mae gen i ateb i'ch cwestiwn chi,' meddai. 'Mi gafodd y tân yma ei gynnau yn fwriadol.'

'Sut wyddoch chi hynny?' gofynnodd Jeff.

'Arogl petrol,' meddai. 'Heb os nac oni bai, mae rhywun wedi defnyddio tanwydd i ddechrau'r tân yma – a digon ohono fo hefyd – ar hyd yr holl glawdd.'

Edrychodd Jeff a Dan ar ei gilydd. Dechreuodd meddwl Jeff garlamu – i un cyfeiriad yn unig.

Roedd y wawr ar fin torri pan ddychwelodd Jeff i'r tŷ. Rhoddodd y goriad yn y clo ac agor y drws. Clywodd sŵn rhywbeth yn llusgo ar hyd y llawr yr ochr arall i'r drws wrth iddo'i wthio, a rhoddodd y golau ymlaen i weld beth oedd yno. Bocs o fatsys. Llifodd oerfel dychrynllyd trwy'i gorff a gwaeddodd i fyny'r grisiau.

'Meira? Ti'n iawn? Lle mae Twm?'

Ymddangosodd Meira ym mhen y grisiau a Twm yn cysgu'n sownd yn ei breichiau. Amneidiodd arno i dawelu.

'Mi fydda i fyny mewn chwinciad,' meddai, yn diolch i'r nefoedd eu bod yn saff. 'Paid â phoeni, ma' pob dim yn iawn.'

Edrychodd yn ôl i gyfeiriad y bocs matsys, ac aeth i'r ystafell ymolchi i lawr grisiau. Chwiliodd am y plyciwr ym mag colur Meira, a brysiodd i'r gegin i chwilio am un o'r bagiau plastig y byddai Meira'n eu defnyddio i gadw bwyd yn y rhewgell. Aeth yn ôl at y drws ffrynt, a chodi'r bocs bychan yn ofalus a'i roi yn y bag. Roedd pwysau'r bocs yn awgrymu ei fod yn llawn.

Gwyddai Jeff ddau beth – yn gyntaf, nid o'i gartref o ddaeth y bocs, ac yn ail, doedd o ddim ar lawr tu ôl i'r drws ffrynt pan ruthrodd Jeff allan at y tân yn gynharach. Roedd rhywun wedi ei roi o drwy'r twll llythyrau – y twll llythyrau yn y drws yn hytrach na'r un ddefnyddiai'r postmon wrth y giât – tra bu Jeff allan. Roedd yn debygol iawn mai'r un person roddodd y clawdd ar dân. Neges oedd hon – byddai wedi bod yn hawdd i bwy bynnag oedd yn gyfrifol dywallt tanwydd trwy'r twll llythyrau a llosgi'r tŷ.

Ceisiodd Jeff feddwl. Pam llosgi'r clawdd yn hytrach na llosgi'r tŷ? Pam heno? Pam fo? Doedd dim ond un rheswm, penderfynodd – ymgyrch i'w aflonyddu, i godi ofn arno, oedd hon, nid ymgais i ladd trigolion y tŷ. Wel, roedd pwy bynnag oedd yn gyfrifol wedi llwyddo i wneud hynny, yn sicr. Mae'n rhaid bod cysylltiad rhwng hyn a digwyddiadau'r dyddiau diwethaf – ac roedd y llosgi hwn yn debycach i steil Gwyn Cuthbert na chuddio canabis yn nhŷ Nansi a dwyn tystiolaeth o swyddfa'r heddlu.

Penderfynodd Jeff ei bod yn hen bryd iddo ymweld â Cuthbert. Cynta'n y byd, gorau'n y byd.

Pennod 11

Cyrhaeddodd Jeff orsaf heddlu Glan Morfa ychydig cyn naw o'r gloch. Ni chysgodd lawer ar ôl dychwelyd i'w wely am dri y bore hwnnw. Roedd yn awyddus i yrru'r bocs matsys i'r labordy fforensig rhag ofn fod DNA arno, ac ar ôl gwneud hynny, aeth i holi staff switsfwrdd y gwasanaethau brys. Gwnaed yr alwad frys ynglŷn â'r tân am bum munud ar hugain wedi un ar ddeg o ffôn cyhoeddus ar gyrion y dref. Aeth Jeff yn syth yno a chraffu'n fanwl o gwmpas y ciosg. Dim byd. Sylwodd nad oedd y ffôn yn derbyn arian parod, dim ond cardiau. Dechreuodd edrych o gwmpas cyffiniau'r ciosg, a gwelodd gerdyn ffôn ar y ddaear gerllaw. Ystyriodd y sefyllfa cyn ei godi. Oedd siawns bod y cerdyn wedi cael ei ollwng gan y sawl wnaeth yr alwad frys? Annhebygol iawn, ond roedd gan Jeff enw am ddilyn pob trywydd nes iddo gael yr ateb roedd o'n ei ddeisyfu. Yn ogystal, roedd hwn yn fater personol, yn fater oedd yn mynd yn llawer dyfnach na thân mewn clawdd. Cododd y cerdyn yn ofalus a'i roi mewn bag plastig. Er na fyddai angen talu i wneud yr alwad frys, doedd Jeff ddim yn fodlon anwybyddu'r posibilrwydd nad oedd pwy bynnag wnaeth yr alwad honno wedi gwneud galwad arall gan ddefnyddio'r cerdyn hwn.

Curodd ar ddrysau nifer o'r tai oedd yng ngolwg y ciosg, rhag ofn bod rhai o'r preswylwyr wedi sylwi ar rywbeth y noson cynt. Dim lwc – nes iddo gyrraedd y tŷ olaf, er bod hwnnw bron i ganllath oddi wrth y ciosg. Roedd y wraig yno wedi mynd â bag sbwriel i'r bin ychydig cyn hanner awr wedi un ar ddeg ac wedi sylwi ar gar mawr du wedi'i barcio gyferbyn â'i thŷ. Dywedodd fod y gyrrwr wedi cerdded y canllath oddi yno i'r ciosg. Roedd hi wedi rhyfeddu, meddai, nad oedd o wedi parcio'n nes, ac wedi synnu gweld dyn gweddol ifanc yn defnyddio ffôn cyhoeddus a chan bawb, bron â bod, ffôn symudol erbyn hyn. Methodd roi disgrifiad llawn o'r dyn, heblaw ei fod o'n berson tal ac abl yr olwg.

Car mawr du, myfyriodd Jeff, a disgrifiad o ddyn tebyg i Cuthbert.

Dychwelodd i'r swyddfa toc wedi deg, fel yr oedd Dan yn cyrraedd.

'Braidd yn hwyr borc 'ma, Dan,' meddai'n hwyliog.

'Mi sylweddolais nad ydi naw awr o gwsg mewn dwy noson yn gwneud lles i mi o gwbl.'

'Gweld dim bai arnat ti. Gwranda, ar ôl i ti gael dy wynt atat, tyrd draw i 'ngweld i, wnei di? Dwi isio gair ynglŷn â neithiwr.'

'Iawn, D.S.'

Ar ôl cyrraedd ei swyddfa estynnodd Jeff y cerdyn ffôn er mwyn ei yrru i'r labordy. Roedd wedi penderfynu y byddai'n ymddiried yn Dan, gan rannu peth o'r hyn fu'n ei boeni dros y dyddiau diwethaf, ond roedd yn gyndyn o ddweud y cwbl wrtho. Byddai'n ddefnyddiol cael rhywun yn ei ddillad ei hun, yn hytrach na phlismon mewn iwnifform, i gadw golwg ar giât yr ysgol pan fyddai Meira yn nôl a danfon Twm yno. Cododd ar ei draed pan glywodd gnoc Dan ar y drws.

'Tyrd i lawr i'r cantîn,' awgrymodd Jeff. 'Mi gawn ni sgwrs dros baned.'

Cariodd Jeff ddwy baned o goffi at y bwrdd pellaf oddi wrth y cownter, cyn belled â phosib oddi wrth glustiau pawb arall oedd yn yr ystafell fwyta. Rhoddodd un o flaen Dan.

'Diolch i ti am neithiwr,' meddai.

'Peidiwch â sôn. Cyd-ddigwyddiad oedd i mi glywed yr alwad,' meddai, gan droi ei lwy yn ei gwpan yn araf ac edrych i lygaid Jeff. 'Ond dwi ddim yn dallt,' parhaodd. 'Be sy'n digwydd?'

'Dydw i ddim yn siŵr iawn fy hun,' atebodd Jeff. 'Dyna pam dwi isio gair efo chdi. Dwi'n credu bod rhywun yn trio fy nychryn i, ond dwi ddim isio i bawb gael gwybod,' meddai, gan edrych o'i gwmpas. 'Ddim ar hyn o bryd, o leia. Fel ti'n gwybod, tân bwriadol oedd hwnna neithiwr.'

'Ac mor agos i'ch tŷ chi – roedd hynny ar bwrpas felly?'

'Oedd, ond nid dyna'r cwbwl. Pan es i 'nôl i'r tŷ ar ôl dy adael di yn oriau mân y bore 'ma, roedd rhywun wedi taflu bocs matsys drwy'r twll llythyrau.'

'Be? Tra roeddech chi allan? Pan oeddan ni efo'n gilydd wrth y tân?'

'Ia.'

'Rargian, ma' hynna'n anhygoel. Mae'n rhaid bod gan bwy bynnag wnaeth hynny goblyn o wyneb i wneud y fath beth i chi.'

Gwelodd Jeff fod meddwl y bachgen ar waith. Penderfynodd ymhelaethu.

'Mae 'na rywun wedi bod yn ymddwyn yn amheus tu allan i'r ysgol gynradd mae Twm yn ei mynychu – ddwywaith yr wythnos yma.' Dywedodd Jeff yr hanes wrtho.

'Ac mi ydach chi'n poeni am Meira a Twm, mae'n siŵr.' Cymerodd Dan lymaid o'i goffi heb dynnu ei lygaid oddi ar wyneb Jeff.

'Wrth gwrs,' atebodd yntau. 'Ond dwi'n cymryd rhywfaint o gysur o'r faith nad ydi pwy bynnag sy'n gyfrifol wedi eu bygwth, na mynd yn agos atyn nhw. Mi gafodd o gyfle i'w niweidio nhw neithiwr tra o'n i allan o'r tŷ, a wnaeth o ddim. Felly fi ydi'r targed. Dwi'n bendant o hynny.'

'A phwy dach chi'n meddwl sy'n gyfrifol?' gofynnodd Dan yn awyddus.

'Wel, mae gen i rywun dan amheuaeth, ac mi ydw i'n bwriadu mynd i'w weld o heddiw.'

'Ydach chi isio i mi ddod efo chi? Mae dau yn well nag un mewn amgylchiadau fel hyn,' awgrymodd Dan.

'Na. Ond diolch i ti am gynnig. Ti'n gweld, does gen i ddim tystiolaeth o gwbl mai hwn sy'n gyfrifol, ac mae'n well i mi gael sgwrs efo fo ar fy mhen fy hun. Dim ond ei amau o ydw i ac, a deud y gwir, does 'na ddim llawer o sail i'r amheuon rheini chwaith. Dim ond bod gan ei hanner brawd o gar tebyg chwe neu saith mlynedd yn ôl.' Chwarddodd Jeff wrth sylweddoli mor wan oedd y cysylltiad yn swnio.

'Dwi'm yn eich coelio chi, D.S. – ma' raid bod ganddoch chi fwy na hynny.'

'Wel,' cyfaddefodd Jeff, 'mae 'na rywfaint o debygrwydd rhyngddo fo a gyrrwr y car sy wedi'i weld wrth yr ysgol yr wythnos yma ... ac mi wnaeth o 'mygwth i pan yrrwyd o i'r carchar chwe blynedd yn ôl. Newydd gael ei ryddhau mae o, felly dim ond mynd draw i weld be di'r sgôr ydw i i ddechra, ac mi ga i weld be 'di'r sefyllfa wedyn.'

Nodiodd Dan ei ben i gadarnhau ei ddealltwriaeth.

'Ydach chi'n siŵr nad ydach chi isio i mi ddod efo chi?' gofynnodd yr eilwaith.

'Na, dim diolch, ond mae 'na rwbath y medri di 'i wneud i mi, os gweli di'n dda.'

'Rwbath. Mi fedrwch chi ddibynnu arna i.'

'Dos i'r ysgol pnawn 'ma pan fydd hi'n amser i'r plant ddod adra, o gwmpas y tri 'ma, rhag ofn na fydda i yn f'ôl erbyn hynny. Dwi ddim isio i ti wneud dim, jyst cadw llygad barcud ar bwy bynnag sy o gwmpas, cael rhif unrhyw gar amheus ac yn y blaen.'

'Siŵr o wneud, D.S.'

Ddwy awr yn ddiweddarach roedd Jeff yn gyrru'r Touareg i fyny ac i lawr stryd o dai teras mewn tref ddeugain milltir o Lan Morfa. Cyfeiriad un o'r tai yn y stryd hon, tŷ ei gariad, roddodd Gwyn Cuthbert i'r awdurdodau pan gafodd ei ryddhau o garchar agored Prescoed bythefnos ynghynt. Nid oedd Mitsubishi L200 Animal ar gyfyl y lle. Gyrrodd Jeff rownd y cefnau lle'r oedd sawl garej a digon o le i'r preswylwyr gadw eu ceir – a digon o le i fechgyn ifanc yr ardal chwarae pêl-droed hefyd, yn ôl pob golwg. Roedd Mitsubishi mawr du yno, a'r sgrifen 'Animal' ar ei ochr. Tybed ai Cuthbert oedd y perchennog?

Dringodd Jeff allan o'i gar a cherddodd draw at y cerbyd. Roedd yn siŵr mai hwn oedd car MacLean gynt – er ei fod yn naw oed bellach nid edrychai'n llawer gwaeth na'r tro diwetha i Jeff ei weld. Meddyliodd Jeff am MacLean – roedd Cuthbert yn honni fod Jeff wedi'i yrru o i'w fedd, ac efallai fod rhywfaint o wirionedd yn yr honiad hwnnw. Ac ar ôl yr holl flynyddoedd roedd yr achos hyll wedi dod yn ôl i'w frathu.

Ceisiodd Jeff edrych i mewn drwy'r ffenestri tywyll, ond roedd hi'n anodd gweld dim. Roedd o'n amau ei fod yn gweld potel fawr blastig yn y cefn. Addas i gario petrol, meddyliodd.

Trawyd Jeff yn ei gefn â phêl y bechgyn oedd yn chwarae gerllaw, a gwyrodd i lawr i'w chodi. Rhedodd un ohonynt, bachgen tua deg oed, ato a lluchiodd Jeff y bêl yn ôl i'w gyfeiriad.

Diolch,' meddai. 'Peidiwch â chyboli efo'r car 'na beth bynnag wnewch chi. Ma'r boi sy bia fo newydd fod yn jêl.'

'Well i mi fod yn ofalus felly,' atebodd Jeff. Geiriau'r diniwed, myfyriodd.

Cerddodd yn ôl at ei gar, a'i barcio y tro hwn tua dau gan llath i lawr y ffordd o dŷ cariad Cuthbert. Cerddodd yno a chnociodd yn drwm ar y drws. Daeth dynes yn ei thridegau i'w ateb.

'Lle mae Cuthbert?' gofynnodd Jeff heb roi cyfle iddi agor ei cheg.

'Pwy dach chi?' gofynnodd.

'Rhywun efo neges i'r bastad hyll. Dos i'w nôl o.'

Gwnaeth hynny'r tric, ac mewn eiliad daeth y dyn ei hun i'r golwg. Safodd yn fygythiol yn ffrâm y drws, ei ben wedi'i eillio hyd at y croen. Roedd Jeff wedi anghofio ei fod ymhell dros ddwy lathen o daldra, bron mor dal â'i hanner brawd, ond roedd yn amlwg fod ei gyfnod yn y carchar wedi effeithio arno. Edrychai fel petai wedi colli pwysau ac roedd ei groen yn lliw llwyd afiach, yn arwydd nad oedd o wedi gweld llawer o olau'r haul.

Roedd yn amlwg o'r casineb pur ar ei wyneb a'r malais yn ei lygaid fod Cuthbert wedi adnabod y ditectif sarjant yn syth. Heb arddangos unrhyw fath o emosiwn rhedodd

Jeff ei fys canol ar draws ei wddf ei hun, yn union fel y gwnaeth Cuthbert o'i flaen o yn Llys y Goron yr Wyddgrug.

'Disgwylia di, y cachgi dditectif uffarn. Wyddost ti ddim pryd fydda i'n dod amdanat ti.' Poerodd Cuthbert y geiriau i gyfeiriad Jeff. 'Does 'na neb o dy gwmpas di yn saff o hyn ymlaen, cofia di hynny.'

A'i deulu bach yn llenwi ei feddwl, ffrwydrodd Jeff. Cyn iddo sylweddoli'r hyn a wnaeth, roedd Cuthbert yn gorwedd ar stepen y drws o'i flaen yn griddfan, a'i gariad yn sgrechian nerth esgyrn ei phen y tu ôl iddo. Yn reddfol, ac yn annisgwyl, roedd Jeff wedi plannu dwrn caled yng nghanol ei stumog, yn union o dan ei asennau, a syrthiodd y gŵr mawr fel plwm gan daro ei ben yn ffrâm y drws. Disgynnodd Jeff arno eilwaith, gan roi ei ben-glin ar frest Cuthbert a gwasgu ei law dde'n dynn o gwmpas ei wddf.

'Mi fydda i'n barod amdanat ti ryw dro, 'ngwas i – ond ty'd di'n agos i 'nhŷ neu 'nheulu i eto, yn dy fedd fyddi di, y diawl hyll, yn union fel dy frawd. Wyt ti'n dallt?'

Gwasgodd Jeff wddf Cuthbert yn galetach fyth cyn codi, troi ar ei sawdl a'i adael yn tagu ar y llawr. Cerddodd yn bwyllog at ei gar, heb droi i wylio'r cynnwrf yr oedd o wedi'i greu. Sylwodd fod un neu ddau o gymdogion Cuthbert wedi dod allan am sbec.

Wrth yrru yn ei ôl i gyfeiriad Glan Morfa daeth ato'i hun, a dechrau difaru ei fod wedi creu'r fath lanast. Gwyddai ei fod wedi mynd dros ben llestri, ond roedd y bygythiad i Meira a Twm bach wedi bod yn ormod iddo. Ceisiodd ddarbwyllo'i hun nad oedd achos iddo deimlo'n edifar. O leiaf mi fyddai Cuthbert yn gwybod lle roedd o'n sefyll o hyn ymlaen ... ond beth fyddai canlyniadau hynny?

Pan nesaodd at Lan Morfa, penderfynodd Jeff fynd adref ar ei union. Gallai ei waith aros tan fory. Mi fyddai bron yn bump o'r gloch cyn iddo gyrraedd gorsaf yr heddlu p'run bynnag, ac roedd yn hen bryd iddo gael noson yng nghwmni Twm.

Defnyddiodd y teclyn bach cyntaf i agor y giât a'r ail i agor drws y garej, a gyrrodd i mewn.

'Dwi adra,' galwodd wrth gerdded trwy'r drws i'r gegin.

Neidiodd Twm oddi wrth y bwrdd bwyd ac yn syth i'w freichiau. Gwenodd Meira arno. Fel hyn yr oedd pethau i fod, meddyliodd Jeff.

Ar ôl iddo gael cawod, newid i'w shorts a chwarae efo Twm am awr cyn iddo fynd am ei wely, cafodd Meira a Jeff ryddid i fwyta'n hamddenol. Yna eisteddodd y ddau yn y stafell haul gan edrych draw ar ewyn y tonnau'n golchi'r creigiau duon islaw. Rhoddodd Jeff ei law yn ysgafn ar fol chwyddedig Meira a gwenodd, ond ni pharhaodd y wên yn hir.

'Be sy'n bod arnat ti heno, Jeff? Dwi'n dy nabod di'n rhy dda – mae 'na rwbath ar dy feddwl di.'

Adroddodd Jeff fanylion ei gyfarfod â Gwyn Cuthbert.

'O, Jeff, ma' hi'n hen bryd i rywun siarad yn gall efo chdi, wir. Be ddiawl ddaeth drostat ti? Dwyt ti na neb arall yn gwybod yn bendant mai fo sydd wrthi.'

'Fo sydd wrthi, yn saff i ti. Fo fu yma neithiwr, a fo sy wedi bod o gwmpas yr ysgol hefyd. Dwi'n gobeithio 'mod i wedi cnocio dipyn bach o sens iddo fo heddiw, ond mi fydd yn rhaid i ni fod yn wyliadwrus o hyd.'

'Sôn am fod yn wyliadwrus, mi oedd Dan Foster wrth yr ysgol pnawn 'ma pan es i i nôl Twm am dri.'

'Da fo. Fi ofynnodd iddo fo fynd, gan nad oeddwn i ar gael.'

'Wyddost ti ei fod o wedi cynnig fy nilyn i'r holl ffordd adra hefyd, chwarae teg iddo fo. Ond mi wrthodis i, am fy mod i isio gwneud chydig o siopa ar y ffordd.'

Ydi,' cytunodd Jeff. 'Mae o'n fachgen da. Mae gen i lot o ffydd ynddo fo.'

Pennod 12

Bu'r deuddydd canlynol dipyn yn llai cythryblus. Roedd yr haul yn dal i dywynnu ar drigolion Glan Morfa a'r miloedd o ymwelwyr oedd yn treulio'u gwyliau haf yn yr ardal. Roedd llwyddiant Dan Foster yn dditectif ar brawf yn plesio Jeff ac uwch-swyddogion y pencadlys rhanbarthol yng Nghaernarfon. Yn dilyn y cyhuddiadau yn erbyn Jaci Thomas, arestiwyd saith o ladron eraill, a naw yn ychwaneg am dderbyn eiddo wedi'i ddwyn. Yn sicr, roedd Dan yn gwneud enw da iddo'i hun.

Roedd yr Prif Arolygydd Pritchard a Sarjant Bevan yn dal i browla o gwmpas y lle, ond cyn belled ag y gwyddai Jeff, nid oeddynt damed yn nes at ddarganfod lleoliad y canabis, y glorian na'r gyllell a ddiflannodd. O leiaf doedd Pritchard ddim wedi procio mwy i fywyd personol Jeff ac yr oedd hynny'n ei siwtio'n iawn. Roedd plismona yn waith digon anodd heb i rywun orfod edrych dros ei ysgwydd bob munud.

Ar y naill law, synnai Jeff nad oedd Gwyn Cuthbert wedi gwneud cwyn swyddogol yn ei erbyn, ond ar y llaw arall, gwyddai fod ganddo fo a'i debyg ffyrdd amgenach o ddial. Roedd Jeff wedi dechrau edrych yn gyson ac yn fanwl o dan ei gar, a char Meira hefyd, a diolchodd ei fod yn gallu eu cadw dan glo dros nos. Gwnaeth yn siŵr fod system ddiogelwch y tŷ yn gweithio'n iawn, a rhoddwyd lampau ychwanegol o gwmpas y lle â synwyryddion arnyn nhw, fel bod unrhyw symudiad yn y tywyllwch yn peri i olau llachar foddi holl libart y tŷ. Er i Jeff awgrymu i Meira y byddai'n syniad da iddi hi a Twm fynd i aros i dŷ ei rhieni am sbel, mynnodd Meira na fyddai neb yn cael ei hel hi o'i chartref. Roedd yn rhaid i Jeff gyfaddef, yn ddistaw bach, ei fod yn falch mai dyna oedd ei phenderfyniad.

Ni fu adroddiadau am unrhyw geir amheus o flaen yr ysgol ers rhai dyddiau, a mynnodd Meira nad oedd angen i'r cwnstabliaid lleol fod yno bellach. Er hynny, yn ddiarwybod iddi, byddai Jeff ei hun yn cadw golwg ar yr ysgol o bell, allan o'i golwg hi a phawb arall.

Eisteddai Jeff yn ei gar un pnawn yn ei gwylio'n sgwrsio â'r mamau eraill, yn gafael yn dynn yn llaw Twm. Rhoddodd y bachgen yn sedd gefn y Passat, ei glymu'n sownd yn ei sedd fach a gyrru i ffwrdd. Wedi iddi fynd edrychodd o'i gwmpas – doedd dim sôn am neb amheus a dim golwg o'r Mitsubishi Animal. Aeth Jeff yn ôl i'r swyddfa.

Lai na deng munud ar ôl iddo eistedd wrth ei ddesg, canodd ei ffôn symudol. Meira. Gwenodd Jeff wrth ateb yr alwad ond newidiodd ei wedd mewn amrantiad.

'Jeff! Jeff! Mae rhywun 'di cipio Twm!'

'Be? Lle wyt ti? Be ddigwyddodd?'

'Tu allan i'r tŷ. Fan wen. Fan fach wen. Ches i'm cyfle ...'

'Pa ffordd?'

'Yn ôl am y dre.'

'Aros lle wyt ti. Dwi ar y ffordd.'

Rhedodd allan o'i swyddfa ond oedodd wrth ddrws swyddfa'r ditectifs. Dan Foster oedd yr unig un yno.

'Gwranda, Dan. Mae hyn yn bwysig. Mae Twm newydd gael ei herwgipio o flaen y tŷ 'cw gan rywun mewn fan fach wen, ac ma' hi'n dod i gyfeiriad y dre. Galwa ar y radio ar bob plismon sy allan, yna cysyllta â'r pencadlys – mae angen stopio a chwilio pob fan wen o fewn hanner can milltir i Lan Morfa. Yna gofyn i'r C.I.D. lleol gadarnhau lleoliad dyn o'r enw Gwyn Cuthbert. Mitsubishi mawr du sy ganddo fo. Ysgrifennodd y cyfeiriad yn sydyn ar ddarn o bapur a'i bwyso i law'r cyw dditectif.

Ni ddywedodd Dan air. Cymerodd y darn papur ac aeth yn syth i'r ystafell reoli. O'r fan honno gallai wneud y cyfan a ofynnodd Jeff.

Safai Meira'n ddiymadferth wrth y giât, ei dagrau'n llifo a'i hwyneb yn goch. Gafaelodd Jeff ynddi a dechreuodd ddweud yr hanes, ond doedd ei geiriau'n gwneud fawr o synnwyr.

'Cymer bwyll, a deud wrtha i'n ara deg.' Ceisiodd yn aflwyddiannus i'w chysuro er bod ei bryder yntau'n prysur gynyddu. 'Ma' pawb allan yn chwilio amdano fo, coelia fi.'

'Arafu wnes i, i agor y giât, gan 'mod i wedi methu dod o hyd i'r teclyn bach. Ro'n i'n siŵr ei fod o yn y boced yn ochr drws y car, achos ro'n i wedi'i ddefnyddio fo pan es i allan, ond doedd o ddim yno. Mi es i allan o'r car i agor y giât, a phan o'n i'n pwyso rhifau'r PIN i mewn i'r bocs, dyna pryd ddigwyddodd o.'

'Sut yn union?'

'Mi welais i'r fan wen 'ma'n dod, ond doedd 'na ddim yn anghyffredin amdani. Nes i ddim meddwl bod dim o'i le wrth iddi arafu a stopio, achos mi oedd 'na gar arall yn dod i'w chyfarfod. Eiliad ddaru'r holl beth gymryd. Pan drois i rownd ma' raid bod Twm yn y fan yn barod. O, ma'n ddrwg gen i, Jeff. Fy mai i ydi o. Ddylwn i fod wedi cloi'r car.'

'Welaist ti rywun?'

'Naddo. Mi ddigwyddodd pob dim mor sydyn. Mi feddyliais i yrru ar ei ôl o, ond roedd o wedi mynd â goriad y car hefyd.'

Roedd pwy bynnag a oedd yn gyfrifol am hyn yn gwybod yn union beth oedd o'n wneud, sylweddolodd Jeff, roedd hynny'n bendant – ac wedi cynllunio popeth o flaen llaw. Gafaelodd yn Meira eto, a cheisiodd yn aflwyddiannus i'w chysuro.

'Lle mae'r teclyn agor y giât rŵan?' gofynnodd. 'Ddoist ti o hyd iddo fo?'

'Naddo,' atebodd, yn crynu fel deilen hyd yn oed yng ngwres yr haul.

'Ma' raid 'i fod o wedi'i gymryd o'r car o flaen llaw. Lle arall fuest ti cyn mynd i'r ysgol?'

'Mi stopiais i bostio llythyr ar y ffordd.' Caeodd ei llygaid ac ochneidiodd yn ysgafn wrth gofio. 'Nes i ddim cloi'r car, ond do'n i ddim mwy na hanner munud yn y bocs postio.'

Digon o amser i ddwyn y teclyn, tybiodd Jeff, yn enwedig os oedd yr herwgipiwr yn gwybod lle roedd o'n cael ei gadw.

Canodd y ffôn yn ei boced. Rob Taylor.

'Jeff, mi ydan ni wedi dod o hyd i'r fan yng nghefn y fynwent ar y lôn allan o'r dre sy'n arwain at y ffordd osgoi. Un wedi ei dwyn o swydd Caer neithiwr ydi hi, ond does 'na neb ynddi.'

'Sut gwyddost ti mai hon 'di'r fan a ddefnyddiwyd i gipio Twm, Rob?'

'Am fod 'na oriadau Volkswagen ar lawr o flaen sêt y gyrrwr. Gwranda, mi ofynna i i Heulwen ddod draw os leci

98

di. Mi fydd cysur ffrind yn lles i Meira, ac fel ti'n gwybod, mae hi'n nyrs brofiadol ... o gofio cyflwr Meira ... y babi ...'

'Diolch i ti, Rob.'

Arweiniodd Jeff ei wraig i gyfeiriad y tŷ. Er ei ysfa i fynd i chwilio neu i reoli'r chwiliad, byddai'n rhaid iddo adael i weddill yr heddlu wneud eu gwaith heddiw.

Dros y blynyddoedd roedd Jeff wedi gweld ei siâr o ddioddefaint o ganlyniad i droseddau, ac wedi gwneud ei orau i gydymdeimlo â phobl mewn cyfnodau tywyll iawn. Roedd wedi llwyddo i ymddwyn yn broffesiynol bob tro, gan gadw un llygad bob amser ar ei waith. Ond roedd hyn yn wahanol. Roedd rhywbeth yn pwyso'n drwm yng ngwaelod ei stumog. Beth fyddai'r cam nesaf? Roedd yr heddwas ynddo'n gwybod beth oedd y posibiliadau. Galwad ffôn gan rywun yn hawlio arian cyn ei ryddhau, tybed? Neu ddarganfod corff y bychan wedi ei waredu ar dir anial, anghysbell. Edrychodd ar y ffôn yn ei law. Am unwaith, ni wyddai beth i'w wneud.

Ymhen yr awr, roedd Heulwen Taylor wedi cyrraedd i gysuro Meira, a Dan Foster yn dynn ar ei sodlau.

'Dyma'r sefyllfa,' meddai Dan, ar ôl i Jeff wneud yn siŵr na fyddai'r merched yn clywed eu sgwrs. 'Roedd pob plismon yng ngogledd Cymru yn ymwybodol o'r ffeithiau ychydig funudau ar ôl i chi siarad efo fi, ond wrth gwrs, chwilio am fan wen oeddan ni bryd hynny. Y broblem ydi ei bod yn bosib bod yr herwgipiwr wedi dianc mewn cerbyd arall tra oedd pawb yn chwilio am y fan. Rydan ni wedi dechrau stopio a chwilio pob car sy ar y ffyrdd o fewn hanner can milltir i Lan Morfa erbyn hyn, ond fel y gwyddoch chi, mae 'na gymaint o lonydd bach cefn, does?'

'Be 'di hanes y fan?' gofynnodd Jeff o'r diwedd, yn ceisio gwneud synnwyr o eiriau Dan.

'Wel, honno ddefnyddiwyd i gipio Twm, mae hynny'n sicr. Roedd goriadau car Meira ynddi, a llythyr o'r ysgol i rieni. Ma' raid bod Twm yn gafael yn sownd ynddo fo pan gipiwyd o. Mae'r arbenigwyr olion bysedd a fforensig yn ei harchwilio ar hyn o bryd, ac mae swyddogion C.I.D. swydd Caer yn holi'r perchennog ac yn gwneud ymholiadau yn agos i'r man lle cafodd hi ei dwyn neithiwr.'

'Be am Cuthbert?' Dyna oedd prif ffocws Jeff.

'Fel dwi'n dallt, does 'na neb adra ar hyn o bryd, ond mae 'na rai o'n hogia ni'n gwylio'r lle o bell.'

'Rwbath arall?'

'Dim ar hyn o bryd. Mae'r Uwch-arolygydd Jones o'r pencadlys rhanbarthol wedi cael ei benodi i arwain yr ymchwiliad, ac mi fydd o yma cyn bo hir efo cyfarpar i wrando ar eich ffôn chi a recordio unrhyw sgwrs.'

'Diolch, Dan. Fyswn i ddim wedi medru gwneud yn well fy hun.' Ceisiodd Jeff, yn aflwyddiannus, i roi gwên o gymorth iddo.

Cariodd Heulwen baned o de a thamaid o deisen bob un iddynt, a chyrhaeddodd Irfon Jones yn fuan wedyn yng nghwmni arbenigwr technegol systemau teleffon. Dechreuodd hwnnw yn syth ar y gwaith o ddatgysylltu ffôn y tŷ a sefydlu peiriant i recordio galwadau. Ailadroddodd Irfon Jones yr un wybodaeth ag yr oedd Dan Foster wedi'i roi i Jeff, ond doedd dim ffeithiau ychwanegol i'w rhannu.

'Ydi hyn yn gysylltiedig â beth drafodon ni yn fy swyddfa i rai dyddiau'n ôl, Jeff?' gofynnodd y pennaeth.

'Cuthbert a'i fygythiad? Dyna be feddyliais i i ddechrau, ond erbyn hyn, wn i ddim. Mi es i draw i'w weld o yn gynharach yr wythnos yma,' cyfaddefodd, cyn adrodd hanes y car yn loetran ger yr ysgol a'r tân yn y clawdd. Rhoddodd fraslun o'i gyfarfyddiad â Cuthbert, heb fanylu gormod. 'Ond,' parhaodd Jeff, 'fedra i ddim osgoi'r syniad bod rhywun ar fy nghefn i ers i'r llythyr dienw 'na gyrraedd y pencadlys. Hynny ddechreuodd yr holl firi, os cofiwch chi. Wedyn mi ddaeth y busnes 'na efo Nansi'r Nos. Fedra i ddim bod yn siŵr, ond synnwn i ddim fod hwnnw'n rhan o'r holl beth hefyd – a dydi hynny ddim yn gwneud synnwyr i mi o gwbl.'

'Be ti'n feddwl?'

'Mae Cuthbert y teip i sgwennu llythyr dienw, gwneud niwsans ohono'i hun tu allan i'r ysgol neu roi'r clawdd ar dân, ond fedra i ddim 'i weld o'n medru cael gafael ar lwmp sylweddol o ganabis a'i guddio yn nhŷ Nansi – ac yna ffonio'r Sgwad Gyffuriau i ddeud 'i fod o yno. Lle ddiawl fysa fo'n cael darn o ganabis gwerth saith mil o bunnau, a mwy na hynny, gwastraffu'r arian hwnnw er mwyn dial arna i? Y peth sy'n anoddach fyth i'w gredu ydi bod ganddo'r modd i ddwyn y cyffur o stafell wedi'i chloi yng ngorsaf yr heddlu er mwyn ceisio rhoi'r bai arna i. Na, dydi hynny ddim yn gwneud synnwyr o gwbl.'

'A herwgipio Twm?'

'Wn i ddim am hynny. Ci bach ocdd Cuthbert. Dilyn ei hanner brawd, MacLean, oedd o pan arestiwyd o – fysa fo byth, yn fy marn i, wedi mentro i ganol y fath firi o'i ben a'i bastwn ei hun.'

'Ella wir,' cytunodd Irfon Jones. 'Ydi o'n dilyn rhywun arall rŵan, tybed? Mae'n rhaid i ti gofio bod troseddwyr yn medru dysgu dipyn go lew mewn chwe blynedd yn y carchar, a chaledu hefyd.'

'Gwir, ond fedra i ddim meddwl am neb arall fysa'n gwneud hyn i mi, na bod rheswm gan neb arall i wneud y fath beth chwaith.'

'Gad i mi fod yn frwnt o onest efo ti, Jeff. Does 'na ddim ond dau reswm am herwgipio rhywun. Y cyntaf ydi gwneud niwed, a'r ail ydi gwneud arian. Arian sylweddol.' Gwyddai Jeff beth fyddai trywydd y cwestiwn nesa. 'Mae pawb yn gwybod eich bod chi fel teulu wedi dod yn gefnog yn ystod y blynyddoedd diwethaf, ac mae'r dystiolaeth o hynny i'w weld wrth edrych o gwmpas y tŷ 'ma. Oes gen ti ddigon wrth gefn i dalu herwgipiwr i gael y bachgen yn ôl? Cwestiwn proffesiynol ydi hwnna, Jeff, nid busnesa ydw i.'

'Mi ateba i'r cwestiwn yna os – neu pan – ddaw'r amser.'

Pennod 13

Am oriau, bu'r tŷ yn dawel, er bod llond y lle o bobl. Dim sgwrsio, dim chwerthin, a dim sŵn traed bach yn rhedeg i lawr y grisiau. Ar ben deg o'r gloch canodd ffôn y tŷ. Rhuthrodd Jeff i'w ateb ond cododd yr arbenigwr technegol ei law i fyny i'w atal rhag gwneud hynny nes i'r peiriant recordio gael ei roi ymlaen. Pan oedd popeth yn ei le, amneidiodd y gŵr ei ganiatâd. Roedd dwy law Meira wedi eu croesi ar draws ei cheg a chrynai ei chorff fwy nag erioed. Cododd Jeff y ffôn a chlywodd pawb lais Twm ar yr uchelseinydd.

'Mam! Dad! Dewch i nôl fi rŵan ... plis!' plediodd y bychan.

Heb amheuaeth, llais Twm ydoedd. Allai neb ddweud gair am eiliad neu ddwy.

'Helô? Helô – Twm? Wyt ti yna? Helô?' gofynnodd Jeff o'r diwedd.

'Gwranda copar, os wyt ti isio gweld y cythra'l bach yma yn fyw eto, dwi isio hanner miliwn. Dallt? Hanner miliwn o bunnau. Dwi'n gwybod bod o gin ti, ac mi gei di tan fory i gael gafael arno fo. Papurau hanner canpunt, nid rhai newydd, na rhai efo rhifau dilynol arnyn nhw. Mi fydda i'n dy ffonio di am ddeg eto nos fory efo cyfarwyddiadau. Chdi, copar, fydd yn dod â'r arian i mi, a fydd 'na ddim chwarae o gwmpas, reit? Neu mi fydd y cyw plisman yma'n cyrraedd adra mewn darna bach, gan ddechrau efo'i glustiau, wedyn ei fysedd.'

Clywyd clic, ac aeth y ffôn yn farw. Ni chafodd Jeff amser i ymateb – ond efallai fod hynny'n beth da. Y peth diwetha roedd o eisiau ei wneud oedd peryglu bywyd y bychan trwy gythruddo'r herwgipiwr.

'Mi dalwn ni, Jeff. Ma' raid i ni dalu,' mynnodd Meira yn ei dagrau, wrth i Heulwen wneud ei gorau i'w chysuro.

'Mi wnawn ni beth bynnag sydd angen.'

Trodd Jeff i gyfeiriad Irfon Jones a Dan Foster. Roedd gan yr Uwch-arolygydd lyfr nodiadau o'i flaen a phensel yn ei law.

'Reit, faint mwy ydan ni'n wybod rŵan?' gofynnodd Irfon. 'Yn gynta, mae Twm yn fyw, diolch i'r nefoedd, ac yn ail, ymgyrch i wneud arian ydi hon. Ac yn drydydd, 'dan ni'n delio efo Cymro. Wnest ti adnabod ei lais o, Jeff?'

'Naddo,' atebodd Jeff, yn crafu'i ben. 'Mi oedd o'n swnio i mi fel petai'r dyn wedi trio cuddio'i lais, ond dwi'n credu mai acen ogleddol oedd ganddo – acen Meirionnydd ffor'no ella, ond fedra i ddim bod yn siŵr.'

'Oedd o'n swnio'n debyg i'r dyn Cuthbert 'ma?' gofynnodd Dan yn frwdfrydig.

'I fod yn berffaith onest, fedra i ddim deud.'

'Mae ganddo fo rwbath yn erbyn plismyn yn ôl pob golwg,' parhaodd Dan. 'Defnyddiodd y gair "copar" i gychwyn, yn do? Ac wedyn, disgrifio Twm fel "cyw plisman".'

'Dwi'n amau fod dy seicoleg di'n reit agos i'w le, Dan,' meddai Irfon Jones. 'Ac mae defnyddio'r geiriau "cythra'l bach" yn arwydd o amarch. Hefyd, roedd o'n hynod anffurfiol wrth siarad efo chdi, "ti" yn lle "chi" bob tro.'

'Ga i awgrymu rwbath?' gofynnodd Dan yn ofalus, yn cydnabod ei fod yn eithaf dibrofiad o'i gymharu â'r ddau ddyn yn ei gwmni. 'Bod y dyn yma yn eich nabod chi, sarj, neu o leia yn gwybod rwbath amdanoch chi.'

'Sut felly, Dan?' gofynnodd Irfon Jones, gan wybod pa mor siarp oedd y plismon ifanc o'i flaen.

'Wel, "hanner miliwn, dwi'n gwybod bod o gin ti". Dyna oedd ei eiriau fo. Mae hynny'n deud wrtha i fod ganddo rywfaint o wybodaeth am eich sefyllfa ariannol chi, sarj.'

Edrychodd Irfon Jones ar Jeff a Dan bob yn ail. Doedd Jeff erioed wedi ymhelaethu ar y pwnc o'r blaen.

'Wel, dydi cael gafael ar hanner miliwn ddim yn broblem,' cyfaddefodd Jeff, 'ac mi ydw i'n gweld dy bwynt di, Dan. Nid pawb sy'n gwybod hyn, a dwi a Meira ddim wedi trafod y peth, fel dach chi'ch dau yn gwybod.' Edrychodd i gyfeiriad Meira am ryw fath o ganiatâd ac yna i lygaid Irfon Jones. 'Dach chi'n cofio Walter Price, ewythr Meira?'

'Ydw,' cadarnhaodd yr Uwch-arolygydd.

'Os, cofiwch chi,' parhaodd Jeff, 'fo oedd perchennog Rhandir Canol, y stad wledig lle dechreuodd yr holl firi efo'r achos masnachu pobol 'na. Yr achos ddaeth i ben efo marwolaeth Gwyndaf Parry a Dafi MacLean. Wel, bu farw Walter bedair blynedd yn ôl, a gwerthwyd y stad a'r busnes yn unol â'i ewyllys. Roedd o'n ffond iawn o Meira erioed – ac yn ôl pob golwg, mi oedd o'n meddwl dipyn ohona inna hefyd ar ôl i mi, wel, "safio'i fywyd o", medda fo. Ni'n dau etifeddodd y rhan helaethaf o'i gyfoeth o.'

'Ac mi wyt ti'n amau bod yr herwgipiwr yn gwybod hynny, Dan?' gofynnodd Irfon Jones.

Jeff atebodd.

'Edrych yn debyg, yn tydi?'

'A phwy fysa'n gwybod am hyn, sarj?' gofynnodd Dan y tro hwn.

'Pawb sy'n byw yn y cylch, mae'n debyg, gan fod ffeithiau fel hyn yn fêl ar fysedd rhai pobol,' atebodd Jeff. 'Mae Gwyn Cuthbert yn byw yn yr un ardal. Dwi'n sylweddoli ei fod o yn y carchar pan fu Walter farw, ond mi fysa newyddion o'r math hwnnw yn siŵr o fod wedi'i gyrraedd o. Yn enwedig gan ei fod o yn y carchar am ei ran yn yr ymgyrch i frawychu Walter druan ar dir Rhandir Canol – roedd Cuthbert yn un o'r rhai a ymosododd arno yn y lle cynta.'

'Wel dyna fo 'ta. Dyn sy'n amharchu plismyn ac yn dy gasáu di, Jeff,' awgrymodd Irfon Jones. 'Un sy'n gwybod am dy gyfoeth, un rwyt ti'n ei amau, am resymau da, o geisio dy ddychryn di'n ddiweddar – ac ar ôl dy gyfarfod di efo fo y diwrnod o'r blaen, mae'n rhaid i ni ei amau o herwgipio rŵan.'

'Un peth ydi amau ein bod ni'n gwybod pwy ydi o,' meddai Jeff, 'ond cael Twm yn ôl yn saff ydi'r peth pwysicaf ar hyn o bryd. Dim ond ar ôl hynny y gwna i feddwl am ddial ar y bastard – Gwyn Cuthbert, neu pwy bynnag arall ydi o.'

Ar hynny, daeth yr arbenigwr technegol yn ôl i'r ystafell gyda'i ffôn symudol yn ei law ar ôl bod yn siarad â'i gydweithwyr. Roedd yr alwad wedi'i gwneud o ffôn symudol newydd a gafodd ei ddefnyddio am y tro cyntaf i wneud yr alwad honno. Nid oedd modd, heb fwy o amser, darganfod o ble prynwyd y ffôn na pha gwmni oedd yn cyflenwi'r gwasanaeth. Roedd yn debygol mai ffôn talu wrth fynd oedd o, ac nid oedd modd olrhain ei berchennog chwaith – ond roedd ei gydweithwyr yn dal i geisio darganfod mwy.

'Mi wyt ti'n ymwybodol, dwi'n siŵr, Jeff,' meddai Irfon Jones, 'bod trefniadau arbennig ar gyfer achosion o herwgipio fel hwn. Mae arian parod ar gael at ddefnydd yr heddlu o fewn amser byr, a chefnogaeth dechnegol.'

'Ydw,' atebodd Jeff, yn syllu i'r gwagle o'i flaen. 'Rhaid i ni ddefnyddio pob adnodd, wrth gwrs, ond mi fyswn i'n hoffi tasach chi'n pwysleisio i bawb sy ynghlwm â'r achos mai diogelwch Twm ydi'r unig beth sy'n bwysig i ni.'

'Dwi'n rhoi fy ngair i ti, Jeff.'

Roedd y tŷ yn rhy ddistaw ar ôl i bawb arall adael y noson honno. Cynigiodd Heulwen aros, ond mynnodd Meira ei bod yn mynd adref. Wrth edrych ar ei wraig yn eistedd yn llipa a difywyd ar y soffa, byddai Jeff wedi gwerthfawrogi ei chwmni. Edrychodd o gwmpas ei gartref moethus ond doedd dim cysur i'w gael heb Twm yno – roedd eu bywydau braf wedi'u chwalu'n rhacs o fewn ychydig oriau.

Ceisiodd Jeff yn ofer i'w chysuro. Oedd casineb yn ei dagrau, tybed, wrth iddi anwesu ei bol chwyddedig? Oedd hi'n ei feio fo am dynnu'r dihirod yma i'w ben – neu'n beio ei hun am adael iddyn nhw gipio'i phlentyn mor rhwydd? Hwyrach mai yr herwgipiwr yn unig oedd ffocws ei dicter. Teimlai'n hollol ddiymadferth.

Chysgodd yr un o'r ddau yn dda y noson honno, a doedd yr awyrgylch yn ddim gwell y diwrnod canlynol. Pasiodd canol y prynhawn fel rhyw garreg filltir ddychmygol – pedair awr ar hugain ers diflaniad Twm.

Roedd Dan Foster wedi galw draw sawl gwaith yn ystod y dydd, ond doedd dim newid, dim mwy o wybodaeth, heblaw adroddiadau'r heddweision oedd yn gwylio cartref cariad Gwyn Cuthbert. Yn ôl Dan, roedd hi wedi bod yn mynd a dod i'w gwaith a'r siopau fel petai dim o'i le, ond doedd dim golwg o Cuthbert ei hun yn unman, na'i gerbyd. Byddai'r Uwch-arolygydd Jones yn trefnu cyfarfod yn ddiweddarach er mwyn briffio'i ddynion ynglŷn â'r cam nesaf.

Roedd yr heddlu wedi sicrhau fod yr arian parod yn ei le ar gyfer cyfarwyddiadau'r herwgipiwr y noson honno, y cyfan wedi'i warantu gan gangen leol banc Jeff a Meira. Doedd Irfon Jones ddim wedi cynnwys Dan yn yr ymgyrch, efallai am nad oedd ganddo ddigon o brofiad, ystyriodd Jeff, felly roedd yn rhydd i dderbyn cais Jeff i aros yn y tŷ dros nos i gadw cwmni i Meira.

Am hanner awr wedi saith, ar ôl diwrnod hir o ddisgwyl nerfus, aeth Dan allan ar gais Jeff i lenwi tanc y Touareg. Hanner awr yn ddiweddarach, fel yr oedd Irfon Jones yn gyrru at giât y tŷ, cyrhaeddodd yn ei ôl. Irfon Jones aeth i mewn i'r tŷ gyntaf.

'Lle wyt ti, Dan?' galwodd yn ôl i gyfeiriad y drws agored funud neu ddau yn ddiweddarach. 'Tyrd yn dy flaen, wnei di?'

'Dod rŵan! Rhowch gyfle i mi, syr, mae'r bag 'ma'n drwm.' Daeth Dan i'r golwg, yn cario'r bag yn cynnwys yr arian parod. 'Be dach chi isio i mi wneud efo fo, syr?'

'Well i ti ei roi o i Jeff. Fo sy bia fo, a fo sydd angen sicrhau fod y cwbl yna,' meddai'r Uwch-arolygydd.

Rhoddodd Dan y bag i lawr wrth draed Jeff ac aeth allan drachefn er mwyn troi trwyn y Touareg i wynebu'r giât, yn barod i adael ar frys pe byddai angen.

Agorodd Jeff y bag. Ni welodd erioed o'r blaen y fath swm o arian parod.

'Pob papur wedi'i ddefnyddio,' cadarnhaodd Irfon Jones. 'Ac er bod canolfan arian y banciau ym Manceinion wedi cofnodi rhif pob un, tydi'r rhifau ddim yn canlyn ei gilydd. Heblaw staff y banc, dim ond chdi a fi sy'n gwybod hynny ar hyn o bryd. Reit?'

'Iawn, cadarnhaodd Jeff.

Tynnodd Irfon Jones rywbeth o'i boced a'i roi yn llaw Jeff.

'Dyma i ti declyn i'w ddefnyddio heno – mi fydd yn trosglwyddo signal i'r car sy'n dy ddilyn di, er mwyn i ni fod yn gwybod lle wyt ti bob eiliad. Cadw fo yn dy boced neu yn y car – ac os ydi'r herwgipiwr yn gorchymyn dy fod yn defnyddio car heblaw d'un di, dos â fo efo chdi.'

'Mi fedrwch chi fy nilyn i drwy fy ffôn symudol hefyd, wrth gwrs,' meddai Jeff, wrth archwilio'r bocs bach.

'Gwir, a dwi'n dod at hynny rŵan. Rydan ni wedi cysylltu efo dy gwmni ffôn symudol di, i drefnu ein bod ni'n derbyn gwybodaeth ganddyn nhw am dy leoliad di hefyd. Yn ogystal â hynny, rydan ni wedi cael gwarant gan y llys i fynnu'r un wybodaeth am gerdyn SIM y ffôn a ddefnyddiodd yr herwgipiwr neithiwr. Mi fydd tîm arall o dditectifs yn dilyn signal y ffôn hwnnw.'

'Gan obeithio y bydd un ohonyn nhw'n eich arwain chi at Twm.' Edrychodd Jeff i gyfeiriad Meira, oedd â'i phen mewn hances boced.

Daeth Dan yn ôl ymhen hanner awr arall, a dechreuodd Jeff baratoi gystal ag y gallai am yr hyn a oedd o'i flaen. Gwisgodd ddillad cynnes ac esgidiau cerdded, ond methodd yn glir â dod o hyd i'w gôt ddyffl. Aeth allan i'r car, ond doedd dim golwg ohoni yn y fan honno chwaith.

'Ti 'di gweld fy nghôt ddyffl i, Meira?' gofynnodd, yn ôl

yn y tŷ. 'Ella bydd hi'n oer allan 'na heno. Maen nhw'n addo glaw.'

'Chdi a dy blydi gôt, Jeff!' gwylltiodd Meira trwy ei dagrau, ei nerfau wedi'u chwalu'n lân. 'Sgin ti'm byd pwysicach ar dy feddwl na'r gôt 'na, dŵad?'

Stopiodd Jeff yn stond. Ac yntau wedi bod â'i ben yng nghanol y gwaith paratoi, sylweddolodd ei fod wedi dechrau ymateb i'r sefyllfa erchyll fel plismon yn hytrach nag fel tad. Roedd wedi anwybyddu poen ei wraig; heb godi ei ben i weld y gofid oedd mor amlwg ar ei hwyneb tlws.

'Mae'n ddrwg gen i, Meira bach,' atebodd. 'Mae'n ddrwg iawn gen i.'

Pennod 14

Ar ben deg o'r gloch, synnodd pawb mai ffôn symudol Jeff a ganodd yn hytrach na ffôn y tŷ. Cododd Jeff ei ysgwyddau i ddynodi nad oedd o'n deall. Edrychodd tuag at Irfon Jones, a gododd ei aeliau, a chyda chryn ansicrwydd, tynnodd y ffôn allan o'i boced. Doedd ganddo ddim amser i dderbyn galwad gymdeithasol, ond pan welodd y geiriau 'galwr dienw' ar y sgrin, llamodd ei galon. Atebodd y ffôn. Yr un dyn oedd o, ac fel o'r blaen, roedd y siaradwr fel petai'n ceisio cuddio'i lais.

'Reit copar. Ydi'r pres gen ti?'

'Ydi, yn union fel deudoch chi,' atebodd Jeff. Roedd wedi penderfynu mai aros ar delerau mwy ffurfiol efo'r herwgipiwr fyddai orau.

'Dos i faes parcio'r Marian yn Nolgellau, ac mi gei di alwad arall o'r fan honno. Mae gen ti awr a chwarter i gyrraedd yno. Well i ti frysio neu mi fydd clust dde dy gyw plisman bach di'n cael ei hollti.'

Datgysylltwyd yr alwad.

'Sut ddiawl gafodd o rif fy ffôn symudol personol i?' gofynnodd Jeff, er nad oedd o'n disgwyl ateb gan neb. Dim ond ei gyfeillion agosaf oedd yn gwybod y rhif, ynghyd â thua hanner dwsin o'i gydweithwyr.

Canodd ffôn symudol Irfon Jones. Aeth allan o'r ystafell i'w ateb, a dychwelyd funud neu ddau yn ddiweddarach.

'Mae'r ffôn a ddefnyddiwyd neithiwr gan yr herwgipiwr

newydd gael ei roi ymlaen, meddai'r criw technegol. Cafodd ei ddefnyddio i wneud galwad am hanner munud union, ac yna ei ddiffodd eto. Mae'r boi ar yr A5 yng Ngherrigydrudion, ond gan nad ydi'r ffôn ymlaen does dim posib gwybod i ba gyfeiriad y bydd o'n teithio. Dwi wedi gyrru un tîm i'r Bala i gadw golwg ar yr A494 rhwng yr A5 a Dolgellau, ond fedran nhw ddim gwneud mwy na hynny, na gwneud eu hunain yn rhy amlwg. Wn i ddim fyddan nhw wedi cyrraedd y Bala mewn pryd i weld yr herwgipiwr yn pasio chwaith.'

Cododd Jeff y bag llawn arian. Rhoddodd ei law rydd am ysgwyddau Meira ac edrych i fyw ei llygaid coch, blinedig. Byddai unrhyw air yn ofer. Gafaelodd ym mraich Dan wrth ei basio.

'Edrycha ar ei hôl hi,' meddai wrtho.

Safodd Dan yn fud.

Nodiodd Jeff i gyfeiriad Irfon Jones cyn rhuthro drwy'r drws. Gadawodd Irfon Jones yn fuan wedyn er mwyn rheoli'r ymgyrch o orsaf yr heddlu, gan adael Dan yng nghwmni Meira. Er eu bod yn adnabod ei gilydd yn eitha da, doedd dim llawer o chwant sgwrsio arnynt o dan yr amgylchiadau.

Edrychodd Jeff ar gloc y car wrth yrru allan o Lan Morfa. Awr a phum munud oedd ganddo i gyrraedd Dolgellau. Hanner awr neu fwy i Borthmadog a hanner awr arall i Ddolgellau, meddyliodd. Mi ddylai fod ganddo ddigon o amser, ond byddai'n rhaid iddo frysio – ac yn sicr, byddai'n rhaid anwybyddu'r cyfyngiadau cyflymder. Dechreuodd fwrw glaw mân, a dechreuodd Jeff hel meddyliau. Beth oedd yn ei ddisgwyl, tybed? Oedd Twm, y bachgen bach hapus na fu erioed y tu hwnt i ofal ei rieni dros nos cyn neithiwr, yn glyd yn rhywle cynnes? Oedd o'n saff? Beth tybed oedd yn mynd trwy ei feddwl bach?

Cafodd lôn glir nes iddo gyrraedd Penrhyndeudraeth. Gyrrodd trwy'r sgwâr ar gyflymder o bum deg pum milltir yr awr cyn gweld y car patrôl wedi'i barcio ar ochr y ffordd. Edrychodd Jeff yn y drych a gwelodd y golau glas yn goleuo'r nos tu ôl iddo. Y peth diwetha roedd o ei angen oedd cwmni o'r math yma wrth iddo gyrraedd y Marian. Rhoddodd ei droed ar y sbardun a ffonio Irfon Jones. Doedd y signal ddim yn wych ger afon Dwyryd, ond gobeithiodd Jeff fod ei bennaeth wedi deall digon o'i neges. Rhuthrodd i fyny'r allt yr ochr draw i Faentwrog, a phan sythodd y ffordd rhwng Gellilydan a Thrawsfynydd diolchodd Jeff nad oedd arwydd o'r golau glas yn y drych ôl.

Cyrhaeddodd faes parcio'r Marian ddau funud cyn chwarter wedi un ar ddeg. Edrychodd o'i gwmpas a diolchodd ei bod hi'n noson ddistaw. Efallai mai'r glaw oedd yn gyfrifol am hynny, meddyliodd – hwnnw oedd y plismon gorau am yrru pobl adref yn fuan o'r tafarnau. Y glaw fyddai'r unig blismon arall o gwmpas y Marian heno, os oedd Irfon Jones wedi deall ei neges. Edrychodd o'i gwmpas. Lle oedd Twm?

Dringodd allan o'r Touareg ac edrychodd ar ei watsh. Roedd hi ar ben chwarter wedi un ar ddeg. Trodd ei sylw at y ffôn yn ei law, yn disgwyl i'r sgrin oleuo gyda galwad newydd, ond clywodd sŵn ffôn arall yn canu'n ddistaw gerllaw. Cerddodd tuag at y sŵn a sylweddolodd mai allan o fin sbwriel gerllaw roedd y canu'n dod. Gwyrodd i lawr a chwilio ymysg y budreddi nes iddo ganfod y ffôn.

'Reit copar,' meddai'r llais hyll, cyfarwydd. 'Tynna'r

ffôn allan o dy boced a rho fo yn y bin. Dim ond y ffôn sydd wrth dy glust di rŵan rwyt ti ei angen o hyn ymlaen. Dwi'm yn ffŵl – dwi'n gwybod bod dy ffrindiau bach di'n dilyn signal dy ffôn di. A rho beth bynnag arall maen nhw'n 'i ddefnyddio i dy dracio di yn y bin hefyd – ti'n siŵr o fod yn cario un. Ti'n mynd ar daith fach am chydig oria', copar, ac erbyn ei diwedd hi, mi fydda i'n berffaith saff nad wyt ti na finna'n cael ein dilyn.' Bu saib byr. 'Wyt ti wedi cael gwared â'r ffôn a ballu eto?'

'Do,' cadarnhaodd Jeff. 'Bob dim.'

'Da iawn,' meddai'r llais. 'Dwi'n falch dy fod ti'n gwrando. Ma' siŵr bod ditectif profiadol fatha chdi, un efo llythyrau crand ar ôl dy enw, wedi sylweddoli nad ydw i ar frys i roi'r ffôn i lawr bellach. Er mwyn i ti gael gwybod, ffôn newydd sgin inna hefyd, yn union yr un peth â'r ffôn sgin ti yn dy law, a dim ond ni ein dau fydd yn cadw cwmni i'n gilydd drwy'r nos. Os ddefnyddi di'r ffôn yna i drio cysylltu efo rhywun arall, dim ond clust y cyw plisman fyddi di'n weld heno, dallt?'

Doedd dim dwywaith, penderfynodd Jeff, roedd hwn yn gwybod ei stwff. Doedd pris dau ffôn newydd yn ddim o'i gymharu â'r swm roedd o'n ei gario yn y bag – yr hanner miliwn roedd yr herwgipiwr yn disgwyl ei gael heno. Ac fel y dywedodd o, roedd Jeff ar ei ben ei hun erbyn hyn, heb os nac oni bai. Ond gwell hynny na bod un o'i gydweithwyr yn rhoi cam o'i le ac yn peryglu diogelwch Twm bach.

'Lle mae'r hogyn?' gofynnodd Jeff yn awyddus.

'Yn ddigon pell o fama. Bob dim yn ei dro, copar – ond gynta, dy daith di. Dos am ffordd y Bala, yr A494. Filltir ar ôl i ti basio Llanuwchllyn ma' 'na giosg ffôn ar ochr y lôn. Mi fydd 'na rwbath yno ar dy gyfer di.'

Daeth yr alwad i ben yn ddisymwth.

Pwysodd Jeff fotymau'r ffôn i geisio darganfod rhif y galwr diwethaf, ond roedd y galwr wedi ei gelu unwaith eto. Call iawn, meddyliodd Jeff, a phrawf pellach fod yr herwgipiwr wedi paratoi'n fanwl.

Yng ngorsaf heddlu Glan Morfa, ac yn y cerbyd oedd yn gwrando ar Jeff ac yn ei ddilyn, aeth yr offer technegol yn dawel a llonydd. Roedd tawelwch ar donfeddi car yr ail dîm yn y Bala hefyd. Nid oedd signal wedi ei derbyn o ffôn symudol yr herwgipiwr ar ôl yr alwad gyntaf o Gerrigydrudion, ac roedd y signal o ffôn symudol Jeff a'r ddyfais tracio yn segur rhywle yng nghyffiniau'r Marian yn Nolgellau. Er mwyn paratoi ar gyfer unrhyw symudiad, penderfynwyd gyrru'r cerbyd technegol, oedd yn cynnwys yr arbenigwr a nifer o blismyn eraill, i Lanelltud, a'r tîm arall o'r Bala i faes parcio gwesty'r Cross Foxes ar gyffordd yr A470 a'r A487 i'r de o Ddolgellau.

Yn gyferbyniad llwyr i'r heddlu oedd yn aros yn ofer, roedd Gwyn Cuthbert yn mwynhau ei hun yn arw. Hon oedd ei noson o, y noson yr oedd o wedi bod yn edrych ymlaen tuag ati am chwe blynedd.

Yn nyddiau cynnar ei gaethiwed yng ngharchar Walton, doedd o'n gwneud dim ond gorwedd ar ei wely yn ei gell yn syllu'n wag ar frics llwyd y waliau o'i gwmpas. Yr unig beth ar ei feddwl oedd sut y gallai ddial ar Ditectif Evans, oherwydd fo, roedd Cuthbert yn siŵr, oedd yn gyfrifol am farwolaeth ei hanner brawd. Gwyndaf Parry, nid Evans, daniodd y gwn a saethodd Dafi MacLean – gwyddai Cuthbert hynny – ond y ditectif oedd y tu ôl i'r cyfan. Dim ond MacLean a wyddai leoliad y fferm lle cadwai Gwyndaf Parry y bobl ifanc o ddwyrain Ewrop yn gaeth, ac roedd Cuthbert yn bendant na fuasai byth wedi datgelu'r wybodaeth i'r ditectif o'i wirfodd. Roedd yn rhaid bod Evans wedi ei dwyllo, a mwya'n y byd roedd Cuthbert yn meddwl am hynny, mwya'n y byd roedd o'n corddi â chasineb. Doedd ei hanner brawd, ei ffrind gorau, ddim yn haeddu mynd i'w fedd ac yntau'n cael ei ystyried yn hysbyswr, yn gachgi – a châi Evans dalu am hynny.

Ni wyddai Cuthbert ar y pryd sut oedd am fynd o gwmpas cyflawni'r dasg. Dilyn eraill wnaeth o erioed, byw yng nghysgod dynion mwy dylanwadol. Hyd yn oed tuag at ddiwedd ei ddedfryd, doedd ganddo ddim cynllun yn ei ben, dim syniad o gwbl sut oedd dial, ond cyfarfu â rhywun a roddodd arweiniad iddo, a rhwng y ddau ohonynt, cafwyd cynllun.

Ychydig funudau cyn hanner nos, cyrhaeddodd Jeff y ciosg ffôn ar ochr yr A494, hanner milltir cyn cyrraedd Gwersyll Glan-llyn. Roedd yn rhaid iddo ddefnyddio tortsh gan nad oedd golau yn y ciosg. Edrychodd i fyny a gwelodd fod y bwlb wedi'i falu – yn ddiweddar yn ôl y gwydr ar y llawr – a bod map wedi'i sticio i'r to â thap gludiog. Estynnodd amdano a gweld mai map Landranger 124 oedd o, un newydd sbon. Agorodd y plygiadau a gwelodd fod inc llachar wedi'i ddefnyddio i farcio llwybr – o'r ciosg yr oedd yn sefyll ynddo, ar hyd lonydd bychain, gwledig, at giosg arall, nid nepell o afon Tryweryn cyn iddi lifo i ran uchaf Llyn Celyn. Canodd y ffôn symudol yn ei boced.

'Un gorchymyn arall, copar,' meddai'r llais. 'Lluchia'r ffôn rwyt ti'n 'i ddefnyddio rŵan dros y clawdd i'r cae.

Fyddi di mo'i angen eto. Os oes gen ti awydd ei gadw, cofia pa mor werthfawr ydi clust i gyw plisman bach.'

Aeth y ffôn yn fud cyn i Jeff gael cyfle i ddweud gair, ond gwyddai y byddai'n rhaid iddo ufuddhau. Crensiodd ei ddannedd ac aeth ias trwyddo wrth feddwl am yr herwgipiwr ddiawl, ond gwyddai fod yn rhaid iddo, yn fwy na dim arall, aros yn wrthrychol. Lluchiodd y ffôn cyn belled ag y gallai i'r cae a cherddodd yn ôl i'w gar. Cododd goler ei siaced dros ei glustiau i'w arbed rhag oerni'r glaw. Pitïodd am eiliad nad oedd ei gôt ddyffl ganddo, ond roedd ganddo bethau amgenach i boeni amdanynt. Ble oedd Twm? Ni allai feddwl am ddim arall. Beth fyddai effaith y straen ar Meira, yn eistedd gartref yn ddiymadferth? Roedd hi wedi colli plentyn yn y groth flynyddoedd yn ôl, ymhell cyn iddo ei chyfarfod – beth petai hyn i gyd yn peryglu'r bywyd bach newydd yr oedd hi'n ei gario? Roedd yn rhaid iddo ddod â Twm adref yn saff, er ei mwyn hi.

Dilynodd Jeff y map gan droi i'r chwith oddi ar yr A494 ymhen hanner milltir. Yna, drwy'r tywyllwch dudew, dilynodd nifer o lonydd cul gan groesi afon Llafar cyn ymuno yn y diwedd â'r ffordd rhwng Rhyduchaf a Llidiardau. Pasiodd hanner dwsin o dai gwledig ar y ffordd a gwelodd olau yn un neu ddau ohonynt. Trodd i'r chwith i gyfeiriad Llidiardau ac ymlaen at y ciosg nesaf wrth ochr afon Tryweryn, a oedd yn llifo rhywle i'r chwith iddo, penderfynodd. Sylwodd yn syth nad oedd golau yn y ciosg hwnnw, chwaith. Disgynnodd o'r car a gwelodd fap arall yn sownd yn y to, yn union fel y diwethaf, ond ar ôl ei dynnu i lawr sylwodd mai tudalen o atlas ffyrdd oedd hwn, ac ar raddfa lawer llai. Edrychodd o'i gwmpas i'r tywyllwch ond ni welai ddim. Yn ystod yr hanner awr ddiwethaf byddai'n ddigon hawdd i'r herwgipiwr, neu rywun arall, fod wedi darganfod a oedd rhywun yn ei ddilyn ai peidio gan mai prin oedd y ceir ar lonydd perfeddion cefn gwlad yr adeg honno o'r nos. Nid oedd wedi gweld car, na hyd yn oed golau car arall, ers iddo adael Llanuwchllyn. Oedd yr herwgipiwr yn fodlon erbyn hyn ei fod o ar ei ben ei hun, tybed? Roedd yr anifail a oedd yn ei arwain yn siŵr o fod gerllaw, yn ddigon agos ond yn ddigon cyfrwys i aros ynghudd.

Agorodd Jeff y map a gwelodd y daith oedd o'i flaen wedi'i hamlygu yn yr un modd â'r tro cyntaf, cyn belled â chiosg arall yn Bont Newydd, yn agos i Ffestiniog. Sylweddolodd fod y ciosg hwnnw, fel y lleill, yn agos i gyffordd fel na fyddai ganddo syniad pa ffordd y byddai'n mynd nes iddo agor y map nesaf. Clyfar iawn, ond pa mor hir fyddai'r daith eto?

Pennod 15

Wedi cyrraedd ciosg Bont Newydd, dilynodd Jeff y map a gafodd yno drwy Flaenau Ffestiniog, Dolwyddelan a Betws-y-coed ac ar hyd yr A5 tua'r gorllewin. Stopiodd y llwybr llachar ar y map wrth ochr ciosg arall yn agos i Bont y Cyfyng, filltir cyn cyrraedd Capel Curig. O'r fan honno, yn yr un modd, cafodd ei yrru ymhellach ar hyd yr A5, gan basio Llyn Ogwen, trwy Fethesda ac i giosg yng nghanol pentref bychan Caerhun y tu allan i Fangor. Roedd hi'n tynnu am ddau o'r gloch y bore erbyn hyn ac er bod llygaid Jeff yn llosgi oherwydd diffyg cwsg y noson cynt, roedd ganddo deimlad fod y daith yn agos i'w therfyn. Prin fu'r cerbydau eraill ar y ffordd, hyd yn oed ar yr A5, ond yn awr, gan ei fod yn ôl yn teithio lonydd bach cul unwaith eto, doedd dim golwg o enaid byw. Dyma gyfle arall i'r herwgipiwr sicrhau nad oedd neb yn ei ddilyn, dychmygodd. Yn y ciosg hwn nid map oedd yn sownd yn y to, ond llun o westy, ac arno arwydd Gwesty'r Antelope. Dim ond un gwesty o'r enw hwnnw y gwyddai Jeff amdano yn yr ardal, sef yr un ger Pont Menai. Edrychai'n debyg bod y llun wedi'i argraffu o dudalen y gwesty ar y we, ac roedd saeth wedi'i arlunio yn fras arno, yn pwyntio i gyfeiriad y maes parcio isaf yng nghefn yr adeilad. Ar waelod y llun, mewn llawysgrifen debyg i un plentyn neu rywun yn defnyddio'i law anghywir, roedd y geiriau 'y beipen wrth ochr arwydd y beipen nwy.'

Roedd hi wedi dau erbyn iddo gyrraedd y fan honno a doedd neb i'w weld yn unman. Troellai'r glaw yng ngoleuadau melyn y bont a'r unig sŵn a glywai Jeff oedd y gwynt. Agorodd ddrws y car ac aeth allan i ganol y tywydd. Edrychodd o'i gwmpas ond methodd weld dim byd a fyddai'n ei arwain at ei fab. Yna, yng ngolau lampau ei gar, gwelodd arwydd wrth ochr wal y gwesty yn rhybuddio am beipen nwy danddaearol. Brysiodd yno a gwelodd beipen arall, un blastig, lwyd, o fewn llathen i'r arwydd. Yng ngheg y beipen roedd bag plastig. Gwyrodd Jeff a'i dynnu allan. Ynddo roedd ffôn symudol. Tynnodd hwnnw o'r bag ac fe ganodd ar ei union. Atebodd Jeff yr alwad ar y caniad cyntaf gan edrych o'i gwmpas – yn sylweddoli yn awr fod yr herwgipiwr, am y tro cyntaf yn ystod ei daith hir heno, o fewn golwg iddo. Efallai fod Twm hefo fo. Teimlodd Jeff ei galon yn cyflymu ac yn gwasgu ei frest.

'Wel, copar,' meddai'r llais cyfarwydd, 'dyna dy daith di drosodd. Os wyt ti isio gweld y cythra'l bach, dy gyw plisman di, dyma sy raid i ti 'i wneud.' Roedd dirmyg yn y llais cras. 'Dos â'r arian, fy hanner miliwn i, a cherdda ar draws y bont. Gwna'n siŵr mai ar y pafin sydd ar yr ochr dde'r lôn fyddi di. Dos â'r ffôn efo chdi. Mi gei di fwy o gyfarwyddiadau ymhen dau funud.'

'Lle mae fy mab i?' gofynnodd Jeff.

'Yn saff ... am rŵan,' atebodd y llais yn bwyllog ac yn hyderus. 'Ond paid, copar, â dadlau efo fi yn hwyr yn y dydd fel hyn. Gwna yn union fel dwi'n deud, ac mi fydd bob dim yn iawn.'

Gafaelodd Jeff yn y bag llawn arian a cherddodd ar draws Bont y Borth tuag at Ynys Môn gan ddefnyddio'r pafin ar yr ochr dde. Pan ddaeth at y tŵr cyntaf, canodd y ffôn eto.

'Gad y bag a'r arian yn fanna. Yna cerdda draw tan fyddi di wedi cyrraedd Sir Fôn.'

'Dim blydi peryg,' meddai Jeff, gan edrych o'i gwmpas i geisio cael cip ar yr herwgipiwr neu Twm. Pa ochr i'r bont oedden nhw? 'Dydw i ddim am ollwng y bag 'ma nes i mi ei weld o.'

'Gwranda, copar. Dwyt ti ddim yn cael deud be sy'n digwydd. Un ai mi wyt ti'n rhoi'r bag 'na i lawr, neu dwi'n gollwng y cyw plisman. Mae o'n wlyb yn barod ond mi fydd o'n saith gwaith gwlypach pan wneith o daro'r dŵr dwfn 'na odanat ti – ia, dros yr ochr fydd o'n mynd os nad wyt ti'n gwneud fel dwi'n deud.'

Ceisiodd Jeff feddwl yn rhesymol. Beth ddylai o ei wneud? Daeth delwedd sydyn o Meira i'w ben, ond lles a diogelwch Twm bach oedd bwysicaf. Yng nghanol y gwynt a'r glaw gwyddai mai dim ond un dewis oedd ganddo.

Gollyngodd y bag a'r arian ynddo wrth ei draed a cherddodd weddill y ffordd ar draws y bont i Fôn. Disgwyliodd yn y fan honno am gyfarwyddiadau ychwanegol, ond ni ddaethant. Pasiodd tri neu bedwar munud cyn iddo feddwl am geisio ffonio'r herwgipiwr yn ôl, ond, wrth gwrs, doedd ganddo ddim rhif i'w ffonio. Rhedodd yn ôl i gyfeiriad Arfon, yn wlyb at ei groen, ond pan gyrhaeddodd y tŵr lle gadawodd y bag ddeng munud ynghynt, nid oedd golwg ohono. Yn bwysicach, a llawer iawn mwy siomedig, doedd dim golwg o Twm ar gyfyl y lle chwaith.

Roedd Jeff mewn anobaith llwyr. Ar ei liniau yn y glaw gwaeddodd nerth esgyrn ei ben. Bu ei holl ymdrechion yn wastraff.

Yn ôl ym maes parcio gwesty'r Antelope, eisteddodd yn

ei gar, ei ddillad gwlyb yn glynu'n anghyfforddus yn y sedd ledr. Sut oedd o'n mynd i dorri'r newydd dychrynllyd i Meira? Beth fyddai tynged Twm rŵan? Oedd o wedi cael ei luchio dros ochr y bont i'r Fenai?

Doedd ganddo ddim syniad am ba hyd y bu'n eistedd yno, ond cofiodd yn sydyn am y ffôn yn ei boced. Deialodd rif yr heddlu a gofynnodd am yr Uwch-arolygydd Irfon Jones yng Nglan Morfa.

'Jeff, lle ddiawl wyt ti? Ma' hi bron yn dri o'r gloch y bore,' oedd geiriau cyntaf Irfon Jones.

Mewn llais torcalonnus, disgrifiodd Jeff ddigwyddiadau'r oriau blaenorol.

'Wel, gwranda arna i rŵan, Jeff,' cysurodd yr Uwch-arolygydd. 'dydi hyn ddim drosodd eto. Rydan ni wedi bod yn monitro signal dy ffôn di a'r ddyfais am oriau, a nhwythau'n llonydd yn Nolgellau, ond penderfynais ddwyawr yn ôl yrru'r dynion i chwilio amdanyn nhw. Fel y gwyddost ti mae'n siŵr, yn y bin sbwriel ar y Marian oeddan nhw. Roedd yn amlwg i ni be oedd wedi digwydd, ond, wrth gwrs, doedd ganddon ni ddim syniad lle i droi i geisio dy ddilyn di. Ond gwranda ar hyn – mae'r ffôn ddaru'r herwgipiwr ei ddefnyddio i dy ffonio di i ddechrau, ac wedyn neithiwr am ddeg, newydd gael ei roi ymlaen eto. Tua hanner awr yn ôl oedd hynny ac o ochrau Bangor oedd y signal yn dod, ar y ffordd fawr ddim ymhell o Tesco. Llonydd oedd o i ddechrau, ond rŵan mae o'n symud yn gyflym ar hyd yr A55 i gyfeiriad Caer. Mae o rhwng Abergele a Bodelwyddan ar hyn o bryd. Mae'r ddau dîm wedi cychwyn ar ei ôl, ond maen nhw'n bell o'i gyrraedd o hyd. Chdi 'di'r agosaf ato ar hyn o bryd.'

Cododd calon Jeff a thaniodd injan y Touareg ar

unwaith. 'Ffoniwch fi'n ôl ar y rhif yma,' meddai Jeff. 'A chadwch y lein yn agored, plis. Does gen i ddim syniad faint o arian sydd ar ôl yn y ffôn 'ma.'

Ymhen dau funud roedd Jeff yn teithio gan milltir yr awr ar hyd yr A55 i'r dwyrain, heb wybod pwy na beth yr oedd o'n ei ddilyn. Roedd y lôn yn dawel am ryw hyd, ond gwyddai Jeff mai buan y byddai'r traffig yn cynyddu. Gwyddai hefyd fod yr un a gariai'r ffôn, lle bynnag oedd o'n mynd, wedi cael blaen da arno.

'Mi ddylai'r ddau dîm fod efo chdi cyn bo hir,' meddai llais Irfon Jones dros y ffôn, a rai munudau yn ddiweddarach pasiodd y car cyntaf y Touareg fel y gwynt. O'r diwedd roedd gan Jeff rywbeth gweledol i'w ddilyn. Roedd y cerbyd arbennig oedd â'r dechnoleg i dderbyn signal ffôn yr herwgipiwr yn fwy o lawer na'r ceir cyntaf, ac ymhell y tu ôl iddynt, ond yn trosglwyddo'r wybodaeth ddiweddaraf i bawb arall. Drwy Irfon Jones, gwyddai Jeff fod ffôn yr herwgipiwr yn dal i deithio'n gyflym, ar hyd yr M56 erbyn hyn, ac yn agosáu at yr M6. Deallwyd cyn hir fod y signal wedi troi i'r de, i lawr yr M6 i gyfeiriad Birmingham, ac nad oedd y tîm cyntaf a Jeff ymhell tu ôl iddo.

Yn sydyn, arafodd cyflymder y signal a daeth i aros yn llonydd. Yr unig le cyfagos i stopio oedd Gwasanaethau Knutsford, ond er i'r car heddlu cyntaf gyrraedd y maes parcio yn fuan ar ôl i'r signal lonyddu, ni wyddai'r un o'r pedwar heddwas oedd ynddo pa un o'r nifer o geir yn y maes parcio i'w dargedu.

Cyrhaeddodd Jeff a sylweddoli'r broblem.

'Be 'di rhif y ffôn ddefnyddiodd o neithiwr a'r noson cynt?' gofynnodd i Irfon Jones dros y ffôn.

Pwysodd Jeff y rhif roddwyd iddo i mewn i'r ffôn yr oedd o'n ei ddefnyddio a gwrandawodd arno'n canu. Gwasgarodd yr heddweision i wahanol rannau o'r maes parcio a gwrando, ac mewn chwinciad daeth bloedd gan un ohonynt pan glywodd sŵn canu ffôn yn dod o gefn lorri anferth ac arni blât cofrestru o Rwmania. Roedd gyrrwr y lorri ar fin neidio allan o'r caban.

Roedd Jeff ar binnau wrth wylio'r gyrrwr yn cerdded rownd i gefn y lorri ac agor y drysau. Rhuthrodd tri heddwas arfog ato.

'Heddlu! Ewch i lawr, a'ch breichiau o'ch blaen!' gwaeddodd un o'r heddweision.

Ufuddhaodd y gyrrwr yn syth.

Yng ngolau gwan y wawr edrychodd Jeff i mewn i gefn y lorri a gwelodd beth edrychai'n debyg i dwmpath o sachau ar y llawr ym mhen pellaf y gwagle tywyll. Ar y llawr wrth ochr y sachau gwelodd ffôn symudol rhad, yr un math â'r un a oedd yn ei law o, yn dal i ganu. Neidiodd i fyny i'r lorri a gwelodd fod rhywbeth ymysg y sachau. Anwybyddodd y ffôn a symudodd y sachau i un ochr. Gwallt cyrliog du welodd o i ddechrau, ac yna'r bachgen yn cysgu'n sownd. Cododd Jeff ei fab yn ei freichiau. Agorodd y llygaid bach, a gwelodd Jeff y wên orau yn y byd i gyd yn grwn.

'Dad! Lle dwi 'di bod? Dwi isio bwyd.'

Gwasgodd Jeff y bychan yn dynn. Ni chofiai'r tro diwethaf iddo grio.

'Gei di ddeud wrtha i ryw dro eto lle ti 'di bod, 'ngwas i, ond i ddechra, dwi'n meddwl y dylan ni ffonio dy fam.' Trodd Jeff at un o'r heddweision.

'Sgin ti ffôn ga i fenthyg?'

Aeth yr heddwas i'w boced a thynnodd ffôn symudol ohoni.

'Croeso i ti gadw hwn,' meddai. 'Mi ffeindiais i o mewn bin sbwriel ar y Marian yn Nolgellau neithiwr.'

'Paid â sôn,' atebodd Jeff gan wenu. Pwysodd y botymau cyfarwydd.

'Ma' 'na rywun yn fama isio gair efo chdi, Meira.'

Gwelodd wên yn lledu ar draws wyneb cysglyd Twm pan glywodd y bachgen lais ei fam. Ar ôl ychydig eiliadau, cymerodd Jeff y ffôn o'r dwylo bach.

'Mae o'n oer, yn llwglyd ac yn gysglyd, ond ar wahân i hynny, mae o i weld yn iawn. Yn swydd Caer ydan ni. Dwi am fynd â fo i'r ysbyty yng Nghaer am archwiliad trylwyr – jyst rhag ofn.'

Mynnodd Meira ddod i'w cyfarfod yn yr ysbyty a mynnodd Dan yntau ei gyrru hi yno. Buan y byddai'r teulu bach yn ôl efo'i gilydd.

Holwyd gyrrwr y lorri o Rwmania yn y fan a'r lle, ac archwiliwyd y lorri yn ei chyfanrwydd hefyd, a holl eiddo'r gyrrwr, yn cynnwys ei liniadur. Yn ôl pob golwg yr oedd darganfod y bachgen yng nghefn y lorri wedi bod yn gymaint o sioc i'r estron â gweld pedwar plismon mewn dillad milwrol tywyll yn anelu eu gynnau tuag ato yn oriau mân y bore. Yn ei Saesneg lletchwith esboniodd ei fod wedi hwylio i Gaergybi ar y cwch o Ddulyn yn hwyr y diwrnod cynt ac wedi aros mewn encilfa ar ochr yr A55 rhwng y troad am Ffordd Caernarfon, Bangor a chyffordd Llandygái. Yn ôl arferiad gyrwyr lorïau, yr oedd wedi agor y drysau cefn er mwyn dangos nad oedd dim byd i'w ddwyn ynddi. Pan ddeffrôdd am hanner awr wedi dau, caeodd ddrysau cefn y lorri heb edrych i mewn. Pwysleisiodd nad oedd pwrpas gwneud hynny gan ei fod yn gwybod ei bod hi'n wag. Mynnodd nad oedd wedi gweld y plentyn na'r sachau bryd hynny, ac nad oedd y ffôn a ddarganfuwyd yn ddim byd i'w wneud â fo. Dywedodd ei fod ar y ffordd i Stoke i godi llwyth arall ar y ffordd yn ôl i Rwmania. Drwy'r system gyfrifiadurol, darganfuwyd yn gyflym nad oedd cofnod iddo erioed droseddu, nad oedd gwarant i'w arestio yn unman ar draws Ewrop ac nad oedd data anghyfreithlon nac amheus ar ei liniadur. Penderfynwyd cymryd datganiad tyst ganddo a'i ryddhau.

Cyrhaeddodd Meira a Dan Ysbyty'r Countess of Chester ychydig cyn saith y bore, mewn pryd i ddarganfod fod Twm wedi cael ei archwilio a'i fod yn berffaith iach. Rhoddodd Meira ddillad glân amdano a rhoi'r rhai budron mewn bagiau plastig di-haint er mwyn eu gyrru i'w harchwilio gan y gwyddonwyr fforensig. Ar ôl iddo gladdu brechdan facwn a sudd oren dychwelodd y lliw i ruddiau'r bachgen. Wrth wylio'u mab yn bwyta, sylweddolodd Jeff a Meira nad oedden nhw, chwaith wedi bwyta ers bron i ddiwrnod.

'Ydi'r cantîn ar agor yma, dŵad?' gofynnodd Jeff. Cofleidiodd Meira, gan wasgu Twm, oedd yn ei breichiau, rhwng eu cyrff nes gwneud iddo chwerthin.

'Ty'd,' meddai Meira, 'mi awn ni i chwilio amdano fo.'

Pennod 16

Ar y ffordd adref, edrychodd Jeff yn nrych y car a gweld Twm yn cysgu'n dawel ym mreichiau ei fam. Roedd Meira'n cysgu hefyd. Gwenodd. Pan gyrhaeddodd y teulu bach adref ychydig cyn deg y bore hwnnw, roedd yr Uwcharolygydd Irfon Jones yn disgwyl amdanynt o flaen y tŷ. Parciodd Dan gar Meira wrth ochr y Touareg o flaen y garej ac oedodd y pedwar o flaen y drws ffrynt, gyda Twm yn dal i gysgu'n drwm ond ym mreichiau ei dad erbyn hyn.

'Dydan ni ddim am ddod i mewn, Jeff,' meddai Irfon Jones. 'Dim ond galw i wneud yn siŵr fod popeth yn iawn wnes i. Ma' hi wedi bod yn noson hir – yn ddeuddydd hir – a dach chi'ch tri angen seibiant. Dach chi angen rwbath?' gofynnodd.

'Dim ond cael gafael ar y bastard creulon ddaru hyn i ni,' atebodd Jeff ar ei union.

'Dwi'n dallt sut wyt ti'n teimlo, Jeff,' meddai'r Uwcharolygydd. 'Mi gawn ni sgwrs ryw dro pnawn 'ma os leci di, a dwi'n rhoi fy ngair i ti y byddwn ni'n rhoi ein holl sylw i ymchwilio i'r mater.'

'Un peth arall,' ychwanegodd Jeff. 'Diolch. Diolch i'r ddau ohonoch chi, ac i bawb arall a fu wrthi drwy'r nos. Cofiwch adael iddyn nhw wybod pa mor ddiolchgar ydw i am eu gwaith caled.'

'Siŵr iawn,' cadarnhaodd Irfon Jones. 'Cymer chydig o ddyddiau i ffwrdd cyn dod yn ôl i dy waith,' ychwanegodd, 'a mwynhewch dipyn o amser efo'ch gilydd,' meddai, gan droi at Meira.

Cododd Dan ei law a gwenodd arnynt cyn i'r ddau adael.

Yn rhyfeddol, gorffwys a threulio amser efo'i deulu oedd y peth diwethaf ar feddwl Jeff. Er gwaethaf y diffyg cwsg, ni allai Jeff ymlacio heb sôn am gysgu. Troediodd yn ôl ac ymlaen ar draws y stafell haul, gan yfed un baned o goffi ar ôl y llall, yn methu â chau manylion yr achos o'i feddwl. Sawl gwaith, dringodd y grisiau yn ddistaw ac agorodd drws y stafell wely lle'r oedd Meira a Twm yn cysgu'n drwm ym mreichiau ei gilydd. Byddai hynny'n ei dawelu am ennyd, ond bob tro yr âi yn ôl i lawr y grisiau byddai'n cael ei lusgo'n ôl at ddigwyddiadau'r deuddydd blaenorol. Yn sicr, roedd yr herwgipiwr wedi bod yn glyfar, ond erbyn hyn yr oedd Jeff yn gwybod cryn dipyn mwy amdano.

Ni allai dderbyn methiant mewn unrhyw achos difrifol, heb sôn am un personol fel hwn, ac wrth gwrs, roedd o a Meira hanner miliwn o bunnau yn dlotach erbyn heddiw. Ond byddai wedi bod yn fodlon dyblu'r swm hwnnw ddeuddeg awr yn ôl, yng nghanol y glaw ar Bont Borth. Ceisiodd ddarbwyllo'i hun y buasai yn teimlo'r un angerdd, yr un awch i ddarganfod yr herwgipiwr, petai hyn wedi digwydd i deulu arall yn yr ardal, ond allai o ddim gwadu fod elfen bersonol yr achos yn bygwth ei wrthrychedd. Byddai wrth ei fodd pe gallai erlid yr herwgipiwr heb fod yn gaeth i reolau a chyfyngiadau ei swydd – ond sut allai o wneud hynny? Gwyddai y dylai aros gartref i fod yn gefn i Meira a Twm, ond ysai i fod allan ar y strydoedd yn chwilio am y cythraul; dechrau chwalu ei fywyd er mwyn iddo gael blas ar yr hunllef brofodd Jeff am ddeuddydd. Ai Cuthbert oedd yn gyfrifol am achosi'r holl boen i'w wraig a'i blentyn? Oedd o'n ddigon o ddyn i gynllwynio a gweithredu'r cyfan mor fanwl? Neu, gofynnodd Jeff iddo'i hun, oedd o'n beio Cuthbert ar gam? Nid dyma'r math o droseddwr oedd o chwe blynedd yn ôl – ond oedd o wedi dysgu'i grefft yn y carchar, tybed; ac os felly, gan bwy? Gwyddai Jeff na allai ond dyfalu.

Treuliodd Jeff ddwyawr yng nghwmni Meira a Twm yn hwyr y prynhawn hwnnw. Tynnwyd digon o deganau allan o'r twll dan y grisiau i orchuddio llawr y stafell haul, a bu'r tri ar eu pengliniau yn chwerthin ac yn chwarae. Ond roedd pwrpas i'r gêm, gan fod y ddau riant yn arbenigwyr yn y maes o holi plant ynglŷn â digwyddiadau, holi heb i'r plentyn sylweddoli hynny. Wnaeth yr un o'r ddau erioed ddychmygu y buasent yn gorfod ymarfer eu sgiliau ar eu plentyn eu hunain.

Ychydig wedi saith y noson honno, trefnodd Jeff i gyfarfod ag Irfon Jones yng ngorsaf heddlu Glan Morfa.

'Sut ma' pawb erbyn hyn?' gofynnodd yr Uwch-arolygydd.

'Cystal â'r disgwyl, am wn i. Dwi a Meira wedi holi Twm gymaint ag y medrwn ni, ond tydi'r creadur bach ddim wedi medru rhoi llawer o wybodaeth i ni mae gen i ofn.'

'Mi ddown ni at hynny yn y munud, ond gynta, 'swn i'n lecio i ti roi cymaint o fanylion ag y medri di i mi am dy daith neithiwr, er mwyn ei lwytho ar system gyfrifiadurol yr ymchwiliad. Gad i ni ddechrau yn y dechrau un.'

'Ma' hi'n anodd deud pryd ddechreuodd petha a deud y gwir,' meddai Jeff. 'Mae cymaint wedi digwydd yn ystod

129

y dyddiau diwetha 'ma – ond mae petha'n dechrau gwneud synnwyr rŵan. Ma' hi'n amlwg fod rhywun wedi bod yn gwylio Meira yn casglu'r hogyn 'cw o'r ysgol ers rhai dyddiau. Ro'n i'n meddwl mai ryw sglyfaeth oedd yn lecio edrych ar blant neu ferched oedd o i ddechra, ond dwi'n sicr erbyn hyn mai'r herwgipiwr yn gwneud ei waith ymchwil oedd o. Synnwn i ddim petai o wedi bod yn ei dilyn hi adra hefyd, ac yn ei gwylio hi o bell yn agor giât y tŷ.'

'Be am ei gar o?' gofynnodd Irfon Jones.

'Mitsubishi du. Darn o'r rhif sydd gen i: CX58. Roedd Dafi MacLean yn berchen ar gerbyd Mitsubishi a'r rhif CX58 YWR arno, a dwi'n credu fod Gwyn Cuthbert yn ei ddefnyddio fo rŵan – ond fedra i ddim bod yn berffaith siŵr mai hwnnw gafodd ei weld tu allan i'r ysgol. Er hynny, mi es i draw i weld Cuthbert a rhoi rhybudd go iawn iddo gadw'n glir.'

'Heb dy fod yn siŵr mai fo oedd yn stelcian wrth yr ysgol?'

'Ia. Wnaeth o ddim drwg o gwbl iddo fo wybod lle roedd o'n sefyll – neu o leia, dyna o'n i'n feddwl ar y pryd.'

'A be am y tân yn y clawdd wrth ochr dy dŷ di?'

'Tân bwriadol er mwyn fy nychryn, neu fy rhybuddio i, oedd hwnnw, heb os nac oni bai. Y tân a'r bocs matsys ddaeth drwy'r drws ffrynt.'

Gwelodd Jeff fod Irfon Jones yn pendroni dros yr wybodaeth.

'Mae'n anodd dychmygu y bysa dyn sy'n cynllwynio i herwgipio Twm yn peryglu'i gynllun drwy gynnau tân chydig ddyddiau ynghynt,' meddai. 'Fedra i ddim gweld y synnwyr tu ôl i hynny, fedri di?'

'Na fedraf,' cytunodd Jeff. 'Ond mi ffeindiais mai car tebyg i Mitsubishi Animal oedd yn cael ei yrru gan y dyn a ffoniodd y gwasanaeth tân o giosg ar gyrion y dre y noson honno. Ac eto, does gen i ddim tystiolaeth bendant mai Cuthbert oedd o, nac mai car Cuthbert gafodd ei ddefnyddio, hyd yn oed.'

'Dim ond ei fod o'n gar tebyg.' Oedodd Irfon Jones am funud. 'I symud ymlaen felly,' parhaodd. 'Yr herwgipio ei hun. Be welodd Meira?'

'Dim llawer,' atebodd Jeff, gan ailadrodd yr hyn a ddywedodd Meira wrtho.

'Wel, fel y gwyddost ti, roedd y fan wedi'i dwyn o Blacon, yng Nghaer. Mae hi wedi cael ei harchwilio'n fanwl a dim ond olion bysedd y perchennog sydd wedi'u canfod ynddi – roedd olion menig plastig neu rwber ar y llyw. Yr unig bethau eraill yn y fan oedd goriadau car Meira a'r teclyn bach i agor giât dy dŷ di – a does 'na ddim olion bysedd ar y rheini chwaith.'

'Roedd o'n gwybod be oedd o'n wneud. Mae o'n amlwg yn gwybod dipyn am ffonau symudol hefyd, a'r dulliau o'u dilyn nhw. Oes 'na unrhyw wybodaeth ynglŷn â'r rheini eto? Olion bysedd?'

'Na, ond tydan ni ddim wedi gorffen eu harchwilio nhw eto. Deud wrtha i am dy daith neithiwr, wnei di?'

Dechreuodd Jeff roi disgrifiad manwl o'r digwyddiadau yn eu trefn. Ar ôl iddo orffen, cododd Irfon Jones y ffôn ar y ddesg o'i flaen a gyrrodd ddau dditectif i'r ciosg ffôn ar ochr y ffordd nid nepell o wersyll Glan-llyn i chwilota am y ffôn a luchiodd Jeff i'r cae.

'Hyd yn hyn,' meddai, 'does neb wedi gweld dim byd amheus ar y Marian yn Nolgellau, wrth y ciosg ger Glan-llyn, nac yn agos i'r man lle stopiaist ti wrth ochr afon Tryweryn. Ond rydan ni'n gwybod erbyn hyn nad oedd y golau yn y ciosg hwnnw'n gweithio fel y dylai pan oedd hi'n tywyllu tua hanner awr wedi deg neithiwr. Mi sylwodd un o'r ffermwyr lleol ar hynny wrth basio i fynd at ei ddefaid.'

'Mae hynny'n golygu bod yr herwgipiwr wedi paratoi ymhell o flaen llaw felly, yn hytrach na munudau cyn i mi gyrraedd y bocsys ffôn.'

'Wnest ti ddim ystyried defnyddio un o'r ffonau cyhoeddus rheini ar dy daith er mwyn gadael i ni wybod lle roeddet ti?'

'Dim blydi peryg. Sut wyddwn i nad oedd o'n fy ngwylio i bob cam? Y peth diwetha ro'n i isio'i wneud oedd peryglu bywyd Twm! Mi glywsoch chi'r bygythiadau eich hun. Be am y mapiau oedd wedi'u gadael i mi?' gofynnodd.

'Fel gwyddost ti, Jeff, mae mapiau Landranger yn cael eu gwerthu ledled y wlad, ac mae'n debyg fod y tudalennau eraill a adawyd i ti wedi cael eu rhwygo allan o'r un atlas ffordd. Does 'na ddim olion bysedd ar y rheini chwaith, dim ond olion menig rwber neu blastig, fel llyw'r fan.'

'Arwydd arall o gynllunio gofalus,' meddai Jeff. 'Beth am y llun o'r Antelope a adawodd o i mi yng Nghaerhun?'

'Digon syml. Argraffwyd hwnnw yn syth oddi ar wefan y gwesty.' Oedodd Irfon Jones am eiliad. 'Be oedd gan Twm i'w ddeud wrthat ti?'

'Wn i ddim allwn ni ddibynnu ar ei dystiolaeth, ond dyn mawr cryf, tua'r un oed â fi oedd o, medda fo, ond ei fod o'n llawer iawn mwy na fi. Dim ond cipolwg gafodd Twm ar ei wyneb pan dynnwyd o allan o gar Meira. Roedd rhyw fath o fwgwd dros ben y peth bach weddill yr amser. Mae'n debyg mai'r sachau gawson ni yn y lorri oedd y rheini. Ond mae o'n cofio mai seti tywyll oedd yn yr ail gar iddo deithio ynddo fo, a bod y ffenestri'n dywyll. Dyna'r cwbwl welodd o gan fod y mwgwd dros ei ben drwy'r amser, heblaw pan oedd o'n bwyta. Chafodd y creadur ddim byd ond pysgod a sglodion tra bu o'n gaeth – yr un peth dair gwaith. Roedd y cythraul wedi rhwymo'i ddwylo fo hefyd, a dim ond i fwyta ac i fynd i'r lle chwech y cafodd y rhaffau eu datod.'

Sylwodd Irfon Jones ar y cryndod yn rhedeg trwy gorff Jeff wrth iddo adrodd yr hanes.

'Oedd 'na fwy nag un herwgipiwr?' gofynnodd yr Uwch-arolygydd.

'Na, dim ond un,' cadarnhaodd Jeff. 'Ac mi oedd o'n siarad Cymraeg efo Twm drwy'r amser.'

'Reit, rydan ni'n gwybod cryn dipyn amdano fo erbyn hyn felly. I ddechra, Cymro ydi o – dyn mawr sy'n ymddangos fel petai'n nabod cefn gwlad Meirionnydd yn dda, ac i fyny am ochrau Bangor hefyd. Mae'n defnyddio cyfrifiadur, nid bod hynny'n beth anarferol y dyddiau yma, ac mae'n gyrru car mawr tywyll efo seti du. Mae o wedi prynu, neu gael gafael ar, bedwar ffôn symudol rhad, newydd, yn ddiweddar, a hynny yn arbennig ar gyfer y cynllwyn herwgipio. Mae'r ffaith iddo droi'r ffôn cyntaf a ddefnyddiodd ymlaen am dri o'r gloch y bore 'ma a'i adael yng nghefn y lorri efo Twm, er mwyn i'r bachgen gael ei ddarganfod, yn brawf ei fod o'n disgwyl i signal y ffôn hwnnw gael ei ddilyn.'

'Ond mi wnaeth yn siŵr ei fod o wedi hen adael yr ardal cyn gwneud hynny. Roedd o'n gwybod bod siawns dda y bysa'r lorri'n cael ei gyrru i Loegr yn fuan wedyn.'

Torrwyd ar draws y sgwrs gan gnoc ar ddrws y swyddfa. Rhoddodd Dan Foster ei ben i mewn.

'Ga i ddod i mewn, os gwelwch yn dda?' gofynnodd.
'Mae gen i dipyn o newydd i chi.'

Rhoddodd Irfon Jones wahoddiad iddo eistedd i lawr.

'Reit, ty'd yn dy flaen,' meddai. 'Be sgin ti?'

'Dwi wedi bod yn gwneud ymholiadau ynglŷn â'r ffôn a adawyd i chi yn wal maes parcio'r Antelope yn fuan bore 'ma, sarj. Nokia ydi o. Un o'r rhai rhataf ar y farchnad. SIM Vodafone sydd ynddo fo, a gwerth pum punt o gredit roddwyd ynddo pan brynwyd o. Chafodd o mo'i ddefnyddio cyn i chi wneud yr alwad oddi arno yn fuan y bore 'ma. Mae'r rhif cyfresol yn dangos ei fod yn rhan o swp o ffonau a werthodd Nokia i Tesco dri mis yn ôl. Mi ddywedodd Vodafone bod y SIM wedi cael ei ddefnyddio am y tro cynta efo cerdyn Pay as you Go brynwyd yn Tesco Porthmadog bum niwrnod yn ôl. Newydd ddod yn ôl o'r fan honno ydw i. Ro'n i'n lwcus bod yr aelod o staff a werthodd y cerdyn yn gweithio pnawn 'ma, a dwi wedi ei holi a nodi ei ddatganiad.'

'Ydi o'n cofio rwbath?' gofynnodd Jeff yn awyddus.

Gwelodd y ddau ŵr y wên foddhaus ar wyneb Dan.

'Mae'r gwerthwr yn cofio'r cwsmer yn iawn – ddim yn aml mae rhywun yn prynu pedwar ffôn symudol ar yr un pryd, medda fo. Ia, pedwar,' ailadroddodd Dan gan wenu. 'Mi ddywedodd y prynwr mai anrhegion i'w blant oeddan nhw, eu ffonau cyntaf, ac nad oedd o isio gwario llawer.'

'Oes gen ti ddisgrifiad ohono?' gofynnodd Jeff.

Edrychodd Dan ar y datganiad o'i flaen.

'Dyn mawr o gwmpas deugain oed, ymhell dros ddwy lath, pen moel ac yn gwisgo dim byd ond pâr o jîns a fest wen.'

Edrychodd Jeff i lygaid Irfon Jones.

'Dyna i chi ddisgrifiad perffaith o Gwyn Cuthbert – ond nid yn unig hynny, dyna'r union ddillad roedd o'n eu gwisgo pan welais i o bedwar diwrnod yn ôl.'

'Mae hyn yn rhoi digon o dystiolaeth i ni gael gwarant i chwilio'i dŷ o, ac mi wnawn ni hynny hyd yn oed os na fedrwn ni gael gafael arno fo. Dan, rho rybudd i'r tîm sy'n gwylio'r tŷ, a deud wrthyn nhw am ei arestio fo y munud bydd o'n dangos ei wyneb. Mi chwiliwn ni'r tŷ ben bore fory. Gwna'r trefniadau os gweli di'n dda, Dan.'

'Siŵr iawn, syr,' atebodd.

Ar ôl i Dan adael yr ystafell, trodd Irfon Jones at Jeff.

'Dwi ddim isio i ti fynd efo'r hogia fory, Jeff. Waeth i ti heb â dadlau. Dydw i ddim isio i ti fod yn agos i'r ymchwiliad yma, am resymau amlwg.'

Roedd yn rhaid i Jeff gyfaddef fod ganddo bwynt da.

'Ia, iawn,' cytunodd. 'Ond mae 'na un peth yn fy mhoeni i – pam fod dyn sy wedi mynd i gymaint o drwbwl i gynllunio herwgipiad yn gadael cliw gymaint â drws stabl i ni pan brynodd o'r pedwar ffôn? Roedd o'n ddigon o gliw i'n harwain ni yn syth ato fo.'

'Wn i ddim wir,' atebodd Irfon Jones. 'Efallai y cawn ni'r ateb i hynny ganddo ben bore fory.'

Pennod 17

Roedd Jeff yn anesmwyth y noson honno. Gadwodd i'w feddwl lithro'n ôl i'r dechrau – nid yr herwgipio na'r tân, na'r car mawr du tu allan i'r ysgol, ond yn ôl i'r sgwrs gyntaf a gafodd gydag Irfon Jones ynglŷn â rhyddhau Gwyn Cuthbert o'r carchar. Doedd ganddo ddim amheuaeth bellach fod Cuthbert wedi cadw'r addewid a wnaeth wrth adael y doc yn Llys y Goron yr Wyddgrug chwe blynedd ynghynt, ac edrychai'n debyg mai fo oedd yn gyfrifol am yr herwgipio – a'i fod, erbyn hyn, hanner miliwn o bunnau yn gyfoethocach hefyd. Ond y rhan o'r darlun na drafodwyd heddiw oedd y llythyr dienw a'i arwyddocâd.

Hwnnw oedd y llythyr a grybwyllodd ei gyfoeth am y tro cyntaf. Hwnnw ddaeth â'r Prif Arolygydd Pritchard a Sarjant Bevan i lawr o'r pencadlys yn unswydd i'w gyfweld, ac yn y cyfweliad hwnnw awgrymwyd am y tro cyntaf fod ei berthynas â Nansi y tu hwnt i ffiniau perthynas rhwng ditectif a hysbyswr. Yn wir, y llythyr oedd tarddiad y miri annisgwyl a bardduodd ei fywyd proffesiynol a chreu helynt llawer gwaeth i'w deulu. Yn dilyn awgrym di-sail y llythyr ynglŷn â'i berthynas â Nansi, cafodd hithau ei harestio – ac yna ei rhyddhau gan fod rhywun wedi cael gwared â'r dystiolaeth yn ei herbyn hi; ei ddwyn o'r ystafell fwyaf diogel yng ngorsaf yr heddlu. Disgynnodd yr amheuaeth, yn naturiol, arno fo – pwy arall, o dan yr amgylchiadau? A dim ond ar ôl hynny y cyneuwyd y tân yn y clawdd, a herwgipiad Twm.

Ceisiodd Jeff ddirnad heno yr un peth nad oedd wedi'i drafod gydag Irfon Jones – rhan Cuthbert yn y cwbl. Ni allai gredu fod gan Cuthbert y gallu i guddio'r cyffuriau yn nhŷ Nansi na'u dwyn, ychydig oriau yn ddiweddarach, o orsaf yr heddlu – ond doedd ganddo ddim eglurhad amgenach chwaith. Bu'n troi a throsi a chwysu yn ei wely drwy'r nos a diolchodd, am unwaith, fod Meira wedi dewis cysgu yn ystafell Twm. Ond pan ddeffrôdd y bore wedyn doedd o ddim nes at y lan.

Yn ystod canol bore trannoeth, cnociodd Dan ar ddrws y tŷ.

'Mae'n ddrwg gen i na wnes i ffonio cyn dod draw, sarj,' meddai.

''Sdim rhaid i ti siŵr,' atebodd Jeff wrth i Twm redeg heibio iddo a llamu'n syth i freichiau Dan.

'Sut wyt ti, teigar?' meddai, gan ei godi oddi ar y llawr wrth i Twm ruo'n uchel yn ei glust. 'Dwi'n falch o weld nad ydi o ddim gwaeth,' meddai wrth Jeff ar ôl rhoi'r bychan i lawr.

'Panad?' gofynnodd Meira o'r tu ôl iddynt. 'Ewch trwodd i'r stafell haul i chi gael siarad. Mi ddo i â choffi i chi mewn munud.' Trodd at ei mab. 'Ty'd i helpu Mam, Twm. Mae Dad isio siarad efo Yncl Dan.'

'Dew, dwi'n cael teitl pwysig iawn rŵan!' chwarddodd Dan.

'Ti'n eu haeddu o ar ôl yr holl help ti wedi'i roi i ni – ac i mi yn enwedig – yn ystod y dyddiau dwytha,' meddai Meira wrth ddiflannu i'r gegin.

Eisteddodd y ddau ddyn yn yr haul.

'Argian, mae ganddoch chi le braf yn fama,' rhyfeddodd Dan wrth edrych drwy'r ffenestri mawr tua'r môr.

'Pa newydd, Dan?' Anwybyddodd Jeff ei sylw. Doedd ganddo ddim amynedd mân-siarad.

'Wel,' meddai, gan droi oddi wrth yr olygfa ac edrych yn syth i lygaid Jeff, 'Gwyn Cuthbert ydi'n dyn ni, mae hynny'n bendant rŵan. Dwi newydd gael clywed gan yr hogia fu'n chwilio'i dŷ o bore 'ma.'

'Fuest ti ddim efo nhw, Dan?'

'Naddo. Mae gen i dwn i'm faint o waith papur yn dal ar ôl i'w orffen yn achos Jaci Thomas. Mae pump ar fechnïaeth gen i, ac mae Gwasanaeth Erlyn y Goron yn swnian am y ffeil. Doedd gen i ddim amser i fynd i dŷ Cuthbert, yn anffodus.'

'Wel, deud 'ta – be 'di dy newydd di felly?'

'Trawyd y tŷ am saith y bore 'ma gan bedwar o'r bois 'cw. Dim ond cariad Cuthbert oedd adra, a chawson nhw ddim llawer o groeso ganddi – gofyn pam nad oedd gan yr heddlu ddim byd gwell i'w wneud na rhedeg ar ôl dyn a oedd wedi gorffen ei ddedfryd. Ar ôl iddi setlo i lawr mi gawson nhw wybod nad ydi hi wedi ei weld o ers pedwar diwrnod.'

'Y diwrnod cyn i Twm gael ei herwgipio felly.'

'Ia,' cadarnhaodd Dan. 'Mi aeth o allan y bore hwnnw gan ddweud bod ganddo waith i'w wneud, ac y byddai'n ei ôl ymhen deuddydd neu dri. A dydi hi ddim wedi ei weld o na chael cysylltiad â fo ers hynny.'

'Ma' siŵr ei bod hi'n palu celwydd.'

'Wel, wn i ddim wir,' atebodd Dan.

Daeth Meira â choffi a bisgedi iddyn nhw ond wnaeth hi ddim aros i sgwrsio.

'Pam wyt ti'n meddwl ei bod hi'n dweud y gwir?' gofynnodd Jeff.

'Un o'r hogia ddeudodd 'u bod nhw wedi chwilio trwy ei ffôn hi, a does dim cofnod o alwadau o ffôn neb ond ei theulu a'i ffrindiau ers iddo ddiflannu. Mae hi'n deud nad oes gan Cuthbert ffôn symudol ei hun.'

'Wel, dwi ddim yn coelio hynny!'

'Mae'r cymdogion yn cadarnhau hefyd nad ydi'r Mitsubishi L200 Animal wedi bod o gwmpas cefn y tŷ lle bydd o'n arfer cael ei barcio ers pedwar neu bum niwrnod.'

'Reit – felly dydi o ddim o gwmpas, fel ti'n deud, ond pam felly ddeudist ti mor bendant mai fo sy'n euog o herwgipio Twm?' gofynnodd Jeff, yn dechrau colli ei amynedd.

'Cadw'r gorau tan y diwedd dwi, sarj,' atebodd Dan gan wenu. 'Roedd gliniadur yn y tŷ. Dywedodd y cariad mai hi oedd biau fo, ond bod Cuthbert wedi'i ddefnyddio amryw o weithiau ers iddo gael ei ryddhau o'r carchar. Yn ôl pob golwg, mi gafodd wersi cyfrifiadurol tra bu o dan glo. Roedd amryw o luniau wedi'u lawrlwytho o'r we i gof y gliniadur, i gyd mewn ffeil yn perthyn i Cuthbert ei hun. Lluniau o westy'r Antelope, yn cynnwys y llun a adawyd i chi yn y ciosg yng Nghaerhun.'

'Wel, dyna fo felly. Dyna'r darlun yn gyfan. Be ydi'r cam nesa?'

'Mae pawb yn chwilio amdano fo, er nad oes gan neb fawr o syniad lle i ddechrau. Yn ôl be dwi'n ddallt, mae Irfon Jones am wneud apêl ar newyddion y teledu heno.'

Yn hwyrach y noson honno, canodd ffôn symudol Jeff tra oedd yn agor potel o win i Meira ac yntau am y tro cyntaf ers wythnos. Edrychodd Jeff ar y sgrin a throdd at Meira cyn ei ateb.

'Nansi sy 'na. Ti'n meindio os dwi'n ateb? Fydd hi byth yn ffonio heb reswm da.'

'Â chroeso – dy lefren di ydi hi,' chwarddodd Meira.

Tynnodd Jeff ei dafod arni'n hwyliog cyn ateb yr alwad. 'Nansi, sut wyt ti? Ma' raid bod hyn yn bwysig.'

'Mae o, Jeff. Rhaid i ti ddod i 'ngweld i rŵan. Dwi'm isio siarad dros y ffôn, a dwi wedi cael gormod o lysh i adael y tŷ 'ma.' Roedd ei llais yn llawn cyffro.

'Be sy mor bwysig yr amser yma o'r nos, Nansi?'

'Dwi newydd gael galwad ffôn gan rywun, rwbath i neud efo dy hogyn di yn cael ei ddwyn. Ydi hynny'n wir?'

Gwyddai Jeff, er bod hanes a llun Cuthbert wedi bod ar y teledu yn gynharach y noson honno, nad oedd unrhyw gysylltiad wedi ei wneud â fo na'i deulu – ac roedd yn sicr nad oedd yr heddlu wedi gwneud y fath ddatganiad i'r wasg chwaith.

'Ddo i i lawr atat ti rŵan,' meddai, cyn oedi. 'Ydi hi'n iawn i mi ddod acw ... i dy dŷ di dwi'n feddwl?'

'Ydi, tad. Ty'd rŵan.'

Esboniodd y sefyllfa i Meira a gadawodd ar unwaith.

Parciodd Jeff y Touareg bedwar can llath oddi wrth gartref Nansi a cherddodd weddill y ffordd. Fedrai o ddim cofio cyfarfod â hi yn y tŷ o'r blaen, a hynny er mwyn ei diogelwch hi fel hysbysydd yn fwy na dim arall. Wrth gerdded, daeth teimlad drosto y dylai yntau fod yn wyliadwrus heno, yn enwedig ar ôl i'r Sgwad Gyffuriau fod yn canolbwyntio ar weithgareddau Nansi. Diolchodd ei bod hi wedi tywyllu a bod neb i'w gweld o gwmpas. Edrychodd ar ei watsh – pum munud ar hugain wedi deg. Roedd Nansi yn y ffenest yn disgwyl amdano, a rhuthrodd i agor y drws pan welodd ei fod yn agosáu.

Gallai Jeff weld yn syth ei bod wedi cael dipyn go lew i'w yfed. Doedd ei dillad yn ddim gwahanol i'r arfer – gwisgai jîns lledr du a blows las golau oedd wedi'i hagor yn is o lawer nag oedd yn weddus – ond roedd ei gwallt yn flêr a'i llygaid yn sgleinio o effaith yr alcohol. A dweud y gwir, doedd Jeff erioed wedi ei gweld hi'n edrych mor ddrwg, dim hyd yn oed yn y gell ychydig ddyddiau'n ôl. Er hynny, roedd y tŷ yn eitha taclus heblaw am y poteli gwag a'r gwydrau budron ar y llawr. Roedd set deledu anferth yng nghornel yr ystafell fyw yn dangos rhaglen siopa ar lein, a'r sain wedi'i ddistewi.

'Wyt ti'n iawn, Nansi?' gofynnodd Jeff wrth weld ei bod hi'n simsan ar ei thraed.

'Dwi 'di bod yn well. Rhyngddat ti a fi, dwi 'di 'i cholli hi braidd ar ôl yr hasl 'na ges i'r bore o'r blaen. Mi ddaeth dwy ffrind i mi draw yn hwyr pnawn 'ma ac mi roeson ni glec i ddwy botel o fodca a thair potel win. A dwi'n teimlo fy oed, cofia, Jeff bach. Dwi'n hanner cant, efo hanner dwsin o blant a hanner y rheini'n rhieni eu hunain. Ond ta waeth am hynny, dwi isio diolch i ti am beth bynnag wnest ti i gael gwared â'r cyhuddiad 'na. Er nad fi oedd pia'r blydi stwff yn y lle cynta, a bod rhywun wedi trio'n fframio fi.'

'Deud wrtha i am yr alwad 'ma, wnei di?' gofynnodd Jeff, yn anwybyddu ei diolchgarwch.

'Ydi o'n wir, Jeff? Dy hogyn di gafodd ei ddwyn?'

'Ydi, Nansi, mae o'n wir, ond cadwa fo i ti dy hun, plis. Wyt ti wedi deud wrth rywun arall?'

'Naddo, onest. Roedd y genod wedi mynd pan ges i'r alwad ffôn heno. Ydi o'n iawn, Jeff, dy hogyn di?' Roedd ei llais yn llawn emosiwn a dagrau yn ei llygaid. Effaith y ddiod, myfyriodd Jeff.

'Ydi, mae o'n iawn rŵan, diolch. Yr alwad, Nansi. Ar ffôn y tŷ ddaeth hi 'ta dy ffôn symudol di?' Roedd Jeff ar binnau.

'Ffôn symudol, wrth gwrs. Maen nhw wedi torri lein ffôn y tŷ 'ma ers misoedd lawer.'

'Dyn 'ta dynes?'

'Dyn.'

'Be ddeudodd o?' Roedd yr alcohol wedi arafu cryn dipyn arni – châi o ddim trafferth cael stori allan ohoni fel arfer. 'Ei union eiriau, os fedri di gofio,' ychwanegodd.

Meddyliodd Nansi am eiliad neu ddwy cyn ateb.

'Reit: "Deud wrth Ditectif Evans 'mod i'n gwybod lle mae'r boi 'na a'th â'i fab o yn cuddio. Os ydi o isio gwybod lle, mi ddeuda i wrtho fo, ond ma' raid iddo ddod i 'ngweld i heno. Fo a neb arall. Heno." Dyna ddeudodd o.'

'Ddeudodd o lle, Nansi, a phryd?'

'Rhyw fynwent uwchben Rhosgadfan. Hebron dwi'n meddwl deudodd o. Lle mae fanno dŵad?'

'Pryd fydd o yno?'

'Rŵan, Jeff, rŵan. Dyna pam wnes i dy ffonio di mor handi.'

'Be arall fedri di ddeud am yr alwad, Nansi? Tria gofio, plis?'

'Dyna'r unig beth ddeudodd o cyn rhoi'r ffôn i lawr. Mi wnes i wasgu 1471 ond mi oedd o wedi cuddio'i rif. Yr unig beth fedra i ddeud am y llais ydi mai Cymro oedd o, ond bod ei lais o chydig yn chwithig, fel tasa fo wedi dysgu siarad Cymraeg, ond dwn i'm yn iawn. Y peth arall fedra i mo'i ddallt ydi pam ddaru o fy blydi ffonio fi, o bawb. Fel tasa gin i rwbath i neud efo'r blydi peth. Fydda i byth yn rhoi rhif fy ffôn i neb heb reswm da, a doedd hwn yn neb ro'n i'n 'i nabod.'

'Cwestiwn da, Nansi. Cwestiwn da iawn,' meddai Jeff wrth adael. 'Cofia rŵan, dim gair am hyn wrth neb,' ychwanegodd yn y drws. 'Gwna di'n siŵr dy fod di'n cloi pob drws, a dos am y gwely 'na.'

Cerddodd Jeff yn gyflym yn ôl tuag at y Touareg. Ffoniodd Meira ar y ffordd i adael iddi wybod na fyddai adref am sbel, ac egluro pam. Yna gyrrodd am Rosgadfan. Ble oedd y fynwent, tybed? Uwchben y pentref, yn ôl y galwr. Byddai'n siŵr o ddod o hyd iddi.

Roedd meddwl Jeff yn drên ar y ffordd i Rosgadfan. Pam y dewisodd y dyn ei ffonio hi? Oedd y galwr yn ymwybodol fod yr heddlu'n gwrando ar bob galwad i'w ffôn tŷ a'i ffôn symudol, ac angen cysylltu mewn modd mwy cyfrinachol? Ond pam ffonio Nansi yn hytrach nag un o'i gyfeillion? Pwy oedd yn gwybod ei bod hi'n hysbysu iddo ac wedi bod yn gwneud hynny ers blynyddoedd? Ychydig iawn o fewn yr heddlu wyddai am y cysylltiad, ond ar y llaw arall, gallai Nansi fod wedi rhannu'r wybodaeth â Duw a ŵyr faint o'i chydnabod. Pwy wyddai ei rhif ffôn symudol hi? Dim ond ei theulu a ffrindiau agos iddi, medda hi. A'r rhai fyddai'n prynu cyffuriau ganddi, mwyaf tebyg. Oedd yr ateb i lawr y trywydd hwnnw, tybed? Yna cofiodd fod ffôn Nansi ganddi pan gafodd ei harestio ac, yn fwy na thebyg, bod dynion y Sgwad Gyffuriau wedi ei archwilio'n fanwl. Sawl aelod o'r heddlu oedd yn gwybod rhif y ffôn erbyn hyn, felly? Ond eto, ni welai Jeff unrhyw reswm pam y buasai un o'i gydweithwyr yn ei ffonio hi efo'r fath neges. Bu bron iddo ailfeddwl, a throi yn ei ôl cyn cyrraedd Rhosgadfan, ond eto, doedd ganddo ddim i'w golli wrth fynd yno. Byddai ar ei ennill petai pwy bynnag oedd yno i'w gyfarfod yn datgelu lleoliad Gwyn Cuthbert.

Trodd Jeff oddi ar yr A487 a dechreuodd ddringo drwy Rostryfan am Rosgadfan. Er nad oedd ganddo syniad lle roedd y fynwent, doedd o ddim yn bwriadu gofyn i neb chwaith, hyd yn oed petai enaid byw arall o gwmpas. Cofiodd Nansi'n dweud ei bod uwchben y pentref, felly dilynodd y ffordd i fyny uwch Pen-y-ffridd ac o'r diwedd gwelodd y waliau sgwâr oedd yn amgylchynu'r fynwent o'i flaen. Mynwent Hermon, nid Hebron oedd hi, ond roedd yr enwau'n ddigon tebyg i'w gilydd i Jeff wybod heb amheuaeth ei fod wedi cyrraedd y lle iawn.

Stopiodd Jeff y Touareg ar damaid o dir mwdlyd wrth ochr y ffordd y tu allan i giât y fynwent. Doedd neb i'w weld yn unman. Disgynnodd allan o'r car i'r mwd meddal, yn hanner disgwyl gweld rhywun yn ymddangos o'r tywyllwch, ond ddaeth neb. Pwy yn ei iawn bwyll fyddai'n dewis lle mor anial i gyfarfod, wfftiodd? Roedd yn noson glir gydag ambell seren yn y golwg, ond dim lleuad. Gwelodd oleuadau'r pentrefi islaw iddo yn y pellter ond doedd dim symudiad o'i gwmpas. Rhedodd ias oer trwyddo. Bu bron iddo agor drws cefn y car i estyn ei gôt ddyffl cyn iddo gofio nad oedd o wedi ei gweld ers dyddiau, na chael yr amser i chwilio amdani. Cerddodd i fyny ac i lawr y lôn gul, arw, i geisio cynhesu cyn mynd i mewn i'r fynwent. Doedd dim byd allan o'r cyffredin yn y fan honno chwaith. Edrychodd ar ei watsh: roedd hi newydd droi hanner awr wedi hanner nos. Penderfynodd ei fod wedi gwastraffu digon o amser yn aros am rywun nad oedd o'n ei nabod – ond pwy, meddyliodd, aeth i'r holl drafferth i'w gael o yno, tybed, a newid ei feddwl wedyn?

Saethodd ergyd o banig trwyddo wrth ystyried a oedd hwn yn gynllun i'w gael o allan o'r tŷ a gadael Meira yno ar ei phen ei hun efo Twm. Brysiodd i dynnu'i ffôn allan o'i boced a theimlodd ollyngdod braf pan atebodd Meira'r ffôn.

'Lle wyt ti mor hwyr?'

''Sat ti'n synnu,' atebodd Jeff.

'Wel, dwi yn fy ngwely, yn aros amdanat ti.'

'Mi fydda i adra mewn llai nag awr,' meddai.

Taniodd Jeff injan y Touareg. Noson ryfedd, meddyliodd wrth yrru i lawr yr allt. Noson ryfedd iawn.

Pennod 18

Cododd Jeff yn fuan y bore wedyn heb fwriad o gwbl o fynd i'w waith, a phenderfynodd dacluso rhywfaint o gwmpas yr ardd. Gwyddai y byddai ei rwystredigaeth yn mynd yn drech na fo yn y swyddfa, yn gwylio'i gydweithwyr yn ymchwilio i achos yr herwgipio ac yn methu codi bys i'w helpu. Gartref oedd ei le heddiw, yng nghwmni Meira a Twm bach. Roedd Meira ymhell o fod yn barod i adael i Twm fynd yn ôl i'r ysgol, ac o dan yr amgylchiadau, ni welai fai arni. Yr un oedd ei farn yntau, yn enwedig a'r herwgipiwr yn dal â'i draed yn rhydd.

Bob hyn a hyn codai Jeff ei ben o'r border blodau i edrych ar y clawdd du oedd yn grimp ar ôl y tân, yn ei atgoffa pa mor agos a byw oedd y bygythiad iddo a'i deulu. Ar ôl dwyawr o waith caled, a Twm yn gwneud ei orau i drio'i helpu, galwodd Meira arno i ddod i'r tŷ am baned.

Rhedodd Twm o'i flaen ar ôl cael addewid am lemonêd, ac fel yr oedd Jeff yn mynd rownd y gornel, clywodd Jeff lais y bachgen yn siarad a chwerthin. Wrth iddo droi'r gornel i gadw'r peiriant torri gwellt yn y garej agored, gwelodd fod Twm ym mreichiau Dan Foster. Gwenodd y dyn ifanc pan welodd Jeff yn ei ddillad garddio.

'Sut ma' hi, Dan?' Crychodd wyneb Jeff mewn penbleth ar ôl ei gyfarch. 'Sut ddoist ti trwy'r giât? Ro'n i'n siŵr ei bod hi ar glo.'

'Mi oedd hi,' cadarnhaodd Dan, gan oedi'n foddhaus

am eiliad neu ddwy cyn egluro ymhellach. 'Mi roddodd Meira rif y côd i mi y noson o'r blaen pan oeddach chi'n dilyn y mapiau 'na rownd y wlad. Dim ond rhag ofn,' ychwanegodd.

'Siort orau,' atebodd Jeff. 'Ti'n gwybod bod croeso i ti yma bob amser. Mynd i mewn am banad ydw i. Ty'd, mi gei dithau un efo fi, ac mi gei di ddeud wrtha i be sy'n digwydd i lawr yn y swyddfa 'na. Tydi hi ddim yn hawdd i mi beidio busnesu, o dan yr amgylchiadau.'

Dilynodd Dan o i'r gegin.

'Gwna banad arall, plis, Meira,' galwodd Jeff wrth dynnu ei esgidiau garddio. 'Mae Dan wedi picio draw.'

Gwenodd Meira ar Dan a rhoi cusan sydyn ar ei foch wrth iddo ddilyn Jeff heibio iddi ar eu ffordd i'r stafell haul.

'Wn i ddim sut i ddiolch yn iawn i ti am bob dim ti'n wneud i ni, cofia,' meddai Meira gan roi ei llaw ar ei fraich. 'Ti wedi bod yn gefn mawr i mi.'

'Sdim rhaid diolch, siŵr iawn.' Gwenodd Dan yn ôl arni dros ei ysgwydd.

'Does 'na ddim llawer iawn mwy i'w ddeud mewn gwirionedd, sarj,' eglurodd Dan ar ôl eistedd i lawr. 'Dim golwg o Cuthbert yn unman, a tydi o ddim wedi cysylltu â'i gariad chwaith.'

'Be am yr arian – yr hanner miliwn?'

'Does yna ddim ohono wedi troi fyny eto, er bod manylion y rhifau i gyd wedi eu rhannu â holl fanciau'r wlad 'ma.'

'Ella 'i bod hi braidd yn fuan. 'Swn i ddim yn disgwyl i Cuthbert, neu pwy bynnag sy'n gyfrifol am yr herwgipio, ddechrau gwario'r pres yn syth. Dim ond hurtyn fysa'n gwneud hynny, 'te?'

'Ond cofiwch, sarj, os mai Cuthbert ydi'n dyn ni, 'swn i'm yn meddwl fod ganddo fo ffynhonnell arall o incwm ar hyn o bryd. Fiw iddo fo drio casglu ei bres dôl neu mi fyddwn ni'n gwybod ble mae o yn syth.'

'Oes 'na rywfaint mwy o fanylion ynglŷn â'r ffonau symudol brynodd o?'

'Dim byd mwy na dach chi'n wybod yn barod. Mi gawson ni'r un a dafloch chi i'r cae yn Llanuwchllyn ac mae hwnnw, a'r llall a ddefnyddioch chi ar Bont Borth, wedi mynd i'r labordy. Maen nhw wedi cael eu harchwilio am olion bysedd a dim ond eich rhai chi sydd arnyn nhw – dydi canlyniadau'r profion DNA ddim wedi dod yn ôl eto.

'A'r mapiau?'

'Mae'r un peth yn wir am rheini. Olion eich bysedd chi ac olion menig rwber.'

'Wel, mae hynny'n cadarnhau ymhellach ei fod o'n ymwybodol o fanylion fforensig.'

'Does dim dwywaith, mae hwn wedi cael profiad o bethau fel hyn,' cytunodd Dan.

Ar hynny, canodd ffôn symudol Dan yn ei boced. Edrychodd ar y sgrin ac atebodd yr alwad. Gwrandawodd am ychydig eiliadau cyn dweud ei fod ar ei ffordd, ac yna diffodd y ffôn.

'Sori, sarj,' meddai. 'Gwaith yn galw. Rhaid i mi fynd.'

Aeth y ddau allan drwy'r garej, a ffarweliodd Dan yn gynnes â Meira ar ei ffordd.

'Gad i mi wybod be sy'n mynd ymlaen, cofia,' meddai Jeff.

'Siŵr o wneud, sarj.'

Byddai Iestyn Lewis yn mynd â'i gi am dro ar hyd y

llwybrau anial uwch pentref Rhosgadfan bob bore cyn iddo deithio i'r ysgol lle roedd yn athro, a phob pnawn ar ôl dod adref. Yn ogystal â bod yn ymarfer da i'r ci roedd yr amser a dreuliai'n cerdded yn rhoi mwynhad aruthrol iddo yntau – hanner awr o unigedd pur yn edrych dros y môr yn bell i'r gorllewin a thuag at Ynys Môn i'r gogledd. Câi gyfle i gynllunio'r diwrnod o'i flaen cyn iddo gael ei amgylchynu gan ddwndwr y plant, ac i ymlacio ar ddiwedd y diwrnod gwaith.

Y pnawn hwnnw, rhedodd y ci o'i flaen yn arogli pob carreg a thwmpath cyfarwydd yn ôl ei arfer. Anaml y byddai'n gweld na char na pherson arall yn agos i'r llecyn diarffordd, ond heddiw, bu'n rhaid i Iestyn alw'r ci yn ei ôl pan godod ei goes a dechrau gwlychu olwyn ôl car mawr du gyriant pedair olwyn a oedd wedi'i barcio yn y mwd ar ochr y lôn. Roedd wedi synnu pan welodd y car dieithr yno y bore hwnnw, ac roedd y ffaith ei fod yno o hyd yn rhyfeddach fyth.

Rhedodd y ci ymhellach a galwodd Iestyn arno eilwaith pan sleifiodd i mewn trwy giât mynwent Hermon. Wnaeth o ddim ufuddhau, felly aeth Iestyn ar ei ôl. Chwiliodd amdano yn y gwellt hir, a'i ganfod yn arogli rhywbeth yng nghysgod y wal gerrig. Aeth yn nes, a gwelodd ddelwedd na fyddai'n ei hanghofio am weddill ei oes. Meddyliodd i ddechrau mai trempyn neu feddwyn oedd wedi swatio yno i gysgu, ond newidiodd ei feddwl pan welodd y gwaed oedd wedi staenio'r tir. Doedd dim angen heddlu na phatholegydd i ddadansoddi mai'r anaf dychrynllyd i'w ben oedd tarddiad yr holl waed, a bod y dyn, oedd yn gwisgo jîns a chrys T gwyn, yn farw. Bu bron iddo gyfogi yn y fan a'r lle.

Cymerodd bron i dri chwarter awr i'r heddwas cyntaf

gyrraedd – bachgen yn ei ugeiniau cynnar mewn iwnifform newydd yr olwg – ac er iddo gyfaddef ei fod yn hollol ddibrofiad mewn achosion o'r fath, roedd ganddo ddigon o synnwyr i beidio â chyffwrdd dim a chau'r ffordd gyhoeddus o gwmpas cyffiniau'r fynwent. Galwodd am gymorth ychwanegol, ac yn ystod yr awr a hanner y bu'n aros i uwch-swyddogion y C.I.D. gyrraedd, sicrhaodd fod y safle'n cael ei warchod ar gyfer y patholegydd, y ffotograffwyr a'r gwyddonwyr fforensig. Yn y cyfamser, darganfuwyd mai enw perchennog y Mitsubishi L200 Animal, oedd wedi'i adael nid nepell o'r fynwent, oedd Gwyn Cuthbert. Cyn pen dim roedd yr wybodaeth honno wedi cyrraedd pencadlys yr heddlu, a chlustiau'r heddweision oedd yn ymchwilio i herwgipiad Twm Evans.

Wrth i'r haul fachlud, goleuwyd mynwent Hermon gan lampau llachar, er mwyn hwyluso gwaith y dynion mewn siwtiau gwyn di-haint oedd fel morgrug ar hyd y lle. Yng ngolau'r un lampau, archwiliwyd y Mitsubishi mawr du yn fanwl a gwnaethpwyd cast o'r holl olion, yn geir a thraed, yn y mwd gerllaw. Erbyn iddi wawrio, roedd y samplau cyntaf ar eu ffordd i'r labordy.

Lansiwyd yr ymchwiliad yn syth, ac yn absenoldeb y canlyniadau fforensig, dechreuwyd ar y dasg o durio i gefndir a bywyd personol Gwyn Cuthbert, ei deulu a'i ffrindiau. Y cam cyntaf oedd ymweld â Cynthia Roberts, cariad Cuthbert. Pan ddechreuodd ddod ati ei hun ar ôl ysgytwad y newyddion, dechreuodd fwrw'i bol – ar ôl disgwyl am chwe blynedd i'w chariad gael ei ryddhau o'r carchar roedd yn hawdd iddi roi'r bai am ei sefyllfa ar ysgwyddau'r awdurdodau. Am chwe blynedd hir bu'n edrych ymlaen i'w gael wrth ei hochr, yn rhydd o ddylanwad Dafi MacLean o'r diwedd. Roedd wedi edrych ymlaen i'w groesawu gartref o swydd barchus bob nos, a magu teulu. Wedi'r cyfan, roedd hi'n dynesu at ei deugain oed erbyn hyn, ac yn teimlo fel petai wedi gwastraffu ei bywyd, yn enwedig wrth wylio'i chyfeillion i gyd yn magu eu plant eu hunain. Beth fyddai ei dyfodol hi heb Gwyn? Doedd ganddi unman i droi.

Dechreuodd ei bywyd ddisgyn i'w le pan ddaeth Gwyn adref ati, eglurodd Cynthia – ac roedd y ddau'n hapus nes i Ditectif Evans ddod i'r drws wythnos ynghynt a'i fygwth mor greulon. Dywedodd wrth y ditectifs sut y bu i Jeff alw Gwyn yn fastard hyll a dechrau gweiddi arno yng nghlyw'r cymdogion cyn ymosod arno heb reswm. Tarodd y ditectif ei ddwrn ym mol ei chariad mor galed nes iddo ddisgyn yn ddiymadferth i'r llawr, a bygwth ei yrru i'w fedd. Byddai'r cymdogion yn gallu cadarnhau ei stori, meddai. Edrychai'n debyg, ychwanegodd Cynthia trwy ei dagrau, bod Ditectif Evans wedi cyflawni ei fygythiad.

Y noson honno, ymhell ar ôl i Jeff roi Twm yn ei wely a darllen iddo, atebodd Meira ffôn y tŷ.

'Dan sy 'na. Mae o'n swnio fel petai wedi styrbio'n lân,' meddai, wrth roi'r derbynnydd yn llaw Jeff.

'Twt lol – gweithio'n hwyr eto heno, Dan?' gofynnodd Jeff yn hwyliog, ond torrodd yr heddwas ar ei draws.

''Dan ni wedi dod o hyd i Cuthbert!'

'Yn lle? Ydi o wedi cael ei arestio?' gofynnodd Jeff gan neidio o'i gadair.

'Mae o wedi marw. I fod yn fanwl gywir, mae rhywun wedi'i ladd o.'

'Be?' Allai Jeff ddim credu'r hyn roedd o'n ei glywed.

'Ffeindiwyd ei gorff o pnawn 'ma mewn cyflwr dychrynllyd. Mae'n amlwg bod rhywun wedi rhoi curfa ofnadwy iddo fo.'

'Pryd ac yn lle?'

'Rhyw dro yn ystod y nos neithiwr, yn ôl pob golwg, mewn mynwent yng nghanol nunlle uwchben Rhosgadfan.'

Tarodd yr wybodaeth Jeff fel ergyd o wn ac ni allai ddweud gair am funud. Gwelodd yr olwg ansicr ar wyneb Meira, oedd ddim ond wedi clywed un ochr i'r sgwrs, ond arwyddodd arni i beidio â holi am y tro.

'Sarj? Sarj, dach chi yna?'

'Ydw, Dan, dwi yma. Mynwent Hermon ti'n feddwl?'

'Ia, sarj. Sut gwyddoch chi hynny?'

'Dydi hi ddim o bwys am hynny rŵan. Pwy sy'n arwain yr ymchwiliad?'

'Dwi'm yn siŵr, ond mae 'na dîm o dditectifs o'r pencadlys a'r tu hwnt yn cael ei hel at ei gilydd, a does 'run o'r ditectifs lleol yn cael eu cynnwys. Y sôn ydi bod y Prif Arolygydd Pritchard o'r pencadlys yn cymryd diddordeb mawr yn yr achos, ond all neb yn fama ddallt pam fod prif swyddog o'r adran cwynion yn erbyn yr heddlu yn dangos cymaint o ddiddordeb mewn achos o lofruddiaeth. A pheth arall, mae'r dynion sy'n ymchwilio i herwgipiad Twm wedi'u tynnu oddi ar yr achos hwnnw a'u gyrru yn ôl i'w gwaith arferol.'

'Be arall ti wedi'i glywed, Dan?'

'Dim llawer, sarj. Dim ond bod 'na arian mawr ar gorff Cuthbert pan gafodd ei ddarganfod, i gyd mewn papurau hanner canpunt.'

'Ro i fet i ti mai o'r bag arian rois i i'r herwgipiwr y

daeth hwnnw. Gwranda, Dan, Dwi'n ddiolchgar i ti am adael i mi wybod. Ddo i ddim draw i'r orsaf heno. Dwi isio amser i feddwl.'

Ar ôl ffarwelio â Dan, deialodd Jeff rif swyddfa'r pencadlys rhanbarthol a gofyn am gael siarad â'r Uwcharolygydd Irfon Jones rhag ofn ei fod yn dal yn ei waith. Dim lwc. Dechreuodd ddeialu rhif ei gartref, ond stopiodd cyn gorffen. Byddai'n well aros tan y bore.

Wrth iddo egluro popeth i Meira, suddodd ei galon. Sylweddolodd fod olion ei gar yn siŵr o fod wedi eu canfod yn agos i leoliad y llofruddiaeth, ac roedd wedi cyfaddef iddo ymweld â chartref Cuthbert yr wythnos cynt. Oedd rhywun wedi ei weld yng nghyffiniau mynwent Hermon? Pwy oedd yn gwybod iddo fod yno? Pedwar o leiaf: fo ei hun, Meira, Nansi a'r sawl a'i gyrrodd yno, pwy bynnag oedd hwnnw. A ddylai gyfaddef iddo ymweld â'r fynwent? Penderfynodd ffonio Irfon Jones yn y bore.

Ben bore trannoeth, gwnaethpwyd archwiliad postmortem ar gorff Gwyn Cuthbert yn y corffdy ym Mangor. Cadarnhawyd mai ergyd i gefn ei ben ag arf trwm a'i lladdodd. Yr oedd grymuster y trawiad wedi malu asgwrn ei benglog yn ddarnau, a byddai'r niwed i'w ymennydd wedi bod yn ddigon i'w ladd mewn eiliadau. Ond yn rhyfeddol, roedd y llofrudd hefyd wedi ei gicio dro ar ôl tro yn ei ben ac ar hyd ei gorff, cyn ac ar ôl iddo farw. Penderfynodd y patholegydd fod Cuthbert wedi marw rhwng un ar ddeg o'r gloch y noson cyn i'r corff gael ei ddarganfod a chwech o'r gloch y bore wedyn.

Pennod 19

Treuliodd Jeff noson arall yn troi a throsi. Yn sicr, fyddai o ddim yn galaru am Gwyn Cuthbert, ond gwyddai fod ei farwolaeth yn ei roi o'i hun mewn twll llawer dyfnach. Roedd rhywun wedi ceisio ei gysylltu â'r llofruddiaeth drwy ei ddenu i'r fynwent, gan wybod y byddai'r profion fforensig yn datgelu iddo fod yn safle'r drosedd – a doedd Jeff ddim wedi helpu'r achos trwy golli ei dymer mor gyhoeddus ar stepen drws Cuthbert. Roedd yn difaru gwneud hynny yn fwy na dim.

Roedd hi bron yn naw o'r gloch y bore erbyn hyn, a doedd o ddim callach. Cododd y ffôn gan feddwl cysylltu â'r Uwch-arolygydd Irfon Jones. Daethai i'r penderfyniad fod yn rhaid iddo gyfaddef iddo fod ym mynwent Hermon cyn i rywun arall ddarganfod hynny – ond canodd cloch y giât cyn iddo fedru gwneud yr alwad. Edrychodd drwy'r ffenest a gweld tri char di-farc yr heddlu a nifer o bobl yn eu dillad eu hunain. Roedd yn adnabod un neu ddau ohonynt fel ditectifs o rannau eraill o ogledd Cymru. Edrychai'n debyg eu bod yn ymwybodol o'i ymweliad â'r fynwent felly.

Pwysodd Jeff y botwm yng nghyntedd y tŷ i agor y giât islaw, ac agorodd y drws ffrynt a sefyll yno i'w disgwyl. Trodd i gyfeiriad Meira a gwelodd olwg ansicr ar ei hwyneb. Roedd Twm yn ei breichiau.

'Drycha ar ei ôl o, 'nghariad i,' meddai wrthi. 'Ella bydd petha'n edrych yn flêr pan ddeith y rhain i mewn, ond tria beidio poeni.' Er gwaetha'i phryder amlwg, gwyddai Jeff fod Meira'n deall arwyddocâd yr ymweliad torfol hwn gystal ag yntau. 'Mi fydd bob dim yn iawn yn y diwedd, gei di weld.'

'Ditectif Arolygydd Bennett, Adran Troseddau Difrifol y Pencadlys.' Cyflwynodd y gŵr cyntaf ei hun wrth y drws. 'Dwi'n credu eich bod chi wedi cyfarfod Sarjant Bevan yn barod.'

'Dwi'n nabod y ddau ohonoch chi,' atebodd Jeff.

Dyn tal a smart oedd Bennett, yn gwisgo siwt las tywyll yn union fel oedd yn weddus i'w swydd. Edrychodd Jeff y tu ôl i Bennet a Bevan, a sylwi fod nifer o'r heddweision eraill yn rhoi siwtiau di-haint dros eu dillad. Doedd dim rhaid iddo ofyn beth oedd ar droed. Rhoddodd Bennett ei law yn ei boced a thynnodd ffurflen swyddogol ohoni, y math o ffurflen yr oedd Jeff wedi'i defnyddio gannoedd o weithiau ei hun yn ystod ei yrfa.

'Rydan ni'n gwneud ymholiadau ynghylch llofruddiaeth Gwyn Cuthbert, ac mae gen i warant yn y fan hyn i archwilio'ch tŷ chi am unrhyw fath o dystiolaeth sy'n gysylltiedig â'r achos.'

'Ffeindiwch chi ddim byd yn y tŷ yma, ond gwnewch be sy raid,' atebodd Jeff yn gadarn, a chamodd i'r naill ochr mewn ystum o wahoddiad iddynt ddod i mewn.

'Ylwch, Ditectif Sarjant Evans,' parhaodd Bennett. 'Dydw i, na 'run o'r plismyn eraill yma, yn cael pleser o wneud hyn, ond mae'n rhaid i ni wneud ein dyletswydd fel rydach chi'n deall. Dwi'n sylweddoli eich bod chi a'ch teulu wedi bod trwy uffern yn ystod y dyddiau diwethaf 'ma, ac mi fyddwn ni mor ofalus â phosib nad ydan ni'n ypsetio neb fwy nag sydd angen.'

Penderfynodd Jeff fod geiriau Bennet yn ddidwyll, yn

wahanol i'r Sarjant Bevan ddiawl a safai y tu ôl iddo yn ceisio mygu gwên.

Dechreuwyd chwilio'r tŷ yn broffesiynol, a fyddai Jeff ddim wedi disgwyl llai. Gwnaethpwyd cynllun o bob ystafell ac roedd ffotograffydd yn dilyn yr archwiliad o le i le. Eisteddodd Jeff, Meira a Twm yn y gegin. Doedd dim diben ymyrryd.

Ar ôl iddynt fod yn eistedd am beth amser, yn ceisio egluro i Twm pam roedd llond y tŷ o bobl ddieithr, galwyd Jeff i'r garej gan y Ditectif Arolygydd Bennett.

'Rhaid i mi roi'r rhybudd swyddogol i chi, mae gen i ofn, Sarjant Evans,' meddai. Edrychodd ar ei watsh i gadarnhau'r amser cyn adrodd geiriau cyfarwydd y rhybudd.

Ni ddywedodd Jeff air.

Dangosodd Bennett fag plastig mawr clir iddo, oedd yn cynnwys dilledyn.

'Rydan ni wedi dod o hyd i'r gôt ddyffl yma wedi'i chuddio tu ôl i'r bocsys acw,' meddai, gan bwyntio i gefn y garej. 'Ai'ch côt chi ydi hi?'

'Mae gen i gôt debyg i honna, ond dydw i ddim wedi'i gweld hi ers dyddiau.'

'Yn yr un lle,' parhaodd Bennett, 'roedd yr esgidiau cerdded yma.' Dangoswyd bag plastig arall iddo.

'Ydyn, maen nhw'n edrych yn debyg i'm sgidiau i, ond tydw i ddim wedi gwisgo'r rheina ers misoedd lawer.'

'Rydan ni wedi darganfod gwaed arnyn nhw, Sarjant Evans, drwy gyfrwng ein lampau arbennig, ac mae'r prawf *luminol* yn cadarnhau hynny.'

Dewisodd Jeff beidio ag ateb y tro hwn.

'Pa un o'r ceir yma fyddwch chi'n ei ddefnyddio?' gofynnodd.

'Y Touareg,' atebodd. Mae pawb sy'n fy nabod i yn gwybod hynny.'

Gwelodd Jeff fod un o'r dynion eraill yn archwilio teiars ei gar. Penderfynodd fod yn ofalus iawn cyn agor ei geg, ac aros i gael clywed holl ganlyniadau'r archwiliad cyn dweud gair yn rhagor.

Ar hynny, daeth un o'r dynion eraill i'r garej a gofyn i Bennett fynd efo fo i'r llofft. Funud neu ddau yn ddiweddarach galwyd ar Jeff i'w ddilyn i'r ystafell ymolchi ar y llawr cyntaf. O'r drws, heibio i'r dyn camera oedd yn ffilmio'r digwydd, gallai Jeff weld bod ochr y bath wedi'i dynnu o'i le. Yn y lle gwag roedd nifer o bapurau hanner canpunt wedi'u rowlio a'u clymu gyda band lastig. Amcangyfrifodd Jeff fod miloedd o bunnau yno.

'Lle anarferol iawn i gadw arian, Sarjant Evans,' meddai Bennett, a chlywodd Jeff fymryn o sinigiaeth yn ei lais am y tro cyntaf.

Aeth Jeff yn ôl i lawr y grisiau, gyda Bevan yn cadw llygad barcud arno.

'Dydi hi ddim yn edrych yn dda, 'nghariad i,' sibrydodd Jeff yng nghlust Meira gan sylwi fod Bevan yn ceisio clustfeinio. 'Mae rhywun wedi gwneud job dda iawn o droi'r chwyddwydr arna i.'

Dri chwarter awr yn ddiweddarach, arestiwyd Jeff gan Bennet ar amheuaeth o lofruddio Gwyn Cuthbert. Rhoddwyd y rhybudd swyddogol iddo am yr eilwaith, ond nid atebodd Jeff. Trodd at ei wraig a'i fab.

'Twm,' meddai'n dyner, 'rhaid i Dad fynd allan efo'r bobol 'ma. Dwi isio i ti edrych ar ôl dy fam tan ddo i'n ôl. Fedri di neud hynny i mi?'

Dechreuodd y bachgen wylo. Roedd o, hyd yn oed, yn

gwybod bod rhywbeth mawr o'i le erbyn hyn. Winciodd Jeff ar Meira. Doedd dim geiriau addas i'w chysuro, yn enwedig gan mai dyma'r eildro mewn llai nag wythnos iddo orfod ei gadael hi dan amgylchiadau enbyd.

Tynnodd Sarjant Bevan efynnau llaw o'i boced a chamodd i gyfeiriad Jeff.

'Peidiwch â bod mor wirion, ddyn. Dach chi ddim angen y rheina,' wfftiodd y carcharor. Amneidiodd y Ditectif Arolygydd Bennett i gyfeiriad Bevan ac ysgwyd ei ben, gystal â dweud ei fod yn cytuno â Jeff.

Gyrrwyd ef yng nghefn un o'r ceir tywyll i orsaf yr heddlu yng Nglan Morfa, ac aed â'r eitemau a ddarganfuwyd yn y tŷ mewn cerbyd arall. Gyrrodd un o'r heddweision y Touareg ar eu holau.

Rhyw deimlad digon rhyfedd i Jeff oedd sefyll o flaen Rob Taylor, oedd ar ddyletswydd yn y ddalfa, fel carcharor. Rhestrwyd yr holl dystiolaeth yn ei erbyn a gwnaeth Rob nodiadau manwl ar y cyfrifiadur o'i flaen. Meddyliodd Jeff yn galed pan ofynnwyd iddo a oedd o angen cyfreithiwr, a phenderfynodd dderbyn, gan ofyn am dwrnai gorau'r ardal, Richard Price. Ni fu Jeff fwy o eisiau, nac o angen, cyfaill proffesiynol yn ei fywyd. Gan nad oedd Price ar gael yn syth doedd dim dewis ond rhoi Jeff yn un o'r celloedd i ddisgwyl.

'Oes gen ti un go lân, Rob?' gofynnodd. 'Paid â fy rhoi i mewn un sy'n drewi ar ôl rhyw feddwyn neithiwr.'

Teimlai Rob yntau yn chwithig iawn hefyd pan gaeodd ddrws y gell ar ei gyfaill.

Eisteddodd Jeff ar y gwely ac edrychodd ar y graffiti ar y waliau, rhai sloganau a lluniau yn dangos drwy'r paent tenau oedd i fodd wedi eu cuddio. Faint o weithiau roedd o wedi holi carcharor yn y fan hon? Doedd o erioed o'r blaen wedi meddwl sut brofiad oedd hynny o'r ochr arall, fel petai. Gorweddodd ar y fainc a dechreuodd feddwl. Ers dechrau'r miri rhyfeddol bythefnos yn ôl roedd o wedi bod yn sicr mai Cuthbert oedd tu ôl i'r cwbl, ond roedd llofruddiaeth y dyn mawr yn golygu fod yn rhaid iddo ailfeddwl. Ai Cuthbert oedd yn gyfrifol am herwgipio Twm – a beth oedd ei ran yn y digwyddiadau eraill? Oedd Cuthbert yn ddieuog, hyd yn oed? Allai Jeff ddim ateb yr un o'i gwestiynau ei hun.

Ymhen yr awr, aed â Ditectif Sarjant Evans, QPM i'r stafell feddygol i dorri ei ewinedd a chymryd samplau o unrhyw weddillion oedd oddi tanynt, cyn ei hebrwng yn ôl i'r gell i ddisgwyl am Richard Price.

Pennod 20

Roedd y celloedd ar lawr isaf gorsaf heddlu Glan Morfa yn lle eithaf cyfarwydd i Richard Price, y cyfreithiwr. Bu'n gwrando ar helyntion a hanesion sawl cleient yno dros y blynyddoedd – y rhan fwyaf ohonynt yn anodd iawn eu credu – ond ni ddychmygodd erioed y buasai'n cael ei alw i'r celloedd i siarad â Jeff Evans.

Roedd y ddau yn adnabod ei gilydd ers blynyddoedd maith ac yn parchu'r naill a'r llall. Gŵr profiadol a realistig yn ei bumdegau hwyr oedd Richard Price. Roedd yn ddyn tal, a bu'n ffit iawn ar un adeg, ond roedd yn cario ychydig gormod o bwysau erbyn hyn. Canlyniad treulio gormod o amser y tu ôl i'w ddesg yn ogystal â'i fwynhad o ambell beint o gwrw, rhai yn ei gwmni o, ystyriodd Jeff. Gwisgai siwt lwyd dywyll o frethyn arbennig o dda gyda streipen olau trwyddi.

Gwyrodd y cyfreithiwr er mwyn camu drwy ddrws y gell, a gaewyd â chlep uchel ar ei ôl. Cododd Jeff ar ei draed er mwyn ysgwyd ei law.

'Fedra i ddim cynnig panad o de i ti heddiw ma' gin i ofn, Richard,' meddai.

'Paid, ti â phoeni, Jeff bach, mi wneith coffi yn iawn,' chwarddodd y cyfreithiwr, gan wybod y byddai'n rhaid troi at faterion mwy difrifol.

Eisteddodd y ddau i lawr ar y fainc, a thynnodd Price lyfr nodiadau o'i gês lledr a dechrau ysgrifennu ynddo.

'Well i ni gadw'n lleisiau i lawr,' awgrymodd Jeff. 'Wyddwn ni ddim pwy sy'n gwrando, a dwi'm yn trystio neb yn y lle 'ma heddiw, fel medri di ddallt.'

Dechreuodd Jeff adrodd yr hanes yn ei gyfanrwydd, a gofynnodd y cyfreithiwr gwestiynau bob hyn a hyn er mwyn cadarnhau ei ddealltwriaeth. Ar ôl awr ac ugain munud cododd Price ar ei draed a rhoddodd ei lyfr nodiadau yn ôl yn ei gês lledr. Ochneidiodd.

'Wel, Jeff, dydw i ddim yma i dy goelio di nac i dy farnu di, fel gwyddost ti. Yma i dy gynrychioli di ydw i. Dydi'r amgylchiadau na'r dystiolaeth ddim o dy blaid di, mae hynny'n sicr, ac mae'n edrych yn debyg bod rhywun am dy waed di. Sgin ti syniad pwy?'

'Tan neithiwr, ro'n i'n meddwl mai Cuthbert oedd o, ond erbyn heddiw, does gen i ddim syniad.'

'Y dystiolaeth fwyaf damniol sy gan yr heddlu yn d'erbyn di ar hyn o bryd ydi'r bygythiad wnest ti i Cuthbert, a'r arian a gafwyd yn dy gartref di, ac wrth gwrs, dy gasineb di tuag at y dyn. Mi fydd yr achos yn d'erbyn di yn llawer iawn cryfach os daw'r gôt a'r esgidiau yn ôl o'r lab efo gwaed Cuthbert arnyn nhw, heb sôn am unrhyw dystiolaeth o dan dy ewinedd di.'

Edrychodd Jeff i fyw ei lygaid. 'Dyna, Richard, ydi'r unig le y medra i fod yn bendant nad oes 'na dystiolaeth. Y gweddill? Duw a ŵyr.'

'Sut wyt ti isio'i chwarae hi yn y cyfweliad? Deud dim ydi 'nghyngor i.'

'Na, Richard. Dwi wedi bod yn meddwl dipyn am hyn. Dwi'n credu mai crogi fy hun ac awgrymu euogrwydd fyswn i wrth gau fy ngheg. Well gen i gymryd y siawns ac ateb pob cwestiwn.'

'Wel gwna'n siŵr nad wyt ti'n crogi dy hun 'ta. Barod?'

Arweiniwyd Jeff a Richard Price i'r ystafell gyfweld lle roedd Sarjant Bevan yn disgwyl amdanynt. Eisteddodd y tri i lawr. Dechreuodd Bevan dynnu'r tapiau ar gyfer y cyfweliad allan o'r gorchudd plastig a'u rhoi yn y peiriant recordio, ond oedodd mewn syndod pan gerddodd y Prif Arolygydd Pritchard drwy'r drws. Cododd Bevan ar ei draed yn syth i'w gyfarch, ac edrychodd i lawr ar Jeff, yn amlwg yn disgwyl iddo yntau wneud yr un peth. Eisteddodd Jeff yn ôl yn ei gadair a phlethodd ei freichiau. Pam, tybed, roedd yr adran cwynion yn erbyn yr heddlu yn cymryd diddordeb mewn achos o lofruddiaeth? Yn sicr, roedd Bevan yn ddigon 'tebol i arwain y cyfweliad heb gymorth Pritchard.

Rhoddwyd y tâp recordio ymlaen. Sythodd Jeff yn ei gadair ac ar ôl y rhaglith angenrheidiol a'r rhybudd swyddogol, Pritchard ddechreuodd yr holi.

'Wel, Evans, mae 'na ddigon o dystiolaeth bod Gwyn Cuthbert, a fu farw mewn amgylchiadau treisgar echnos, wedi bod yn aflonyddu arnoch chi a'ch teulu ers iddo gael ei ryddhau o'r carchar fis yn ôl.'

Doedd Jeff ddim yn hoffi'r ffordd y dechreuodd Pritchard y cyfweliad. Roedd yn amlwg nad oedd o wedi dysgu llawer ers iddo'i holi y tro diwethaf, ac roedd ei alw'n 'Evans' yn ffordd wael iawn o geisio'i roi yn ei le. Ddywedodd o ddim gair.

'Ydi hyn yn golygu nad ydach chi am ateb fy nghwestiynau i?' gofynnodd Pritchard.

'Chlywais i ddim cwestiwn,' atebodd Jeff.

Roedd y ffordd y symudodd Pritchard yn ei gadair yn arwydd ei fod o'n sylweddoli'i gamgymeriad.

'Pam aethoch chi i gartref Cuthbert a'i fygwth o?'

'Nid mynd yna i'w fygwth o wnes i,' atebodd Jeff. 'Yn ystod y dyddiau blaenorol roedd rhywun wedi bod yn fy mygwth i, neu yn trio fy niweidio i a 'nheulu. I ddechrau, y llythyr dienw, y loetran tu allan i'r ysgol tra oedd fy ngwraig yn nôl ein mab, wedyn y tân y tu allan i'r tŷ a'r blwch matsys gafodd ei roi trwy'r twll llythyrau ar yr un noson. Dysgais ddigon i awgrymu mai Cuthbert oedd yn gyfrifol, a phenderfynais fynd i'w weld o er mwyn ei rybuddio i roi'r gorau iddi.'

'Oedd hynny'n beth doeth?'

'Doeth neu beidio, roedd yn rhaid gwneud.'

'A dyma'r rhybudd hwnnw'n troi'n herio ac yn ymosodiad – ac yn fwy na hynny, mi wnaethoch chi fygwth ei ladd o.'

'Siarad yn gall efo fo o'n i, nes iddo fo ddechrau gwneud mwy o fygythion, a do'n i ddim am gymryd hynny. Dyna pryd gwnes i droi arno fo.'

Teimlodd Jeff esgid Richard Price yn taro ei goes, yn arwydd iddo fod yn ofalus efo'i eiriau.

'Mi ocdd o ar fin fy nharo i,' parhaodd Jcff, 'a dyna pam wnes i ei daro fo gynta. Doedd gen i ddim dewis.'

'A beth am fygwth ei roi o yn ei fedd? Dyna ddywedsoch chi, yn ôl y tystion.'

'Dim ond iaith fel'na mae dyn fel Cuthbert yn ei ddallt. Doedd y dywediad ddim yn un llythrennol.'

'Ac er eich bod wedi ei fygwth, mae Cuthbert yn herwgipio'ch plentyn chi. Sut oedd hynny'n gwneud i chi deimlo?'

163

Cwestiwn twp eto, meddyliodd Jeff.

'Tydw i ddim yn gwybod i sicrwydd mai Cuthbert oedd yn gyfrifol am fynd â Twm. Dwi'n amau hynny'n gryf, ond tydi'r holl wybodaeth ddim gen i gan nad ydw i wedi bod yn fy ngwaith ers yr herwgipiad.'

'Wnaeth eich rhybudd chi mo'i rwystro fo. Mae'ch mab chi'n cael ei herwgipio, felly rydach chi'n cymryd yr unig opsiwn sy'n agored i chi, sef ei ladd o cyn iddo wneud rhywbeth eto, rhywbeth gwaeth.'

'Wnes i ddim ei ladd o. Tydw i ddim wedi'i weld o ers i mi ymweld â fo yn ei gartref.'

'Wel, mae ganddon ni dystiolaeth sy'n awgrymu i'r gwrthwyneb, Evans. Cafwyd mil a hanner o bunnau mewn papurau hanner canpunt wedi'u cuddio yn eich tŷ chi y bore 'ma, cywir?'

'Felly mae'n ymddangos, ond welais i erioed mohonyn nhw cyn hynny, a dwi'n hyderus nad ydi olion fy mysedd i na fy DNA i arnyn nhw.'

'Fuaswn i ddim yn disgwyl i dditectif profiadol fel chi adael y fath dystiolaeth, Evans.'

Nid atebodd Jeff. Edrychodd ar Pritchard yn chwilio trwy'r papurau o'i flaen.

'O ble ddaeth yr arian parod 'ma 'ta, os nad chi roddodd nhw yno?' parhaodd Pritchard.

'Sgin i ddim syniad. Mae'n amlwg bod rhywun wedi'u cuddio nhw.'

'Wel, mi ddyweda i wrthoch chi o ble daeth yr arian, Evans. Oddi ar gorff Cuthbert.'

'Mi fuaswn i'n disgwyl i'r papurau fod yn rhan o arian yr herwgipio, ond sut yn y byd wyddoch chi mai oddi ar gorff Cuthbert y daethon nhw?'

Gwelodd wên fechan ar wyneb Pritchard, yn awgrym ei fod ar fin trosglwyddo rhyw wybodaeth werthfawr.

'Ydyn, mae rhifau'r papurau hanner canpunt o'ch tŷ chi yn cyd-fynd â rhifau'r papurau a ddefnyddiwyd yn ystod yr herwgipiad. Ond yn fwy na hynny, roedd yna swm tebyg ar gorff Cuthbert pan laddwyd o. Mae rhifau cyfresol y papurau o'ch tŷ chi yn rhedeg yng nghanol rhestr rhifau'r arian ym meddiant Cuthbert.'

'Sy'n fwy o arwydd byth mai'r llofrudd oedd yn gyfrifol am eu plannu nhw acw.'

'Ai chi ydi'r llofrudd, Sarjant Evans?'

'Fel ddeudis i gynna – na, nid fi lladdodd o.'

'Reit. Gadewch i ni drafod mater y dillad a ddarganfuwyd yn eich garej chi bore 'ma. Eich côt ddyffl chi a phâr o esgidiau cerdded. Pam oedd y rhain wedi'u cuddio ym mhen draw'r garej, tu ôl i ryw focsys?'

'Dydw i ddim wedi gweld y gôt ddyffl ers rhyw dro cyn yr herwgipiad. Mi fûm yn chwilio amdani hi, a dwi'n credu bod tystion i mi wneud hynny.'

'Ydach chi'n dweud bod rhywun wedi dwyn y gôt? O ble, dwedwch?'

'Fy nghartref, fy swyddfa, fy nghar? Wn i ddim, ond dyna sy wedi digwydd, yn siŵr i chi. A tydw i ddim wedi defnyddio'r esgidiau cerdded ers misoedd lawer.'

'Felly dach chi'n dweud. A fuaswn i ddim yn disgwyl i chi ddweud fel arall, gan fod gwaed – llawer iawn o waed – ar y gôt a'r esgidiau. Rydan ni'n aros i'r labordy gadarnhau mai gwaed Cuthbert ydi o.'

'Mae'n fy mhoeni i, Brif Arolygydd Pritchard, nad ydach chi'n gweld ymhellach na'ch trwyn. Ychydig funudau'n ôl, mi alwoch chi fi'n dditectif profiadol na fuasai'n gadael ei olion bysedd ar yr arian ffeindiwyd o dan y bath acw. A rŵan, dach chi'n trio dweud y byswn i'n gadael tystiolaeth mewn achos o lofruddiaeth yn fy ngarej. Peidiwch â bod mor hurt, ddyn.'

'Cofiwch efo pwy dach chi'n siarad, Sarjant!' Cododd Pritchard ei lais. 'Dyma'r dystiolaeth, ac mae'ch sefyllfa chi'n gwaethygu gyda phob munud sy'n pasio.'

'A chynyddu wneith o, dwi'n sicr o hynny, oherwydd bod rhywun yn gwneud ei orau i fy fframio i – ac yn gwneud job dda iawn ohoni hefyd yn ôl pob golwg. Sut na fedrwch chi weld hynny?'

'A pwy fuasai'n gwneud hynny, dwedwch?'

'Yr un person a'm hudodd i fyny i fynwent Hermon uwchben Rhosgadfan echnos,' meddai.

Roedd yn amlwg yn syth i Jeff a Richard Price nad oedd yr wybodaeth honno ym meddiant y ddau blismon. Edrychodd y ddau ar ei gilydd yn syfrdan. Mae'n rhaid nad oedd canlyniad archwiliad y Touareg a'i ymglymiad â safle'r llofruddiaeth wedi dod i law. Diolchodd Jeff ei fod wedi cael y cyfle, o'r diwedd, i drosglwyddo'r wybodaeth honno.

'Echnos? Mae hynny o fewn terfynau amser marwolaeth Cuthbert. Pam aethoch chi yno?'

'Mi ges i neges gan hysbysydd – ro'n i i fynd yno i gyfarfod rhywun oedd am ddweud wrtha i lle roedd Cuthbert yn cuddio.'

'Pa hysbysydd?'

'Mi wyddoch chi pwy ydi hi. Nansi'r Nos fydda i'n ei galw hi. Hi dderbyniodd yr alwad, a hi ffoniodd fi i drosglwyddo'r neges yn hwyr y noson honno.'

'Dach chi erioed yn disgwyl i mi gymryd gair hen hwren fel honna?'

Yr oedd Jeff ar fin codi ei lais, ond oedodd ac anadlodd yn ddwfn ac yn araf cyn ateb.

'Dwi'n siŵr y gwnewch chi'ch ymholiadau i gadarnhau hynny, a holi fy ngwraig hefyd cyn i mi fynd oddi yma. Dwi'n sicr y bydd y ddwy yn cadarnhau'r hyn dwi newydd ei ddeud wrthach chi. Gofynnwch iddyn nhw be o'n i'n wisgo pan ges i fy ngalw i fynwent Hermon. Doedd gen i ddim côt ddyffl na sgidiau cerdded ar fy nghyfyl. A gyda llaw, dydi Nansi ddim wedi ei chael yn euog o buteinio, na dim byd arall petai'n dod i hynny. Mae dau dyst yma wedi'ch clywed chi'n ei galw hi'n hwren rŵan – ac mae o ar dâp hefyd, Brif Arolygydd.' Edrychodd i gyfeiriad Richard Price a nodiodd yntau ei ben i gytuno.

Anwybyddodd Pritchard y sylw. 'Fedrwch chi esbonio sut mae eich hysbysydd chi yn cael galwad i ddweud wrthoch chi lle i fynd i gael gwybodaeth ynglŷn â Cuthbert? Sut mae hynny'n gweithio?'

'Does gen i ddim ateb i hynna, ond mi wna i fy ngorau i ddarganfod yr ateb, coeliwch fi.'

Ar gais Pritchard, rhoddodd Jeff ddisgrifiad llawn o'i ymweliad â'r fynwent. Gorffennodd â chwestiwn i Pritchard.

'Fedrwch chi ddim gweld pa mor bell mae rhywun wedi mynd er mwyn trio fy nghyhuddo fi o'r llofruddiaeth, Brif Arolygydd?'

'Neu eich bod chi'n gweithio'n galed i gelu'r gwir, Sarjant.'

Treuliodd Pritchard yr awr nesaf yn holi ac yn ail holi Jeff, gan fynd dros yr un hen bwyntiau drosodd a throsodd. Glynodd Jeff i ffeithiau ei ddatganiad cyntaf, gan ateb yn fonheddig y rhan fwya o'r amser.

'Gwrandwch am funud, Brif Arolygydd Pritchard,' meddai Richard Price ar ddiwedd yr awr o holi caled, yn ymyrryd am y tro cyntaf ers dechrau'r cyfweliad. 'Rydach chi wedi cael faint fynnir o amser i holi fy nghleient, ac wedi delio â phob tamaid o dystiolaeth fwy nag unwaith. Mae Mr Evans wedi ateb pob un o'ch cwestiynau chi'n fanwl ac yn deg, a dwi'n awgrymu eich bod chi'n dod â'r cyfweliad yma i ben.'

A dyna a fu. Gwyddai Pritchard y byddai'n aros hyd Sul y Pys am gyfaddefiad gan Jeff, neu gamgymeriad yn ei stori. Aeth y pedwar allan o'r ystafell holi, ac at Rob Taylor, oedd wrth ddesg y ddalfa.

'Rargian, ti'n dal yma?' gofynnodd Jeff iddo'n ddistaw.

'Shifft ddeuddeg awr heddiw,' atebodd Rob, cyn sibrwd, 'paid â siarad efo fi – dyna sy orau.'

Tynnwyd sylw Rob Taylor gan y Prif Arolygydd Pritchard, a ddechreuodd wneud cais a barhaodd ddeng munud i geisio profi y dylai Jeff gael ei gyhuddo o fygwth llofruddio Gwyn Cuthbert, ac o'i lofruddio wythnos yn ddiweddarach. Rhoddodd Richard Price, y cyfreithiwr parchus a phrofiadol, ddadl yr un mor drawiadol i'r gwrthwyneb. Gwnaeth Rob Taylor sioe arbennig o ystyried y ddwy ochr i'r ddadl cyn penderfynu nad oedd digon o dystiolaeth i gyhuddo Jeff o unrhyw un o'r cyhuddiadau.

Gwylltiodd Pritchard yn gacwn o glywed hyn, gan gwyno fod Sarjant Taylor rhy agos o lawer i'r carcharor i allu gwneud y penderfyniad cywir. Galwodd am yr Uwch-arolygydd Irfon Jones, ac ailadroddwyd y ddwy ochr o'r ddadl unwaith yn rhagor. Eglurodd Rob Taylor yntau ei benderfyniad. Ar ôl ystyried yr holl dystiolaeth penderfynodd Irfon Jones fod Rob yn llygad ei le, a rhyddhawyd Jeff. Gan ei fod wedi cyfaddef bod yng nghyffiniau'r fynwent, ni fyddai angen y dystiolaeth oddi ar olwynion ei gar, felly cafodd yrru adref yn y Touareg.

Gwyddai Jeff y byddai'n cael ei arestio drachefn pan ddeuai cadarnhad mai gwaed Cuthbert oedd ar ei gôt a'i esgidiau, ond o leia roedd o'n rhydd am y tro. Faint o amser fyddai ganddo i ddarganfod y gwir, tybed?

Diolchodd Jeff i Richard Price cyn iddo yntau adael.

'Paid â sôn,' atebodd Price wrth gerdded allan o orsaf yr heddlu. 'Mi fydd y bil yn y post cyn i ti droi rownd.'

Chwarddodd Jeff am y tro cyntaf y diwrnod hwnnw. Synnai nad oedd wedi cael ei wahardd o'i waith, ond doedd o ddim am godi'r mater – rhag ofn. Aeth yn ei ôl i'r ddalfa i gasglu ei eiddo personol.

'Diolch i ti Rob, yr hen gyfaill, am dy gefnogaeth,' meddai wrth arwyddo amdanynt yn y llyfr swyddogol.

'Paid â diolch i mi, Jeff. Dilyn gorchymyn o'n i, ond fedra i ddim deud mwy na hynny.'

'Wel, diolch i *chi* 'ta,' meddai, gan droi at Irfon Jones.

'Paid â diolch i mi, Jeff,' meddai yntau hefyd. 'Dilyn gorchymyn oeddwn innau, o le uwch, ond fedra i ddim dweud mwy na hynny ar hyn o bryd chwaith.'

Edrychodd Jeff ar y ddau heb fath o syniad beth oedd yn mynd ymlaen.

'Ga i ffonio Meira cyn cychwyn?' gofynnodd.

'Rho un alwad ffôn arall i'r carcharor cyn iddo fynd, wnei di, Rob?' gwenodd Irfon Jones.

Roedd y diwrnod wedi bod yn un o'r rhai rhyfeddaf ym mywyd Jeff. Rhyfeddach fyth oedd agwedd Irfon Jones, meddyliodd – roedd yn ymddwyn fel petai'n cymryd yr holl achos yn ysgafn. Efallai mai ceisio llacio rhywfaint ar y tensiwn oedd yr Uwch-arolygydd ... ynteu a oedd o'n gwybod rhywbeth nad oedd Jeff yn ymwybodol ohono?

Pennod 21

Doedd Jeff ddim yn un am yfed gwirod fel rheol, ond teimlai ei fod o angen gwydraid heno. Tywalltodd Meira ddau wisgi i'w gwydrau gorau, un llawer iawn llai iddi hi ei hun a digon o ddŵr am ei ben o. Rhoddodd rew ar ben y mesur helaeth iawn yng ngwydr Jeff a'i roi yn llaw ei gŵr cyn eistedd wrth ei ochr ar y soffa. Ni ddywedodd yr un ohonynt air am hir. Sŵn y rhew yn cracio yn y gwydr crisial a'r cloc mawr yn tician yn araf yn y cefndir oedd yr unig synau yn y lolfa. Gwyddai Meira y byddai Jeff yn rhannu'r hyn oedd ar ei feddwl yn ei amser ei hun. Closiodd ato a gorffwys ei phen ar ei ysgwydd.

Ar ei stumog wag, llifodd effaith y gwirod trwy ei wythiennau yn gyflym, a dechreuodd Jeff ymlacio rhywfaint.

'Diolch byth fod Twm yn rhy ifanc i ddallt be sy'n mynd ymlaen.'

'Dydw i ddim yn dallt fy hun, i fod yn berffaith onest efo chdi,' cyfaddefodd Meira.

'Finna chwaith, Meira bach,' atebodd Jeff. 'Mae pwy bynnag sydd wedi cynllunio'r holl beth wedi gwneud gwaith da, ti'm yn meddwl? Nid yn unig y digwyddiadau tu allan i'r tŷ 'ma a thu allan i'r ysgol, gan wneud i bawb feddwl mai Cuthbert oedd o, ond y llythyr a llawer mwy na hynny. Mae 'na bethau wedi bod yn digwydd yn y gwaith hefyd i godi amheuaeth fod gen i berthynas agosach â

Nansi'r Nos na'r hyn sy'n briodol – hyd yn oed awgrymu 'mod i'n rhan o'i chylch delio cyffuriau hi. A phan gafodd hi ei harestio am ddelio, diflannodd y dystiolaeth yn ei herbyn o dan ein trwynau ni. Fi sy'n cael y bai – a doedd gan Cuthbert mo'r modd na'r gallu i wneud hynny. Mi gafodd Nansi ei defnyddio wedyn, yn ddiniwed dwi'n siŵr, er mwyn fy hudo fi i'r fynwent lle cafodd Cuthbert ei lofruddio, ac ar yr un noson.'

'Ac mewn ffordd anuniongyrchol,' cytunodd Meira, 'mae darganfod yr arian parod o dan y bath yn dy gysylltu di â Cuthbert ar ôl yr herwgipiad.'

'Mwy o lawer na hynny mae gen i ofn, Meira. Mae rhifau cyfresol y papurau hanner canpunt oedd dan y bath yn dangos eu bod yn gysylltiedig â'r arian parod oedd ar gorff Cuthbert pan gafodd ei lofruddio.'

Meddyliodd Meira am funud.

'Fedra i ddim dallt sut mae hynny'n bosib, Jeff. Dwi'n bendant nad oes neb ond ti, fi a Twm wedi bod yn yr ystafell molchi 'na ers i gorff Cuthbert gael ei ddarganfod.'

'Ydi'n bosib bod rhywun wedi torri i mewn i'r tŷ yn y cyfamser? Wedi rhoi'r arian yno a sleifio allan heb adael unrhyw fath o arwydd ei fod o wedi bod ar gyfyl y lle?'

'Ond sut, Jeff? Mi wyt ti neu fi wedi bod adra ar hyd yr amser.'

'Yr unig ateb arall ydi bod y plismyn fu'n chwilota'r tŷ wedi ei roi o yna, yr un ffordd ag y rhoddon nhw fy sgidiau cerdded a 'nghôt ddyffl i yng nghefn y garej.'

'Ti rioed yn credu hynny?'

'Mae'n bosib, ond dwi ddim wir yn credu hynny, i fod yn berffaith onest. Roeddan nhw'n ymddwyn yn broffesiynol iawn tra oeddan nhw yma, yn fy marn i. Na, rhywun arall sy tu ôl i hyn i gyd. Ond mae busnes y gôt a'r sgidiau yn fy mhoeni i yn fwy na dim, Meira. Mae 'na waed arnyn nhw, ac mae'r cynllwyn yma yn f'erbyn i wedi'i baratoi mor drwyadl, dwi'n amau'n gryf y bydd canlyniad y profion yn dangos mai gwaed Cuthbert ydi o.'

'Fedri di gofio pryd welaist ti dy gôt ddwytha?'

'Na fedraf, ddim yn iawn. Chydig ddyddiau cyn i Twm gael ei gipio, am wn i. Ma' hi 'di bod mor braf a chynnes, tydi? Doedd gen i ddim achos i'w gwisgo hi tan es i allan yn hwyr y nos i ddilyn cyfarwyddiadau'r herwgipiwr. Dwi wedi bod yn trio cofio lle gadewais i hi. Yn fy swyddfa, neu rywle arall yng ngorsaf yr heddlu, ella; adra yn fama, neu yn y car. Ac fel ti'n gwybod, dwi ddim wedi defnyddio fy sgidiau cerdded ers tro byd, felly mae hynny'n awgrymu eu bod nhw wedi eu cymryd o'r garej, lle fydda i'n eu cadw nhw. Ac os 'di hynny'n wir, mae'n rhesymol casglu bod y gôt wedi mynd o'r tŷ 'ma ar yr un pryd.'

'Pwy fysa'n mynd i'r holl drafferth i wneud cymaint o niwed i ti?' gofynnodd Meira yn anghrediniol. 'A defnyddio bywyd y dyn Cuthbert 'na fel rhan o'i gynllun erchyll. Mae gwneud y fath beth yn farbaraidd ofnadwy.'

'Ydi, Meira bach. Anifail ydi o.'

'Ty'd, gorffen hwnna,' meddai Meira, gan amneidio at ei wydr. 'Dwi wedi paratoi spag bol, dy ffefryn di. Wyt ti isio wisgi arall tra dwi'n coginio'r pasta?'

'Na, dim diolch – ond tybed oes 'na dipyn bach o win coch ...'

'Dwi 'di agor y botel i ti ers meitin,' atebodd Meira dros ei hysgwydd wrth gerdded drwodd i'r gegin.

'Ers meitin? Mi oeddat ti'n fwy ffyddiog na fi felly.'

'Be ti'n feddwl?'

'Y byswn i'n cael fy rhyddhau heno.'

O dan y cwilt ysgafn, closiodd corff noeth Meira ato. Teimlodd Jeff ei llaw gynnes yn crwydro pob modfedd o'i groen, ac ymatebodd yntau ar unwaith. Ymhen dim, mewn swigen o bleser, roedd Jeff wedi llwyr anghofio digwyddiadau'r dydd.

Deffrôdd Jeff am saith fore trannoeth, ac roedd yn mwmial canu iddo'i hun wrth ddarparu brecwast pan ddaeth Meira a Twm i lawr i'r gegin am wyth.

'Roeddat ti yn llygad dy le neithiwr, Meira.'

Gwelodd ei wraig yn codi'i haeliau'n awgrymog.

'Na, dim hynna o'n i'n feddwl – ond paid â meddwl 'mod i'n cwyno chwaith!' Gwenodd yntau'n ôl arni wrth roi powlen o rawnfwyd a ffrwythau o'i blaen. 'Mae rhywun wedi defnyddio bywyd Cuthbert i gael ata i, tydyn?'

'Mae'n edrych yn debyg.'

'A lle oedd Cuthbert cyn i hyn i gyd ddigwydd?'

'Yn y carchar.'

'Yn fanno mae'r ateb i ti, siŵr o fod. Yn y carchar. Dim ond ers llai na mis mae o allan, a 'swn i'n taeru bod y digwyddiadau yma wedi cael eu cynllunio ers wythnosau maith, misoedd efallai. Pwy oedd yn rhannu cell efo Cuthbert, tybed? A phwy oedd yn ymweld â fo yno? Does gen i ddim llawer o amser, Meira. Pan ddaw'r cadarnhad mai gwaed Cuthbert sydd ar fy nghôt a'm sgidiau i, dwi'n sicr o gael fy nghyhuddo o'i lofruddio – a dwi'm yn trystio neb arall i wneud yr ymholiadau cystal â fi, dan yr amgylchiadau. Dwi am fynd i garchar Prescoed heddiw.

Dyma fy unig gyfle. Mae staff ymchwiliad y llofruddiaeth yn siŵr o fynd yno cyn bo hir, ac mi fysa'n llawer gwell gen i gyrraedd o'u blaenau nhw.'

Gwenodd Meira ar frwdfrydedd ei gŵr.

'Ond chei di ddim jyst cerdded i mewn i le fel'na,' meddai.

'Mater bach ydi hynny, 'te,' meddai, gyda winc fach. 'Fyddi di'n iawn ar dy ben dy hun heddiw?'

'Byddaf siŵr.'

'Mi yrra i Dan yma i gadw golwg unwaith neu ddwy yn ystod y dydd, ac mae rhif ei ffôn o gen ti, tydi? Ond gwranda, plis, Meira. Paid â deud wrtho lle dwi'n mynd. Dydw i ddim isio i fy ymchwiliad bach answyddogol i ddod i glustiau'r hogia sy'n ymchwilio i'r llofruddiaeth, neu mi fyddan nhw'n meddwl 'mod i'n busnesa. Mi ydw i mewn sefyllfa anodd iawn ar hyn o bryd, yn enwedig gan 'mod i dan amheuaeth yn fy milltir sgwâr fy hun.'

Ugain munud i naw oedd hi pan ffoniodd Jeff yr Uwch-arolygydd Irfon Jones yn y pencadlys rhanbarthol. Gwrthododd ddweud dros y ffôn pam yr oedd o eisiau ei weld, ond deallodd y byddai'r uwch-swyddog yn rhydd drwy'r bore. Roedd Jeff yno cyn hanner awr wedi naw. Caeodd ddrws swyddfa'r Uwch-arolygydd tu ôl iddo rhag ofn bod clustiau bach yn gwrando.

'I ddechrau, diolch i chi am ddoe. Ro'n i'n disgwyl cael fy nghloi i fyny dros nos, a hyd yn oed cael fy nghyhuddo.'

'Does dim rhaid diolch. Nid chdi ydi'r unig un sy'n meddwl bod rhywun yn trio dy fframio di, w'sti.'

'Wn i ddim fedra i ymddiried yn y Prif Arolygydd Pritchard i wneud gwaith teg o'r ymchwiliad. Mae o am fy ngwaed i, a dwi'n teimlo eich bod chi wedi mentro braidd wrth roi cymaint o gymorth i mi ddoe.'

Nid atebodd yr Uwch-arolygydd.

'Ond dwi angen eich help chi eto, cyn i'r labordy gadarnhau mai gwaed Cuthbert sy ar fy nillad i – achos dwi'n bendant mai dyna fydd canlyniad y bois fforensig.'

'Be wyt ti angen, Jeff?'

'Llythyr gan uwch-swyddog yn yr heddlu yn gofyn am ganiatâd swyddogion Carchar Prescoed i wneud ymholiadau yno ynglŷn â charchariad Cuthbert.' Cymerodd Jeff ddeng munud i egluro'r cyfan yn drylwyr.

'Mi wna i'n well na hynna i ti,' meddai Irfon Jones ar ôl gwrando'n astud. Edrychodd yr Uwch-arolygydd yn llyfr almanac yr heddlu a deialodd rif ffôn Carchar Prescoed. Ymhen munud yr oedd yn siarad â phrif swyddog y carchar. Ar ôl egluro pwrpas yr ymchwiliad a gwneud y cais, rhoddodd y ffôn i lawr.

'Dyna ti. Maen nhw'n disgwyl amdanat ti. Mi gei di lythyr swyddogol gen i mewn dau funud – dim ond dangos hwnnw fydd angen.'

Pennod 22

Gyrrodd Jeff Evans ar hyd yr A5 cyn belled ag Amwythig ac yna dilynodd yr A49 tua'r de. Wedi oedi am ginio ar y ffordd, cyrhaeddodd Garchar Agored Prescoed am hanner awr wedi dau. Cerddodd o'r maes parcio tuag at yr adeilad modern â ffens uchel o'i amgylch, gan synnu o weld bod y giât yn agored ac un neu ddau o garcharorion yn sgubo'r llawr. Dangosodd ei gerdyn gwarant swyddogol a llythyr Irfon Jones i'r swyddog tu ôl i sgrin wydr y dderbynfa, a oedd yn amlwg yn ei ddisgwyl, a chafodd ei hebrwng i ystafell gefn wag ac ynddi fwrdd a dwy gadair. Eisteddodd, a bu'n disgwyl am ddeng munud cyn i'r swyddog a'i hebryngodd ddod yn ei ôl gyda chwpaned o goffi gwan, diflas iddo.

Bum munud yn ddiweddarach, a Jeff yn dechrau cynrhoni, agorwyd y drws unwaith eto ac ymddangosodd ail swyddog, dyn tal, trwm, yn ei dridegau a'i ben wedi'i eillio'n foel, heb arlliw o wên na gair o groeso. Ar felt lledr rownd ei ganol roedd nifer o oriadau, a chariai ffeil o bapurau o dan ei gesail. Eisteddodd i lawr heb gyflwyno'i hun. Gwelodd Jeff fod llythyr Irfon Jones ar dop y ffeil a oedd erbyn hyn ar y bwrdd.

'Pam y'ch chi isie gwybod am Gwyn Cuthbert?' oedd ei eiriau cyntaf.

'Am fod rhywun wedi'i ladd o,' atebodd Jeff. 'Darganfuwyd ei gorff dri diwrnod yn ôl i fyny yn y gogledd

177

'cw.' Gwelodd Jeff y syndod ar wyneb y gŵr, oedd yn arwydd nad oedd ditectifs ymchwiliad y llofruddiaeth wedi cysylltu â'r carchar eto.

'A ry'ch chi'n meddwl bod y llofruddiaeth yn gysylltiedig â'i amser dan glo yn y fan hyn?'

'Dim o anghenrheidrwydd,' atebodd Jeff, 'ond fedrwn ni ddim fforddio anwybyddu'r posibilrwydd. Sut un oedd o tra bu o yma?'

'Yn union fel bysech chi'n ddisgwyl. Roedd e'n amlwg yn falch ei fod yn treulio'i wythnosau olaf dan glo heb yr oruchwyliaeth gafodd e yn ystod y pum mlynedd a hanner cynt. Cadw iddo fe'i hun, a disgwyl yn ddistaw am gael ei ryddhau.'

'Ydach chi'n ei gofio fo yn bersonol?'

'Ydw – ar fy adain i oedd e.'

'Oedd o'n rhannu cell efo carcharor arall?'

'Nid mewn cell oedd e, Sarjant. Paratoi ar gyfer cael ei ryddhau oedd e yn fan hyn, ac roedd e, fel nifer o'r carcharorion eraill yma, yn cael ystafell iddo'i hun a'r hawl i grwydro o gwmpas y safle fel roedd e'n mynnu.'

'Oedd o'n gyfeillgar efo, neu yn cadw cwmni, ag unrhyw un o'r carcharorion eraill?'

'Na, fysen i ddim yn dweud hynny.'

'Neu yn tynnu'n groes i rywun? Welsoch chi unrhyw drafferth, dadlau neu gwffio rhyngddo fo a rhywun arall?'

'Naddo wir, weles i ddim, a petai'r fath beth wedi digwydd yn ystod ei garchariad yma, mi fydde hynny wedi'i nodi ar y ffeil yma.'

'Be am ymwelwyr?'

Gwelodd Jeff awgrym o wên ar wyneb y swyddog am y tro cyntaf.

'Daeth dau ymwelydd i'w weld e yn ystod y tri mis y bu yma. Menyw oedd un, ei gymar yn ôl pob golwg.' Edrychodd y swyddog trwy'r ffeil o'i flaen. 'Menyw o'r enw Cynthia Roberts. Fe ddaeth hi yma ddwywaith.'

'A'r llall?'

Ni allai'r swyddog gelu'r wên erbyn hyn. Gallai Jeff weld o'r sbarc yn ei lygaid fod ganddo wybodaeth fyddai o ddiddordeb.

'Dyn oedd hwnnw.'

'Ia?' gofynnodd Jeff yn ddiamynedd. Roedd fel petai'r swyddog yn mwynhau gwneud iddo aros am yr wybodaeth.

'Sais – dyn smart, tal, awdurdodol, yn ei bumdegau 'dag acen grand, ac yn amlwg wedi cael addysg dda.'

'Sawl gwaith fu hwnnw yma?'

'Tair gwaith.'

'Am faint fyddai o'n aros?'

'Mor hir ag y câi e.'

'Perthynas, neu swyddog prawf, efallai?'

'Na, doedd e ddim yma'n swyddogol.'

'Be oedd ei fusnes o efo Cuthbert felly, dach chi'n meddwl?'

'Fe ddywedodd Cuthbert fod y dyn am ei gyflogi ar ôl iddo gael ei ryddhau, ac y bydde fe'n gwneud llwyth o arian ymhen dim. Nid wrtha i y dywedodd e hynny, ond wrth un o'r carcharorion eraill.'

'Ei gyflogi? Ar ôl chwe blynedd yn y carchar, mae o'n cerdded yn syth i mewn i waith? Dyna ryfedd. Be oedd y swydd?'

'Ddwedodd e ddim, hyd y gwn i.'

'Be oedd enw'r dyn yma, a'i gyfeiriad?'

'Yr enw roddodd e ar y ffurflen ymweld oedd Desmond Smart.' Edrychodd y swyddog trwy'r ffeil unwaith eto. 'A'r cyfeiriad – 317, Chipperfield Way, London NW5 3UN, ond peidiwch â gwastraffu'ch amser yn chwilio am y fan honno. Cyfeiriad ffug yw e.'

Dim rhyfedd bod y swyddog yn gwenu, meddyliodd Jeff – gwyddai y buasai'r wybodaeth hon o werth iddo. Cododd ysbryd Jeff – roedd o'r diwedd wedi cael tamaid bach o wybodaeth y gallai weithio arno.

'Oes ganddoch chi'r fath beth â CCTV yma, neu lun o'r ymwelydd, efallai?'

'Nag oes, mae gen i ofn. Dim ar hyn o bryd.'

'Beth am gamerâu diogelwch y carchar?'

'Wel, fe oedd ganddon ni luniau ohono ar hwnnw – faint fynnir o luniau – ond maen nhw wedi cael eu cymryd oddi arnon ni.'

Cododd Jeff ei aeliau i ofyn y cwestiwn amlwg.

'Chi'n gweld,' parhaodd y swyddog, 'nid chi yw'r cyntaf i droi lan yma yn holi amdano fe.'

'Plismyn?' gofynnodd Jeff, yn dechrau meddwl fod y swyddogion lleol wedi cyrraedd o'i flaen o wedi'r cwbwl.

'Nage ... wel ie, plismon, ditectif o'r heddlu lleol oedd un, ond rwy'n amau mai swyddog o'r Gwasanaethau Diogelwch oedd y llall, a fe gymerodd y tapiau CCTV i gyd. Pob un ohonyn nhw, gan wneud yn siŵr nad oedd 'run ar ôl yma. Mae rhif ffôn y ditectif lleol gen i ar y ffeil.'

Dangosodd y rhif i Jeff a gwnaeth yntau nodyn ohono.

'Sut gwyddoch chi mai cyfeiriad ffug roddodd o?'

'Ffoniodd y ditectif yn ôl y diwrnod wedyn, a gofyn i mi ailedrych ar y cyfeiriad a roddwyd ar y cais i ymweld â'r carcharor, a gofyn tybed oedd cyfeiriad arall – bod yr un ro'n i wedi'i roi iddyn nhw yn un ffug.'

Ar ôl ffarwelio â'r swyddog, eisteddodd Jeff yn y Touareg, yn y maes parcio, i geisio gwneud rhyw fath o synnwyr o'r wybodaeth ddiweddaraf. Sais smart o'r enw Smart yn byw yn Chipperfield Way. Chwarddodd Jeff. Doedd yna ddim syrcas o'r enw Smart ac un arall o'r enw Chipperfield? Roedd gan y dyn yma – pwy bynnag oedd o – dipyn o synnwyr digrifwch, roedd hynny'n sicr. Edrychodd Jeff ar rif ffôn y ditectif lleol, a phenderfynodd roi caniad iddo'n syth. Pam lai, meddyliodd, ac yntau ar stepen y drws?

'Cangen Arbennig, Ditectif Sarjant Howells,' meddai'r llais ar ochr arall y ffôn.

'Nid Ditectif Sarjant Tim Howells,' gofynnodd Jeff yn anghrediniol.

'Ia – pwy sy 'na?'

'Jeff. Jeff Evans o Heddlu Gogledd Cymru. Wyt ti'n ein cofio ni'n mynychu'r un cwrs, tua phymtheg mlynedd yn ôl, yn Wakefield?'

'Wrth gwrs! Dwi'n dy gofio di – mop o wallt du ac yn hoff o ganu emynau yn dy ddiod.'

'Dyna ti, ond mae'r rhan fwyaf o'r gwallt wedi diflannu erbyn hyn, ma' gin i ofn. Ac nid dyna'r unig beth sy wedi newid, chwaith. Rhaid i mi fod yn berffaith strêt, Tim. Doedd gen i ddim syniad mai chdi fyddai'n ateb y ffôn. Newydd gael dy rif di ydw i gan un o swyddogion Carchar Prescoed. Tu allan i'r fan honno ydw i ar hyn o bryd. Dwi'n dallt dy fod ti wedi bod yno yn ddiweddar yn gwneud ymholiadau ynglŷn ag un o ymwelwyr carcharor o'r enw Gwyn Cuthbert.'

181

Nid atebodd Howells.

'Cuthbert sydd o ddiddordeb i mi, Tim. Mae o wedi cael ei lofruddio, a dwi'n trio darganfod pwy oedd y Sais 'ma a ddaeth i'w weld o dair gwaith yn ystod y tri mis diwetha.'

Distawrwydd.

'Tim, wyt ti yna?'

'Ydw, Jeff, ond fedra i ddim siarad efo chdi am hyn ar y ffôn.'

'Mi ddo i draw ar f'union os ddeudi di lle mae dy swyddfa di.'

'Na, wneith hynny mo'r tro chwaith, Jeff. Mae'r mater yn hynod o gyfrinachol, a does gen i ddim awdurdod i ddeud dim byd wrthat ti fy hun. Dydw i ddim yn gwybod yr hanes i gyd o bell ffordd. Ychydig iawn dwi'n wybod a deud y gwir.'

'Sut fedra i ddarganfod pwy ydi'r dyn 'ma ta?'

'Cuthbert wedi cael ei fwrdro, ti'n deud.'

'Ydi.'

'Yli, gad o efo fi, wnei di, Jeff? Ma' dy rif ffôn di gen i rŵan, ac mi ro i ganiad i ti cyn hir. Paid â gwastraffu dy amser yn dod draw yma. Fedra i wneud dim heb gael f'awdurdodi i wneud hynny. Nid trio bod yn lletchwith ydw i, dwi'n addo i ti, ond mi dria i fy ngorau i ti, iawn?'

'Digon teg, Tim.'

Gyrrodd Jeff yn ôl am adref gan fyfyrio dros yr hyn yr oedd wedi'i ddysgu. Roedd yr ymwelydd o Sais a roddodd fanylion ffug amdano'i hun wedi bod yn gweld Cuthbert dair gwaith yn y carchar, ac roedd pob llun ohono erbyn hyn ym meddiant Gwasanaethau Diogelwch Prydain. Be goblyn oedd yn mynd ymlaen felly? Roedd ei sgwrs â Tim Howells wedi bod yn ddadlennol iawn – os nad oedd yr awdurdod ganddo fo i rannu'r wybodaeth berthnasol gallai Jeff fod yn sicr fod MI5 a'u tebyg â'u bys yn y cawl.

Gyrru heibio Wrecsam i gyfeiriad yr A55 oedd Jeff pan ganodd ei ffôn symudol tua deng munud i saith. Defnyddiodd system y car i'w ateb.

'Jeff, Tim Howells sy 'ma.'

'Paid â deud. Mi wyt ti wedi newid dy feddwl am yr wybodaeth 'na,' meddai Jeff yn ysgafn.

Chwarddodd Howells.

'Ti'n gwybod yn well na hynna, Jeff. Ond gwranda, dwi wedi rhoi dy fanylion di i'r bobl yn Llundain, ac efallai y gwneith rhywun gysylltu efo chdi. Fedra i ddim gwneud mwy na hynny ar hyn o bryd.'

'Siort orau, Tim. Diolch i ti am dy gymorth.' Doedd dim arall y gallai wneud rŵan ond disgwyl, a gobeithio am y gorau. Pan gyrhaeddodd allt Rhuallt, ffoniodd Meira.

'Bob dim yn iawn acw, 'nghariad i?'

'Ydi tad. Pryd fyddi di adra?'

'Rho ryw awr a hanner i mi,' atebodd. 'Ydi Dan wedi bod acw heddiw?'

'Mae o yma rŵan, am yr ail waith heddiw. Dwi'n gwneud brechdan bacwn iddo fo ar hyn o bryd.'

'Paid â difetha'r diawl,' meddai Jeff. 'Fydd o'n dal acw pan gyrhaedda i adra, ti'n meddwl?'

'Go brin. Mae ganddo fo waith i'w wneud heno medda fo.'

'Diolch iddo fo drosta i, wnei di?'

Clywodd Jeff sŵn eu chwerthin ar ochr arall y ffôn cyn i'r alwad gael ei diddymu.

Pennod 23

Yn gynnar y bore trannoeth derbyniodd Jeff alwad ar ffôn y tŷ gan yr Uwch-arolygydd Irfon Jones.

'Dwi'n dallt dy fod ti wedi cael rhywfaint o lwyddiant i lawr yng Ngharchar Prescoed ddoe, ond bod yr wybodaeth gest ti yn codi mwy o gwestiynau,' meddai.

'Rargian, sut gwyddoch chi hynny yn barod?' atebodd Jeff. 'Ro'n i ar fin eich ffonio chi – ond mae'n amlwg eich bod chi gam o 'mlaen i.'

'Dydi o ddim o bwys sut dwi'n gwybod, ac a deud y gwir wrthat ti, chydig iawn dwi'n wybod beth bynnag.'

Dyna beth rhyfedd i'w ddweud, meddyliodd Jeff. Edrychai'n debyg bod Irfon Jones wedi cael hanner stori o rywle.

'Ond mae gen i neges i ti. Mae angen i ti fynd i westy'r George yn Llandudno amser cinio heddiw. Bydda yno erbyn chwarter i un. Dos i'r dderbynfa a dweud pwy wyt ti. Dyna'r cwbwl.'

'A phwy ydw i fod i'w gyfarfod yno?' gofynnodd Jeff yn awyddus.

'Fedra i ddim dweud mwy na hynna. Ond dyna'r gorchymyn, ac mae o'n sicr o fod yn rwbath i'w wneud â dy ymholiad di ddoe.'

'Y tro dwytha i mi fynd i rywle i gyfarfod rhywun heb wybod pwy, mi fu llofruddiaeth a finnau'n cael fy amau.'

'Wel, wnaiff hynny ddim digwydd y tro yma. Dwi'n

addo hynny i ti. O, a thria wisgo'n weddol barchus i fynd i le crand fel y George, wnei di?'

'Biti bod fy nghôt ddyffl i yn y labordy felly,' meddai Jeff, gan hanner cellwair. 'Deudwch i mi, sut mae'r ymchwiliad i lofruddiaeth Cuthbert yn datblygu?'

'Cyn belled ag y gwelai i, mae'r Prif Arolygydd Pritchard yn canolbwyntio'i holl ymdrech, a defnyddio holl adnoddau'r ymchwiliad, i drio profi mai chdi sy'n gyfrifol. Mae o'n gandryll nad wyt ti wedi cael dy gyhuddo yn barod, neu o leia ar ryw fath o fechnïacth.'

'Mae o wedi cymryd yn f'erbyn i o'r cychwyn cynta.'

'Wel, anghofia am hynny rŵan, ac mi gawn ni weld be ddaw.'

'Haws deud na gwneud o beth uffern.'

'Ydi, dwi'n sylweddoli hynny, Jeff. Ond dal ati, wnei di? Mi fydd petha'n siŵr o droi allan fel y dylan nhw yn y diwedd.'

Doedd Jeff ddim mor sicr.

Parciodd Jeff y Touareg mewn maes parcio yn Llandudno am hanner awr wedi hanner dydd a cherddodd y pedwar can llath i westy'r George. Gwisgai siwt olau a chrys glas a'i goler yn agored, heb dei. Ni fu erioed yn hoff iawn o Landudno, y siopwyr a'r prysurdeb, yn enwedig yng nghanol yr haf fel hyn. Roedd y strydoedd yn llawn, hyd yn oed yng nghanol yr wythnos a'r tu allan i wyliau ysgol, gan fod y rhan fwyaf o'r ymwelwyr wedi pasio oed ymddeol ers blynyddoedd. Wrth ddringo'r grisiau i fyny at ddrws y gwesty, gwyliodd Jeff y bysys crand yn nôl a danfon eu cargo hynafol, a chefnog, yn ôl ansawdd y dillad a brynwyd ganddynt yn arbennig, dyfalodd, ar gyfer gwyliau amheuthun ger y môr.

Edrychodd ar ei oriawr. Chwarter i un ar y dot. Cyflwynodd ei hun i'r gŵr a safai tu ôl i'r ddesg yn y dderbynfa.

'Jeff Evans ydi'r enw,' meddai, heb ddatgelu mwy.

Cododd y gŵr ei ben ac edrychodd arno cyn edrych yn ôl ar sgrin y cyfrifiadur wrth ei ochr. Cododd ei ben eilwaith a heb ddweud gair, cododd ei fraich dde a galwodd ar un o'i gydweithwyr. Ymddangosodd merch bryd tywyll, tuag ugain oed, mewn iwnifform gweinyddes.

'Bwrdd tri deg dau, os gwelwch yn dda,' meddai'r derbynnydd wrthi.

Dilynodd Jeff y ferch drwy'r ystafell fwyta, heibio degau o fyrddau wedi'u gosod yn daclus gyda chytleri arian a llieiniau gwyn di-grych. Cododd un neu ddau o'r cwsmeriaid eu llygaid i edrych arno wrth iddo fynd heibio. Arhosodd y ferch wrth fwrdd gwag mewn cornel ym mhen draw'r ystafell a thynnodd gadair allan iddo eistedd arni. Diolchodd Jeff iddi a dewisodd gadair arall a'i chefn at y wal. Roedd yn well ganddo weld beth oedd yn mynd ymlaen yng ngweddill yr ystafell – yn enwedig ac yntau'n ansicr beth oedd yn ei ddisgwyl. Rhoddodd y weinyddes fwydlen o'i flaen a'i adael, a sylwodd Jeff fod y bwrdd wedi'i osod ar gyfer tri pherson.

Ni fu'n rhaid iddo ddisgwyl yn hir, a chafodd dipyn o sioc pan welodd Tecwyn Williams, y Dirprwy Brif Gwnstabl, yn dilyn y weinyddes tuag ato. Cododd Jeff ar ei draed yn syth.

'Eisteddwch i lawr, Sarjant Evans,' meddai'r Dirprwy.

Dyn o gwmpas ei hanner cant oedd Tecwyn Williams, ei wallt du yn dechrau britho a straen ei swydd eisoes wedi dechrau gadael ei ôl ar ei wyneb. Er hynny, roedd ei lygaid yn dawnsio fel rhai plentyn ar fore dydd Nadolig.

'Wel, dwi wedi fy synnu,' meddai Jeff. 'Be oedd o'i le efo'r cantîn yn y pencadlys?' Nid ceisio dangos amarch oedd bwriad Jeff, ond allai o yn ei fyw feddwl am ddim arall i'w ddweud.

'Peidiwch â bod mor wirion, ddyn,' atebodd y Dirprwy. 'Fedrai i ddim cael fy ngweld yn fanno yng nghwmni dyn sy dan amheuaeth o lofruddio rhywun.'

Trawodd yr ateb Jeff fel tamaid o blwm.

'Mi fydd popeth yn eglur cyn bo hir, Sarjant Evans. Rŵan 'ta,' meddai, gan droi ei sylw at y fwydlen, 'maen nhw'n dweud bod y cimwch yn eithriadol o flasus yma. Neu efallai eich bod chi yn un am stêc? Cewch ddewis fel liciwch chi.'

Pryd olaf y carcharor cyn ei grogi, meddyliodd Jeff, yn dal i fethu â deall beth oedd arwyddocâd y cyfarfod.

Enillodd Jeff Evans barch y Dirprwy Prif Gwnstabl bron i saith mlynedd ynghynt pan ddaeth y ditectif ar draws cynllun gan derfysgwyr Al-Qaeda i ymosod ar bwerdai niwclear Prydain – ymosodiad a fuasai wedi achosi difrod anhygoel i Brydain benbaladr. Yn dilyn canlyniad llwyddiannus yr achos hwnnw y cafodd Jeff ei anrhydeddu â'r QPM, Medal Heddlu'r Frenhines, ond ni wyddai Jeff hyd heddiw mai Tecwyn Williams oedd yn gyfrifol am ei enwebu amdani. Yn ystod y flwyddyn ganlynol bu'r ddau ynghlwm ag achos arall pan fu i Jeff chwalu menter masnachu pobl a gwerthu organau pobl ifanc, achos a frawychodd drigolion gogledd Cymru nad oeddynt yn ymwybodol o'r math o droseddu oedd yn digwydd o dan eu trwynau. Yr achos hwnnw, wrth gwrs, ddaeth â Gwyn Cuthbert i sylw Jeff am y tro cyntaf.

Ni chroesodd eu llwybrau rhyw lawer yn y cyfamser

ond roedd y Dirprwy wedi cadw llygad barcud ar yrfa Jeff Evans.

'A,' meddai Tecwyn Williams yn sydyn. 'Dyma'n cwmni ni wedi cyrraedd.' Cododd ar ei draed a gwnaeth Jeff yr un fath. Edrychodd ar y gŵr oedd yn cerdded tuag atynt: dyn go denau, tua deugain oed, yn gwisgo siwt felfaréd o liw gwin tywyll ac esgidiau swêd brown. Cariai gas lledr yn ei law chwith. Gwyddai Jeff ar unwaith ei fod wedi cwrdd â'r dyn yma o'r blaen, ond ni allai yn ei fyw â chofio pryd na lle. Ysgydwodd Williams ei law, ac eto, dilynodd Jeff ei arweiniad.

'Philip Barrington-Smythe,' meddai'r gŵr, yn cyflwyno ei hun, a chofiodd Jeff. Un o ddynion y Gwasanaethau Diogelwch. Roedd Barrington-Smythe wedi dod i Lan Morfa yn agos i saith mlynedd ynghynt, yn gysylltiedig â'r ymchwil i weithredoedd Al-Qaeda, yng nghwmni'r Comander Toby Littleton, pennaeth Cangen Arbennig Heddlu'r Met yn Llundain. Bu Littleton yn dipyn go lew o rwystr yn ystod yr ymchwiliad hwnnw, am resymau gwleidyddol, a daeth y gwrthdaro rhyngddo a Jeff i fwcwl ar faes awyr Caernarfon pan darodd Jeff y Comander yn ei drwyn. Gwnaeth Littleton gŵyn yn ei erbyn ond ni chafodd Jeff ei gyhuddo. Bu'n rhaid i Littleton ymddeol o ganlyniad i'w ymddygiad yn ystod yr ymchwiliad hwnnw – dyna ddywedwyd ar y pryd, o leia – ac ni chlywodd Jeff ddim o'i hanes ar ôl hynny. Roedd presenoldeb Barrington-Smythe yn awgrymu i Jeff fod y cyfarfod yma'n gysylltiedig â'i ymweliad â Charchar Prescoed a'i sgwrs gyda Tim Howells, ond rhyfeddai fod pethau wedi symud mor gyflym. Roedd llai na phedair awr ar hugain ers yr ymweliad – ond beth oedd cysylltiad y Dirprwy efo'r achos, tybed?

'Dyma ni'n cael cyfarfod unwaith eto, Mr Barrington-Smythe,' meddai Jeff yn Saesneg. 'Ar eich pen eich hun y tro hwn dwi'n gweld.'

Nid atebodd y gŵr o Lundain ac eisteddodd y tri i lawr i archebu bwyd cyn dechrau trafod busnes. Gadawodd Tecwyn Williams i Barrington-Smythe agor y drafodaeth.

'Mae fy mhobl i angen cymorth, Mr Evans, ac mae'n edrych yn debyg mai atoch chi y dylen ni droi.'

Edrychodd Jeff i fyw ei lygaid ac yna tuag at y Dirprwy. Pam fo? Byddai gan 'ei bobl o' yn Llundain faint fynnir o lefydd i droi atynt am gymorth, tybiodd, heb ddod i chwilio amdano fo. Pa sgiliau oedd ganddo fo na allai'r Gwasanaethau Diogelwch eu canfod ymysg eu rhengoedd eu hunain?

'Mi hoffwn gael rhywun ar y llawr, rhywun profiadol sy'n gwybod sut i gael gafael ar wybodaeth, rhywun fedrwn ni ymddiried ynddo i gadw materion yn gyfrinachol.'

'Mae ganddoch chi ddigon i droi atyn nhw yn heddlu'r Met yn Llundain, mae'n siŵr gen i,' meddai Jeff. 'I'r fan honno fyddwch chi'n mynd fel rheol, dwi'n cymryd?'

'Cywir,' atebodd Barrington-Smythe. 'Ond mi welwch pam na allwn ni fynd ar ofyn y Met pan glywch chi'r cefndir.'

'Ond ydach chi'n ymwybodol, Mr Barrington-Smythe, fy mod i mewn sefyllfa braidd yn anodd ar hyn o bryd?' Edrychodd Jeff ar y Dirprwy unwaith eto.

'Mae Mr Barrington-Smythe yn gwybod eich bod chi dan amheuaeth o lofruddiaeth ar hyn o bryd, Jeff.' Defnyddiodd y Dirprwy ei enw cyntaf yn bwrpasol. 'Ond,' parhaodd, 'rydan ni'n ddigon profiadol i amau eich bod chi'n cael eich fframio gan rywun. Oeddech chi'n disgwyl cael eich rhyddhau ar ôl cael eich arestio echdoe?'

'Nac oeddwn wir,' atebodd Jeff.

'Os cofiwch chi, mi ddywedodd Sarjant Taylor a'r Uwch-arolygydd Irfon Jones wrthoch chi fod y penderfyniad i'ch rhyddhau wedi cael ei wneud gan rywun uwch eu pennau nhw – wel, fi ydi hwnnw,' cadarnhaodd Tecwyn Williams.

'Ac mae'r Prif Arolygydd Pritchard yn dal i wneud ei orau i 'nghyhuddo fi,' meddai Jeff yn anghrediniol.

'Dilyn llwybr y dystiolaeth mae yntau hefyd, Jeff,' atebodd y Dirprwy. 'Yr arian yn eich tŷ chi, mwd ar eich car yn tarddu o leoliad y llofruddiaeth, holl gefndir yr achos ... yn enwedig eich bygythiad chi tuag at Cuthbert.'

'Fydd 'na ddim gobaith i mi os fydd yr adroddiad yn dod yn ôl o'r labordy yn dweud mai olion gwaed Cuthbert sy ar fy nghôt a'm sgidiau i.'

'Mae'r gwyddonwyr fforensig wedi cadarnhau hynny'n barod,' atebodd y Dirprwy, 'ond mi ydw i wedi sathru ar yr adroddiad am y tro. Y rheswm am hynny ydi bod cysylltiad rhwng llofruddiaeth Cuthbert â'r hyn sydd gan Mr Barrington-Smythe i'w ddweud wrthoch chi.'

Roedd Jeff yn gegrwth. Doedd pethau fel hyn ddim i fod i ddigwydd yn yr heddlu. Y Dirprwy yn sathru ar adroddiad a fuasai'n arwain at ei gyhuddo o lofruddiaeth? Ond ar y llaw arall, diolch i Dduw bod rhywun yn gefn iddo. Llifodd rhyddhad drwy gorff Jeff. Roedd rhywun dylanwadol yn credu bod y bwriad a'r gallu gan rywun yn rhywle i blannu tystiolaeth fel hyn.

'Wn i ddim pa mor hir y medra i ddal yr adroddiad fforensig yn ôl, Jeff,' parhaodd y Dirprwy. 'Dyna pam mae hi mor bwysig i ni symud yn gyflym. Cyn gynted â phosib a dweud y gwir.'

Bu saib yn y drafodaeth pan ddaeth y weinyddes â'r bwyd. Tri phlât ac arnynt gimychiaid yn eu cregyn, salad mewn powlenni ar wahân a photelaid o ddŵr mwyn.

Pennod 24

Petai rhywun wedi bod yn gwylio'r tri dyn yn bwyta'u prydau yng ngwesty'r George, fyddai dim modd dyfalu eu bod yn trafod llofruddiaeth erchyll dros eu cimychiaid.

'I ddechrau, Mr Evans,' datganodd Barrington-Smythe, 'rhaid i mi eich llongyfarch chi ar eich llwyddiant yn yr achos ddaeth â ni at ein gilydd y tro diwethaf.'

'Diolch yn fawr i chi, Mr Barrington-Smythe,' atebodd. 'Ond mae hynny amser maith yn ôl rŵan ....'

'Ond mi welwch chi fod yn rhaid mynd yn ôl i'r gorffennol yn aml iawn er mwyn ceisio datrys digwyddiadau'r presennol.' Cododd Barrington-Smythe y gwydryn o'i flaen a chymerodd lymaid o ddŵr ohono cyn parhau. 'Rydych chi, wrth gwrs, yn cofio'r Comander Toby Littleton oedd gyda mi y tro diwethaf i ni gyfarfod?'

'Sut fedra i anghofio hwnnw?' Cofiai Jeff y diwrnod pan darodd y gŵr mawr hwnnw – ddwywaith – ym maes awyr Caernarfon, fel petai'n ddoe. Roedd Meira, oedd yn blismones ar y pryd, ar fin cael ei herwgipio fel gwystl gan ddau derfysgwr a'i hebrwng yn erbyn ei hewyllys ar fwrdd awyren. Rhwystrodd Littleton ei gais i'w hachub, a dyna achosodd iddo golli ei dymer.

'Ac fe wnaeth gŵyn swyddogol yn eich erbyn chi,' parhaodd Barrington-Smythe.

'Do.'

'Ond chawsoch chi mo'ch cyhuddo o gamymddwyn o

ganlyniad i hynny, a chafodd Comander Littleton orchymyn i ymddeol.'

'Cywir.' Methai Jeff â gweld pa arwyddocâd oedd i hyn oll.

'Ddaru chi feddwl erioed pam? Pam na chawsoch chi eich cyhuddo, hynny yw? A pham y bu'n rhaid i Littleton ymddeol? Wedi'r cyfan, Mr Evans, roeddech chi wedi ymosod ar un o brif swyddogion heddlu'r Met – a thorri'i drwyn o, os cofia i'n iawn.'

Gwelodd Jeff fod y Dirprwy yn ei lygadu trwy gornel ei lygaid ond penderfynodd ateb.

'Wnes i ddim colli cwsg dros y peth, mae hynny'n sicr,' meddai, cyn rhoi tamaid arall o'r cimwch yn ei geg.

'Mi gofiwch fod ymchwiliad trwyadl wedi ei gynnal yn dilyn cwyn Littleton yn eich erbyn chi.'

'Gan uwch-arolygydd o'r enw Gordon Holland o heddlu swydd Caer.'

'Ie, ac yn ystod ei ymchwiliad, mi ofynnodd yntau'r un cwestiwn ag a ofynsoch chi i chi'ch hun ar y pryd, dwi'n siŵr – sef pam oedd Littleton mor awyddus i chi beidio â mynd yn agos i Blas y Fedwen, y plasty gwledig oedd yn eiddo i Swltaniaeth Oman, lle roedd y terfysgwyr yn cynllunio eu drwgweithredoedd.'

'Ond mi wyddoch chi'r ateb i hynny eich hun, Mr Barrington-Smythe. Roeddach chi efo ni pan ddaru'r dyn Littleton 'na roi ei resymau i Irfon Jones a minnau. Diogelu taith llongau olew trwy Gulfor Hormuz, a pheidio â gwylltio llywodraeth Oman. Rhesymau reit resymol ar y pryd, ro'n i'n meddwl. Lleihau'r posibilrwydd o ryfel yn yr ardal a ballu.'

'Pan gododd yr Uwch-arolygydd Gordon Holland yr un

cwestiwn gyda Chomisiynydd Heddlu'r Met, a darganfod nad oedd y polisi hwnnw ar fwrdd y Prif Weinidog, dechreuwyd ymchwiliad mewnol yn Scotland Yard, un hynod o gyfrinachol.'

Edrychodd Jeff a'r Dirprwy ar ei gilydd mewn syndod.

'Cyn i mi ddweud rhagor,' parhaodd y gŵr o Lundain, 'mae'n rhaid i mi eich atgoffa eich bod chi wedi arwyddo datganiad dan y Ddeddf Cyfrinachau Swyddogol, ac mae hwnnw'n ddilys yma, ydych chi'n deall?'

Nodiodd Jeff ei ddealltwriaeth, ac anghofiodd am y bwyd blasus o'i flaen yn ei chwilfrydedd.

'Doedd dim canlyniad pendant i'r ymchwiliad hwnnw, mae'n ddrwg gen i ddweud, ond roedd yna amheuaeth – amheuaeth gref – fod Toby Littleton wedi bod yn gweithredu y tu hwnt i'w ddyletswyddau fel heddwas, fel Comander y Gangen Arbennig, pan ddaru o eich rhwystro chi rhag mynd yn agos i'r Plas. Roedd o'n ymddwyn fel petai'n ceisio rhoi cymorth i'r terfysgwyr.'

'Dwi ddim yn deall,' atebodd Jeff. 'Roeddech chi'n gweithredu ochr yn ochr â fo. Os ydi hynny'n wir, pam na welsoch chi'r peth?'

'Mae hynny'n wir, ond cofiwch fod ein sefydliadau ni, yr heddlu yn ogystal â fy sefydliad i, yn anferth, a tydi hi ddim yn amhosib i bethau fynd o chwith o dro i dro trwy ddiffyg cyfathrebu. Yn anffodus, mae hynny'n fwy tebygol ar dop yr ysgol. Mae dyn mewn swydd mor uchel ag yr oedd Littleton ynddi'r adeg honno yn cael rhyddid i ymddwyn fel y myn weithiau, heb i neb ei gwestiynu.'

'A phwy fysa'n meddwl am eiliad fod comander – a oedd wedi ennill parch ar hyd ei yrfa gan ei gydweithwyr – ddim i'w drystio,' meddai'r Dirprwy.

'Yn hollol,' cytunodd Barrington-Smythe.

'Dydw i ddim yn berffaith siŵr 'mod i'n dilyn hyn i gyd,' cyfaddefodd Jeff. 'Ydach chi'n deud bod Comander Toby Littleton yn rhan o'r ymgyrch i ymosod ar bwerdai Prydain?'

'Dyna oedd yr amheuaeth yn ystod yr ymchwiliad. Ond amheuaeth yn unig oedd o. Doedd dim casgliad pendant er mwyn gwneud penderfyniad terfynol – er, fel y gallwch chi ddychmygu, roedd yr ymchwiliad yn un maith a thrylwyr '

'Be yn union oedd natur yr amheuaeth?' gofynnodd Jeff.

'Does dim angen i chi wybod hynny,' atebodd Barrington-Smythe.

Gwelodd Jeff y Dirprwy yn gwenu wrth ei ochr. Fel hyn y byddai'r Gwasanaethau Diogelwch yn ateb cwestiwn na ddylid fod wedi'i ofyn yn y lle cyntaf.

'Fel mae'r ddau ohonoch yn sylweddoli,' parhaodd Barrington-Smythe, 'bu i'r ymchwiliad dreiddio i bob twll a chornel o yrfa Littleton ers iddo ymuno â'r heddlu ddeng mlynedd ar hugain yn ôl, a thrwy hynny, ddarganfod bod ochr arall i yrfa Comander Toby Littleton ... ochr dywyll iawn.'

Tawelodd Barrington-Smythe i fwyta mwy o'i gimwch. Sylwodd Jeff ei fod yn oedi'n aml yn ystod y sgwrs, a'i fod yn edrych o'i gwmpas yn gyson. O dro i dro, wrth sôn am rywbeth a allai fod yn sensitif, roedd ei lais yn distewi nes ei fod bron yn sibrwd ar adegau. Dyna natur ei waith, tybiodd Jeff.

'Datblygodd a blodeuodd ei yrfa yn dditectif tra bu'n aelod o'r Flying Squad yn yr wythdegau a'r nawdegau,' parhaodd Barrington-Smythe. 'Rhyw hen fyd rhyfedd oedd i'w brofi yn yr adran honno, yn enwedig yn y dyddiau hynny. Fel y gwyddoch chi, adran ydi hi sy'n delio â throseddau cyfundrefnol difrifol, yn canolbwyntio ar ladrad arfog o fanciau a glanhau arian budr. Byd tywyll, lle mae'r rhan helaeth o lwyddiant yr heddlu yn dod o ganlyniad i wybodaeth gan hysbyswyr na ellir eu trystio cyn belled ag y medrwch chi eu taflu, a lle mae un gang neu unigolyn yn achwyn ar y llall. Roedd llygredd yn gyffredin yn yr adran honno, ac roedd adroddiadau am hynny yn y papurau dyddiol a'r newyddion yn gyson ar y pryd. Dyma'r byd lle dysgodd Littleton ei grefft – os mai crefft ydi'r disgrifiad cywir,' ychwanegodd. 'Dyma fyd lle byddai ditectifs, rhai da a chyfiawn yn eu plith hefyd, cofiwch, yn chwarae aelodau o un gang yn erbyn gang arall er mwyn cael gwybodaeth, ac roedden nhw'n talu arian mawr am hynny. Yn aml, roedd ditectifs yn cael cildwrn hael iawn hefyd – gan y troseddwyr – ac yn aml roedd yr arian hwnnw'n dod o enillion budr yr union rai roedd y plismyn i fod i'w hela.'

'Lle mae hyn i gyd yn arwain?' gofynnodd y Dirprwy.

'Amynedd, am funud bach eto os gwelwch yn dda,' mynnodd Barrington-Smythe. 'Rhoi darlun i chi ydw i o'r math o fyd roedd Littleton yn byw ac yn bod ynddo o ddydd i ddydd. Yn nechrau'r ganrif hon, dyrchafwyd Toby Littleton yn dditectif brif uwch-arolygydd ac yn bennaeth adran SO14, yr adran sy'n gwarchod y teulu brenhinol. Dwi'n siŵr y cofiwch chi i fanylion a rhifau ffôn symudol nifer o aelodau'r teulu brenhinol gael eu datgelu i aelodau o'r wasg yn ystod y cyfnod hwnnw. Haciwyd eu negeseuon testun, a doedd neb yn deall ar y pryd sut roedd rhai o'r papurau newydd yn cael gafael ar gymaint o hanesion personol aelodau'r teulu brenhinol. Wrth gwrs, roedd y cyhoedd wrth eu boddau'n darllen am sgandalau'r teulu – ac achoswyd embaras aruthrol i'r Frenhines ac aelodau hynaf y teulu. Cafodd un o ddynion Littleton ei amau o fwydo'r wybodaeth i'r wasg: dyn o'r enw Andrew Wilson, ditectif sarjant oedd o ar y pryd, a fu'n gweithio fel cwnstabl a sarjant dan Littleton yn y Flying Squad. Ni chafodd ei gyhuddo bryd hynny oherwydd y gefnogaeth a gafodd gan ei bennaeth.'

'Littleton?' meddai Jeff.

'Yn hollol. Roedd pawb yn gwybod mai fo, Wilson, oedd yn gyfrifol, ond doedd dim digon o dystiolaeth i'w gyhuddo. Na – gadewch i mi ddweud fel hyn: doedd y dystiolaeth ddim ar gael pan oedd ei hangen hi, ac ni wnaeth pennaeth yr adran, Littleton, ymdrech o gwbl i roi cymorth i'r ymchwiliad.'

'Be ddigwyddodd i Wilson felly?' gofynnodd y Dirprwy.

'Fe'i symudwyd allan o'r ffordd, i'r Gangen Arbennig, goeliwch chi, a dyna fu diwedd y mater – ond doedd dim dwywaith mai Littleton ddaru achub ei groen.'

'A chyn pen dim,' ychwanegodd Jeff, 'roedd y ddau yn ôl yn gweithio yn yr un adran pan gafodd Littleton ei ddyrchafu'n gomander a phennaeth y Gangen Arbennig.'

'Rydach chi'n reit agos i'ch lle,' atebodd Barrington-Smythe. 'Yr apwyntiad cyntaf a wnaeth Littleton ar ôl cyrraedd yno oedd penodi Wilson yn swyddog staff iddo'i hun. Gweithio ochr yn ochr unwaith eto. Ond rŵan 'ta – ailagorwyd yr ymchwiliad hwnnw i ymddygiad Wilson yn ystod yr ymchwiliad i berthynas Littleton â thrigolion Plas y Fedwen bum mlynedd a hanner yn ôl, hynny yw, bron i saith mlynedd ar ôl yr ymchwiliad cyntaf i weithgareddau amheus Wilson.'

'A chan fod Littleton wedi ymddeol erbyn hynny, doedd neb yno i lywio'r sylw oddi wrth Wilson,' awgrymodd y Dirprwy.

'Hollol,' cytunodd Barrington-Smythe, yn cymryd llymaid arall o ddŵr gan edrych o'i gwmpas ar yr un pryd.

'Be oedd canlyniad yr ail ymchwiliad i ymddygiad Wilson, felly?' gofynnodd Jeff.

'Tydi hi'n rhyfedd sut mae amgylchiadau'n newid,' meddai Barrington-Smythe. 'Y tro hwn, ar ôl ymchwiliad hir a chymhleth canfuwyd mwy o dystiolaeth, nid yn unig yn erbyn Wilson, ond yn erbyn Littleton hefyd. Trawyd bargen â Littleton, a dewisodd roi tystiolaeth yn erbyn Wilson er mwyn arbed ei groen ei hun. Cyhuddwyd Andrew Wilson o gamymddwyn mewn swydd gyhoeddus drwy werthu rhifau a manylion ffonau symudol aelodau o'r teulu brenhinol i aelodau'r wasg. Plediodd yn ddieuog i gychwyn, ond yn annisgwyl, newidiodd ei feddwl a phledio'n euog yn ystod diwrnod cyntaf yr achos yn ei erbyn. Oherwydd hynny, doedd dim hanner cymaint o sylw i'r achos yn y wasg, a phrin y daeth yr hanes i glustiau'r cyhoedd. Cafodd Wilson bedair blynedd o garchar yn lle'r pump neu chwech y buasai wedi eu cael wrth geisio amddiffyn y cyhuddiad.'

'A doedd dim rhaid i Littleton roi tystiolaeth o dan lw chwaith,' awgrymodd Jeff.

'Cywir,' cytunodd Barrington-Smythe. 'Mae si mai Littleton oedd yn gyfrifol am iddo newid ei ble. Cafodd y ddau eu gweld yn sgwrsio cyn i'r llys ddechrau y bore hwnnw, ac o fewn yr awr, roedd Wilson wedi newid ei feddwl a phledio'n euog.'

'Ydi wir, mae'n rhyfedd sut mae amgylchiadau'n newid,' ychwanegodd y Dirprwy. 'Dau ddyn sydd wedi cael perthynas broffesiynol agos am flynyddoedd. Mae un yn achub croen y llall ac yna, flynyddoedd yn ddiweddarach, mae'n dyst yn ei erbyn. Os nad ydi hynny'n ddigon, mae Littleton yn perswadio'i gyfaill i bledio'n euog er mwyn achub ei groen ei hun, ac mae Wilson yn ufuddhau.'

'Un ai mae ganddyn nhw berthynas agos iawn, neu mae gan Littleton faw dychrynllyd yn erbyn Wilson,' mentrodd Jeff. 'Digon iddo fedru ei gadw dan y fawd.'

'Coeliwch fi,' meddai Barrington-Smythe. 'Mae Toby Littleton yn rheolwr heb ci ail, ac yn ddyn pwerus dros ben, hyd yn oed heddiw. Mae'n dal i symud ymysg uwch-swyddogion y Met, swyddogion milwrol uchaf y wlad, aelodau seneddol a'r bobl fusnes mwyaf dylanwadol ym Mhrydain ac yn rhyngwladol.'

'Fedra i ddim gweld, hyd yn oed rŵan, pam y dylai hyn i gyd fod o ddiddordeb i mi.' Eisteddodd Jeff yn ôl yn ei gadair, wedi clirio'i blât yn llwyr erbyn hyn.

Plygodd Barrington-Smythe er mwyn gafael yn y bag lledr oedd wrth ei draed, a thynnodd amlen A4 agored ohono. Gwthiodd yr amlen ar draws y bwrdd at Jeff. Rhoddodd Jeff ei law yn yr amlen a thynnodd lun allan ohoni. Llun o ddau ddyn yn eistedd wrth fwrdd gyferbyn â'i gilydd. Teimlai fel petai rhywun wedi sugno'r gwynt i gyd o'i ysgyfaint. Gwyn Cuthbert oedd un a Toby Littleton oedd y llall.

'Carchar Prescoed,' meddai Jeff ar unwaith. Doedd dim rhaid iddo ddweud mwy.

'Ia,' atebodd Barrington-Smythe. Y cyn-gomander Toby Littleton oedd ymwelydd Cuthbert yno, dair gwaith yn ystod ei fis olaf yn y carchar.'

'Sut wnaethoch chi ddarganfod hyn, a pham?' gofynnodd Tecwyn Williams.

Cymerodd Barrington-Smythe lymaid arall o ddŵr ac edrychodd o'i gwmpas eto cyn ateb.

'Cwestiwn da. Am fod fy mhobl i wedi bod yn dilyn Littleton.'

Cododd Williams ei aeliau.

'Cofiwch yr hyn a ddigwyddodd ym Mhlas y Fedwen, ein hamheuon am Littleton, ac mai ein cyfrifoldeb pennaf ni ydi gwarchod diogelwch Prydain. Does dim angen mwy o wybodaeth na hynny ar y naill na'r llall ohonoch chi.'

Edrychodd Tecwyn Williams a Jeff ar ei gilydd heb ddweud gair.

'Y peth arall y dylech chi fod yn ymwybodol ohono,' parhaodd Barrington-Smythe, 'ydi mai yn y fan honno, Carchar Prescoed, y treuliodd Andrew Wilson dri mis olaf ei ddedfryd yntau.'

Allai Jeff ddim dweud gair.

'Cymerodd ddwy flynedd i gau pen y mwdwl ar yr ymchwiliad i droseddau Wilson, a blwyddyn arall i'r mater ddod i'r llys. Treuliodd ychydig dros ddwy flynedd dan glo ac fe'i rhyddhawyd o Garchar Prescoed bron i fis yn ôl.'

'Mi wnaeth o gyfarfod Cuthbert felly?' meddai Jeff.

'Does dim tystiolaeth gadarn o hynny. Ond wrth gwrs, mae'n bosib. Dyma'r cyfeiriad a roddwyd i'r awdurdodau gan Wilson pan ryddhawyd o.'

Pasiwyd y cyfeiriad ar damaid o bapur plaen at Jeff. Cyfeiriad yng nghanol Llundain oedd o, sylwodd Jeff, a rhoddodd y papur yn ei boced.

'A be ydach chi'n ddisgwyl i mi wneud?' gofynnodd Jeff i Barrington-Smythe, gan edrych i gyfeiriad Tecwyn Williams.

'Am resymau na fedra i eu datgelu, all ein pobl ni ddim

fforddio mynd rhy agos at Littleton ar y funud, rhag iddo sylweddoli fod ganddon ni ddiddordeb ynddo o hyd. Ond wrth gwrs, mae gennych chi, Sarjant Evans, bob rheswm yn y byd i wneud eich ymholiadau eich hun ynglŷn â fo, yn does?'

'Ga i ofyn hyn?' mentrodd Jeff. 'Ydi'ch pobl chi yn dilyn Littleton yn rheolaidd ac yn gyson?'

'Na,' atebodd Barrington-Smythe. 'Dim yn gyson. Does dim rheswm i wneud hynny.'

'Oes gennych chi unrhyw fath o dystiolaeth sy'n awgrymu fod Littleton wedi bod ynghlwm yn y cynllwyn i herwgipio fy mab i?'

'Nag oes.'

'Be am unrhyw dystiolaeth fod Littleton yn gysylltiedig â llofruddiaeth Cuthbert?'

'Yr un ateb eto, Mr Evans. Y cysylltiad ydi'r unig beth a ddaeth i'n sylw.'

'Pam fuasai Littleton yn ceisio fy fframio i, a sut?'

'Pam? Wn i ddim. Sut? Cofiwch ei gefndir, Mr Evans, a'i fod yn ddyn hynod o bwerus o hyd.'

'Fel hyn dwi'n ei gweld hi,' datganodd Tecwyn Williams. 'Mae rhywun yn gwneud ei orau i'ch fframio chi am ladd Cuthbert, Jeff. Rhywun sy'n gwybod beth mae o'n ei wneud. Mae'r hyn dwi wedi'i glywed y prynhawn yma wedi fy argyhoeddi o hynny yn fwy nag erioed ... nid fy mod i angen prawf nad chi lofruddiodd y diawl drwg Cuthbert yna,' ychwanegodd, gan wenu ar Jeff, 'ond atoch chi mae'r dystiolaeth yn pwyntio ar hyn o bryd. Mae pawb yn gwybod hynny, ac ychydig fedra i ei wneud yn swyddogol i atal neu ymyrryd â'r trywydd hwnnw. Er hynny, rydw i wedi sathru ar yr adroddiad o'r labordy sy'n cysylltu eich côt a'ch esgidiau chi â gwaed Cuthbert, a dwi'n barod i wneud hynny am rywfaint yn rhagor. Mi siarada i gyda'r Prif Gwnstabl y pnawn 'ma. Dwi'n siŵr y bydd yntau yn fy nghefnogi. Ond mae amser yn brin, Jeff. Cyn hir, y Prif Arolygydd Pritchard fydd yn llywio'r ymchwiliad yn gyfan gwbl, a bydd pob darn o dystiolaeth yn eich erbyn chi ar gael iddo ochr yn ochr ag unrhyw dystiolaeth yn erbyn Littleton, neu Wilson, neu pwy bynnag arall.'

'Rhowch gyfle i mi gyntaf, wnewch chi, syr?' crefodd Jeff.

'O'r gorau,' atebodd y Dirprwy. 'Rŵan, gan ein bod ni wedi gorffen trafod, beth am gael rhywbeth bach melys i orffen?'

'Dim ond os oes gen i amser,' meddai Jeff, yn hanner chwerthin. Ond gwyddai nad oedd y dasg o'i flaen yn destun cellwair.

Gyrrodd Jeff adref gan geisio rhoi trefn ar bopeth a ddysgodd, a'r cysylltiad rhwng yr holl ddigwyddiadau diweddar. Y llythyr dienw, y dystiolaeth goll yn erbyn Nansi, yr herwgipiad a llofruddiaeth Cuthbert – oedd cysylltiad tybed? Byddai'n ormod o gyd-ddigwyddiad i'r rheini oll fod yn annibynnol o'i gilydd. Byddai'n rhaid iddo ddechrau tyrchu'n ddyfnach os oedd am ddarganfod gwraidd y cyfan. A ddylai droi ei olygon tua Llundain? Ai Littleton neu Wilson – neu'r ddau – oedd yn gyfrifol am gynllwynio'r cyfan? Roedd saith mlynedd yn amser hir i ddal dig.

Gwyddai Jeff y byddai'n rhaid iddo fentro – ysgwyd y caets yn iawn er mwyn gweld beth syrthiai allan. Roedd wedi rhoi'r gorau i'r dull hwnnw o blismona ers blynyddoedd, ond oedd ganddo ddewis arall? Byddai'n rhaid iddo fod yn ofalus dros ben. Roedd o'n delio â pherson clyfar ofnadwy, ac un eithriadol o ddidostur.

Pennod 25

'Mae amser yn brin, Jeff.' Roedd brawddeg y Dirprwy Brif Gwnstabl yn mynd rownd a rownd ym meddwl Jeff drannoeth ar y trên cynnar o Fangor i Euston. Ni allai ddychmygu beth oedd o'i flaen, a chyn belled ag y gwyddai yr oedd ar fin troedio'n ddall i ffau'r llewod. Oedd o ar fin herio un o'r rhai a herwgipiodd ei fab, neu – yn waeth na hynny – yr un a laddodd Cuthbert a phlannu'r dystiolaeth arno fo? Edrychodd ar y nodyn yn ei boced a chyfeiriad y cyn-Dditectif Sarjant Andrew Wilson arno: 24 Denbigh Place, Victoria, SW1V 2HA. Swnio'n gyfeiriad crand, meddyliodd.

Cyrhaeddodd y trên orsaf Euston ychydig wedi deg y bore. Ymunodd Jeff â phrysurdeb y brifddinas a cherddodd yn syth i gyfeiriad gorsaf y tiwb. Anelodd am lein Victoria a disgwyl am y trên nesaf ymhlith cannoedd o deithwyr eraill. Pawb ar frys a phawb yn hollol annibynnol, heb feiddio taro golwg ar eu cyd-deithwyr. Camodd ymlaen gyda'r dorf pan agorodd drysau'r trên a safodd yn eu plith, yn teimlo'n estron iawn. Cychwynnodd y trên, ac fel yr oedd yn cyflymu'n ei flaen ar hyd y platfform, roedd bron yn siŵr ei fod wedi gweld wyneb cyfarwydd ymhlith y môr o deithwyr a oedd yn anelu at yr allanfa. Gwyrodd i'r naill ochr i geisio cael gwell golwg, ond roedd y trên yn symud yn rhy gyflym. Ta waeth, meddyliodd, mae'n siŵr ei fod wedi camgymryd. Wedi'r cwbwl, doedd o ddim yn adnabod neb yn Llundain.

Aeth y trên trwy Warren Street, Oxford Circus a Green Park cyn cyrraedd Victoria. Dringodd Jeff allan i olau dydd, ac ar unwaith teimlodd wres gormesol Llundain. Agorodd ei goler a thynnu copi o'r *A to Z* o'i boced, a'i ddilyn am chwarter awr drwy'r strydoedd anghyfarwydd tuag at Denbigh Place.

Edrychodd i fyny ac i lawr y stryd honno, a'r tai mawr pedwar neu bum llawr oedd ar y ddwy ochr iddi. Roedd nifer ohonynt yn fflatiau, dychmygodd, a nifer, yn ôl pob golwg, yn westai bach neu'n cynnig gwely a brecwast. Cofiodd ddychmygu fod y cyfeiriad yn swnio'n grand – mewn gwirionedd stryd reit gyffredin oedd hi, heb ddim nodweddion o bwys, heblaw ei bod mewn lle hwylus dros ben yng nghanol Llundain. Edrychodd ar rif 24. Erbyn hyn, doedd dim sicrwydd fod Wilson yn dal i aros yno, felly penderfynodd Jeff gadw golwg ar y lle am dipyn cyn mynd i'r tŷ i wneud ymholiadau.

Drwy lwc, roedd arwydd Gwely a Brecwast y tu allan i dŷ gyferbyn â rhif 24, ac arwydd arall yn y ffenest yn datgan bod ystafelloedd ar gael. Canodd Jeff y gloch, gan roi ei fag ar lawr ger ei draed wrth ddisgwyl ateb. Agorwyd y drws gan ddynes yn ei phumdegau yn gwisgo barclod dros ei dillad.

'Ia?' Roedd yr un gair yn ddigon i gasglu mai un o Lundain oedd hi'n enedigol.

'Ystafell am un noson, efallai dwy, plis,' meddai Jeff. 'Yn ffrynt y tŷ os ydi hynny'n bosib.'

Gwelodd Jeff ei bod yn ceisio dirnad pam yr oedd yno cyn penderfynu a oedd am roi stafell iddo. Doedd o ddim yn edrych fel dyn busnes na dyn ar ei wyliau, a doedd Llundain ddim mor ddiogel ag y bu.

'Hanner canpunt y noson, dim brecwast. Dim 'smygu, dim anifeiliaid, dim merched, dim yfed a dim mynediad ar ôl hanner nos. Arian parod o flaen llaw, ac mae'n rhaid i chi adael cyn deg y bore os nad ydach chi'n aros noson arall,' atebodd.

Cytunodd Jeff â'r telerau er gwaetha'r croeso llugoer.

Cododd ei fag a'i dilyn i fyny i'r llawr cyntaf ac i mewn i'r ystafell uwchben y drws ffrynt. Ystafell ddigon cyfforddus, meddyliodd Jeff, gyda drws yn arwain ohoni i ystafell ymolchi. Tynnodd hanner canpunt o'i waled gan adael i'r ddynes weld bod ganddo lawer mwy o arian parod ynddi.

'Un noson,' meddai. 'Os bydda i isio aros noson arall, mi fydda i wedi cadarnhau hynny cyn deg bore fory.'

Cipiodd y ddynes yr arian a'i roi ym mhoced ei barclod. Trodd a'i adael heb air arall.

Rhoddodd Jeff ei fag ar y gwely a theimlodd y fatres. Digon cyfforddus. Aeth at y ffenest a'i hagor cyn belled ag y gallai. Edrychodd i fyny ac i lawr y stryd ac yna ar draws y ffordd i gyfeiriad rhif 24. Doedd dim neilltuol i'w weld. Gwnaeth baned o goffi iddo'i hun a thynnodd y frechdan a brynodd ar y trên yn gynharach allan o'i fag. Symudodd gadair tuag at y ffenestr ac eisteddodd arni i gadw golwg ar y stryd. Edrychodd ar ei watsh. Hanner awr wedi hanner dydd. Tynnodd lun o Andrew Wilson o'i boced, yr un a gafodd gan Barrington-Smythe, a cheisio meddwl sut ddyn roedd o'n disgwyl amdano. Cyn-blismon. Cyn-blismon anonest a oedd wedi'i ryddhau o'r carchar fis neu fwy yn ôl. Cydweithiwr a chyfaill i Toby Littleton. A oedd y ddau yn gyfeillion o hyd, tybed? Pam nad oedd Littleton wedi ymweld â Wilson pan oedd yntau yng ngharchar Prescoed?

Doedd dim cofnod o hynny, oni bai fod Littleton wedi defnyddio enw ffug arall. Beth fyddai ymateb Wilson i gael ei holi gan blismon mor fuan ar ôl cael ei ryddhau, tybed?

Ychydig wedi tri, gwelodd Jeff ddyn yn cerdded tuag ato ar hyd Denbigh Place o gyfeiriad Denbigh Street; dyn canol oed yn gwisgo dillad hamdden. Edrychodd ar lun Wilson, ac er ei fod wedi newid rhywfaint ers i'r llun gael ei dynnu, gwyddai mai fo oedd o. Edrychodd Jeff arno'n tynnu goriad o boced ei drowsus a'i droi yn nhwll clo drws rhif 24. Dyna gadarnhad fod Wilson yn dal i ddefnyddio'r cyfeiriad, ond beth oedd y cam nesaf? Penderfynodd beidio â mynd yno i'w holi yn syth – byddai'n well gwneud hynny mewn lle niwtral, rhag ofn i Wilson gau'r drws yn glep yn ei wyneb a'i adael heb unman i droi.

Disgwyliodd am oriau heb weld cip arall ar y cynblismon, ac am hanner awr wedi pump penderfynodd ffonio Meira.

'Popeth yn iawn?'

'Ydi, Jeff, champion. Lle wyt ti?'

Dywedodd Jeff yr hanes wrthi cyn holi am Twm.

'Mae yntau'n iawn hefyd – heblaw 'i fod o'n hiraethu amdanat ti'n barod. Dwi'n meddwl 'i bod hi'n hen bryd iddo fynd yn ôl i'r ysgol, 'sti, Jeff. Ro'n i'n meddwl mynd â fo yno fory. Be ti'n feddwl? Yr hira'n y byd 'dan ni'n gohirio'r peth, yr anodda fydd hi.'

Ystyriodd Jeff am eiliad.

'Dwyt ti ddim isio aros tan ar ôl i mi gyrraedd adra?'

'Ma' raid i ni fynd yn ôl i ryw fath o normalrwydd, Jeff. A beth bynnag, mae Dan wedi deud y gwneith o fy nilyn i i'r ysgol – dim ond i dawelu fy meddwl i fod rhywun gerllaw petai angen. Chwarae teg iddo fo.'

Teimlodd Jeff yn chwithig ei bod wedi trafod y peth efo Dan cyn gwneud hynny efo fo. Tybed oedd y dyn ifanc yn treulio gormod o amser yng nghwmni Meira? Roedd hi'n ferch hardd iawn, ac roedd y ddau'n ymddangos yn gyfforddus iawn yng nghwmni'i gilydd. Roedd Jeff yn ymddiried yn llwyr yn ffyddlondeb Meira, ond ...

'Pryd welaist ti Dan felly, a sut ddaru'r pwnc godi?' gofynnodd.

Gwyddai Meira'n syth fod tyndra yn llais ei gŵr.

'Digwydd dod draw i chwilio amdanat ti wnaeth o, tua hanner awr yn ôl,' atebodd. 'Mi o'n i'n paratoi dillad ysgol Twm erbyn fory. Fo gododd y pwnc pan sylweddolodd be o'n i'n wneud.'

'Ddeudist ti lle ydw i?'

'Naddo siŵr, ddim ar ôl i ti fy siarsio i i beidio â dweud wrth neb. Y cwbwl ddeudis i wrtho fo oedd dy fod ti wedi mynd i ffwrdd am ddiwrnod neu ddau – ond mi ges i'r argraff y bysa fo'n lecio cael gwybod mwy.'

'Dyna ydi natur plisman, 'te? Wel, Meira, os wyt ti'n hapus i fynd â fo i'r ysgol fory, dwinna'n hapus hefyd. Mae'r bygythiad wedi pasio erbyn hyn, diolch i'r nefoedd.'

'Wnei di ffonio eto heno?'

'Siŵr iawn, os ga i gyfle, ond paid â phoeni os na chlywi di gen i. Sgin i ddim syniad sut aiff petha heno.'

'Bydda'n ofalus, Jeff. Mae 'na ddigon wedi digwydd i'r teulu yma yn ddiweddar. Edrycha di ar ôl dy hun.'

Wrth orffen yr alwad, gwelodd Jeff ddrws ffrynt rhif 24 yn agor ac ymddangosodd Wilson. Caeodd y drws y tu ôl iddo a dechrau cerdded i gyfeiriad Denbigh Street. Rhedodd Jeff i lawr y grisiau, allan trwy'r drws ffrynt ac ar hyd y stryd ar ei ôl, ond doedd dim golwg o Wilson yn unman. Cyrhaeddodd Jeff Denbigh Street ond ni wyddai pa ffordd i droi. Penderfynodd droi i'r chwith i gyfeiriad gorsaf Victoria. Cerddodd yn gyflym, yna dechreuodd redeg. Yn sydyn, gwelodd Wilson yn dod allan o siop fechan ar yr ochr arall i'r stryd a dechreuodd ei ddilyn o bell. Ymhen ychydig funudau trodd Wilson i mewn i Churton Street ac aeth i mewn i dafarn The Constitution ar y llaw chwith.

Dilynodd Jeff o i mewn i'r bar.

Pennod 26

Ychydig wedi chwech oedd hi. Roedd nifer o bobl yn y dafarn – y rhan fwyaf yn ddynion mewn siwtiau, ac ar y ffordd adref o'u gwaith, tybiodd Jeff. Synnodd, pan gerddodd i mewn, pa mor dywyll oedd yr ystafell, a chymaint oerach oedd hi yno na gwres y stryd. Roedd bar hir o bren tywyll yn ei wynebu, yn sgleinio dan y goleuadau uwch ei ben, a phaneli o'r un pren yn gwahanu'r byrddau o gwmpas ymyl yr ystafell er mwyn rhoi mymryn o breifatrwydd i'r cwsmeriaid oedd yn dymuno hynny. Sylwodd Jeff mai labeli cwrw lleol oedd ar yr hanner dwsin o bympiau ar hyd y bar – arwydd y câi beint da, gan fod dŵr y brifddinas yn galed ac yn addas i fragu cwrw o safon. Dyma sut y dylai tai tafarnau yn Llundain edrych, meddyliodd Jeff, yn difaru nad oedd ganddo amser i loetran a hamddena.

Roedd Wilson ac yntau yn sefyll allan ymysg yr yfwyr eraill. Dim ond y ddau ohonyn nhw oedd ar eu pennau eu hunain, ac yn gwisgo dillad hamdden. Bachodd Jeff ar y cyfle i astudio Wilson yn fanwl – roedd yn ddyn gweddol fyr, heb fod yn drwm. Gwisgai bâr o jîns glas a chrys T du. Roedd ei wallt brown tywyll angen ei dorri ac wedi hen ddechrau britho, a'i wyneb yn fain ac yn llwyd. Edrychai'n union fel dyn a oedd newydd gael ei ryddhau o'r carchar, meddyliodd Jeff – yn ddi-waith, wedi colli'i hunan-barch a heb lawer i edrych ymlaen ato. Pwy fuasai'n meddwl y bu hwn unwaith yn gwarchod y teulu brenhinol, rhyfeddodd.

Edrychodd Jeff arno'n archebu peint o gwrw iddo'i hun, cyn mynd i eistedd ar ei ben ei hun mewn cornel a dechrau darllen papur newydd. Ymhen ugain munud, cododd Wilson ar ei draed a cherddodd tua'r bar gyda'r bwriad o godi peint arall. Erbyn hyn roedd Jeff yn eitha sicr nad oedd o yno i gyfarfod â rhywun arall, a chymerodd ei gyfle.

Camodd at y bar a safodd wrth ochr Wilson fel yr oedd y barman yn rhoi'r peint nesaf o'i flaen.

'Mi ga i hwnna – a'r un peth i mi, os gwelwch yn dda.' Rhoddodd Jeff bapur ugain punt ar y bar.

Ddywedodd Wilson 'run gair. Edrychodd i lygaid y gŵr wrth ei ochr, cododd y peint ac aeth yn ôl i'w sedd. Talodd Jeff am y ddwy ddiod, cododd ei beint ei hun oddi ar y bar ac aeth i eistedd wrth ochr Wilson. Nid ar draws y bwrdd, nid mewn sedd ar wahân, ond ar y fainc wrth ei ochr, reit wrth ei ochr, yn ddigon agos i aflonyddu ar ei ofod personol.

Penderfynodd Jeff ar unwaith nad oedd y dyn hwn wedi bod yn rhan o'r cynllun i herwgipio Twm bach. Mi fuasai Wilson yn siŵr o fod wedi adnabod Jeff yn syth petai hynny'n wir, ac roedd Jeff yn hyderus y byddai wedi medru darllen hynny yn ei ymddygiad. Rhywsut, roedd yn falch o fod wedi darganfod hynny mor fuan.

'Be dwi wedi'i wneud i haeddu'r fath anrhydedd?' gofynnodd Wilson.

'Anrhydedd?'

'Peint o gwrw gan ddyn nad ydw i yn ei nabod, rhywun nad ydw i'n gwybod fawr amdano eto. Yr unig beth dwi *yn* ei wybod hyd yn hyn ydi mai yn y job wyt ti –nid yn y Met, mae dy acen di'n dweud cymaint â hynna wrtha i – a'r peth arall ydi dy fod ti wedi bod yn eistedd yn un o ffenestri'r tŷ gwely a brecwast ar draws y ffordd i fy fflat i drwy'r pnawn, yn cadw golwg arna i.' Oedodd i ddarllen yr ymateb ar wyneb Jeff. 'Iawn hyd yn hyn?'

'Perffaith,' atebodd Jeff. 'Dau ddyn profiadol. Dau ddyn o'r un rheng yn yr un swydd, heblaw bod un wedi gadael y swydd a'r llall yn dal ynddi. Ond mae rhywbeth yn ein cysylltu.'

Gwyddai Jeff erbyn hyn fod Andrew Wilson yn deall ei bethau, nad oedd wedi colli dim o'i sgiliau ditectif. Cymerodd Jeff lymaid o'i gwrw heb edrych i'w gyfeiriad.

Syllu yn ei flaen roedd Wilson hefyd, wrth wneud ei orau i geisio dirnad y sefyllfa. Doedd y gŵr yma efo'r acen Gymreig, a fu'n cadw golwg arno am oriau, ddim yn ymddwyn fel plismon ar ddyletswydd – ond eto, os nad oedd o yno yn swyddogol, beth oedd ei ddiddordeb?

'Pa gysylltiad sy 'na rhyngom ni felly?' gofynnodd Wilson.

'Dyn o'r enw Littleton,' atebodd Jeff, gan droi i edrych i fyw ei lygaid am y tro cyntaf. Penderfynodd nad oedd ganddo ddim i'w golli drwy yngan yr enw, a rhoi ei gardiau i gyd ar y bwrdd o'i flaen. Credai ei bod hi'n bwysig rhoi'r argraff nad oedd yn cuddio dim, am y tro, beth bynnag.

Gwelodd yn wyneb Wilson fod y datganiad wedi ei synnu, ond methodd Jeff â phenderfynu oedd hynny o fantais iddo ai peidio.

'Mae'n amlwg dy fod ti'n gwybod be ydi fy nghysylltiad i â Toby Littleton. Be ydi d'un di?'

'Rhywbeth ddigwyddodd yng ngogledd Cymru dros chwe blynedd yn ôl.'

Gwelodd Jeff fod meddwl Wilson ar waith.

'Evans wyt ti felly, yr un ymosododd arno fo.'

'Cywir.'

'Chdi oedd yn gyfrifol, yn anuniongyrchol, am fy ngyrru fi i'r carchar. Yr ymchwiliad ar ôl dy ymosodiad di arno oedd yn gyfrifol am ailagor yr holl achos yn f'erbyn i.'

'Cywir,' atebodd Jeff eto. 'Ond dy weithredoedd di dy hun a neb arall oedd yn gyfrifol am dy roi di dan glo – ac mi blediaist ti'n euog os dwi'n cofio'n iawn.'

Wnaeth Wilson ddim ymateb.

'Be ydi dy berthynas di efo Littleton rŵan?' gofynnodd Jeff.

'Dyweda wrtha i, Ditectif Sarjant Evans – os mai dyna ydi dy reng di o hyd – pam ddylwn i siarad efo chdi?'

'Ia, D.S. o hyd,' atebodd. 'Am fy mod i isio dy help di, Andy.'

'Dwi wedi treulio dwy flynedd o 'mywyd yn y carchar a does gen i ddim llawer o awydd helpu'r heddlu ar hyn o bryd, nac am hir iawn chwaith. Ches i ddim cefnogaeth gan neb yn y job pan o'n i ei angen o.'

'Mi fedra i ddallt hynny, Andy.' Defnyddiodd Jeff ei enw cyntaf yn fwriadol. 'Ac mi fedra i ddychmygu pa mor anodd oedd hi i blismon dreulio amser mewn carchar. Gyda llaw, nid yr heddlu sydd angen dy help di, ond fi, yn bersonol.'

Er y syndod ar ei wyneb, anwybyddodd Wilson y datganiad olaf.

'Does gen ti ddim syniad pa mor anodd oedd hi.' atebodd Wilson o'r diwedd. 'Felly wyt ti ar ddyletswydd i lawr yn fama?' gofynnodd.

'Ydw a nac'dw,' atebodd Jeff. 'Mi dreuliaist ti rywfaint o amser yng Ngharchar Prescoed yng nghwmni dyn o'r enw Gwyn Cuthbert.'

'Cywir,' cadarnhaodd Wilson, ac oedodd am funud. 'A

phaid â deud mai ti ydi'r un Evans a oedd yn rhan o'r achos yn erbyn hwnnw hefyd.' Gwenodd Wilson ac ysgydwodd ei ben yn araf. 'Mae'r byd 'ma'n fach iawn.'

'Llai byth mewn carchar 'swn i'n meddwl. Mae'n amlwg eich bod wedi fy nhrafod i.'

'Mae'r cyfan yn gwneud synnwyr rŵan, ond wnes i mo'r cysylltiad cyn heddiw chwaith – mai'r un Evans a oedd ynghlwm â llofruddiaeth brawd Cuthbert a'r ymosodiad ar Toby Littleton.'

'Be ddeudodd Cuthbert amdana i felly?'

'Ei fod o am ddial arnat ti ar ôl cael ei ryddhau, am mai arnat ti oedd y bai fod rhywun wedi saethu'i hanner brawd o.'

'Sut oedd Cuthbert a Toby Littleton yn nabod ei gilydd?'

'Doedden nhw ddim, hyd y gwn i.'

'Wyddost ti fod Littleton wedi ymweld â Cuthbert dair gwaith yng Ngharchar Prescoed?'

'Na wyddwn.'

Roedd wyneb Wilson yn tueddu i gadarnhau bod hynny'n gywir.

'Ddaeth o i dy weld di yno, Andy?'

'Do, unwaith. Er mwyn fy mygwth i.'

Roedd Jeff wedi dechrau teimlo ers rhai munudau fod Andrew Wilson yn dechrau ymlacio a siarad yn fwy agored, a nawr roedd yn dechrau sylweddoli pam.

'Dy fygwth di?' gofynnodd Jeff.

'Ia – stori hir, ac nid fama ydi'r lle i drafod y peth. Ond mi ddyweda i hyn: cachgi ydi Littleton. Mi feddyliais ei fod o wedi dod i Brescoed er mwyn cadw ei addewid y buasai'n edrych ar f'ôl i ar ôl i mi gael fy rhyddhau, ond nid dyna oedd ei gynllun o.'

Roedd yr hyn a glywai yn fêl ar fysedd Jeff.

'Y ddealltwriaeth rhwng Littleton a finna pan ges i fy nghyhuddo oedd y byswn i'n cymryd y bai i gyd a chadw'n ddistaw am ei ran o yn y drosedd – a'r holl bethau eraill roedd o wedi bod yn eu gwneud ar hyd y blynyddoedd. Y tâl am wneud hynny oedd can mil o bunnau, medda fo. Pan ddaeth o i 'ngweld i ro'n i dan yr argraff mai dyna oedd o'n bwriadu ei wneud – edrych ar f'ôl i yn ôl ei addewid. Ar ddechrau'r ymweliad roedd pob dim yn grêt; roeddan ni'n cael laff wrth gofio'r hen ddyddiau, ac yng nghanol hynny, dyma fi'n dangos Cuthbert iddo, oedd ym mhen draw'r ystafell, a'i gariad yn ymweld â fo. Deud wnes i 'i fod o'n rêl hurtyn, a'r unig beth ar ei feddwl oedd dial ar ryw Dditectif Sarjant Jeff Evans.'

'Ac mi wnaeth Littleton y cysylltiad yn syth, yn ôl pob golwg,' meddai Jcff.

'Edrych felly.'

'Wyddost ti fod Cuthbert wedi'i lofruddio?' gofynnodd Jeff.

'Argian, na wyddwn!'

'Peint arall?'

Gwagiodd Wilson y gwaddol o'i wydr a'i wthio ar hyd y bwrdd i gyfeiriad Jeff. Aeth Jeff i archebu dau arall. Suddodd ei galon pan drodd yn ei ôl i gyfeiriad y bwrdd a gweld nad oedd Wilson yno. Rhoddodd y ddau wydr i lawr ac yna gwelodd Wilson yn cerdded tuag ato o gyfeiriad y toiledau. Eisteddodd Wilson i lawr a llyncodd fodfedd uchaf y peint.

'Ro'n i'n meddwl dy fod ti wedi diflannu,' cyfaddefodd Jeff.

'Dim blydi peryg,' chwarddodd Wilson. 'Mae hyn yn

dechrau fy niddori fi. Cuthbert wedi'i lofruddio, ti'n deud? Ond fedra i ddim dallt,' ychwanegodd. 'Os wyt ti'n rhan o'r ymchwiliad i lofruddiaeth Cuthbert, lle mae dy bartner di? Os nad ydi petha wedi newid yn ofnadwy yn ystod y blynyddoedd dwytha, mae plismyn sy'n ymchwilio i fwrdwr bob amser yn gweithio fesul dau.'

'Na, tydw i ddim yma fel rhan o'r ymchwiliad. Dwi dan amheuaeth o'i lofruddio. Mater personol ydi hwn i mi.'

'Blydi hel.'

'Ia. Mae rhywun yn ceisio plannu'r dystiolaeth arna i – ac yn gwneud job dda o hynny ar hyn o bryd, rhaid i mi ddeud.'

'Ti ar ffo felly?'

Dywedodd Jeff ddim. Roedd yn well ganddo adael i Wilson ystyried yr ateb.

'Mae'r sefyllfa'n un gymhleth,' parhaodd Jeff. 'Mae nifer o bethau wedi digwydd i mi yn ddiweddar – pethau personol, pethau barodd i mi orfod rhoi rhybudd ... answyddogol ... i Cuthbert. Yna, herwgipiwyd Twm, fy mab chwech oed, gan Cuthbert – y peth mwya brawychus i mi orfod mynd drwyddo erioed. Wn i ddim oedd o'n gweithio ar ei ben ei hun ai peidio, ond mae'r hyn sy wedi digwydd ar ôl hynny yn awgrymu bod rhywun arall yn ei helpu. Yna, o fewn dyddiau, maen nhw'n cael hyd i gorff gwaedlyd Cuthbert ac mae'r holl dystiolaeth, yn cynnwys y dystiolaeth fforensig, yn pwyntio ata i.'

Gwelodd Jeff gysgod yn disgyn ar wyneb Wilson.

'Be sy?' gofynnodd Jeff.

'Dim .. dim ond 'mod i'n gyfarwydd iawn â'r teimlad. Tra o'n i yn y carchar, mi redodd fy ngwraig i ffwrdd efo rhyw foi – i Sbaen fel dwi'n dallt – ac mae'r bychan 'cw efo nhw. Saith ydi o ... Thomas ydi ei enw yntau hefyd.'

'Mae'n wir ddrwg gen i,' meddai Jeff o'i galon.

Eisteddodd y ddau yn fud am rai munudau.

'Gwranda,' meddai Jeff o'r diwedd, 'dwi ar lwgu. Ma'r stêc 'na ar blât hwnna yn fan'cw yn edrych yn dda. Ti ffansi un? Fi sy'n talu.'

'Diolch,' atebodd Wilson. Roedd effaith y cwrw ar stumog wag yn codi mwy o hiraeth ynddo am ei fab nag erioed.

Pennod 27

Ymhen chwarter awr daeth y weinyddes â hambwrdd at y bwrdd, ac arno ddau blât anferth o stêc a sglodion, a photel o win coch. Dechreuodd y ddau fwyta mewn distawrwydd. Hyd yn hyn roedd y cyfarfod wedi mynd yn well nag yr oedd Jeff wedi ei ddychmygu – doedd Wilson ddim wedi rhoi ei law yn ei boced eto, ac felly yn union yr oedd Jeff yn bwriadu i'r noson barhau.

Ar ôl iddyn nhw orffen y pryd a rhan helaeth o'r botel, roedd hi'n tynnu am naw o'r gloch. Ceisiodd Jeff ailafael yn y drafodaeth.

'Sut orffennodd ymweliad Toby Littleton efo chdi yng Ngharchar Prescoed felly?'

'Mi ddaru fy ngadael i lawr yn ddiawledig. Ar ôl iddo addo can mil o bunnau i mi am ddwy flynedd o 'mywyd, mi ddywedodd o nad oedd yr arian ganddo erbyn hyn. Y cwbwl allai o fforddio, meddai, oedd mil o bunnau – ac y bysa fo'n rhoi hwnnw i'r naill ochr i mi nes y byswn i'n cael fy rhyddhau. Dywedodd hefyd y bysa'n annoeth i mi wrthod ei gynnig neu wneud stŵr, neu mi fysa rwbath drwg yn siŵr o ddigwydd i mi.'

'Sut oeddat ti'n teimlo?'

'Sut wyt ti'n feddwl, Jeff? Methu fforddio can mil? Littleton? Cachu ydi hynny. Mae Littleton yn ddyn cyfoethog. Mi wn i gymaint â hynny. Ond gwranda, nid fan hyn ydi'r lle gorau i drafod. Tyrd yn ôl acw efo fi ac mi ddyweda i dipyn o'i hanes o wrthat ti. Mae gen i botel o Scotch.'

Gorffennodd y ddau weddill y botel win cyn codi i adael.

Tynnodd Wilson oriad i ddrws rhif 24 o'i boced, agorodd y drws a cherddodd Jeff i mewn ar ei ôl.

'Lle fy chwaer ydi hwn,' esboniodd Wilson. 'Dwi'n cael defnyddio fflat sy'n wag ganddi nes bydd fy hanner i o arian gwerthiant fy nhŷ fy hun wedi dod drwodd, pa bryd bynnag fydd hynny.'

'Lle digon hwylus,' meddai Jeff.

Fflat ar y llawr uchaf yn nho'r adeilad roedd Wilson yn ei ddefnyddio – un ystafell fyw, un i gysgu, cegin ac ystafell ymolchi. Roedd yr ystafell fyw yn eithaf cyfforddus, ond yn dangos arwyddion nad ocdd dynes wedi bod yn agos i'r lle ers iddo symud i mewn.

'Scotch yn iawn, ydi?' gofynnodd Wilson, gan ddangos potel o Famous Grouse heb ei hagor iddo.

'Grêt. Efo dŵr, plis.'

Tywalltodd Wilson ddau fesur mawr a rhoddodd un gwydryn a jwg o ddŵr i Jeff. Eisteddodd y ddau ar gadeiriau meddal gyfcrbyn â'i gilydd o flaen y lle tân oer.

'Sut un ydi Littleton felly?' Ailddechreuodd Jeff y drafodaeth heb oedi ymhellach.

'Uffern o ddyn,' dechreuodd Wilson. 'Dwi'n ei nabod o ers dros ugain mlynedd. Ditectif Arolygydd oedd o pan ges i fy apwyntio'n Dditectif Gwnstabl ar y Flying Squad. Roedd o'n ddyn oedd yn llenwi unrhyw ystafell pan gerddai i mewn iddi, waeth faint o bobl oedd yno, ac roedd ei feddwl o bob amser un cam o flaen un pawb arall.'

Gwelodd Jeff fod llygaid Wilson yn syllu i'r gorffennol.

'Roedd gen i a phawb arall – o'r ysgrifenyddesau yn y swyddfa i uwch-swyddogion y Met – barch mawr tuag ato. Doedd neb yn cael y gorau arno, byth, a chafodd y sgwad fwy o lwyddiant dan ei arweiniad o nag yn ystod unrhyw adeg arall yn hanes yr adran.'

Gwelodd Jeff fod Wilson wedi llyncu cynnwys ei wydryn yn barod a bod ei dafod yn dechrau tewychu. Gorau oll, meddyliodd. Rhoddodd Wilson fwy o'r gwirod yn ei wydr ei hun ond gwrthododd Jeff y tro hwn.

'Saethodd Toby i fyny'r ysgol tra oedd o yn y sgwad a gwneud enw da iddo fo'i hun. Ditectif Uwch-arolygydd cyn troi rownd.' Oedodd, a syllu ar y wisgi yn ei wydryn. 'Ac yn llenwi'i bocedi hefyd.'

'Sut gwyddost ti hynny?'

'Am ei fod o'n llenwi fy mhocedi inna ar yr un pryd, ac eraill hefyd,' atebodd, gan gymryd llymaid arall. 'Dwi'n cofio'r tro cynta,' parhaodd. 'Doeddwn i ddim wedi bod yno yn hir iawn. Fi fyddai'n gyrru ei gar o fel arfer, a fo yn eistedd yn y cefn fel gŵr bonheddig – ac felly roedd hi'r noson honno. Gofynnodd i mi ei yrru o i dŷ bwyta yng ngorllewin Llundain lle roedd o'n cyfarfod â dyn o'r enw Mike Pickard, un o benaethiaid is-fyd Llundain ar y pryd. Allwn i mo'u clywed nhw, ond mi fues i'n eu gwylio nhw'n sgwrsio fel hen gyfeillion am hanner awr cyn i Pickard roi amlen drwchus i Toby. Rhoddodd hwnnw hi ym mhoced ei gôt yn syth.'

'Be oedd yn yr amlen?'

'Oes rhaid i ti ofyn, Jeff? Ar ôl i ni fynd allan, rhoddodd Toby ganpunt o'r amlen i mi a deud wrtha i am anghofio'r hyn welais i. Roedd canpunt yn gyflog wythnos i rai ar y pryd.'

'Ac ar ôl ei dderbyn, roeddat titha mor euog â fo.'

'Hollol. O fewn chydig dyddiau i hynny, roedd 'na gyrch arfog ar fanc yn Chelsea – ac roeddan ni yno yn disgwyl amdanyn nhw. Saethwyd un o'r gang yn farw, saethwyd un arall yn ei goes ac arestiwyd pedwar cyn iddyn nhw fedru dianc. Y diwrnod canlynol mi ges i orchymyn i yrru Toby i'r un tŷ bwyta am yr eilwaith, a derbyniodd amlen arall gan Mike Pickard.'

'Yr ail daliad,' meddai Jeff, 'ar ôl gorffen y gwaith.'

'Ia, ond bod mwy o arian y tro hwn am fod un aelod o'r gang wedi'i ladd gan yr heddlu. Wn i ddim faint, ond roedd o'n ddigon i Toby fedru rhoi canpunt arall i mi.'

Ni allai Jeff benderfynu ai cyfaddef ynteu brolio yn ei ddiod roedd Wilson. Efallai ei fod o'n hiraethu am fod yng nghwmni plismyn eraill mewn awyrgylch lle gallai drafod y fath bethau heb feddwl ddwywaith. Wedi'r cyfan, ffoadur o blismon oedd Jeff Evans i Wilson; un a oedd wedi bod yn lluchio ei arian o gwmpas fel conffeti. Efallai ei fod yn tybio fod y plismon o Gymru hefyd yn gwybod sut i wneud arian ychwanegol i'w gyflog, a'r ffaith ei fod yn cael ei amau o lofruddiaeth yn cefnogi'r farn honno.

'Dyna sut oedd Littleton yn ymddwyn felly?' gofynnodd Jeff, i'w ysgogi i ymhelaethu.

'Ia, wastad. Nid yn unig roedd o'n gwneud busnes efo Pickard, ond amryw o rai eraill yn yr is-fyd hefyd. Rhai yn gyfeillion i Pickard, eraill yn elynion iddo. Roedd Toby'n newid ochrau fel roedd y gwynt yn newid, neu fel roedd y temtasiwn i wneud arian yn codi. Dyna sut dwi'n gwybod ei fod o'n ddyn hynod o gyfoethog – ac mae o wedi buddsoddi ei arian yn ddoeth. Doedd neb yn yr is-fyd yn gwybod yn iawn lle roeddan nhw'n sefyll efo fo. Mae rhai yn dweud mai fo oedd yn rheoli canran helaeth o'r troseddau mwyaf difrifol yn y brifddinas ar un cyfnod.'

'Oeddat ti'n agos ato, Andy?'

'Oeddwn. Agos iawn. Wel, mor agos ag y gallai rhywun fod. Fo oedd yn gyfrifol am fy nyrchafiad i yn dditectif sarjant, yn ei ddilyn o i SO14 i warchod y frenhines a'i theulu.'

'Joban handi.'

'Oedd tad. Ditectif brif uwch-arolygydd oedd o yn fanno – a dyna lle newidiodd ei uchelgais o, 'swn i'n deud.'

'Sut felly?'

'Wel, roedd ei ddyddiau o allu gwneud arian mawr o is-fyd Llundain wedi darfod, ond sylweddolodd ei fod o'n troi yn yr un cylchoedd â phobl bwysig y wlad. Gwleidyddion, uwch-swyddogion y fyddin a ballu, heb sôn am aelodau'r teulu brenhinol. Pobl sy'n rhedeg y wlad 'ma, Jeff, ti'n dallt?'

Yr alcohol oedd yn siarad erbyn hyn ond penderfynodd Jeff nad oedd rheswm i beidio â'i gredu.

'Ac yn y cyfnod hwnnw y gwnest ti dy gamgymeriad,' awgrymodd Jeff.

Cymerodd Wilson lymaid arall a gwagiodd ei wydryn am yr eildro. Llanwodd y gwydryn eto a derbyniodd Jeff fymryn ar ben ei wisgi yntau.

'Ia, dyna fo. Roedd y peth mor hawdd, ti'n gweld. Nid 'mod i isio achosi unrhyw niwed i'r teulu brenhinol, ond ro'n i angen yr arian, a doedd dim llawer o ddrwg yn y peth. Wel, felly ro'n i'n 'i gweld hi ar y pryd, beth bynnag. Y cwbl wnes i oedd gwerthu eu rhifau ffôn symudol i'r wasg.'

'Ond roedd awgrym ar y pryd fod Littleton wedi edrych ar dy ôl di.'

Wnaeth Wilson ddim ymateb.

'Ac mi gest ti dy yrru i'r Gangen Arbennig, fel dwi'n dallt, lle glaniodd Littleton ei hun yn gomander yn fuan ar d'ôl di, ac mi gest ti dy benodi'n swyddog staff iddo yn syth. Os mêts, mêts.' Gwenodd Jeff.

'Siŵr iawn. Felly roedd pethau'n gweithio ym myd Littleton a doedd neb yn ddigon cryf i'w stopio fo. Dim hyd yn oed y comisiynydd ei hun. Rŵan ta, cofia di pa mor bwysig oedd Littleton erbyn hyn, yn cymdeithasu efo'r Prif Weinidog ac aelodau o'r cabinet yn gyson. A'r unig beth oedd yn bwysig iddo oedd cael ei werthfawrogi, ei ddyrchafu yn uwch byth – ac wrth gwrs ei anrhydeddu yn farchog ar ddiwedd ei yrfa, efallai, neu QPM o leia. Yna mi ddoist ti o rywle a chwalu popeth roedd Toby Littleton wedi'i ddeisyfu. Doedd peth felly erioed wedi digwydd iddo cyn hynny.'

'Ac yn dilyn fy ymosodiad i arno bu ymchwiliad i'w weithgareddau, a hwnnw'n dod â thystiolaeth i'r wyneb yn erbyn y ddau ohonoch chi. Ti gymerodd y bai ar ôl iddo addo can mil i ti.'

'Cywir.'

'Ac yna mae o'n newid ei feddwl ac yn gwrthod talu. Pam na wnei di dystio yn ei erbyn o rŵan 'ta?'

'Mae gen i ddigon o faw i'w yrru o i lawr am weddill ei oes, hyd yn oed prawf ei fod ynghlwm â llofruddiaeth un o fastards drwg yr is-fyd flynyddoedd yn ôl. Ond y drwg ydi fod ganddo yntau ddigon arna innau hefyd – a does gen i ddim bwriad o dreulio eiliad arall dan glo, mae hynny'n bendant.'

'Stêl mêt felly?'

'Hollol.'

'Ond rŵan, mae Littleton yn ymweld â Gwyn Cuthbert yng ngharchar Prescoed. Mae Cuthbert yn cael ei lofruddio ac mae'r bai yn disgyn arna i.'

'Wel, doedd Cuthbert ddim yn dallt lot am ddulliau fforensig, na chynllunio herwgipiad chwaith, 'swn i'm yn meddwl,' cynigodd Wilson. 'Synnwn i ddim, o dan yr amgylchiadau, mai Littleton roddodd y syniad yn ei ben o.'

'A'r cymorth hefyd, ma' siŵr,' cytunodd Jeff. 'Ond pam rŵan?' gofynnodd. 'Chwe blynedd ar ôl y digwyddiad.'

'Paid â gofyn i mi,' atebodd Wilson, ei lais yn fwy aneglur byth erbyn hyn. 'Ond dwi'n cofio rhywbeth arall hefyd,' meddai'n sydyn. 'Pan ges i fy holi am yr eilwaith roedd rhyw awgrym fod Littleton yn cael ei amau o rywbeth arall, neu fod rhywun yn ceisio ei reoli fo mewn rhyw ffordd neu'i gilydd. Blacmel ddaeth i fy meddwl i, ond does gen i ddim syniad a deud y gwir. Wnes i erioed ddysgu be oedd gwraidd hynny, na chlywed mwy am y peth.'

Eisteddodd Jeff yn ôl yn ei gadair. Doedd o ddim wedi disgwyl cael cymaint o wybodaeth gyda chyn lleied o brocio.

'Ac un peth arall,' parhaodd Wilson. 'Mynd yn ôl i adeg y Gangen Arbennig ydw i rŵan. Mi ddaeth 'na ddyn ata i un diwrnod yn cynnig arian i mi am wybodaeth ynglŷn â Toby. Mi ddeudais i wrtho lle i fynd, wrth gwrs, a dyna oedd diwedd y peth.'

'Ddeudist ti wrth Littleton?'

'Do siŵr iawn, a'r unig beth ddeudodd o oedd i mi anghofio'r digwyddiad. Ond wrth edrych yn ôl rŵan, 'swn i'n synnu dim bod Littleton wedi colli dipyn o'i hyder yn ystod yr wythnosau ar ôl hynny.'

'Wyt ti'n cofio sut ddyn oedd hwn?'

'Dyn tywyll ei groen ... o'r Dwyrain Canol, efallai. Siarad Saesneg efo acen dramor, ond 'i fod o wedi cael addysg dda yn rhywle.

Cododd Jeff ei aeliau. Diddorol iawn, meddyliodd. Edrychodd ar ei watsh. Chwarter i hanner nos. Cofiodd fod drws ei lety yn cael ei gloi am hanner nos, ac esboniodd hynny i Wilson. Ceisiodd hwnnw godi o'i gadair, baglodd ar draws ei draed ei hun a gollyngodd y botel wisgi wag o'i law.

'Ddo i draw yn y bore,' meddai Jeff. 'Paid â dod yr holl ffordd i lawr y grisiau.'

Doedd dim rhaid awgrymu hynny ddwywaith.

Diolchodd Jeff fod drws ei lety bach yn dal yn agored. Troediodd y grisiau'n ddistaw ond clywodd ddrws dynes y tŷ yng ngwaelod y grisiau yn agor.

'Nos da,' galwodd arni. 'Cyfarfod hwyr heno.'

Caeodd ddrws ei ystafell ar ei ôl, caeodd y cyrtens a dadwisgodd. Lluchiodd ddŵr oer dros ei wyneb yn yr ystafell ymolchi, yna gorweddodd yn noeth ar y gwely ac edrych ar ei watsh. Hanner nos ar ei ben. Na, doedd hi ddim rhy hwyr, penderfynodd, a chododd ei ffôn symudol.

'Doeddat ti ddim yn cysgu, gobeithio, 'nghariad i?'

'Lle goblyn ti 'di bod tan rŵan?' gofynnodd Meira'n flin. 'Dwi wedi bod yn poeni fy enaid.'

'Mi wnes i ddeud, yn do? Ella byswn i'n ffonio, ond i ti beidio â phoeni os ddim. Dyna *ddeudis* i 'de?'

'Jeff, ti 'di bod yn yfed!'

Ni wyddai Jeff ai cwestiwn ai cyhuddiad oedd o.

'Llond bol,' meddai, 'ond roedd pob diferyn er lles cyfraith a threfn,' ychwanegodd.

'Dyna ateb ditectif os glywais i un erioed,' atebodd ei wraig.

Rhoddodd Jeff fraslun o'i noson iddi, heb fanylu'n ormodol, gan orffen drwy holi am ei fab.

'Mae o'n champion, ac yn edrych ymlaen at fynd i'r ysgol fory.'

'Be am Dan?'

'Ydi, mae Dan yn dod yma am hanner awr wedi wyth y bore. Mae o'n mynnu dod, chwarae teg iddo fo, er i mi drio deud nad oes angen. Pryd fyddi di adra? Dwi hiraeth amdanat ti'n barod. Mae'r hen wely 'ma'n oer.'

'Un ai fory neu drennydd,' cadarnhaodd Jeff. 'Chdi fydd y cynta i gael gwybod pan fydda i ar fy ffordd.'

Gorweddodd Jeff ar y gwely dieithr a cheisiodd wneud rhywfaint o synnwyr o'r holl wybodaeth a ddysgodd y noson honno. A mwy na hynny – lle a sut yn union roedd o ei hun yn ffitio i'r jigsô gymhleth. Os oedd y cyn-Gomander Toby Littleton yn rhan o'r fenter i ddryllio'i fywyd, pam roedd o wedi disgwyl chwe blynedd i wneud hynny?

Pennod 28

Deffrôdd Jeff yn rhyfeddol o sionc am hanner awr wedi saith y bore canlynol. Gwnaeth gwpaned o goffi iddo'i hun a'i hyfed wrth eillio. Defnyddiodd y gawod, gwisgodd amdano ac yna ffoniodd adref. Roedd Twm bach yn llawn cyffro ac yn edrych ymlaen at weld ei ffrindiau yn yr ysgol, yn union fel yr awgrymodd Meira y noson cynt. Er bod Jeff yn falch fod rhyw lun o normalrwydd yn dechrau dychwelyd i'w gartref, hoffai petai yno'r bore hwnnw, petai ond i rannu llawenydd ei fab. Ond roedd geiriau'r Dirprwy Brif Gwnstabl yn dal ar flaen ei feddwl: 'Does 'na ddim llawer o amser. Fedra i ddim sathru ar yr adroddiad fforensig am byth.'

Erbyn iddo orffen gwisgo roedd hi'n tynnu am hanner awr wedi wyth. Gafaelodd yn ei fag ac aeth i lawr y grisiau. Cnociodd ar ddrws ystafell dynes y tŷ ac agorwyd y drws ar ei union. Diolchodd iddi yn dawel am y croeso ac aeth allan i'r haul a gwres y bore cynnar. Edrychodd ar y nifer o glychau wrth ochr drws rhif 24 a tharodd ei fys yn hir ar yr un a edrychai fel petai'n perthyn i fflat Andrew Wilson ar lawr uchaf yr adeilad. Disgwyliodd am ddau funud cyfan ond ni ddaeth ateb. Roedd ei gyfaill newydd yn dal i ddioddef effaith holl alcohol y noson cynt, tybiodd Jeff, gan droi i gerdded ymaith. Dim ond ychydig o gamau a gymerodd cyn clywed llais cysglyd Wilson y tu ôl iddo.

'Sut ma'i?' gofynnodd Jeff. 'Dim ond galw i ddeud 'mod

i ar fy ffordd adra, ac i ddiolch am ein sgwrs fach ni neithiwr.'

'Sgwrs fach, wir,' atebodd Wilson efo hanner gwên. Ond gwranda, Jeff, dwi wedi cael mwy na digon o amser yn ystod y misoedd diwetha 'ma i ystyried fy mywyd. Be dwi wedi llwyddo i'w wneud a'r hyn ddylwn i fod wedi'i wneud. Taswn i wedi bod yn gryfach dyn, 'swn i wedi gwrthod y temtasiynau roddodd Littleton o 'mlaen i, ond ma' hi'n rhy hwyr i feddwl am bethau felly rŵan, dydi?'

'Ella,' atebodd Jeff. 'Ond cofia fod dy fywyd o dy flaen di hefyd, a bod gen ti amser i geisio gwneud rhywfaint o ddaioni yn y byd 'ma.'

'Dyna'r peth cynta y gwnes i feddwl amdano ar ôl deffro'r bore 'ma, Jeff. Dwi'n gobeithio y medra i dy helpu di, ond fedra i ddim addo. Mae gen innau fy nghysylltiadau o hyd ... yn y Met a'r ochr arall i'r ffens, fel petai. Mi hola i o gwmpas, ac mi dria i ddarganfod be fedra i, rhag ofn y bydd yr wybodaeth o ddefnydd i ti.'

Ffeiriodd y ddau ddyn eu rhifau ffonau symudol a cherddodd Jeff oddi yno. Nid oedd yn ffyddiog o gwbl y byddai'n clywed gan Andrew Wilson eto.

Cerddodd Jeff i gyfeiriad Denbigh Street a gwelodd fod y stryd yn llawn pobl yn mynd a dod, pawb ar ei ben ei hun, yn ymblethu fel morgrug. Teimlodd Jeff ei stumog yn cnoi ac edrychodd o'i gwmpas am rywle i gael brecwast. Ar ben y stryd daeth ar draws tŷ bwyta o'r enw Uno, ac eisteddodd wrth un o'r byrddau ar y pafin tu allan. Daeth gweinyddes, merch ifanc, ddel, yn gwisgo'r sgert fwyaf cwta a welodd Jeff erioed, ato'n syth ac archebodd sudd oren a brecwast llawn gyda phot o goffi Americanaidd. Ar ôl eistedd allan am rai munudau penderfynodd nad oedd am fwyta ei frecwast ar y palmant, waeth pa mor braf oedd hi, a symudodd i eistedd yn un o gorneli'r bwyty.

Tra oedd o'n disgwyl am ei fwyd, cafodd Jeff lonydd i feddwl. Prin oedd o wedi meddwl am y Comander Toby Littleton yn ystod y chwe blynedd ddiwethaf, ond roedd Littleton, mae'n amlwg, wedi meddwl mwy o lawer amdano fo, sylweddolodd. Wedi'r cwbwl, roedd Littleton mor agos at gyrraedd ei uchelgais o gael ei wobrwyo'n anrhydeddus am ei yrfa pan groesodd eu llwybrau – a fo, Jeff Evans, nid Littleton, gafodd ei anrhydeddu gan y frenhines gyda'r QPM. Fyddai Jeff ddim wedi synnu petai'i gasineb tuag ato wedi bod yn corddi ers hynny, gan ystyried y plismon gwladaidd, blêr yn dân ar ei groen. Oedd hynny'n ddigon o reswm iddo ddial arno fel hyn rŵan, gofynnodd Jeff iddo'i hun? Yn sicr, roedd Littleton yn ddigon o foi i wneud hynny. Ond pam disgwyl chwe blynedd? A pheth arall – beth am y manion fel ysgrifennu'r llythyr dienw a gychwynnodd yr holl helynt, a'r tân ger ei gartref? Doedd hynny ddim yn gyson â steil Littleton, penderfynodd, ond buasai wedi bod yn ddigon hawdd iddo gymell Gwyn Cuthbert i weithredu ar ei ran. Ond hyd yn oed wedyn, roedd yn rhaid ystyried y ffordd y medrodd rhywun gysylltu Nansi'r Nos â'r holl achos. Byddai Littleton, Cuthbert, neu rywun arall, wedi medru plannu'r canabis yn ei thŷ, ond sut aflwydd fuasai Littleton wedi medru gwneud i'r cyffur ddiflannu o ystafell dan glo yng ngorsaf yr heddlu yng Nglan Morfa er mwyn ceisio rhoi'r bai arno fo? A beth am blannu tystiolaeth llofruddiaeth Cuthbert – yr arian yn y tŷ, y gwaed ar ei esgidiau a'r gôt ddyffl. Yn sicr, roedd Littleton yn gyfarwydd â phethau felly, ond sut ddaru o allu gwneud y fath beth? Ar drywydd hollol wahanol, pwy, tybed, oedd y dyn tywyll ei groen a gysylltodd ag Andrew Wilson i holi am Littleton?

Penderfynodd Jeff y byddai'n briodol iddo drafod yr wybodaeth ddiweddaraf â Barrington-Smythe, er nad oedd o erioed wedi cysylltu â'r Gwasanaethau Diogelwch yn bersonol o'r blaen. Roedd Barrington-Smythe wedi rhoi rhif ei ffôn personol iddo – siawns fod hynny'n wahoddiad iddo gysylltu? Ni allai drafod y mater efo neb arall beth bynnag, felly deialodd. Pan atebodd y gŵr o'r Gwasanaethau Diogelwch, dywedodd ei fod yn ei swyddfa ar lan afon Tafwys, ac y buasai yn dod i gyfarfod Jeff ymhen hanner awr. O leia roedd o'n swnio'n ddigon awyddus, ystyriodd Jeff.

Roedd o'n yfed ei ail baned o goffi pan gyrhaeddodd Barrington-Smythe. Cododd Jeff ar ei draed ac ysgydwodd ei law, gan alw ar y weinyddes i archebu mwy o goffi. Er bod y bwyty bron yn wag a neb yn eistedd o fewn clyw iddynt, sylwodd Jeff fod Barrington-Smythe unwaith eto yn edrych o'i gwmpas yn wyliadwrus cyn dechrau sgwrsio.

Cymerodd Jeff yn agos i hanner awr i gyflwyno'r cyfan a ddysgodd y noson cynt, a'i ddamcaniaethau ynglŷn â hynny.

'Y cwestiynau sy'n fy nghorddi fwyaf,' meddai Jeff, 'ydi pwy oedd y dyn tywyll ei groen a geisiodd holi Wilson ynglŷn â Littleton – ac mae amseriad hynny'n bwysig hefyd. Hynny ydi, dwi'n siŵr ei fod wedi digwydd tua'r un adeg ag y bu i Littleton orchymyn yr heddlu lleol i gadw draw oddi wrth Blas y Fedwen – jyst cyn i mi ei daro fo ym maes awyr Caernarfon. Mi ddywedodd Wilson ei fod o fel petai wedi colli ei hyder yn lân yn ystod y cyfnod hwnnw –

nodwedd oedd yn anghyffredin iawn i Littleton. Tybed oedd rhywun yn rhoi pwysau arno, neu yn ei flacmelio?'

'Mae'n rhaid i mi gytuno,' atebodd Barrington-Smythe, heb roi unrhyw arweiniad arall i Jeff.

'Oedd eich pobol chi'n gwybod am hyn?' Teimlai Jeff fel petai'n ceisio tynnu dannedd. 'Dewch o'na, Mr Barrington-Smythe. Fedra i ddim datrys hyn heb i chi fod yn hollol agored efo fi.'

'Arhoswch am funud,' meddai o'r diwedd. Deialodd rif ar ei ffôn, cododd ar ei draed a cherdded i ben arall yr ystafell. Dechreuodd siarad yn ddistaw â phwy bynnag oedd ar ben arall y ffôn.

Yr unig eiriau a glywodd Jeff oedd; 'ydan, rydan ni wedi archwilio'i gefndir o, ac mae o wedi arwyddo'r Ddeddf Cyfrinachau Swyddogol. Mi fuaswn i'n dweud ei fod o'n hollol ddibynadwy.' Yna, ar ddiwedd y sgwrs; 'Os ydych chi'n dweud. Diolch. Mi ysgrifenna i adroddiad i chi cyn gynted â phosib ar ôl cyrraedd fy swyddfa.'

Roedd hi'n amlwg i Jeff fod Barrington-Smythe angen caniatâd cyn datgelu mwy iddo. Daeth yn ei ôl ac eisteddodd i lawr. Tywalltodd fwy o goffi o'r pot i gwpan Jeff ac yna iddo'i hun.

'Dyma'r sefyllfa, Jeff,' dechreuodd. Dyma'r tro cyntaf i Barrington-Smythe ddefnyddio'i enw cyntaf, sylweddolodd Jeff. 'Na, doedden ni ddim yn gwybod, nac yn amau, hyd yn oed, fod Littleton yn cael ei flacmelio. Mae'n amlwg fod hynny'n un o'r pethau na ddatguddiwyd i ni gan heddlu'r Met. Nac, wrth reswm, yn gwybod am y dyn pryd tywyll aeth at Wilson, na chanlyniad hynny ar agwedd a hyder Littleton. Ond mae'r holl beth yn dechrau gwneud synnwyr erbyn hyn.'

'Sut felly?' gofynnodd Jeff, yn hyderus y câi ateb y tro hwn.

'Dwi'n siŵr eich bod chi wedi gofyn i chi'ch hun pam y bu i ni gymryd cymaint o ddiddordeb yn symudiadau Littleton – pam y bu i ni wneud ymholiadau ynglŷn â'i ymweliad â Charchar Prescoed?'

'Wrth gwrs.'

'Wel, fel y gwyddoch chi, Jeff, mae ein sefydliadau ni yn clustfeinio mewn amryw o wahanol ffyrdd ar hyd a lled y byd.'

'Chi, yr Americanwyr, Rwsia a phob gwlad arall, yn ôl pob golwg.'

'Mae'n drueni bod y fath beth yn angenrheidiol i gadw'r byd 'ma'n saff, ond dyna'r sefyllfa y dyddiau hyn, mae gen i ofn. Ta waeth am hynny. Be sy'n bwysig ydi ein bod ni wedi clywed tameidiau o wybodaeth o wlad dramor sy'n gysylltiedig â Littleton. Dim digon i roi'r darlun cyfan, dim ond digon i ddatgelu bod rhywbeth ar droed. Rhywbeth o bwys mawr. Yr hyn sy'n arwyddocaol ydi ffynhonnell yr wybodaeth, a safle Littleton ei hun.'

'Pa safle sydd ganddo fo erbyn hyn?'

'Peidiwch â thanbrisio Littleton,' rhybuddiodd Barrington-Smythe. 'Mi gofiwch chi'r byd roedd o'n symud ynddo, ac mae ganddo gyfeillion mewn safleoedd uchel iawn hyd heddiw. Dydi Littleton erioed wedi bod o flaen ei well na'i ddyfarnu'n euog o unrhyw drosedd yn llygaid y cyhoedd, a chyn belled ag y gŵyr pawb, mae o'n dal i fod yn ddyn parchus a phwysig.'

'Meddyliwch felly am yr wybodaeth all ddisgyn i'w ddwylo,' mentrodd Jeff.

'Yn hollol. Mae'r goblygiadau'n ddychrynllyd.'

'O ba ran o'r byd ddaeth yr wybodaeth yma, os ga i ofyn?' meddai Jeff.

'Syria,' atebodd Barrington-Smythe, heb oedi.

'Mae hyn yn dod â ni 'nôl at y dyn tywyll ei groen.'

Edrychodd Barrington-Smythe arno heb ddweud dim.

'Yn fwy na hynny,' ychwanegodd Jeff, 'yr un rhan o'r byd â'r terfysgwyr y dois i ar eu traws nhw ym Mhlas y Fedwen – rheini geisiodd osod ffrwydron ym mhwerdai niwclear Prydain.'

'Al-Qaeda chwe blynedd yn ôl. IS, y Wladwriaeth Islamaidd erbyn heddiw. Enwau gwahanol ond yr un amcan. Lledaenu Islam a dinistrio'r Gorllewin.'

'Fel dach chi'n deud, mae'r goblygiadau'n ddychrynllyd,' cytunodd Jeff. 'Siawns y gall llywodraeth Oman roi rhywfaint o gymorth i ni?' gofynnodd. 'Wedi'r cyfan, y wlad honno gafodd ei chysylltu ar gam yn yr achos hwnnw.'

'Yn anffodus, does ganddon ni ddim cyswllt yn y wlad honno – wedi'r cyfan, does gan yr achos hwn ddim i'w wneud â'r wlad honno.'

'Doedd ganddyn nhw ddim cysylltiad â'r achos diwetha chwaith,' mynnodd Jeff, 'ond dwi'n sicr eu bod nhw wedi gwneud eu gorau ers hynny i ddarganfod cymaint â phosib ynglŷn â'r scfyllfa, gan gynnwys drwgweithredoedd Littleton os oedd hynny'n berthnasol.'

'Ond fel yr oeddwn i'n dweud, Jeff,' meddai Barrington-Smythe, 'heb gyswllt, fedrwn ni ddim disgwyl i awdurdodau gwlad fel Oman agor eu ffeiliau gwybodaeth cyfrinachol i ni. Mae cyfnewid gwybodaeth o'r math hwnnw, hyd yn oed os ydi'r wybodaeth yn bodoli, yn cymryd wythnosau neu fisoedd yn y byd diplomyddol a thrwy lywodraethau'r ddwy wlad.'

'Be taswn i'n trio?' meddai Jeff.

Gwenodd Barrington-Smythe rhyw wên ddiobaith, fel petai'n ceisio cysuro plentyn, gan ysgwyd ei ben a chymryd y llymaid olaf o'i goffi.

'Na, dwi o ddifri,' meddai Jeff. 'Mae gen i gyswllt yno … tydan ni ddim wedi siarad efo'n gilydd ers amser maith, ond mae o'n werth ei drio fo. Seik Amit Bin Ahamed ydi ei enw.'

'Dwi'n eich cofio chi'n cysylltu â'r dyn hwnnw ym Mhlas y Fedwen,' meddai. 'Os dwi'n gywir, dyna pryd y bu i Littleton gymryd diddordeb yn yr ymchwiliad, er mwyn ceisio'ch cadw chi draw oddi wrth y plas.'

'Wnaiff hi ddim drwg i mi alw yn y llysgenhadaeth i drio fy lwc. Y gwaetha y medran nhw'i wneud ydi fy ngwrthod i. Dydi o ddim yn debygol y byddai plismon o reng isel fel fi yn creu digwyddiad diplomyddol rhyngwladol drwy alw yno.'

Gwenodd Barrington-Smythe a meddyliodd am funud cyn ateb. 'Wel,' meddai'n wyliadwrus, 'fedra i ddim rhoi caniatâd i chi fynd yno na rhoi gorchymyn i chi gadw'n glir, ond o dan yr amgylchiadau, fedra i ddim gweld pam lai. Ond does dim rhaid i mi ddweud, nag oes, y byddwch chi'n troedio mewn dyfroedd anghyfarwydd. Peidiwch â disgwyl gormod – a beth bynnag wnewch chi, peidiwch â dweud mwy nag sydd ei angen.'

'Dwi wedi bod mewn dyfroedd anghyfarwydd droeon,' meddai Jeff, yn codi ar ei draed. 'Mr Barr… ga i'ch galw chi'n Philip?'

'Â chroeso,' atebodd.

'Dyna ni felly, Philip. Mo ro i gynnig arni.'

'Cofiwch adael i mi wybod sut aiff hi, Jeff.'

'Siŵr o wneud.'

Ysgydwodd y ddau ddwylo'i gilydd i gloi'r drafodaeth.

'O – un peth arall, Philip,' ychwanegodd Jeff. 'Be ydi hanes Littleton erbyn hyn? Ydi'ch pobl chi yn dal i'w ddilyn o?'

'Er gwaethaf ein holl ymdrechion, mae gen i ofn ein bod ni wedi ei golli o. Dydi o ddim wedi bod yn agos i'w gartref ers rhai dyddiau, ond cyn belled ag y gwyddon ni mae o'n dal i fod yn y wlad hon. Dydi o ddim yn defnyddio ei ffôn symudol ei hun chwaith, sy'n gwneud pethau'n anoddach.'

Pennod 29

Cerddodd Jeff draw tuag at orsaf reilffordd Victoria a chymerodd y Tiwb trwy Sloane Square ac yna i South Kensington. O'r fan honno camodd yn sionc ac yn hyderus ar hyd Harrington Road a throdd i'r dde ar hyd Queen's Gate i gyfeiriad Neuadd Frenhinol Albert. Tywynnai haul cynnes canol y bore arno wrth iddo gerdded ar hyd y ffordd lydan. Rhwng y coed tal bob ochr i'r ffordd tyfai prysglwyni a blodau lliwgar arnynt, yn cyferbynnu'n dlws â'r gwyrdd uwch eu pennau.

Daeth at rif 167, Llysgenhadaeth Swltaniaeth Oman; adeilad mawr chwe llawr wedi'i adeiladu o frics coch a llwyd golau. Roedd y drws wedi'i osod mewn bwa carreg, a chwifiai baner y wlad yn ei choch, gwyn a gwyrdd yn falch uwch ei ben.

Oedodd Jeff ar y pafin, gan gymryd munud i hel ei feddyliau. Fel yr oedd Philip Barrington-Smythe wedi awgrymu, roedd o ar fin mentro i fyd anghyfarwydd, a Duw a ŵyr beth oedd o'i flaen. Sut dderbyniad gâi o, tybed? Gwyddai nad oedd ganddo hawl o gwbl i fod yno, ac y byddai'n rhaid iddo ddewis ei eiriau yn ofalus. Syllodd ar y swyddog mewn iwnifform filwrol oedd yn sefyll yn y drws – mae'n debyg mai hebrwng pobl fel fo allan o'r adeilad oedd ei waith o, ac o nodi ei faintioli, credai Jeff ei fod yn gweddu i'r swydd.

Edrychodd i lawr ar ei wisg anffurfiol ei hun, gwisg a

oedd ymhell o fod yn addas ar gyfer creu argraff gadarnhaol mewn lle fel hwn. Ar ben hynny, buasai Jeff wedi teimlo'n well petai wedi cael mwy o gyfle i baratoi cyn mentro trwy'r drws; i roi'r ffeithiau mewn trefn a myfyrio dros y ffordd orau i ofyn am wybodaeth gyfrinachol. Rargian, beth oedd ar ei ben o yn mentro i'r fath le?

Cyn rhoi cyfle iddo'i hun i newid ei feddwl, cerddodd i mewn i'r cyntedd moethus a theimlo'i draed yn suddo i mewn i'r carped coch, trwchus. Roedd yr awel oer a ddôi o'r ffaniau yn y to yn bleserus ar ôl gwres yr haul. Edrychodd o'i gwmpas ar y peintiadau olew niferus ar y waliau yn dangos golygfeydd trawiadol o'r Dwyrain Canol. Ym mhen draw'r ystafell gwelodd ddesg fawr lle eisteddai merch bryd tywyll o flaen cyfrifiadur. Cerddodd Jeff ati.

'Bore da,' meddai, gan wenu a phlygu ei ben er mwyn dangos parch.

'Bore da,' meddai hithau mewn Saesneg da.

'Plismon ydw i, o Heddlu Gogledd Cymru. Rwy'n digwydd bod yn Llundain yn gwneud ymholiadau, ac mae mater wedi codi sydd wedi fy arwain i yma. Ychydig dros chwe blynedd yn ôl mi gwrddais i â Seik Amit Bin Ahamed, ac mi roddodd y gŵr bonheddig hwnnw gymorth gwerthfawr iawn i mi.' Gobeithiodd Jeff nad oedd o'n mynd dros ben llestri efo'r ganmoliaeth. 'Hoffwn gysylltu â Seik Amit Bin Ahamed unwaith eto, os ydi hynny'n bosib,' parhaodd. 'Oes modd i mi drosglwyddo neges iddo, tybed?'

Gwenodd y ferch arno ac ni allai Jeff osgoi y syndod yn ei llygaid bod rhywun fel fo wedi meiddio cerdded i'r Llysgenhadaeth i ofyn am sgwrs gydag un o swyddogion uchaf y wlad.

'Ga i'ch enw chi, os gwelwch yn dda?' gofynnodd y ferch.

Rhoddodd Jeff gerdyn busnes iddi a'i fanylion arno. Cododd hithau'r ffôn o'i blaen a siaradodd yn ei hiaith ei hun. Roedd yn amlwg fod y person ar yr ochr arall yn gofyn amryw o gwestiynau, ac o dan yr amgylchiadau, nid oedd hynny'n ddrwg o beth. Rhoddodd y ferch y ffôn i lawr.

'Eisteddwch yn y fan acw os gwelwch yn dda,' meddai. 'Mi ddaw rhywun yma i'ch gweld chi yn fuan.'

Eisteddodd Jeff ar soffa foethus ymysg nifer o glustogau sidan oedd wedi eu gosod yn daclus. Ni fu'n rhaid iddo ddisgwyl yn hir. Agorwyd un o ddrysau mewnol y cyntedd a daeth gŵr ato – dyn pryd tywyll yn ei dridegau gyda gwallt twt du a mwstas trwchus o'r un lliw. Gwisgai siwt binstreip las tywyll a oedd yn gwneud i Jeff deimlo fel trempyn wrth ei ochr. Penderfynodd Jeff mai wedi cael ei yrru i lawr i asesu'r sefyllfa yr oedd o.

'Bore da,' meddai, gan godi ar ei draed. 'Mae'n ddrwg gen i ddod yma yn edrych mor anffurfiol. Doeddwn i ddim wedi rhagweld yr ymweliad hwn pan adewais i fy nghartref fore ddoe.' Ysgydwodd Jeff law'r gŵr, ac ymgrymodd yn barchus. Gwenodd ac ymgrymodd yntau'n ôl.

'Sut medrwn ni fod o gymorth i chi?' gofynnodd, gan anwybyddu'r ymddiheuriad. 'Mae galwad fel hyn gan aelod o'r heddlu yn anarferol dros ben, rhaid dweud.'

'Dwi'n sylweddoli hynny.'

Eisteddodd y ddau ochr yn ochr ar y soffa ac edrychodd Jeff o'i gwmpas cyn dechrau siarad, yn union fel y gwnâi Barrington-Smythe. Penderfynodd nad oedd diben rhoi hanner stori a disgwyl cael atebion mewn lle fel hyn. Mi fuasai'r gŵr yma, waeth pa mor isel yn y llysgenhadaeth yr oedd o, yn sicr o weld trwy hynny ar unwaith.

'Mi gwrddais i â Seik Amit Bin Ahamed dros chwe

blynedd yn ôl mewn lle o'r enw Plas y Fedwen yng ngogledd Cymru yng nghanol achos difrifol iawn. Bu'r Seik o gymorth mawr nid yn unig i mi, ond i Brydain yn gyfan gwbl.' Gwelodd Jeff fod ei eiriau yn canu cloch.

'Parhewch, os gwelwch chi'n dda,' meddai'r gŵr yn gwrtais.

Addawol, meddyliodd Jeff, ond gwyddai mai dim ond megis dechrau yr oedd o.

'Mae yna fater wedi codi yn ddiweddar,' parhaodd Jeff, 'ynglŷn ag un o uwch swyddogion yr heddlu ar y pryd – y swyddog a geisiodd ein hatal ni yn Heddlu Gogledd Cymru, a llywodraeth Prydain, rhag gwneud ein dyletswydd. Mae digwyddiadau diweddar wedi awgrymu mwy o ddrwgweithredu ar ei ran. Dyn o'r enw Toby Littleton ydi o, Comander gyda'r Gangen Arbennig ar y pryd. Tydi o ddim yn aelod o'r heddlu mwyach, ond er hynny mae'n dal i fod yn ddyn pwerus a pheryglus, ac mae gennym ni wybodaeth sy'n awgrymu ei fod o'n cynllwynio rhyw fath o drosedd unwaith eto.'

'Alla i ddim gweld cyswllt rhwng y gŵr yma a Seik Amit Bin Ahamed, y Llysgenhadaeth na Swltaniaeth Oman yn gyffredinol.'

'Roedd yr hyn ddigwyddodd chwe blynedd yn ôl yn hynod o ddifrifol,' meddai Jeff, ar ôl meddwl yn ofalus am ei gam nesaf. 'Ac mi fuaswn i'n tybio bod llywodraeth eich gwlad chi wedi gwneud ymholiadau mewnol trylwyr i'r achos dychrynllyd hwnnw – nid yn unig yn eich gwlad eich hun ond yn ehangach yn y Dwyrain Canol. Wedi'r cyfan, roedd Al-Qaeda wedi medru ymdreiddio i'r llysgenhadaeth yma. Mae amheuaeth fod Littleton yn cael ei flacmelio ar y pryd, ac rydan ni'n ymwybodol o gysylltiad rhyngddo fo ac unigolion amheus yn Syria ar hyn o bryd. Mi welwch chi felly pam rydan ni'n pryderu.'

'Mae'r math yma o gais yn anarferol iawn,' meddai'r gŵr. 'Dydi Seik Amit Bin Ahamed ddim yn y wlad hon ar hyn o bryd, ac anaml iawn y bydd o'n dod i Brydain y dyddiau hyn. Bydd yn rhaid i mi ofyn i chi aros yn y fan hon er mwyn i mi drosglwyddo eich neges ymhellach. Mi geisia i fod mor sydyn â phosib.'

'Siŵr iawn.' Cododd Jeff ar ei draed pan gododd y gŵr a cherdded yn ôl trwy'r drws yr ymddangosodd ohono yn gynharach. Eisteddodd Jeff yn ôl i lawr ar y soffa gyfforddus a phlethodd ei freichiau. Edrychodd ar ei watsh. Hanner dydd. O leia roedd o'n dal yma, yn rhyfedd ddigon, ac nid yn un twmpath ar stepen y drws. Gobeithiai ei fod wedi cyfleu difrifoldeb y sefyllfa, ac y byddai pwy bynnag a fyddai'n gwrando ar ei hanes yn gwerthfawrogi hynny.

Hanner awr wedi un. Roedd wedi gwylio nifer o bobl yn cerdded yn ôl ac ymlaen drwy'r cyntedd, yn ddynion gan mwyaf, rhai yn gwisgo siwtiau gorllewinol ac eraill mewn dillad traddodiadol Arabaidd. Distewodd y cyntedd ac edrychodd Jeff ar ei watsh unwaith yn rhagor. Dau o'r gloch. Ymddangosodd y ferch ifanc o'r tu ôl i'r ddesg wrth ei ochr, a rhoddodd hambwrdd ar y bwrdd o'i flaen ac arno bowlen o ffrwythau, pot o de a chwpan. Tywalltodd y ferch y te gyda gwên.

Roedd pethau'n edrych ar i fyny, tybiodd Jeff wrth fwynhau'r arlwy o'i flaen. Mae'n rhaid eu bod yn cymryd ei gais o ddifrif. Ymhen ugain munud arall, ymddangosodd y gŵr eto. Cododd Jeff ar ei draed.

'Mae'n ddrwg gen i orfod eich gadael chi mor hir, Sarjant Evans,' meddai. 'Ond dwi'n siŵr eich bod yn gwerthfawrogi fod yn rhaid trin materion fel hyn yn briodol ac yn drwyadl. Dilynwch fi, os gwelwch yn dda.'

Cerddodd Jeff ar ei ôl drwy'r drws ac ar hyd coridor yr ochr arall iddo. Hebryngwyd o i mewn i lifft, ac aeth y ddau i fyny ynddo i'r ail lawr. Aethpwyd â Jeff ar hyd coridor hir ar y llawr hwnnw ac i mewn i swyddfa foethus lle'r oedd dyn arall yn eistedd y tu ôl i ddesg yn disgwyl amdanynt. Cododd hwnnw ar ei draed. Edrychai'r gŵr yma yn hŷn, yn uwch ei statws, na'r gŵr cyntaf.

'Dyna'r cyfan, diolch,' Caeodd y dyn cyntaf y drws ar ei ôl a throdd y llall at Jeff.

'Sarjant Evans, mae'n dda gen i'ch cyfarfod chi. Dwi'n ymddiheuro eich bod wedi gorfod disgwyl cyhyd. Prif swyddog diogelwch y llysgenhadaeth ym Mhrydain ydw i. Does dim rhaid i chi wybod fy enw. Mae gŵr yn y fan hon sydd eisiau gair â chi,' meddai, gan droi at sgrin dcledu fawr ar y wal wrth ei ochr a'i rhoi ymlaen. Gwelodd Jeff ddelwedd o ddesg fawr a sylweddoli mai rhyw fath o gyswllt lloeren oedd o, yn debyg i Skype ond yn llawer iawn mwy diogel, mae'n siŵr.

Ar y sgrin gwelodd Jeff ddyn mewn gwisg Arabaidd draddodiadol yn ymddangos, a phan eisteddodd hwnnw i lawr gwelodd mai Seik Amit Bin Ahamed ydoedd. Gwenodd y Seik arno.

'Dydd da i chi, Ditectif Sarjant Evans.'

Edrychai'r Seik yn iau, rhywsut, nag yr oedd Jeff yn ei gofio.

'Prynhawn da,' atebodd Jeff. 'Mae'n bleser gen i'ch gweld chi unwaith eto. Rydach chi'n edrych yn dda,' mentrodd.

'A chithau, Sarjant, er ychydig yn hŷn,' meddai gyda gwên.

'Canlyniad bywyd priodasol, efallai,' atebodd Jeff, gan wneud ei orau i gadw'r sgwrs yn ysgafn.

'A phlant?' gofynnodd y Seik.

'Bachgen pum mlwydd oed, ac un bach arall ar y ffordd,' meddai.

'Campus. Mater anffodus iawn ddaeth â ni i gyfarfod ein gilydd y tro diwethaf. Ga i holi sut mae'r heddferch a anafwyd ym Maes Awyr Caernarfon bryd hynny?'

'Hi ydi fy mhriod,' atebodd Jeff, 'ac mae hi'n dda iawn, diolch i chi.'

'Cofiwch fi ati os gwelwch yn dda, ac er bod amser hir ers y digwyddiad anffodus hwnnw, dywedwch wrthi fy mod yn falch y bu canlyniad cystal i'r achos anffodus.'

'Mi fydda i'n siŵr o wneud,' atebodd Jeff.

Synnodd y prif swyddog diogelwch at y cyfeillgarwch amlwg rhwng y ddau.

'Nawr,' meddai'r Seik, yn llawer mwy difrifol. Mi ydw i'n gyfarwydd â'r holl ffeithiau rydych chi wedi eu trosglwyddo heddiw, felly does dim rhaid i chi eu hailadrodd i mi. Fel arfer mae materion o'r math yma'n cael eu trafod rhwng ein llywodraethau. Wnewch chi esbonio i mi, os gwelwch yn dda, sut a pham fod ditectif sarjant sydd o reng cymharol isel, os ga i ddweud y fath beth heb fod yn anghwrtais, â'r awdurdod i gerdded i mewn i lysgenhadaeth ei gwlad ni gyda'r fath ymholiad?'

'Mae hi'n stori hir,' dechreuodd Jeff, gan roi braslun iddo o'r ffeithiau. Ar ôl gorffen, gwelodd Jeff fod y Seik yn pendroni ar y sgrin o'i flaen.

'Ac rydych chi'n sicr fod Littleton ynghlwm â herwgipiad eich bachgen chi – a mwy na hynny, llofruddio'r Cuthbert yma a cheisio rhoi'r bai arnoch chi?'

'Mor sicr ag y galla i fod,' atebodd Jeff. 'Yr unig beth na fedra i ddeall ydi pam ei fod o wedi cymryd dros chwe blynedd i benderfynu gwneud y fath beth.'

'Wel, efallai y medra i ateb y cwestiwn hwnnw i chi. Mi wnaethon ni ymholiadau trylwyr ar ôl y digwyddiad dychrynllyd hwnnw chwe blynedd yn ôl, ymholiadau sydd wedi parhau hyd at yn ddiweddar. Ond ar ôl dweud hynny, rhaid i mi gyfaddef nad oes gen i syniad beth ydi ei gynllun ar hyn o bryd, na chyda phwy yn union y mae'n cydweithio. Fodd bynnag, Mr Evans, nid ar donfeddi digidol y dylid trafod materion fel hyn. Mae'r holl ffeithiau ynglŷn â Littleton sydd yn ein meddiant ni yn nwylo ein prif swyddog diogelwch ym Mhrydain – sydd wrth eich ochr chi ar hyn o bryd – ac rydw i wedi rhoi fy nghaniatâd iddo drosglwyddo'r holl wybodaeth i chi ... o fewn rheswm, wrth gwrs.' Gwenodd. 'Cewch ddefnyddio hwnnw fel y mynnoch, a phob bendith arnoch chi. Dydi dynion fel Littleton yn gwneud dim lles i'r berthynas rhwng ein gwledydd ni, nac i'r sefyllfa ryngwladol yn gyffredinol. Ac yn awr, Ditectif Sarjant, mae'n rhaid i mi fynd.'

Cododd Seik Amit Bin Ahamed, ymgrymodd, a chyn i Jeff fedru gwneud yr un peth, aeth y sgrin yn ddu o'i flaen.

Pennod 30

Tywalltodd y prif swyddog diogelwch ddwy gwpaned fechan o goffi o beiriant a safai ar gwpwrdd cywrain wrth ochr ei ddesg.

'Sut ydych chi'n hoffi'ch coffi?' gofynnodd.

'Fel mae o'n dod, os gwelwch yn dda,' atebodd Jeff.

'Dim siwgr?'

'Na, dim diolch.'

Gwelodd Jeff aeliau'r dyn yn codi, a phan yfodd o'r gwpan deallodd pam. Hwn oedd y coffi cryfaf iddo ei flasu erioed. Ceisiodd beidio â dangos ei ymateb.

'Fel y gellwch ddychmygu, fe achosodd y digwyddiad hwnnw chwe blynedd yn ôl gryn dipyn o embaras i'n gwlad ni, nid yn unig ym Mhrydain ond ledled y byd.'

Gadawodd Jeff iddo ymhelaethu.

'Roeddwn i fy hun yn rhan o'r ymchwiliad i'r digwyddiadau – ymchwiliad oedd yn drwyadl iawn – felly rydw i'n gyfarwydd iawn â'r wybodaeth. Fe wnaethom ni sylweddoli yn sydyn iawn nad oedd neb yn ein llysgenhadaeth, nac yn ein gwlad, wedi rhoi unrhyw orchymyn pendant i rwystro'r heddlu rhag dilyn eu dyletswyddau yr adeg honno. Dwi'n credu fod Seik Amit Bin Ahamed wedi esbonio i chi ar y pryd nad oedd hi'n arferol i'r heddlu wneud ymholiadau ynglŷn â materion y llysgenhadaeth, oherwydd imiwnedd diplomyddol. Ond credwch fi, Sarjant Evans, fo fuasai'r cyntaf i roi cymorth i chi a'r heddlu petai ganddo unrhyw syniad beth oedd ar droed ar y pryd.'

Nodiodd Jeff ei ben i gytuno.

'Ond mae'n rhaid i chi sylweddoli, Ditectif Sarjant, nad oedd y Seik na neb arall yma yn gwerthfawrogi fod yr heddlu yn busnesa gyda materion y llysgenhadaeth. Wedi'r cyfan, llofruddiaeth putain o Lerpwl oedd eich rheswm chi dros alw ym Mhlas y Fedwen yn y lle cyntaf. Ac fel y cofiwch chi, ar ôl i'n hymholiadau ni ddarganfod mai ymwelydd i Blas y Fedwen oedd yn gyfrifol am y llofruddiaeth honno, mi wnaethom ni ddelio â'r mater yn Oman, yn ein ffordd ein hunain.'

Nodiodd Jeff ei gydnabyddiaeth eto. Roedd ar binnau eisiau gwybod beth ddigwyddodd i'r llofrudd hwnnw ond feiddiai o ddim gofyn.

'A dylai'r mater fod wedi dod i fwcwl bryd hynny,' meddai'r gŵr, cyn cymryd y llymaid olaf o'i gwpan fach a'i rhoi i'r naill ochr.

'Ond yn anffodus,' mentrodd Jeff, 'roedd aelodau o Al-Qaeda yn cuddio yn y Plas ac yn cynllwynio ymosodiad terfysgol ar y wlad hon oddi yno.'

'Cywir,' atebodd y prif swyddog diogelwch, 'a dyna sy'n dod â ni at y sefyllfa bresennol. Fel y gwyddoch chi, bu farw'r ddau a oedd yn bennaf cyfrifol am y cynllwyn mewn damwain ar fwrdd awyren wrth iddynt geisio dianc o'r wlad hon.'

Ceisiodd Jeff atal gwên fach. Roedd amheuaeth sylweddol nad damwain barodd i'r awyren ffrwydro wrth iddi godi allan o faes awyr Caernarfon, ond nid dyma'r amser na'r lle i ddadlau am hynny.

'Ond,' parhaodd y gŵr, 'pan sylweddolwyd bod mwy o

lawer na llofruddiaeth y butain wedi digwydd yn y Plas, roeddem ni'n rhy hwyr i roi cymorth i'r heddlu. Yn fuan ar ôl hynny, daeth gweithredoedd y cyn-Gomander Littleton i'n sylw, a doedden ni ddim yn deall pam, ar yr wyneb, o leiaf, yr oedd o fel petai wedi gweithio i atal ymdrechion yr heddlu. Dechreuais wneud f'ymholiadau fy hun i gefndir Mr Littleton.'

Eisteddodd Jeff yn ôl yn ei gadair a chymerodd y llymaid olaf o'i goffi cryf, oedd, yn anffodus, yn cynnwys y gwaddod yng ngwaelod y gwpan.

'Doedd y dasg ddim yn un hawdd, credwch fi,' parhaodd y prif swyddog diogelwch, 'ac mae'r wybodaeth yr ydw i am ei throsglwyddo i chi wedi cymryd blynyddoedd i'w chasglu at ei gilydd fesul tameidiau bach. Ond dyma'r darlun i chi yn ei gyfanrwydd, o'r dechrau hyd y diwedd.'

Yr oedd Jeff yn glustiau i gyd.

'Darganfyddais fod Toby Littleton wedi dechrau buddsoddi arian yn y Dwyrain Canol cyn belled yn ôl a chanol yr wythdegau. Doedd o ddim yn arian mawr ar y dechrau, dim digon i droi pen neb, ond erbyn diwedd y nawdegau roedd ei gyfoeth yn y Dwyrain Canol wedi tyfu'n enfawr.'

'Am faint o arian ydach chi'n sôn?' gofynnodd Jeff.

'Fedra i ddim dweud. Tydw i ddim yn ymwybodol o'r union swm, ond rydym yn siarad am gannoedd o filoedd, miliynau efallai erbyn hyn, dwi'n siŵr.'

Trodd meddwl Jeff i gyfeiriad Pickard a'i debyg yn is-fyd Llundain, a honiad Andrew Wilson yn ei ddiod fod Littleton yn ddyn cyfoethog iawn erbyn hyn.

'Llawer iawn mwy na chyflog plismon, felly?' meddai Jeff gan wenu.

Gwenodd y gŵr yn ôl arno.

'Lle oedd yr arian yn cael ei fuddsoddi, a sut?' holodd Jeff.

'Yn Riyadh, Sawdi Arabia, roedd y buddsoddi yn digwydd, ond cyn hynny, roedd yr arian yn cael ei lanhau ym Manc y Samba yn Llundain, mewn cyfrif ffug wrth gwrs, a oedd yn cael ei reoli gan Littleton ei hun.'

'Dwi'n gyfarwydd â'r banc hwnnw,' meddai Jeff, 'ac roedd hynny ymhell cyn y ddeddfwriaeth a grëwyd i atal glanhau arian a chuddio enillion troseddol, felly doedd dim rhaid i neb o'r banc ddatgelu'r buddsoddiadau i'r heddlu.'

'Cywir, ac erbyn i'r ddeddf honno ddod i rym, roedd y banc wedi hen arfer â gweld arian Littleton yn mynd trwy'r cyfrif, a doedd dim yn rhyfedd nac yn amheus ynglŷn â'r peth cyn belled ag y gwydden nhw. Ar ôl cyrraedd Banc y Samba yn Llundain, roedd yr arian yn cael ei drosglwyddo i'w pencadlys yn Riyadh.'

'Ac o'r fan honno?'

'Dyna lle mae'r hanes yn dechrau troi'n ddiddorol,' meddai'r prif swyddog diogelwch. 'Mae'r arian yn cael ei drosglwyddo i fusnes yn perthyn i ddyn o'r enw Saleh Al Amoudi. Mae hwn yn fusnes mawr ac adnabyddus yn Sawdi Arabia – yn wir, trwy'r Dwyrain Canol – busnes sy'n buddsoddi mewn bob math o nwyddau, yn enwedig olew. A chredwch fi, Ditectif Sarjant Evans, dydi'r swm mae Littleton wedi'i fuddsoddi yno ar hyd y blynyddoedd, miliynau neu beidio, yn ddim mwy na mymryn o dywod yn y gwynt i'w gymharu â'r arian sy'n cael ei symud bob dydd gan y cwmni hwn. Ond nid y cysylltiad rhwng Saleh Al Amoudi a Littleton sydd o ddiddordeb mwyaf i ni, ond y cysylltiad rhwng Saleh Al Amoudi ac eraill sy'n gwneud busnes â fo.'

'A phwy ydi'r rheini felly?'

'Fel yr oeddwn i'n dweud, mae Saleh Al Amoudi yn ddyn pwysig a phwerus yn y Dwyrain Canol, ond mae o'n gwneud peth gwaith ar gyfer grwpiau megis Al-Qaeda, ac IS erbyn heddiw. Nid yn unig glanhau arian budr ar draws y byd, ond hefyd hwyluso prynu a gwerthu aur, diemwntau ac arfau, neu unrhyw beth arall sydd ei angen ar derfysgwyr yn rhyngwladol. Mae Saleh Al Amoudi yn ymfalchïo yn ei weithgareddau amheus, yn ôl pob golwg, ac yn ddigon parod i drafod materion busnes yn agored efo'i gylch agosaf. Ystyriwch – beth fyddai ymateb IS neu Al-Qaeda wrth glywed fod plismon o reng uchel iawn yn Llundain yn buddsoddi arian llawer mwy na'i gyflog trwy gwmni Al Amoudi?'

'Plismon anonest,' ychwanegodd Jeff. 'Plismon anonest a dylanwadol a oedd yng nghesail llywodraeth Prydain, ac oedd â chysylltiadau â'r teulu brenhinol. Does dim rysáit well na hynny ar gyfer blacmel, mae hynny'n saff i chi. Pryd oedd hyn?'

'Cyn belled ag y gwyddom ni, tua saith mlynedd yn ôl.'

Cofiodd Jeff hanes y dyn tywyll ei groen a ddaeth i weld Andrew Wilson. 'Oes rhywfaint o dystiolaeth fod blacmel wedi digwydd?' gofynnodd Jeff yn awyddus.

'Wel, o'n safbwynt ni, mae'n debygol mai dyna'r sefyllfa pan fu i Littleton eich atal chi rhag mynd i Blas y Fedwen. Ond tydi'r hanes ddim yn gorffen yn y fan honno. Pan orfodwyd Littleton i ymddeol chwe blynedd yn ôl, gwelodd gyfle i wneud mwy fyth o arian drwy werthu gwybodaeth i'r terfysgwyr.'

'Sut fath o wybodaeth?' gofynnodd Jeff.

'Y math roedd o'n dod ar ei draws bob dydd yn ei waith a thrwy ei gysylltiadau.'

Cofiodd Jeff fod Littleton wedi'i siomi na chawsai'r clod yr oedd o'n gobeithio amdano ar ddiwedd ei yrfa, a'i bod hi'n debygol ei fod wedi digio'n llwyr â'r heddlu a'r llywodraeth. Roedd yr wybodaeth newydd yma'n gwneud synnwyr felly.

'Ond ymddengys nad oedd hynny, hyd yn oed, yn ddigon i Littleton,' parhaodd y prif swyddog diogelwch. 'Mae'r wybodaeth ddiweddaraf yn awgrymu ei fod o wedi dringo ysgol byd busnes y Dwyrain Canol ers hynny. Mae si ei fod yn delio mewn arfau erbyn hyn. Cofiwch y cysylltiadau oedd ganddo – sydd ganddo o hyd, siŵr o fod – ym myd milwrol Prydain. Ond,' meddai'r gŵr, gan edrych yn ddifrifol i lygaid Jeff, 'mae Mr Littleton dan anfantais fel dieithryn ym myd masnachol y Dwyrain Canol.'

'Sut felly?'

'Ystyriwch ein byd ni am funud, Sarjant Evans, ac mi geisia i esbonio i chi. Yng ngwledydd Arabia a byd Islamaidd y Dwyrain Canol, mae parch yn hollbwysig. Nid yn unig parch ond y rheidrwydd i dalu'r pwyth yn ôl i rywun sy'n gwneud cam â chi. Heb wneud hynny byddai rhywun yn colli parch, ac ni fyddai ganddo unrhyw siawns o lwyddo yn ein byd busnes ni.'

'Nid "fel y maddeuwn innau i'n dyledwyr" ond "llygad am lygad a dant am ddant" felly?'

Gwenodd y gŵr arno.

'Yn hollol, Sarjant. Mi ydw i'n gwybod ychydig am y Beibl, wyddoch chi. Ond cofiwch fod y ffordd yma o fyw yn greiddiol i'n bodolaeth ni, ac mae'n rhaid i ddyn sydd am ennyn parch ym myd busnes y Dwyrain Canol ddilyn yr un drefn.'

'Dwi ddim yn sicr 'mod i'n dallt,' meddai Jeff.

'Mae'r bobl y mae Littleton yn gobeithio gwneud busnes â nhw yn y dyfodol agos wedi dod i wybod iddo gael ei daro gennych chi ym maes awyr Caernarfon gan ddinistrio'i enw da, a'ch bod chi wedi cael eich anrhydeddu ar ôl hynny. All neb yn ein byd ni, Sarjant Evans, wneud busnes gyda dyn na fu iddo ddial yn llwyddiannus am gam fel hwn. Rhaid talu'n ôl, welwch chi; dyna'r gyfraith answyddogol. Ac nid yn unig talu'n ôl, ond gwneud hynny mewn ffordd sy'n dangos ei fod o'n gyfrwys a didostur.'

'Ac mae hyn yn rhywbeth sydd wedi dod i'r amlwg yn ddiweddar, meddech chi?'

'Cywir, yn ystod y flwyddyn ddiwethaf – ond mae mwy na hynny hefyd, mwy o lawer o'ch safbwynt chi, Sarjant Evans. Mae fy ffynhonnell i yn Sawdi wedi clywed bod Littleton wedi datgan mai chi oedd yn gyfrifol am chwalu cynlluniau'r terfysgwyr, cynlluniau ei ddarpar bartneriaid, i ddinistrio pwerdai niwclear Prydain, ac mai'ch ymdrechion chi hefyd arweiniodd at farwolaeth rhai o'u prif asedau. Fedrwch chi ddim credu beth oedd cost y fenter honno a gafodd ei hatal gennych chi – felly nid Littleton yn unig sydd eisiau dial arnoch chi, ond pobl llawer iawn mwy peryglus na fo, hyd yn oed. Mi fuasai'n ddigon hawdd i rywun yn IS fod wedi rhoi gorchymyn i'ch saethu chi'n farw, ond darbwyllodd Littleton hwy fod ganddo gynllun i'ch dinistrio chi mewn ffordd a fuasai'n dangos ei allu sinistr ac yn ennyn eu parch ar yr un pryd. Byddai hynny'n ddigon i dawelu eu meddyliau ynglŷn â gwneud busnes efo fo.'

Am y tro cyntaf, sylweddolodd Jeff pam y bu i Toby Littleton ddisgwyl cyhyd cyn ceisio dial â fo.

'A'r ffordd fwyaf dyfeisgar o ddial, y gorau'n y byd,' ychwanegodd y prif swyddog diogelwch. 'Dyna fyddai'n gwneud yr argraff orau.'

'Sef rhoi cymaint o bwysau a phosib arna i: ceisio dryllio fy mywyd personol a phroffesiynol, a threfnu i mi gael fy nghyhuddo o lofruddio.'

'Mi fyddai'n ddigon hawdd cael gwared arnoch chi mewn unrhyw garchar ar ôl i chi gael eich dedfrydu. Dyna'i fwriad.'

O'r diwedd, yr oedd pethau yn dechrau gwneud synnwyr.

'Fedra i ddim diolch digon i chi a Seik Amit Bin Ahamed,' meddai Jeff. 'Ond ga i ofyn pam na fu i chi drosglwyddo'r wybodaeth i mi cyn heddiw?'

'Nid ein gwaith ni ydi edrych ar ôl problemau'r byd, nag unigolion fel chi, Sarjant Evans, ond rydym yn ymwybodol na wnaethom ymateb yn ddigon buan i'ch cais diwethaf chi am gymorth. Mae Seik Amit yn awyddus i roi cymorth personol i chi yn awr i atal pa gynllun bynnag sydd ym mhen Littleton.'

'Mae'n rhaid bod gennych chi ffynonellau eithriadol,' rhyfeddodd Jeff wrth godi ar ei draed i adael.

'Fel sydd gennych chithau, rwy'n siŵr.'

Chwarddodd Jeff, ac edrychodd ar ei watsh.

'Oes problem?' gofynnodd ei ffynhonnell newydd.

'Na – dim ond ystyried os oes gen i amser i gyrraedd Euston i ddal y trên pump o'r gloch yn ôl i ogledd Cymru,' meddai'n ysgafn.

Cododd y swyddog diogelwch y ffôn ar ei ddesg a siaradodd yn awdurdodol â rhywun ar y pen arall. Rhoddodd y ffôn i lawr heb ddisgwyl ymateb.

'Erbyn i chi gyrraedd y cyntedd,' meddai, ' mi fydd car yn disgwyl amdanoch chi i fynd â chi i Euston.'

Diolchodd Jeff ac ysgydwodd ei law.

Rai munudau'n ddiweddarach roedd Jeff yn eistedd yng nghefn Mercedes mawr du yn cael ei yrru gan ddyn mewn iwnifform; y faner ar flaen y modur moethus yn arwydd o imiwnedd diplomyddol.

Pwy fysa'n meddwl, meddai Jeff wrtho'i hun, gan chwerthin yn ddistaw.

Pennod 31

Yn ystod y daith adref, dechreuodd Jeff ystyried hyd a lled y cymorth y byddai Littleton ei angen i gyflawni popeth oedd wedi digwydd iddo'n ddiweddar. Allai Jeff ddim dirnad sut yr oedd dylanwad Littleton wedi ymestyn mor agos i'w fywyd a'i deulu – oedd posibilrwydd fod sefydliad tywyll fel y Wladwriaeth Islamaidd ynghlwm â'r cynllwyn hefyd? Os felly, sut yn y byd roedden nhw wedi llwyddo i ymdreiddio i'r heddlu? Un peth oedd ymrestru cymorth Cuthbert ac yna'i ladd, os mai dyna ddigwyddodd, ond beth am yr holl dystiolaeth fforensig yn ei erbyn, yr arian yn ei dŷ a chysylltiad Nansi'r Nos â'r digwyddiadau? Roedd rhywun wedi bod yn gyfrwys ac yn fedrus iawn. Ni wyddai Jeff lle i droi am gymorth, ond gwyddai mai ei gyfrifoldeb pwysicaf oedd Twm bach, Meira a'r babi yn ei chroth.

Disgynnodd Jeff oddi ar y trên yng ngorsaf Bangor ychydig wedi naw y noson honno, a gyrrodd adref ar hyd lonydd distaw gan gyrraedd adref ar ben deg. Nid oedd wedi disgwyl gweld car Dan Foster o flaen y tŷ. Llifodd ton o ansicrwydd dros Jeff. Pam fod Dan yno mor hwyr? Roedd yn falch ei fod wedi cynnig cadw llygad ar ei deulu bach yn ei absenoldeb – ond roedd ymweliad mor hwyr braidd yn eithafol. Oedd gan Dan reswm amgen dros dreulio cymaint o amser yng nghwmni Meira? Er ei bod dipyn yn hŷn na Dan, roedd Meira'n ferch ddeniadol ... ac wedi bod ar ei phen ei hun am ddeuddydd. Na, rhesymodd Jeff. Doedd ganddo ddim rheswm yn y byd i amau ffyddlondeb Meira, yn enwedig a hithau'n cario'i blentyn. Ond beth am fwriadau Dan?

Roedd y ddau yn eistedd wrth fwrdd y gegin pan gerddodd Jeff i mewn. Dan godod ar ei draed gyntaf.

'Sut ma' hi, sarj? Falch o'ch gweld chi'n ôl. Gawsoch chi drip go lew?'

'Eitha, diolch, Dan,' atebodd Jeff, heb ddadlennu mwy nag oedd raid.

'A llwyddiannus gobeithio,' ychwanegodd Dan, yn amlwg yn pysgota am fwy o wybodaeth.

'Eitha,' atebodd Jeff yn swta.

Trodd Jeff i gyfeiriad Meira a oedd wedi codi'n araf oddi ar ei chadair erbyn hyn. Cusanodd Jeff hi'n dyner ar ei boch.

'Be sy'n digwydd i lawr yn y swyddfa 'cw, Dan?' gofynnodd, gan droi yn ôl i wynebu'r gŵr ifanc.

Edrychodd Dan i gyfeiriad Meira, fel petai'n gyndyn o ateb yn ei phresenoldeb.

'Paid â phoeni,' sicrhaodd Jeff ef, 'does dim cyfrinachau rhwng Meira a finna.'

'Wel,' dechreuodd Dan, yn amlwg yn dal i fod ychydig yn ansicr, 'yn ôl be dwi'n ddallt, mae'r Prif Arolygydd Pritchard yn dal i ganolbwyntio'r ymchwiliad i lofruddiaeth Cuthbert o'ch cwmpas chi, heb edrych ymhellach, a does neb yn y swyddfa yn deall sut nad ydach chi wedi cael eich gwahardd o'ch gwaith.'

Am yr eilwaith o fewn munud neu ddau, teimlodd Jeff fod Dan yn pysgota am fwy o wybodaeth. Ond petai'r esgid ar y droed arall, gwyddai Jeff y buasai yntau'n holi yn yr un modd.

'Nid mater i mi ydi hynny, naci? A chofia di – mae

plismyn yn siŵr o glebran yn y cantîn o dan amgylchiadau fel hyn.'

'Ydyn, sarj. Rhyw griw fel'na ydan ni, 'te? Ond dwi'n teimlo bod be sy'n mynd ymlaen acw rŵan yn fwy na thipyn o glebran.'

'Sut felly?' gofynnodd Jeff yn awyddus.

Edrychodd Dan ar Meira unwaith eto ac yna yn ôl i gyfeiriad Jeff.

'Ma' hi fel petai rhai yn dechrau troi yn eich erbyn chi, sarj. Nid yn unig y plismyn o orsafoedd heddlu eraill sy'n rhan o'r ymchwiliad i lofruddiaeth Cuthbert, ond yr hogia lleol, plismyn Glan Morfa dach chi 'di gweithio efo nhw ers blynyddoedd.'

Gwelodd Jeff y siom ar wyneb Meira.

'Fedar rhai ohonyn nhw ddim dallt pam nad ydi Pritchard wedi'ch cyhuddo chi, heb sôn am eich gwahardd chi o'ch gwaith. Mae pawb yn holi lle mae'r adroddiad fforensig – dydyn nhw ddim yn cymryd mor hir fel rheol, yn enwedig mewn achosion fel hyn – ac yn dechrau holi oes rhywun yn eich helpu chi drwy ei ddal o'n ôl. Mae rhai hyd yn oed yn awgrymu bod eich cyfoeth chi'n ffactor, ac y bysa rhywun llai cefnog ar ei ben yn y carchar ers talwm.'

'Mwy o siarad cantîn ydi peth fel'na, Dan. Mi ddylat ti fod yn gwybod yn well na hynny. Deud wrtha i –be ydi dy farn di?'

'Fydda i ddim yn gwrando ar y math yna o glebran, sarj. A dwi ddim yn ddigon agos i'r ymchwiliad i lofruddiaeth Cuthbert i roi barn ar y dystiolaeth. Ond mi wn i nad ydach chi'n llofrudd.'

Gwenodd Jeff arno.

'Diolch bod 'na rywun ar f'ochr i! Gwranda, Dan, cadwa

dy glustiau yn agored i mi, wnei di? Ella na fydda i o gwmpas am rai dyddiau eto, ond mae'n bwysig i mi fod yn gwybod sut mae'r llanw'n troi.'

'A lle dach chi'n bwriadu mynd, os ga i ofyn?'

Mwy o bysgota, myfyriodd Jeff.

'I glirio fy enw, wrth gwrs,' atebodd. Yna cofiodd am rywbeth fu ar ei feddwl ers y diwrnod cynt. 'Lle wyt ti wedi bod ers i mi dy weld di ddwytha, Dan? Dwyt ti ddim wedi bod yn gweithio ddydd a nos, ac edrych ar ôl fy nheulu fi, heb fath o hoe, neu drip bach i rywle, gobeithio?'

'Dwi ddim wedi bod allan o'r dref 'ma,' atebodd. 'Pam?'

'Dim ond holi.'

Cododd y ddau a cherdded tua'r drws ffrynt.

'Cofia rŵan, Dan. Chdi ydi fy llygaid a'm clustiau i lawr yn y swyddfa 'na ar hyn o bryd.'

'Siŵr iawn, sarj.'

'Pwy 'di'r sarjant ar ddyletswydd nos heno, dŵad?' gofynnodd Jeff wrth iddynt wahanu.

'Rob, dwi'n meddwl.'

'Cofia, Dan, 'mod i'n ddiolchgar iawn am bopeth rwyt ti wedi'i wneud i mi. Edrych ar ôl y teulu a ballu.'

'Dim problem o gwbl, sarj.'

Edrychodd Jeff ar y cwnstabl ifanc yn gyrru ei gar yn araf i lawr y dreif tua'r ffordd fawr, cyn cau'r giât gan ddefnyddio'r teclyn bach.

Safodd yn ei unfan am sbel yn edrych ar y sêr, a sugnodd lond ei ysgyfaint o awyr iach, hallt y môr. Roedd hi'n braf bod adref.

Yn ôl yn y gegin roedd Meira yn aros amdano a gwên ar ei hwyneb. Rhoddodd ei breichiau o amgylch ei wddf a thynnodd ei gorff yn agos ati.

'Dwi wedi bod hiraeth amdanat ti,' meddai.

'A finna chditha.' Teimlodd Jeff ei hanadl cynnes yn erbyn ei foch a'i bol chwyddedig yn erbyn ei fol ei hun.

'Oedd y trip yn un gwerth chweil?'

'Oedd wir.'

Eisteddodd y ddau wrth y bwrdd a rhoddodd Jeff grynodeb iddi o'r hyn a ddysgodd – gan osgoi sôn am y Wladwriaeth Islamaidd. Doedd dim pwynt ei phoeni fwy nag oedd raid.

'Pwy 'sa'n meddwl,' meddai Meira ar ôl iddo orffen. 'Y blydi dyn Littleton 'na ar ôl y fath amser. Ond mae hyn yn codi mwy o gwestiynau nag atebion. Mae'r cymhelliad ganddo fo, mae hynny'n sicr, ac rydan ni'n gwybod am y cysylltiad rhyngddo fo a Cuthbert, ond mae cymaint mwy na hynny wedi digwydd i ti – i ni – a fedra i ddim dychmygu sut mae'n bosib i Littleton fod yn gysylltiedig â'r cwbl.'

'Fedra inna ddim dallt chwaith. Ac wrth gwrs, does gynnon ni ddim prawf pendant o ddim o hyn. Does dim math o dystiolaeth i gysylltu Littleton â'r llofruddiaeth, a 'sat ti'n gofyn i mi, mae Littleton yn ormod o foi i adael tystiolaeth ar ei ôl beth bynnag. Felly wn i ddim lle dylwn i droi nesa.'

'O, Jeff bach. Rhag cywilydd i'r rheini sy'n dy amau di – mi ges i sioc pan ddeudodd Dan gynna bod dy gydweithwyr di'n troi yn dy erbyn di.'

'Finna hefyd. Aros i mi wneud galwad ffôn, wnei di?'

Cododd Jeff ffôn y tŷ a deialodd.

'Sarjant Rob Taylor plis,' meddai. Yna clywodd lais ei gyfaill. 'Sut mae pethau'n mynd acw?' gofynnodd Jeff.

'Fel watsh. 'Dan ni'n gwneud yn champion hebddat ti.'

Oedodd am eiliad, 'Nac'dan siŵr. A deud y gwir, mae'n hen bryd i ti ddod yn d'ôl. Pryd fydd hynny, ti'n meddwl?'

'Wn i ddim wir, Rob. Ond y peth dwytha glywis i oedd bod pobl acw yn dechrau troi yn f'erbyn i.'

'Paid â choelio'r ffasiwn beth. Ella bod un neu ddau o'r plismyn diarth sy'n rhan o'r ymchwiliad yn trio creu enw iddyn nhw'u hunain drwy drio dy bardduo di, ond dyna 'sat ti'n ddisgwyl mewn job fel hyn, 'te?'

'Mae'r hogia lleol yn dal i gadw 'nghefn i felly?'

'Ydyn tad, a ffyddlon fyddan nhw hefyd, gei di weld. Y bobl ddiarth 'ma, a'r diawliaid Pritchard a Bevan sy'n eu harwain nhw – rheini sy raid i ni eu gwylio.'

'Does gin ti ddim byd newydd i'w adrodd felly, Rob?'

'Wel oes, a deud y gwir. Mae dipyn o newyddion wedi'i ddatgelu o'r ystafell ymchwil heno, a does neb y tu allan i'r ymchwiliad i fod yn ymwybodol ohono eto. Digwydd clywed dau ohonyn nhw'n siarad nes i gynna.'

'O?' Roedd Jeff yn glustiau i gyd.

'Yr arian ddefnyddiaist ti i ryddhau Twm pan gafodd o ei herwgipio. Y papurau hanner canpunt. Mae 'na rai wedi dod i'r fei heddiw.'

'Argian, reit dda. Faint, ac yn lle?'

'Mewn banc yn Llundain. Chlywis i ddim faint, a fedra i ddim deud mwy na hynny. Dyna'r cwbwl glywis i. Yn ôl pob golwg, mae 'na ddau dditectif o'r tîm ymchwil yn mynd i lawr 'na fory i wneud ymholiadau.'

Tarodd yr wybodaeth Jeff fel gordd ond ceisiodd beidio â dangos arwydd o hynny, na'r rheswm pam – ddim hyd yn oed i'w hen gyfaill.

'Gad i mi wybod os cei di fwy o wybodaeth fel'na, wnei di, Rob?'

'Siŵr iawn, mêt.

Rhoddodd Jeff y ffôn i lawr a throdd at Meira, a oedd wedi clywed hanner y sgwrs.

'Be sy?' gofynnodd, yn adnabod yr olwg bryderus ar ei wyneb.

'Wnest ti ddim deud wrth neb lle fues i ddoe a heddiw, naddo?'

'Naddo, siŵr. Gofynnaist ti i mi beidio, yn do?'

'Dim hyd yn oed wrth Dan?'

'Naddo. Faint o weithiau sy raid i mi ddeud wrthat ti, ddyn?' Cododd Meira ei llais fymryn.

'Sori, Meira. Wrth gwrs na fysat ti wedi deud wrth neb.'

'Pam ti'n gofyn 'ta?'

'Am fod peth o'r arian ddefnyddiais i er mwyn rhyddhau Twm wedi troi fyny yn Llundain heddiw. Petai rhywun yn gwybod 'mod i wedi bod yno heddiw a ddoe mi fysa hynny'n ddigon i 'nghloi i yn un o'r celloedd 'na. Ac yno y byswn i'n aros hefyd, mae hynny'n saff i ti, yn enwedig ar ôl i'r adroddiad fforensig 'na weld golau dydd. Argian, mae hyn yn mynd o ddrwg i waeth.'

Ceisiodd Meira dawelu ei gŵr.

'Ty'd i fyny i weld Twm cyn mynd i dy wely,' awgrymodd. 'Mi wyt ti angen meddwl am rwbath mwy pleserus cyn mynd i gysgu.'

Roedd hynny'n berffaith wir. Tynnodd Jeff y gynfas oddi ar wyneb y bachgen yn ysgafn. Agorodd llygaid cysglyd Twm am eiliad a gwenodd ar ei dad. Caeodd ei lygaid drachefn.

'Cysga'n dawel, 'ngwas i.'

Ni ddaeth cwsg yn hawdd i Jeff y noson honno er mor flinedig oedd o. Ceisiodd ddirnad arwyddocâd y ffaith fod yr arian wedi dod i'r fei yn Llundain ar yr union ddiwrnod y bu o yn y ddinas honno. Ai cyd-ddigwyddiad oedd hynny, ynteu oedd rhywun craff yn ei wylio er mwyn rhoi hwb fach arall i'r dystiolaeth yn ei erbyn, er mwyn troi'r gyllell yn ei gefn? Pwy oedd yn gwybod am ei ymweliad? Meira, y Dirprwy Brif Gwnstabl a Philip Barrington-Smythe. Sut oedd Toby Littleton yn ffitio i mewn i'r darlun, tybed?

Pennod 32

Am saith o'r gloch y bore canlynol neidiodd Twm bach ar ben ei dad tra oedd o'n dal i gysgu. O leia roedd y diwrnod newydd wedi dechrau'n well nag y gorffennodd yr un cynt, meddyliodd Jeff. Treuliodd yr awr a hanner nesaf yn bwydo a gwisgo'i fab a'i yrru i'r ysgol, cyn dychwelyd adref heb fod yn sicr beth fyddai gan y dydd i'w gynnig iddo. Un peth oedd yn bendant, byddai'n rhaid iddo ffonio Philip Barrington-Smythe er mwyn trosglwyddo'r hyn a ddysgodd yn llysgenhadaeth Oman.

Deng munud wedi naw oedd hi pan atebodd Barrington-Smythe ei ffôn symudol, gan addo ffonio Jeff yn ôl ar linell fwy diogel. Cadarnhaodd y dyn o Lundain fod yr wybodaeth yn tueddu i gyd-fynd â'r hyn yr oedd y gwasanaethau diogelwch yn ei wybod yn barod, er bod yr wybodaeth honno yn fwy defnyddiol yng ngoleuni'r hyn a ddysgodd Jeff.

'Yr hyn sy'n fy mhoeni i fwya,' meddai Jeff, 'ydi nad oes ganddon ni syniad be wnaiff Littleton nesa – pa drywydd fydd o'n ei ddilyn.'

'Dim o anghenraid,' atebodd Barrington-Smythe. 'Mae'r mater wedi datblygu'n sydyn yma yn ystod y dyddiau diwethaf. Mi wyddon ni ers misoedd bod Littleton wedi closio at un o uwch-swyddogion BAE Systems ym Mryste. Does dim rheswm i chi wybod pwy ydi'r dyn, dim ond ei fod o'n ymwneud â gwerthiant nifer sylweddol iawn o arfau'r cwmni i wlad Twrci, a'i fod wedi cysylltu nifer o weithiau â Littleton yn y cyfamser.'

'Doedd 'na ddim sôn fod BAE Systems wedi bod mewn rhyw fath o helynt yn y blynyddoedd diwetha oherwydd gwerthiant arfau i wledydd efo record iawnderau dynol llawer iawn is na'r hyn sy'n dderbyniol?'

'Y gwir ydi eu bod nhw wedi gwerthu arfau a thechnoleg i bwy bynnag oedd yn fodlon talu, waeth pwy roedden nhw am gael eu defnyddio yn eu herbyn. Ond nid yn unig hynny – mae gan y cwmni arferiad o sicrhau'r gwerthiant trwy ddarparu puteiniaid i aelodau o deuluoedd brenhinol gwledydd y Dwyrain Canol, a nifer fawr o'u huwch-swyddogion hefyd. Roedd miliynau mewn arian parod yn newid dwylo'n gyson, i swyddogion, aelodau o'r llywodraeth – unrhyw un oedd â'r gallu a'r cysylltiadau i drafod telerau'r gwerthiant. Dyna oedd y norm, ac ers ugain mlynedd a mwy mae'n llywodraeth ni wedi bod yn ddigon parod, yn hapus hyd yn oed, i anwybyddu hyn ... am bob math o resymau.'

'Byd tywyll lle nad ydi cyfiawnder na gonestrwydd yn codi'i ben yn aml. Ac mae Toby Littleton wedi bod yn rhan o'r byd yma, yn mwynhau manteision y sefyllfa, ers degawdau lawer. Ond be sy'n wahanol y tro yma? Pam fod yn rhaid i Littleton ddarbwyllo'i gysylltiadau, ei gwsmeriaid yn y Dwyrain Canol, ei fod o'n ddigon o ddyn i ennyn eu parch?'

'Efallai nad ydym yn bell oddi wrth yr ateb,' datgelodd Barrington-Smythe. 'Oherwydd yr holl firi diweddar yn BAE Systems mae gan fy mhobl i ddynion ar y llawr yn y cwmni. Nid yn unig ar y llawr, os ydych chi'n fy neall i, ond ar bob lefel. Mae un ohonyn nhw yn agos i'r gŵr y mae Littleton wedi bod yn cysylltu â fo.'

'Be yn union ydi'r berthynas rhwng Littleton a hwnnw?' gofynnodd Jeff.

'Yr unig beth fedra i ddweud wrthych chi,' atebodd Barrington-Smythe, 'ydi bod y berthynas yn mynd yn ôl nifer o flynyddoedd, a bod gan Littleton ryw wybodaeth a allai niweidio'r dyn.'

'Ac yn bwriadu ei ddefnyddio yn ei erbyn os na fydd yntau'n gweithredu yn ôl dymuniadau Littleton, mae'n siŵr.'

'Hollol.' Oedodd Barrington-Smythe am ennyd. 'Mi wyddoch chi, Jeff, fod y sefyllfa yn y Dwyrain Canol yn gwaethygu bob dydd, yn enwedig yn Irac, Syria a Thwrci. Mae IS yn bygwth Twrci heddiw fwy nag erioed, ac wrth gwrs mae Twrci yn aelod o NATO.'

'Mae bygwth Twrci yn gyfystyr â bygwth holl wledydd y Gorllewin iddyn nhw, mae'n debyg,' awgrymodd Jeff.

'Cywir. Er bod ganddynt faint fynnir o gyfoeth, mae IS hyd yn hyn yn arfogi eu hunain trwy feddiannu arfau'r rhai maen nhw'n brwydro yn eu herbyn. Mae digon o brynu a gwerthu arfau ledled y byd, ond does neb yn y gwledydd sy'n eu cynhyrchu â'r bwriad o'u gwerthu i'r Wladwriaeth Islamaidd. Oherwydd hynny, arfau a thechnoleg digon gwael sydd ganddyn nhw hyd yma – ond wedi dweud hynny, mae ganddyn nhw ddigon o gyflenwad.'

'Arfau o Rwsia a Tsieina maen nhw'n dod ar eu traws amlaf yn Syria, 'swn i'n meddwl.'

'Ie, ac oherwydd hynny, mae'n rhaid i luoedd Twrci arfogi eu hunain gyda llawer iawn mwy o arfau nag arfer, rhai gwell a mwy modern, os ydyn nhw am wrthsefyll IS.'

'Peidiwch â deud wrtha i mai BAE Systems sy'n cyflenwi Twrci,' rhyfeddodd Jeff.

'Ia.'

'Pryd?'

'Mae'r llwyth ar ei ffordd yn barod.'

'Pryd?' mynnodd Jeff eto.

'Mae'n ddrwg gen i, ond mae'r wybodaeth honno'n gyfrinachol.'

'Fedrwch chi ddeud sut, 'ta?'

'Mewn awyren fawr debyg i'r Hercules.'

'Am ba fath o arfau ydan ni'n sôn?' gofynnodd Jeff.

'Pob math y medrwch chi feddwl amdanyn nhw. Gynnau personol, gynnau peiriant, gynnau cudd-saethu, magnelaeth, taflegrau balistig a thaflegrau i'w defnyddio o'r ddaear i'r awyr – heb sôn am dechnoleg a meddalwedd i hwyluso'u defnydd hefyd.'

'Does gan y wladwriaeth Islamaidd ddim awyrennau milwrol, hyd y gwn i,' meddai Jeff. 'Pam fod Twrci isio taflegrau i'w harbed rhag ymosodiad o'r awyr, felly?'

'Am fod Twrci yn teimlo'i hun yn agored i ymosodiad ar hyn o bryd, ac mewn sefyllfa fel hon, os ydi Twrci yn gofyn am unrhyw fath o arfau neilltuol, mae'r wlad yn eu derbyn. Edrychwch be ddigwyddodd pan hedfanodd awyren fomio i mewn i awyrle Twrci rai misoedd yn ôl.'

'Does dim rhaid gofyn lle mae hyn i gyd yn arwain felly, nag oes? Yn enwedig gan fod Littleton yn rhan o'r peth. Os ydi'r arfau i gyd ar eu ffordd i Dwrci, be ydi'r tebygolrwydd y bydd yr awyren y cael ei herwgipio a'i holl gynnwys yn cael ei drosglwyddo i ddwylo IS? Mae ganddyn nhw reolaeth dros fwy nag un maes awyr yn Syria, fel dwi'n dallt. Pwy fydd yn yr awyren?'

'Dim ond y peilot, llywiwr a dau arall sy'n gyfrifol am oruchwylio'r llwytho a'r dadlwytho, yn ogystal ag arbenigwr BAE Systems.'

'Peidiwch â deud wrtha i mai'r un sydd wedi bod yn cysylltu â Littleton ydi'r arbenigwr,' meddai Jeff yn anghrediniol.

'Cywir. Ond peidiwch â chynhyrfu ynglŷn â hynny, Jeff. Mae ganddon ni gynllun. Alla i ddim dweud mwy na hynny rŵan, ond gallwch fod yn sicr fod rhywun yng ngofal y sefyllfa.'

'Gobeithio wir,' atebodd Jeff, 'neu mi fydd arfau IS yn cael eu cloi ar radar awyrennau rhyfel yr Americanwyr, y Rwsiaid – a ninnau cyn hir. Duw a ŵyr be fydd canlyniad hynny. Ydach chi wedi darganfod lle mae Littleton bellach?' gofynnodd.

'Naddo, mae'n ddrwg gen i ddweud. Tydi o ddim wedi bod yn agos i'w gartref na'i ardal leol ers i mi drafod y peth efo chi ddiwethaf.'

Gwnaeth Jeff drefniadau brys i gyfarfod â'r Dirprwy Brif Gwnstabl. Edrychai hwnnw'n flinedig pan ddringodd i sedd teithiwr y Touareg mewn encilfa ar y ffordd gefn rhwng Abergele a Llanrwst yn hwyrach y diwrnod hwnnw.

'Mae'n ddrwg gen i am hyn,' meddai. 'Well gen i i ti beidio â dod i'r swyddfa ar hyn o bryd.'

'Dwi'n dallt, syr. Mae'n gwneud synnwyr o dan yr amgylchiadau.' Cuddiodd Jeff wên fach.

'Be sy?' gofynnodd y dirprwy.

'Dim byd, dim ond 'mod i'n dychmygu faint o amser sydd 'na ers i ddyn o'ch rheng chi gyfarfod â rhywun yn gudd mewn encilfa yng nghanol y wlad fel hyn.'

Gwenodd y dirprwy yn ôl.

'Mi o'n innau'n dditectif ifanc ar un adeg hefyd, w'sti.'

Wrth i Jeff drosglwyddo'r holl wybodaeth iddo,

gwrandawodd y Dirprwy yn astud. Ar ddiwedd adroddiad Jeff, eisteddodd y ddau yn gwylio'r glaw mân a oedd erbyn hyn yn llifo'n ysgafn i lawr ffenest flaen y Touareg.

'Wel, meddai'r Dirprwy o'r diwedd, 'mae'n rhaid i ni dderbyn bod y gwasanaethau diogelwch yn gwybod be maen nhw'n wneud o safbwynt yr awyren a'r arfau. Mae hynny y tu hwnt i'n ymyrraeth ni, ond mae Littleton yn fater arall. Rhaid i ni gofio mai gair y swyddog o Oman yn unig sydd ganddon ni ynglŷn â Littleton ar hyn o bryd – heblaw, wrth gwrs, cuddwybodaeth y Gwasanaethau Diogelwch – ac mae'n beryg na fyddai hwnnw o gymorth i ni i ddangos mai fo sy'n gyfrifol am ladd Cuthbert. Mae holl dystiolaeth y drosedd honno'n dal i bwyntio atat ti.'

'Gwaetha'r modd,' cytunodd Jeff. 'Ond,' parhaodd, 'yn ôl Barrington-Smythe yn gynharach, 'swn i'n meddwl fod rhywbeth yn siŵr o ddigwydd yn fuan o safbwynt yr arfau sydd i fod i lanio yn Nhwrci. Mae'r rheini ar eu ffordd ar hyn o bryd – efallai eu bod nhw yn yr awyr rŵan am hynny a wyddon ni. Efallai y bydd hynny'n sbarduno Littleton i ddod i'r fei. Fedrwch chi gadw'r adroddiad fforensig yna yn ôl am ddiwrnod neu ddau yn rhagor?'

'Dwi wedi gwthio fy lwc hynny fedra i'n barod. Ro'n ni'n gobeithio bysa'r achos yma drosodd erbyn hyn.'

'Diwrnod neu ddau arall,' plediodd Jeff. 'Mae rhywbeth yn siŵr o ddigwydd, gewch chi weld.'

'Diwrnod neu ddau, dyna'r oll,' atebodd y dirprwy, cyn gadael car Jeff.

Yn annisgwyl, doedd dim rhaid i Jeff aros yn hir am fwy o wybodaeth. Ar y ffordd adref yr oedd o, yn teithio drwy'r mynyddoedd, er mwyn yr olygfa wahanol a'r amser ychwanegol i feddwl, pan ganodd ei ffôn symudol. Er y gallai ddefnyddio system ddi-law y car i ateb yr alwad, dewisodd stopio mewn encilfa ar ochr yr A5 ar lan Llyn Ogwen.

'Wedi bod yn meddwl ydw i,' meddai llais y cyn-dditectif sarjant Andrew Wilson. 'Dwi wedi bod yn pendroni ers ein cyfarfod ni, ac mae'r pethau wnes i flynyddoedd yn ôl wedi bod yn pwyso ar fy nghydwybod i. Er 'mod i wedi treulio amser dan glo am yr hyn wnes i, dwi'n teimlo bod yn rhaid i mi wneud mwy i dalu'n ôl i'r sefydliad, yn enwedig i'r teulu brenhinol. Wrth gwrs, y sefydliad ... wel, un o aelodau'r heddlu ... oedd yn gyfrifol am fy arwain i ar gyfeiliorn i fyw bywyd anonest. Heblaw am ei ddylanwad o, Duw a ŵyr lle fyswn i wedi gorffen fy ngyrfa yn yr heddlu. Dim yn y carchar, mae hynny'n sicr.'

Edrychodd Jeff trwy wlybaniaeth y ffenestr ar ewyn gwyn y tonnau'n cael ei chwythu hyd y llyn, a llethrau isel aneglur Pen yr Ole Wen. Oedd Wilson o ddifrif, meddyliodd? Ond doedd ganddo ddim i'w golli wrth wrando, er nad oedd o'n disgwyl llawer.

'Be sydd ar dy feddwl di, Andy?'

'Dwi yn y twll yma heddiw o achos Littleton, Jeff. Nid yn unig am f'arwain i drybini, ond am y ffordd y twyllodd fi i gymryd y bai dros y ddau ohonan ni.'

Gwir, myfyriodd Jeff.

'Neithiwr, mi es i rywle lle byddwn i'n arfer treulio lot o amser – tafarn lle bydd fy nghyn-gydweithwyr yn cymdeithasu ac yfed. Dydi arferion hen dditectifs fel ni byth yn newid, nac ydyn, Jeff? Ac fel arfer, roedd nifer ohonyn nhw yno yn llowcio'u peintiau a siarad am yr hen ddyddiau fel tasan nhw'n gyfrifol am reoli'r Met. Roedd gwneud hynny, bod yn eu plith unwaith eto ar ôl be ddigwyddodd i mi, yn haws nag o'n i'n feddwl y bysa fo, a deud y gwir. Ond wrth gwrs, roeddan nhw i gyd wedi bod ar y têc ryw dro neu'i gilydd, yn enwedig os oeddan nhw wedi gweithio yng nghwmni Toby Littleton. Ac mi ges i groeso ganddyn nhw hefyd, fel rhyw hen lew yn ailymuno â'i braidd. Er bod pob un ohonyn nhw yn euog o rwbath ar un adeg, fi oedd yr unig un yn eu plith i gael ei ddal. Efallai eu bod nhw yn cydymdeimlo efo fi.'

Brwydrodd Jeff yn erbyn y temtasiwn i ofyn iddo beth oedd byrdwn ei stori, gan deimlo bod rhywbeth diddorol ar ei therfyn. Ni chafodd ei siomi.

'Un o'r bois yno oedd Neil Proctor,' parhaodd Wilson. 'Ro'n i'n gwneud yn iawn efo fo ers talwm pan oeddan ni'n edrych ar ôl y teulu brenhinol, ac mi glywais i o'n dweud wrth rywun arall fod Littleton wedi bod yn aros efo fo ers chydig ddyddiau.'

Cododd Jeff ei glustiau yn syth.

'Ydi o'n dal i fod yno?'

'Dal dy wynt, mi ddo i at hynny mewn munud. Disgwyliais am awr neu ddwy nes oedd Neil wedi cael llond ei fol o wisgi. Tynnais o i'r naill ochr a dechrau siarad am yr hen ddyddiau, ac ymhen dim, llaciodd ei dafod heb i mi orfod gwneud llawer o bwnio. Pan oedd Littleton yn aros efo fo, mi fu'n gweithio'n ddyddiol ar gyfrifiadur Neil am nad oedd ei liniadur ei hun ganddo. Roedd gan Littleton go' bach i gysylltu ei waith â chyfrifiadur Proctor. Byddai'n gwneud ei waith ar hwnnw bron bob amser, ac mi oedd o'n hynod o wyliadwrus nad oedd Proctor yn gweld yr hyn roedd o'n 'i wneud. Hefyd, medda fo, mi oedd o'n cadw'r co' bach yn hynod o saff bob amser, fel tasa fo'n beth gwerthfawr ofnadwy.'

'Gwerthfawr a chyfrinachol, efallai,' awgrymodd Jeff. 'Mae maint y cof ar y petha bach 'na yn dal dwn i ddim faint o wybodaeth, tydi? Oedd o'n defnyddio'r cyfrifiadur pan oedd Proctor allan o'r tŷ, tybed? Oes posib ei fod o wedi lawrlwytho gwybodaeth oddi ar y cyfrifiadur i'w go' bach ei hun?'

'Mi wyt ti o 'mlaen i yn fanna, Jeff. Dyna pam ydw i wedi penderfynu dy ffonio di. Mi ddylwn i fod wedi gwneud y peth cynta bore 'ma, ond ro'n i isio amser i feddwl, a fedra i ddim ond dychmygu'r sefyllfa waethaf.'

'A be ydi hynny?' Clywodd Jeff ochenaid Wilson yr ochr arall i'r ffôn.

'Rhaid i mi ddweud dipyn o hanes Neil Proctor wrthat ti. Fel fi, bu Neil yn gweithio am flynyddoedd efo Littleton. Sarjant oedd o fel finna cyn gorffen yn y job, ond yn gynnar yn y nawdegau, datblygodd ei ddiddordeb mewn technoleg, cyfrifiaduron yn enwedig. Os oedd 'na unrhyw broblem yn ymwneud â thechnoleg o gwbl roedd Proctor yno i'w sortio mewn chwinciad. Chafodd o ddim math o hyfforddiant gan neb, dim ond bod y ddawn arbennig honno ganddo a'i fod yn darllen pob math o gylchgronau am dechnoleg. Byddai twmpath ohonyn nhw wastad ar ei ddesg o.'

'Mae rhai yn cymryd at y diawl petha yn well nag eraill, yn tydyn?'

'Hollol. Wel, mi oeddan ni'n gweithio efo'n gilydd o dan Littleton yn SO14 yn edrych ar ôl y Windsors fel roedden ni'n eu galw nhw, a dyna pryd y daeth sgiliau Neil Proctor i'r amlwg. Petai unrhyw broblem annisgwyl efo systemau diogelwch un o dai'r teulu brenhinol, neu unrhyw lety roeddan nhw'n aros ynddo dros dro, fe fyddai'n sortio'r broblem. Ymhen blwyddyn neu ddwy, byddai Neil Proctor yn cael ei alw allan bob awr o'r dydd a'r nos i drwsio systemau Palas Buckingham, Windsor, Sandringham, Palas Kensington, Balmoral, Birkhall, Highgrove, Parc Gatcome – ac yn ddiweddarach, Llwynywermod yng Nghymru.'

'Pam ti'n deud "yn ddiweddarach"?'

'Am nad oedd Llwynywermod yn perthyn i'r Tywysog Charles pan oeddan ni yn SO14, ond mae Proctor yn sicr o fod yn edrych ar ôl y fan honno rŵan hefyd.'

'Sut felly?'

'Yn ystod ei flynyddoedd diwethaf yn y job cyn ymddeol o'r heddlu, cafodd Proctor, oherwydd ei enw da, wahoddiad i edrych ar ôl systemau diogelwch holl adeiladau stadau'r teulu brenhinol. Dechreuodd gwmni ei hun ar unwaith, a dyna mae e'n ei wneud hyd heddiw – rhyw fath o ymgynghorydd diogelwch sy'n arolygu'r holl systemau. Does yna ddim byd technolegol yn digwydd i'r systemau hynny heb iddo fo ei gymeradwyo.'

Roedd meddwl Jeff ar waith.

'Ac mae'n sefyll i reswm fod manylion yr holl systemau ar gyfrifiadur Proctor.'

'Yn hollol.'

'Y cyfrifiadur roedd Littleton yn ei ddefnyddio yn nhŷ Proctor?'

'Debyg iawn. Ond ti'n gweld, Jeff, y peth ydi ... mae Littleton a Neil Proctor yn nabod ei gilydd mor dda, a Neil yn ymddiried yn hollol ynddo fo, fysa fo byth yn herio Littleton, waeth pa mor gyfrinachol oedd yr wybodaeth ar y cyfrifiadur.'

'Blydi hel! Ti'n sylweddoli be mae hynny'n olygu?'

'Siŵr iawn. Mae'n bosib bod pob math o wybodaeth

gyfrinachol ynglŷn â systemau diogelwch adeiladau'r teulu brenhinol ar go' bach Littleton erbyn hyn,' atebodd Wilson.

Roedd hynny'n llawer iawn mwy na phosibilrwydd, ystyriodd Jeff. Pa wybodaeth bwysicach oedd yna i derfysgwyr megis Al-Qaeda neu'r wladwriaeth Islamaidd?

'Oedd Proctor yn amau o gwbl, ti'n meddwl, fod Littleton yn pori'n ddyfnach nag y dylai i berfeddion ei gyfrifiadur?'

'Oedd a nag oedd,' atebodd Wilson. 'Nag oedd, oherwydd ei fod wedi'i drystio fel pennaeth am flynyddoedd yn y job, a does ganddo ddim rheswm i beidio â gwneud hynny rŵan. Oedd, oherwydd bod angen i Proctor fod wedi rhoi ei gyfrinair i Littleton er mwyn defnyddio'i gyfrifiadur, ac ar ôl pasio hwnnw, roedd yr holl wybodaeth gudd ar gael iddo. Fel mae'n digwydd, mi edrychodd Proctor lle roedd Littleton wedi bod yn chwilota ar y we un noson. Roedd tri safle o bwys.'

'Ia?' meddai Jeff yn ddiamynedd.

'Mi fu'n chwilio Google Earth yng nghyffiniau Helmsdale yn Sutherland am ryw reswm, ac adeilad o'r enw Kildonan Lodge yn yr un ardal.'

'Mi wn i am yr ardal honno, ond dydi'r cyfeiriad yn golygu dim i mi. Yr ail?' gofynnodd.

'Chwiliodd am wefan cwmni o'r enw West Sligo Shellfish yn Iwerddon, ond wn i ddim pam ddiawl roedd y dyn angen pysgod cregyn. Y drydedd wefan iddo ymweld â hi oedd un Irish Ferries.'

'Diddorol iawn. Be ydi'i ddiddordeb o yn Iwerddon, tybed?'

Dim syniad,' atebodd Wilson. 'Dyna'r cwbwl sy gen i, Jeff. Os ca i fwy, mi ddo i yn ôl atat ti.'

271

Diolchodd Jeff iddo a ffarwelio. Eisteddodd yn y Touareg am rai munudau, yr haul erbyn hyn yn gwneud ei orau i dywynnu ar lethrau'r mynyddoedd trwy'r cymylau tywyll. Roedd pob manylyn newydd ynglŷn â Toby Littleton yn werthfawr, ystyriodd, ond doedd yr hyn a glywodd ddim wedi datgelu mwy am y sawl a lofruddiodd Cuthbert, na sut roedd Jeff wedi cael ei fframio mor broffesiynol. Ystyriodd gysylltu â Barrington-Smythe ynglŷn â'r wybodaeth oedd yn debygol o fod ym meddiant Littleton erbyn hyn, ond penderfynodd beidio am y tro. Roedd yr heddlu ym mhob maes awyr trwy'r wlad, yn enwedig y rhai lle roedd awyrennau yn hedfan ohonynt i'r Dwyrain Canol, yn cadw llygaid barcud am y dyn mawr a fu unwaith yn gomander yn heddlu'r Met. Wrth feddwl am awyrennau, dechreuodd Jeff ddychmygu beth oedd hanes yr arfau oedd ar eu ffordd i Dwrci. Allai o wneud dim ynglŷn â hynny. Beth oedd cysylltiad Littleton â West Sligo Shellfish a rhannau anghysbell Sutherland yng ngogledd yr Alban? Oedd cysylltiad, ynteu cyd-ddigwyddiad oedd i Littleton chwilio am y llefydd ar gyfrifiadur Proctor? Gallai wneud chydig o waith ymchwil ei hun i hynny ar ôl cyrraedd adref, penderfynodd.

Pennod 33

Ganwyd Toby Littleton yn Enfield, gogledd Llundain, yng nghanol y pumdegau i deulu dosbarth gweithiol clòs. Roedd teulu ei fam wedi mudo yno o wlad Groeg hanner canrif ynghynt ac enwyd y bachgen cyntaf-anedig ar ôl ei daid Groegaidd, Tobias. Ganwyd Maria, ei chwaer, bum mlynedd yn ddiweddarach ac o'r dechrau roedd o'n meddwl y byd ohoni. Erbyn i'r ddau gyrraedd eu harddegau roedd eu perthynas yn un agos tu hwnt, ac er bod gan Maria ei phroblemau roedd ei brawd hŷn yn ei haddoli.

Llwyddodd y Toby ifanc yn yr ysgol yn academaidd ac ar y maes chwarae, ac enillodd barch ei athrawon a'i gyfoedion. Ei uchelgais oedd astudio'r gyfraith a bod yn gyfreithiwr neu fargyfreithiwr, a threuliodd ddwy flynedd yn y coleg cyn i'w dad gael ei daro'n wael a cholli ei waith. Dros nos, newidiodd amgylchiadau'r teulu. Prin iawn oedd yr arian yn y cartref – doedd dim digon i dalu'r rhent na bwydo pawb mwyach – felly doedd dim gobaith y gallai'r Toby ifanc aros yn y coleg a gwireddu ei freuddwydion. Penderfynodd ymuno â Heddlu'r Met yn Llundain oherwydd byddai'n bosib iddo fyw gartref i fod yn gefn i'w deulu a'u helpu'n ariannol.

Unwaith eto llwyddodd y bachgen hyderus yn arbennig o dda yng Ngholeg Hyfforddiant Heddlu'r Met yn Hendon, a phasiodd ei arholiadau terfynol ar frig ei ddosbarth. Gwelai'r swyddogion fod dyfodol disglair iddo ac fe'i gyrrwyd i wasanaethu yng ngorsaf heddlu West End Central yn Savile Row, i blismona un o'r ardaloedd mwyaf moethus yn y brifddinas. Cyrhaeddodd yno yn llawn hyder, gyda phob bwriad i wneud ei waith yn gyfiawn, heb ofn na ffafr fel yr addawodd wrth dyngu ei lw pan ymunodd â'r heddlu. Ond yn fuan, ac yn annisgwyl, newidiodd cwrs ei fywyd.

Yn ystod ei wythnosau cyntaf yn West End Central gyrrwyd y cwnstabl ifanc i ddelio â damwain lle roedd dau gar moethus wedi taro'i gilydd gan greu cryn dipyn o ddifrod. Jaguar oedd un a Bentley oedd y llall. Cyn hir, roedd yn rhaid galw am rywun i gludo'r cerbydau ymaith. Galwodd un o'i gydweithwyr berchennog garej leol i wneud y gwaith. Sylwodd Toby ar yrrwr y cerbyd llusgo yn siarad yn ddistaw â'r cydweithiwr hwnnw, a rhoi rhywbeth yn ei law. Amneidiodd y cydweithiwr i gyfeiriad Toby a daeth y gyrrwr ato a rhoi ugain punt yng nghledr ei law yntau heb ddweud gair. Edrychodd Toby ar yr arian yn ei law. Roedd ugain punt yn swm sylweddol bryd hynny.

'Be 'di hwn?' gofynnodd Toby i'w gyd-weithiwr.

'Rho fo yn dy boced yn ddistaw,' atebodd, 'a chofia, o hyn allan, pob damwain y cei di dy alw iddi, ffonia fo a neb arall i lusgo'r ceir i ffwrdd. Ti'n dallt?'

Deallodd Toby'n syth y byddai enillion dyn y garej yn enfawr o'u cymharu â'r ugain punt gafodd o, ac y byddai'r swm yn ei law yn cael ei gynnwys yn ddidrafferth yn y biliau swmpus fyddai'n cael eu gyrru i berchnogion y ddau gar. Ni phwysodd y digwyddiad ar ei gydwybod yn hir. Gwyddai fod ei fam yn brin o arian yr wythnos honno ac y byddai'n falch o roi cymorth iddi. Aeth y llw a dyngodd, i fod yn gyfiawn a heb ffafr, yn angof o hynny allan. Perchennog yr un garej a alwyd i bob damwain ar y ffyrdd wedi hynny, a chyn hir byddai Toby'n edrych ymlaen at y ddamwain nesaf.

Digwyddodd yr un peth pan ddaeth ar draws ei farwolaeth gyntaf yn y job – ac roedd hynny'n ddigwyddiad eitha cyson. Yr un trefnwr angladdau fyddai'n cael ei alw allan bob tro i gludo'r corff, a phob tro byddai swm arall sylweddol yn taro cledr ei law.

Dysgodd Toby yn fuan fod nifer o ffyrdd i chwyddo'i gyflog, a bod pob un o'i gydweithwyr wrthi hefyd. Arferai'r shifft nos gadw golwg ar gyffiniau tafarnau a chlybiau nos lle byddai trwbl yn dueddol o ddatblygu – byddai iwnifform plismon yn lleihau'r posibilrwydd o hynny. Afraid dweud mai'r llefydd a fyddai'n cael y mwyaf o sylw'r heddweision oedd y rhai lle byddai'r perchnogion yn edrych ar ôl eu gwarchodwyr, ac yn anrhydeddus hefyd. Weithiau byddai'n rhaid perswadio un neu ddau o'r tafarnwyr i ymuno yn y fenter. Ymhen chwe mis roedd Toby Littleton wedi ymgynefino â'r dull yma o blismona fel nad oedd y cam anghyfreithlon nesaf yn fawr o syndod iddo.

Un noson, bu byrgleriaeth mewn storfa oedd yn perthyn i gyfanwerthwyr gwinoedd a gwirod. Ni wyddai neb yn union faint o eiddo a oedd wedi diflannu i ddwylo'r lladron y noson honno, ond gwnaeth cyfran helaeth ohono ei ffordd i orsaf yr heddlu. Cafodd pawb oedd ar ddyletswydd y noson honno eu cyfran: pob plismon, y tri sarjant a'r arolygydd. Wrth gwrs, cawsai'r tri sarjant dipyn mwy na'r plismyn, a'r arolygydd fwy byth.

Ymhen tair blynedd roedd Toby Littleton wedi dangos ei ddawn fel ditectif, ac yn fuan ar ôl gwneud y cais i ymuno â'r adran, mynychodd dri mis o hyfforddiant ychwanegol yng ngholeg Hendon. Yno, roedd ditectifs profiadol, yn sarjants ac arolygwyr, yn hyfforddi dosbarth o ddeg ar hugain o fyfyrwyr. Roedd yn rhaid i'r myfyrwyr roi punt yr un mewn casgliad bob bore Llun drwy gydol y cwrs er mwyn sicrhau eu bod yn llwyddo ar ei ddiwedd ac yn cael eu dyrchafu i reng ditectif. Arian gwirod yr hyfforddwyr oedd y casgliad hwnnw, a dim ond un o blith y rhai oedd yno efo Toby Littleton wrthododd gyfrannu i'r casgliad wythnosol. Yn rhyfedd ddigon, ni chafodd hwnnw lwyddiant ar ddiwedd y cwrs. Yn hytrach, cafodd ei yrru'n ôl i'w orsaf heddlu leol i dreulio gweddill ei yrfa mewn iwnifform.

Nid felly Toby Littleton, a flodeuodd yn y fath amgylchedd. Fe'i penodwyd yn dditectif gwnstabl ar unwaith a'i yrru i Edmonton, gorsaf nid nepell o'i gartref. Yn ystod ei ail fis yno llwyddodd i arestio gŵr yn ei dridegau am ladrad arfog mewn siop fetio. Rhoddwyd y lleidr mewn cell tra aeth Littleton allan i wneud mwy o ymholiadau ynglŷn â'i gyd-droseddwyr, ac i geisio darganfod y gwn dwy faril a ddefnyddiwyd. Pan ddychwelodd i orsaf yr heddlu, darganfu fod y lleidr wedi'i ryddhau ac nad oedd tystiolaeth na chofnod ei fod wedi bod ar gyfyl y celloedd hyd yn oed. Aeth yn syth at ei sarjant, a dywedwyd wrtho fod y Ditectif Brif Arolygydd eisiau ei weld ar unwaith. Brysiodd Littleton i'w swyddfa.

'Dwi'm yn dallt, gyf. Mae fy ngharcharor i wedi diflannu.'

Edrychodd y Ditectif Brif Arolygydd arno'n ddifrifol.

'Doedd dim digon o dystiolaeth i'w gyhuddo na'i gadw yn y ddalfa. Felly mi rois i orchymyn i'w ryddhau.'

'Ond ...' dechreuodd Littleton brotestio.

'Ond dim,' mynnodd ei bennaeth. 'Gwranda, Littleton, mae gen ti yrfa dda o dy flaen yn y job yma, ond mae gen ti lawer i'w ddysgu hefyd. Os ydw i'n deud nad oes digon o dystiolaeth, mae'n rhaid i ti dderbyn hynny. Mae brawd Frankie Hardman wedi bod yn rhoi gwybodaeth i mi am droseddau llawer iawn mwy difrifol na dwyn dipyn o arian o siop bwci, ac mae'n rhaid i ninnau edrych ar ei ôl o a'i deulu. Felly mae pethau'n gweithio yn fan hyn, iawn? O hyn ymlaen, paid â mynd i arestio neb yn is-fyd yr ardal hon heb drafod y mater efo mi gynta, ti'n dallt?'

'Ydw, gyf,' atebodd yn ufudd.

'Iawn. 'Dan ni'n dallt ein gilydd felly.'

Tynnodd y Ditectif Brif Arolygydd amlen drwchus allan o ddrôr yn ei ddesg a thynnodd swp o arian papur ohoni. Cyfrodd ddau gan punt mewn papurau degpunt a'u rhoi i Littleton. 'Hwda,' meddai, gan roi'r gweddill yn ôl yn y drôr. 'Rwbath bach i ti gan y teulu Hardman am dy gymorth yn rhoi Frankie yn ôl ar ben ffordd.'

'Ar ben ffordd?' rhyfeddodd Littleton.

'Ia, – dysgu gwers iddo beidio â bod mor dwp â chael ei ddal y tro nesa.'

Cyfran fach o'r saith mil a gafodd ei ddwyn o siop y bwci oedd yn yr amlen.

O'r diwrnod hwnnw ymlaen llithrodd Littleton yn ddyfnach fyth i fyd llygredig y CID yn Heddlu'r Met, ac er bod ymgyrch Sir Robert Mark ac *Operation Countryman* wedi peri i oddcutu pum cant o blismyn adael eu swyddi yn ystod y cyfnod hwnnw, dim ond llond llaw gafodd eu cyhuddo a chafwyd neb yn euog o lygredd. A dweud y gwir, dim ond crafu'r wyneb ddaru pob ymgais i geisio gwaredu'r heddlu o'r fath ymddygiad.

Trwy weddill y saithdegau a dechrau'r wythdegau, enillodd Toby Littleton enw da iawn iddo'i hun, a pharch ei swyddogion. Fe'i dyrchafwyd yn dditectif sarjant ac yn dditectif arolygydd yn gyflym, a phan gafodd ei apwyntio i'r Flying Squad darganfu ei hun mewn sefyllfa i allu rheoli rhan helaeth o'r hyn oedd yn digwydd yn is-fyd troseddol Llundain. Gweithiai un teulu neu sefydliad troseddol yn erbyn y llall, a châi arian sylweddol am ei drafferth. Derbyniai arian am roi gwybodaeth gyfrinachol i rai oedd yn cynllwynio lladrad o fanciau, mwy o arian pan wyddai fod yr heddlu am eu hatal, a mwy eto am adael i eraill ladrata heb ymgais gan yr heddlu i'w dal. O ganlyniad, daeth Toby Littleton yn ddyn cyfoethog iawn yn ystod yr wyth- a'r nawdegau, ond yn fwy na hynny, roedd o'n datblygu'n ddyn dylanwadol. Byddai uwch-swyddogion y Met yn holi ei farn cyn penderfynu ar bolisïau plismona trwy'r brifddinas, a galwyd arno'n aml i ddarlithio mewn cynadleddau, neu i siarad yn gyhoeddus mewn ciniawau. Roedd aelodau o'r llywodraeth a phwysigion eraill yn mynychu rhai o'r cyfarfodydd hynny, a buan y daeth y bachgen o Enfield yn ddyn pwysig. Chwyddodd ei boblogrwydd a'i hunan-barch, a chyn hir doedd neb yn ddigon hyderus i godi yn ei erbyn. Hynny yw, tan ddiwedd yr wythdegau.

Bryd hynny, penodwyd ditectif brif uwch-arolygydd i arwain ymgais arall i atal llygredd ymysg ditectifs yn Llundain. Roedd y ditectif hwnnw wedi sicrhau fod ganddo dîm o'r dynion gorau ar gyfer y dasg, a chlywodd Littleton trwy ei rwydwaith o glustfeinwyr mai fo oedd ar ben y rhestr o'r swyddogion llwgr dan sylw.

Un noson dywyll, denwyd y ditectif brif uwch-arolygydd i gyfarfod hysbysydd oedd â thystiolaeth a fyddai'n sicrhau y byddai Littleton dan glo am ei weithredoedd anonest. Pan gyrhaeddodd yno ymosododd tri dyn arno a'i anafu'n ddychrynllyd. Bu bron iddo farw. Ymhen pythefnos, tra oedd o'n dal i fod yn yr ysbyty, aeth Littleton i'w weld. Doedd y ddau ddyn ddim wedi cyfarfod cyn hynny. Eisteddodd Littleton ar erchwyn y gwely a dweud bod yn ddrwg iawn ganddo fod y ditectif brif uwch-arolygydd yn ei sefyllfa bresennol; bod yn rhaid ei fod o wedi aflonyddu ar rywun dylanwadol. Yna gadawodd heb air arall. Ymhen amser, adferodd iechyd y prif uwch-arolygydd, ond ni ddychwelodd i'w waith. Penodwyd dyn arall yn ei le, wrth gwrs – un o gyfeillion oes Littleton – ond ni fu ymgais arall i ymchwilio i weithgareddau Toby Littleton ar ôl hynny.

A dyna sut y datblygodd ei yrfa. Fu ganddo erioed amser i ystyried perthynas sefydlog, a chafodd o erioed awydd i briodi. Byddai hynny wedi amharu gormod ar ei fywyd anwar, a doedd ei angen i reoli pawb o'i gwmpas ddim yn gydnaws â pherthynas briodasol. Yr unig angor yn ei fywyd oedd ei chwaer, Maria, a byddai'n dal i neilltuo amser i'w gweld o leiaf unwaith bob pythefnos. Priododd Maria ŵr o'r enw Eddie – dyn nad oedd Littleton yn hoff iawn ohono – ac o fewn dwy flynedd, ar ôl geni mab iddynt, diflannodd Eddie yn sydyn ac ni fu sôn amdano wedyn. Gwnaeth Littleton addewid i Maria ar y pryd y buasai'n edrych ar ei hôl hi a'i mab, yn ariannol ac ym mhob ffordd arall.

Daeth cyfran o'r arian a enillodd drwy lygredd a throseddau eraill yn ddefnyddiol er mwyn rhoi addysg breifat i'w nai, ac i roi cyfle gwell o'r hanner iddo nag y buasai wedi ei brofi fel arall. Bu'n ddylanwadol yn natblygiad y bachgen wrth iddo dyfu'n ŵr ifanc, a thyfodd perthynas agos iawn rhwng y ddau. Dysgodd yr ewythr i'r llanc sut i ymddwyn mewn amgylchiadau ystrywgar, sut i ddarllen sefyllfaoedd a throi digwyddiadau anodd i'w fantais. Doedd dim dwywaith fod Toby Littleton yn arwr i'w nai.

Pennod 34

Erbyn diwedd yr wythdegau roedd cyfoeth Toby Littleton yn enfawr a gwyddai fod yn rhaid iddo fod yn wyliadwrus iawn ble y dylai fuddsoddi ei enillion anghyfreithlon. Dewisodd Fanc y Samba yn Stryd Curzon yng nghanol y brifddinas. Banc gyda phencadlys yn Riyadh yn Sawdi Arabia oedd hwn, ac er bod swyddfa ym Mhrydain ers tua 1984 cafodd y cwmni drwydded i weithredu fel banc llawn yn 1987. Dywedodd Littleton wrthynt ei fod yn sefydlu busnes i fasnachu mewn carpedi Arabaidd moethus, gan eu gwerthu ledled y byd. Mater syml wedyn oedd trosglwyddo arian o'r cyfrif hwnnw i gyfrif arall yn yr un banc yn Riyadh a'i ailfuddsoddi o'r fan honno. Ar ôl gwneud ymholiadau trylwyr, penderfynodd ailfuddsoddi'r cyfalaf anghyfreithlon mewn cwmni a oedd dan reolaeth gŵr dylanwadol o'r enw Saleh Al Amoudi yn Sawdi Arabia.

Ni wyddai Littleton ar y pryd mai camgymeriad oedd hynny, ond saith mlynedd yn ôl, daeth y dewis hwnnw'n ôl i'w gyniwair.

Rhywsut neu'i gilydd, oddeutu 2008, clywodd rhywun ym myd terfysgol y Dwyrain Canol fod plismon o Brydain yn cuddio arian mawr yng nghwmni Saleh Al Amoudi gan ddefnyddio manylion ffug. Duw a ŵyr sut digwyddodd hynny, a doedd dim syniad gan Littleton sut i reoli'r sefyllfa a ddatblygodd. Fodd bynnag, fel arfer, roedd yn siŵr y byddai ffordd o droi'r amgylchiadau i'w fantais ei hun.

Peth rhyfedd, mewn ffordd, oedd iddo gael ei flacmelio gan derfysgwyr ac yntau'n gomander ar y Gangen Arbennig – yr union adran yn heddlu'r Met a oedd i fod i atal drygioni terfysgwyr ym Mhrydain. Dyma'r tro cyntaf iddo brofi'r fath fygythiad personol yn ystod ei yrfa hir a llewyrchus. Ar ôl cyrraedd rheng mor uchel, ac o fewn ychydig flynyddoedd i ymddeol, ei unig uchelgais ar y pryd oedd derbyn y clod yr oedd, yn ei farn o, yn haeddiannol ohono. Ond daeth y dyn pryd tywyll ato un diwrnod yn gafael mewn datganiad o Fanc y Samba yn Llundain, un arall o'r un banc yn Riyadh a rhestr o'r buddsoddiadau sylweddol a niferus a wnaethpwyd ganddo yng nghwmni Saleh Al Amoudi. Roedd ganddo hefyd lun o Littleton yn gadael swyddfa'r cwmni hwnnw yn Sawdi Arabia.

Gwyddai Littleton ar unwaith ei bod hi ar ben arno, felly i achub ei groen ei hun cytunodd i weithio ar ran y gŵr pryd tywyll, neu pa sefydliad bynnag yr oedd o'n ei gynrychioli, trwy fwydo gwybodaeth iddo. Manylion digon diniwed oeddynt i ddechrau, er eu bod nhw'n werthfawr iawn i unrhyw un yn y Dwyrain Canol oedd â'r bwriad o niweidio Prydain.

Yna daeth gorchymyn gan y gŵr pryd tywyll a chwalodd pob rhan o'i fywyd. Dinistriwyd popeth yr oedd Littleton wedi gweithio amdano ar hyd ei yrfa. Gorfodwyd ef i atal ymdrechion Heddlu Gogledd Cymru i wneud ymholiadau yng nghyffiniau tŷ o'r enw Plas y Fedwen, adeilad a ddefnyddid gan Lysgenhadaeth Swltaniaeth Oman. Ni wyddai Littleton pam ar y dechrau, ond daeth realiti'r sefyllfa'n glir iddo'n ddigon buan. Roedd terfysgwyr yn defnyddio'r lle i gynllwynio a gweithredu, a'r bwriad oedd ymosod ar Brydain mewn dull a fuasai wedi achosi niwed aruthrol i ran helaeth o Ewrop, heb sôn am Brydain ei hun. Cawsai ei hun mewn sefyllfa na allai ddianc ohoni. Yr oedd wedi dechrau bradychu'i wlad, a byddai gwrthod gorchmynion y gŵr pryd tywyll yn awr yn beth annoeth iawn i'w wneud.

Roedd hyn yn llawer mwy na throsglwyddo gwybodaeth – byddai'n rhaid iddo chwarae rhan yn y fenter y tro hwn. Ceisiodd wrthod, ond yn ofer. Yn ystod ei ymdrech i helpu dau derfysgwr i adael y wlad mewn awyren o faes awyr Caernarfon cafodd ei hun mewn ffrwgwd gyda ditectif lleol, Jeff Evans. Trwy i hwnnw geisio achub plismones a gipiwyd gan y ffoaduriaid, trawyd ef gan Evans ddwywaith, yng ngŵydd nifer o dystion. Nid ei drwyn yn unig a dorrwyd – dinistriwyd ei enw da ar yr un pryd.

Penderfynodd wneud cwyn swyddogol yn erbyn Evans – mater a fuasai'n sicr o arwain at ddiswyddo'r ditectif. Dyna gamgymeriad arall. Penodwyd ditectif o heddlu swydd Caer i ymchwilio i'r achos. Synhwyrodd hwnnw, rywsut, fod mwy i'r amgylchiadau a arweiniodd at ymosodiad Jeff Evans arno, a bod y drwg hwnnw'n gysylltiedig â gyrfa Comander Littleton. Perswadiwyd Comisiynydd Heddlu'r Met i ailagor yr ymchwiliad a gaewyd flynyddoedd ynghynt, ond ofer fu'r ymchwiliad o safbwynt Littleton. Dim ond un o'i ddynion, Ditectif Sarjant Andy Wilson, a gyhuddwyd yn y diwedd. Er hynny, gan fod digon o dystiolaeth i amau Littleton o nifer o ddrwgweithredoedd, gwnaethpwyd bargen y byddai'n ymddeol ar bensiwn llawn, ac y byddai'r gŵyn yn erbyn Evans yn cael ei gollwng.

Sylweddolodd Littleton na châi fyth ei anrhydeddu, ond gwylltiodd yn gacwn pan wobrwywyd Ditectif Sarjant Jeff

Evans â'r QPM yn dilyn ei ymdrechion i atal yr ymosodiad ar Brydain. Roedd cenfigen parhaol yn corddi yn ei stumog. Er bod Littleton wedi cadw ei enw da yn llygaid y cyhoedd, ac yn dal i gymdeithasu ar yr un lefel, roedd y siom o gael ei adael i bydru gan yr awdurdodau yn ormod iddo ei dderbyn. Ar ben hynny, roedd y dyn pryd tywyll a'i ddatganiadau o Fanc y Samba yn dal i ddod ar ei ofyn bob hyn a hyn am fwy o wybodaeth.

Penderfynodd Littleton gymryd mantais o hynny, fel yr oedd wedi llwyddo i droi pob digwyddiad i'w fantais ei hun ar hyd y blynyddoedd. Doedd yna ddim i'w gadw ym Mhrydain erbyn hyn, a doedd dim ots ganddo beth fyddai'n digwydd i'w famwlad. Defnyddiodd ei holl brofiad a'i gysylltiadau i geisio ailsefydlu ei statws, nid yn unig ym Mhrydain ond yn y Dwyrain Canol hefyd. Yn y blynyddoedd yn dilyn ei ymddeoliad, fo oedd asiant mwyaf dylanwadol – neu, yn hytrach, niweidiol – Al-Qaeda, ac yna IS, ym Mhrydain. Petai'n dod ar draws gwybodaeth a fyddai o werth i'r terfysgwyr, ni feddyliai ddwywaith am ei werthu. Chwyddodd ei gyfoeth fwy byth, ond ar ôl nifer o flynyddoedd yn cynorthwyo'r terfysgwyr, a'r brad yn poeni llai ar ei gydwybod bob tro, penderfynodd y byddai'n anelu'n uwch. Hon fyddai'r weithred olaf a'r fwyaf niweidiol nid yn unig yn erbyn Prydain ond yn erbyn holl wledydd gorllewin y byd.

Trefnodd Littleton gyfarfod gyda meistri'r gŵr pryd tywyll, er nad oedd hwnnw'n awyddus nac yn fodlon trefnu'r fath beth i ddechrau. Ond pan glywodd ei feistri fraslun o gynllun Littleton, trefnwyd y cyfarfod ar unwaith mewn llety disylw yn un o faestrefi tlotaf Riyadh. Yno, roedd y gŵr pryd tywyll ei hun a thri gŵr arall na welodd

Littleton eu hwynebau. Yn bwyllog ac yn awdurdodol cyflwynodd ei gynllun iddynt. Dim ond un o'r tri gŵr arall siaradodd. Ar ddiwedd y drafodaeth dywedwyd wrth Littleton bod ei gynllun yn un diddorol, ac os byddai'r canlyniad yn llwyddiannus, byddai'n cael ei dalu yn ôl ei ddymuniad, sef miliwn o ddoleri Americanaidd unwaith yr oedd y cynllun ar droed a dwy filiwn ychwanegol ar y diwedd. Ond – ac roedd hwn yn 'ond' mawr – doedd eu sefydliad nhw ddim mewn sefyllfa i wneud busnes o'r math yma gyda pherson aflwyddiannus. Nid yn unig roedd Littleton wedi methu rhoi'r cymorth angenrheidiol i'r merthyron a laddwyd wrth adael maes awyr Caernarfon flynyddoedd yn ôl, ond roedd Evans, y ditectif o ogledd Cymru, wedi ei amharchu'n ddybryd. Sut felly allen nhw ymddiried ynddo i gyflawni ei addewid y tro hwn? Byddai'n rhaid iddo adennill y parch yr oedd unwaith yn ei hawlio, a byddai eu meistri hwythau angen gweld tystiolaeth o hynny cyn arddangos eu parodrwydd i ariannu'r fath ymgyrch. Doedd cael gwared ar Evans ddim yn ddigon – roedd yn rhaid gwneud hynny mewn ffordd oedd yn dangos fod Littleton yn deilwng o'i ran ym myd terfysgol y Dwyrain Canol.

Gadawodd Toby Littleton y cyfarfod hwnnw a'i feddwl ar wib. Gwyddai fod yn rhaid iddo ddial ar Jeff Evans. Dyna fyddai'r allwedd i'r tair miliwn o ddoleri Americanaidd fyddai'n ychwanegu at ei gyfoeth sylweddol yn Sawdi Arabia. Yna, gallai fwynhau gweddill ei oes mewn gwlad bellennig, gynnes.

Cymerodd dair blynedd iddo ystyried ei gynllun yn ofalus, ac roedd hi'n wyrthiol sut y disgynnodd pethau'n gyfleus i'w ddwylo yn ystod yr amser hwnnw. Ffawd yn unig oedd y rheswm iddo ddod ar draws Gwyn Cuthbert pan aeth i roi Andy Wilson yn ei le yng Ngharchar Prescoed. Rhoddodd Littleton addewid i Wilson y byddai'n cael ei wobrwyo'n dda am dreulio amser yn y carchar ar ei ran, ond dyn ffôl oedd Wilson i gytuno i'r fath beth.

Pan ddaeth y cyfle, mater hawdd oedd darbwyllo Cuthbert i fod yn rhan o'i gynllun. Roedd o wrth ei fodd gyda'r syniad o herwgipio mab Jeff Evans – a gwneud ei ffortiwn ar yr un pryd. Neidiodd yr hurtyn gwirion am y cyfle heb roi math o hid i'r ffaith mai fo oedd yr abwyd mewn gwirionedd; yr abwyd a fyddai'n cael ei waredu fel lwmp o gig unwaith y peidiai â bod o ddefnydd pellach. Erbyn hynny, byddai'r cynllun i ddinistrio Jeff Evans wedi'i gwblhau, mwy neu lai. Dim ond dod â gweddill ei syniadau cyfrwys a chreulon at ei gilydd oedd ei angen bellach.

Roedd Littleton yn falch iawn hefyd o'i gynllun i ddial ar yr awdurdodau a fu'n gyfrifol am ei esgeuluso. Ymfalchïai yn y ffaith na fyddai Prydain byth yn gallu adfer ei hun ar ôl y fath ergyd. Roedd Littleton wedi defnyddio'r arbenigwr o BAE Systems sawl gwaith o'r blaen i gyflwyno gwybodaeth gudd iddo. Pethau bach oedden nhw i ddechrau, ond yna tyfodd maint a phwysigrwydd yr wybodaeth: manylion ynglŷn â'r mathau o arfau oedd yn mynd i bwy ac i ba rannau o'r byd; manylion systemau a meddalwedd taflegrau ac yn y blaen.

Dysgodd ffaith ryfeddol o ddefnyddiol flwyddyn ynghynt – roedd yr arbenigwr hwnnw yn beilot gyda phrofiad o hedfan awyrennau tebyg i Hercules pan oedd o'n gwasanaethu yn yr RAF flynyddoedd ynghynt. Cyfleus iawn, cofiodd feddwl ar y pryd. Erbyn hyn, roedd yr arbenigwr wedi bradychu ei gyflogwyr a'i wlad sawl gwaith, a'r gwirionedd oedd ei fod yng nghledr llaw Toby Littleton ers blynyddoedd. Doedd ganddo ddim dewis ond ufuddhau i'w orchymyn, ond roedd yr hanner miliwn a gafodd gan Littleton am ei ran yn melysu'r moddion. Doedd dim ots gan Littleton beth fyddai ei dynged ar ôl iddo herwgipio'r awyren yn llawn o arfau BAE Systems ar y ffordd i Dwrci, a'u hedfan i Faes Awyr Al Tabqa a oedd dan reolaeth y Wladwriaeth Islamaidd yng ngogledd Syria.

Roedd gan Littleton rywbeth bach arall i ddiddori ei feistri newydd yn y Dwyrain Canol hefyd – rhywbeth a fyddai'n siŵr o ennill mwy o barch iddo, a hyd yn oed mwy o arian. Yr unig beth roedd yn rhaid i Littleton ei wneud rŵan ocdd disgwyl, a mwynhau gwcddill ci ocs yn gyfforddus gyfoethog. Hyd yn oed os byddai'r amgylchiadau'n troi yn ei erbyn, roedd ganddo gynllun yn ei le i adael Prydain, yng nghanol ymwelwyr a thwristiaid yr haf.

Pennod 35

Cyrhaeddodd Jeff adref ganol y pnawn. Doedd dim golwg o Meira na'r bychan, ac roedd ei char wedi mynd. Gwelodd nodyn ar fwrdd y gegin.

Wedi mynd i nôl Twm o'r ysgol. Mynd i nofio wedyn. x

Rhoddodd absenoldeb y ddau gyfle i Jeff droi ei sylw at waith. Cododd y ffôn a deialodd rif cyfarwydd. Ar ôl ychydig ganiadau atebodd y llais bron i bum can milltir i ffwrdd.

'Ga i siarad efo'r unig Mr Jones sy'n byw i'r gogledd o Inverness os gwelwch yn dda?' meddai Jeff yn ffug-swyddogol.

Adnabu ei gyfaill Graham y llais yn syth.

'Na chei, y diawl – mae o'n paratoi i fynd i 'sgota, rwbath sy'n llawer iawn pwysicach na malu cachu efo chdi.'

Chwarddodd Jeff wrth glywed yr ateb.

'Ti'n newid dim. Sut ma' pawb?' gofynnodd, 'yn enwedig ein ffrind Donnie McKinnon.'

'Donnie McKinnon ... dyn neis, dyn neis iawn,' atebodd Graham yn gellweirus yn yr acen arfordir gorllewin yr Alban y byddai'n ei defnyddio wrth sôn am y cymeriad hwnnw. 'Na, mae pawb yn grêt, diolch 'ti. Teulu'n eitha da, a'r hogia'n gofyn amdanat ti'n gyson. Heb dy weld ti ers tro byd. Hen bryd i ti ddod i fyny 'ma am dipyn o 'sgota, meddan nhw.'

'Wel, ti'n gwybod sut ma' hi, Graham. Y gwaith a'r teulu sy'n cymryd f'amser i y dyddia 'ma. Fydd hi ddim yn hir cyn y bydd y bychan isio dechrau 'sgota.'

'Gwell fyth. Awn ni â fo i Loch Badanloch iddo fo gael dal llwyth o bysgod mân yn sydyn. Mi fydd yn siŵr o gael ei fachu gan bysgota wedyn i ti.'

Ar ôl treulio ychydig mwy o amser yn hel atgofion â'i gyfaill oes, gŵr a gafodd ei fagu ym Môn cyn iddo symud i'r Alban yn ei ddauddegau, trodd Jeff y sgwrs tuag at fyrdwn yr alwad.

'Mae 'na rwbath wedi codi sy'n gysylltiedig â rhyw joban fach sgin i ar y go ar hyn o bryd, Graham. Efallai medri di fy helpu i.'

'Mi dria i.'

'Be ti'n wybod am dŷ o'r enw Kildonan Lodge, sydd heb fod yn bell iawn o afon Helmsdale?'

'Ti 'di 'i basio fo gannoedd o weithiau ar dy ffordd i fyny i'r mynyddoedd am Badanloch a Loch Druim a'Chliabhain. Anferth o dŷ mawr ryw ddau gan llath yr ochr arall i'r afon, tua deg neu ddeuddeg milltir o bentref Helmsdale.'

'O! Hwnnw ydi o! Pwy bia fo?'

'Perthyn i'r stad, fel pob tŷ mawr arall i fyny 'ma. Mae'n cael ei ddefnyddio weithiau pan fydd pobl fawr yn dod i 'sgota'r afon.'

'Rhywun o'r teulu brenhinol?' gofynnodd Jeff yn awyddus.

'Mi fydd y Tywysog Charles yn dod i fyny yno'n reit aml, ond fo 'di'r unig un i mi fod yn gwybod amdano. Unwaith neu ddwy y flwyddyn, neu felly maen nhw'n deud. Does 'na neb yn cymryd llawer o sylw i fyny fama w'sti.'

'Am faint fydd o'n aros, a pha adegau o'r flwyddyn?'

'Yn y gwanwyn ac unwaith yn nechrau'r hydref, am wn i.'

'Mi fydd o'n mynd draw yn ystod yr wythnosau nesaf felly?'

'Ella wir. Pam ti'n gofyn?'

'Dwi wedi dod ar draws dyn sydd mewn cyswllt â phobl amheus iawn yn y Dwyrain Canol, ac mi wn i ei fod o wedi gwneud rhyw fath o ymchwil ynglŷn â'r lle.'

'Wel, dyna'r ateb i ti. Mae o'n swnio'n ddyn peryg.'

'Ydi, ac mae'n edrych i mi fel petai o wedi dod o hyd i darged meddal. Un o'r llefydd mwyaf anial ym Mhrydain, lle nad ydi'r system ddiogelwch cystal â'r rhai yn y tai gwyliau eraill mae'r teulu brenhinol yn eu defnyddio. Ond gwranda, yr hen fêt, mae'n rhaid i mi fynd. Mae 'na un neu ddau o bethau'n pwyso'n drwm arna i ar hyn o bryd.'

Trodd Jeff y gliniadur ymlaen yn syth, a gorchymyn Google i chwilio am West Sligo Shellfish. Ymddangosodd gwefan y busnes yn syth, a gwelodd mai cwmni bychan wedi'i ddechrau yn niwedd yr wythdegau oedd o, ond ei fod wedi tyfu'n sydyn yn ystod y blynyddoedd canlynol. Darllenodd fod y perchennog yn prynu dalfa yn ddyddiol gan nifer o bysgotwyr cregyn yr ardal, yn eu paratoi ar gyfer y farchnad ac yn eu gwerthu i westai'r fro a'r cyhoedd. Roedd ganddynt hefyd drefniant i dderbyn archebion dros y we. Pam, tybed, roedd Littleton yn dangos cymaint o ddiddordeb yn y cwmni hwn, myfyriodd Jeff, ond tarodd yr ateb ef fel mellten. Gan symud y llygoden a chlicio ymhellach, gwelodd fod West Sligo Shellfish yn allforio pysgod cregyn yn ddyddiol i ogledd Ffrainc gan ddefnyddio'u hofrennydd eu hunain, a hynny drwy'r flwyddyn heblaw gwyliau'r Nadolig a'r Pasg. Tybiodd Jeff fod trwydded arbennig gan y cwmni i wneud hyn, ond roedd y daith o Iwerddon i Ffrainc yn un mor rheolaidd, a hynny ers cyhyd o amser, roedd yn annhebygol fod yr awdurdodau'n goruchwylio'r fenter yn gyson. Pa ffordd well oedd 'na felly i ddyn fel Littleton adael Prydain am gyfandir Ewrop heb dynnu sylw ato'i hun ond trwy groesi i Iwerddon rydd? Efallai fod ganddo gyswllt arall yn Ffrainc i roi cymorth pellach iddo o'r fan honno.

Tybiodd Jeff mai'r ffordd orau o drosglwyddo gwybodaeth oddi ar gyfrifiadur Neil Proctor i derfysgwyr y Dwyrain Canol fyddai defnyddio co' bach, gan ei bod yn rhy beryglus iddo ddefnyddio e-bost. Roedd Littleton yn siŵr o fod yn ymwybodol bod y gwasanaethau diogelwch yn GCHQ yn chwilio'r we yn gyson am ddeunydd amheus. Yn ogystal, fyddai dim cyfyngiad ar faint y ffeiliau ar go' bach, yn wahanol i e-bost cyffredin. Wrth gwrs, sylweddolodd Jeff wrth syllu ar y sgrin o'i flaen, gallai Toby Littleton gario'r ddyfais fechan yn ei boced heibio i unrhyw swyddog tollau, a byddai'r tebygolrwydd y byddai'n cael ei ddal yn fychan iawn. Ond os oedd Littleton am fynd i Ffrainc drwy'r dull hwn, byddai'n rhaid iddo adael Prydain cyn gadael Iwerddon.

Cofiodd hefyd i Andy Wilson ddweud wrtho fod Littleton wedi chwilio gwefan Irish Ferries. Roedd yr ateb o'i flaen, felly. Edrychai'n debyg mai ymuno efo'r miloedd o deithwyr haf fyddai'n hwylio bob dydd rhwng Prydain ac Iwerddon oedd cynllun Littleton – ond o ba borthladd, ac i ble? Abergwaun i Rosslare tybed? Caergybi i Ddulyn? Lerpwl i Belfast neu Cairnryan ger Stranraer ar draws i Belfast? Efallai mai'r fan honno, i fyny yn yr Alban, fyddai dewis cyntaf y plismon profiadol, gan ystyried y byddai'n tynnu llai o sylw yno. Ar y llaw arall, byddai'n ddigon hawdd iddo ddiflannu ymysg y miloedd a fyddai'n croesi o Sir Fôn yr adeg hon o'r flwyddyn.

Eisteddodd Jeff ar y soffa â phaned yn ei law, yn ystyried y gwahanol bosibiliadau. Rhoddodd y teledu ymlaen er mwyn gwylio newyddion Sky am bump o'r gloch, a bu bron iddo ollwng ei gwpan pan glywodd yr eitem gyntaf. Cafwyd adroddiad am ddigwyddiad ar fwrdd awyren Hercules Brydeinig oedd yn hedfan dros ganoldir Ewrop. Roedd pedair jet arfog wedi'u hanfon ar frys o Ganolfan Llu Awyr Brenhinol Akrotiri yng Nghyprus i'w hebrwng ar unwaith i'r ynys honno. Deialodd Jeff rif Philip Barrington-Smythe yn syth, ac yn unol â'i arfer, ffoniodd hwnnw Jeff yn ôl ar linell fwy diogel.

'Dwi newydd glywed y newyddion,' meddai Jeff. 'Yr awyren efo'r arfau arni sy'n cael ei hebrwng i Gyprus?'

'Ie, ond peidiwch â phoeni gormod ynglŷn â'r peth, Jeff. Mae popeth dan reolaeth, diolch i'r nefoedd.'

'Faint fedrwch chi 'i ddeud wrtha i?'

'Mi fedra i ddweud, wrthych chi a neb arall ar hyn o bryd, Jeff, y bu ymgais gan yr arbenigwr BAE Systems a oedd ar ei bwrdd i feddiannu'r awyren. Saethodd y peilot a cheisiodd gloi ei hun yn y cocpit a hedfan yr awyren ei hun i Syria. Ond doedd o ddim yn ymwybodol fod dau aelod o'r SAS ar fwrdd yr awyren, ac maen nhw wedi adennill rheolaeth. Fydd y llwyth arfau ddim yn mynd gam ymhellach na Chyprus ar hyn o bryd.'

'A'r peilot?' gofynnodd Jeff.

'Wedi'i anafu'n ddrwg, ond mae o'n debygol o fyw.'

'Pryd ddigwyddodd hyn?'

'Bedair awr yn ôl.'

'A phryd gafodd yr hanes ei ddarlledu ar y newyddion gynta?'

'Ddwyawr yn ôl.'

'Mae rhaid i ni gymryd, felly, fod Littleton yn ymwybodol o'r digwyddiad ers dwyawr o leiaf.'

'Cywir, ond pam ydych chi'n ystyried fod hynny mor bwysig?'

'Os ydi Littleton yn gwybod bod ei gynllun wedi mynd yn draed moch, mae'n rhaid iddo ystyried y posibilrwydd y bydd yr arbenigwr BAE Systems yn siarad dan bwysau croesholi. All Littleton ddim cymryd y risg o aros yn y wlad hon, a dwi'n credu 'mod i wedi darganfod sut y mae'n bwriadu dianc.' Eglurodd Jeff yr hyn a ddysgodd. 'Wn i ddim sut mae Littleton yn gwybod am West Sligo Shellfish chwaith,' ychwanegodd ar ddiwedd ei adroddiad.

'Arhoswch funud,' meddai Barrington-Smythe. 'Mae'r enw'n canu cloch.'

Clywodd Jeff Barrington-Smythe yn teipio ar fysellfwrdd yn y cefndir, yna distawrwydd.

'Mmm ... ro'n i'n meddwl 'mod i'n cofio rhywbeth. Bu'r ddesg Wyddelig yma yn cadw golwg ar West Sligo Shellfish yn ystod y trwbwl yng Ngogledd Iwerddon. Roedd amheuaeth ar un adeg bod rhywun a oedd yn gysylltiedig â'r lle yn defnyddio'r busnes i smyglo arfau i mewn i'r wlad o Libya, ond ddaeth dim o'r peth yn y diwedd.'

'Fel aelod o'r Gangen Arbennig, fuasai Littleton wedi bod yn ymwybodol o hynny?'

'Bysa, mae'n siŵr.'

'Wel, dyna'r esboniad felly, a dyna sut mae o'n gwybod cymaint amdanyn nhw.'

'Bosib iawn,' cytunodd Barrington-Smythe. 'Mae'n

rhaid i ni ei stopio fo. Mi ofynnwn i'r heddlu roi ei fanylion i bob porthladd yn y wlad.'

Meddyliodd Jeff am ennyd.

'Fedra i ddim gweld sut mae hynny'n bosib,' atebodd Jeff. 'Does dim math o dystiolaeth i awgrymu ei fod o wedi gwneud dim o'i le. Oes 'na amheuaeth ei fod o wedi torri'r gyfraith mewn unrhyw ffordd?'

'Mae'n cuddwybodaeth ni'n awgrymu cysylltiad rhyngddo fo a'r arbenigwr BAE Systems, ond does dim byd mwy pendant na hynny.'

'A does gen innau ddim ffeithiau, na hyd yn oed amheuaeth gadarn, i'w gysylltu o â llofruddiaeth Cuthbert na dim byd arall anghyfreithlon. Mae'r dystiolaeth o'i holl arian budur yn Sawdi Arabia allan o'n cyrraedd ni. Wyddon ni ddim i sicrwydd, hyd yn oed, ydi o wedi lawrlwytho unrhyw wybodaeth oddi ar gyfrifiadur Proctor. Meddwl a dyfalu ydan ni, a dyna'r cwbwl y medrwn ni ei wneud. Na,' penderfynodd Jeff, 'does ganddon ni ddim hawl i'w arestio fo na'i rwystro rhag gadael y wlad. Dim heb fwy o dystiolaeth.'

Pan orffennodd ei sgwrs â Barrington-Smythe, eisteddodd Jeff yn ôl ar y soffa. Mae'n debyg bod ei gyfaill newydd yn Llundain, a gweddill ei gydweithwyr yn yr adeilad mawr ar lannau afon Tafwys, yn eitha bodlon fod taith yr arfau i Syria wedi cael ei hatal. Ond doedd hynny'n newid dim ar ei sefyllfa bersonol o. Câi ei arestio, mwy na thebyg, am lofruddio Cuthbert unwaith y byddai'r adroddiad o'r labordy fforensig yn cyrraedd dwylo'r Prif Arolygydd Pritchard. Byddai Littleton wedyn yn rhydd i adael y wlad, ac roedd hynny'n gwneud i stumog Jeff gorddi. Ystyriodd rannu manylion Littleton i bob porthladd ym Mhrydain, ond sut allai o gyfiawnhau hynny? Y posibilrwydd y byddai'n rhannu manylion systemau diogelwch adeiladau'r stad frenhinol â therfysgwyr y Dwyrain Canol? Doedd ganddo ddim prawf o hynny. Dim o gwbl. Doedd dim tystiolaeth chwaith fod Littleton yn gysylltiedig â llofruddiaeth Cuthbert, dim ond iddyn nhw gyfarfod yng Ngharchar Prescoed.

Edrychodd ar ei watsh. Chwarter i chwech. Ceisiodd ailystyried pa borthladd a fyddai'n fwyaf hwylus i Littleton ei ddefnyddio i adael Prydain. Taith bedair awr ar drên o ochrau Llundain a byddai yng Nghaergybi. Taith arall fer o awr a hanner ac mi fyddai yng nghanol Dulyn. Edrychodd ar ei gyfrifiadur a darganfod bod fferi yn gadael Caergybi am wyth o'r gloch. Efallai na allai hysbysu'r porthladdoedd am Littleton, ond doedd dim byd i'w wahardd o rhag mynd i Gaergybi i gadw golwg amdano.

Pennod 36

Estynnodd Jeff am oriad y Touareg ac ysgrifennodd yn frysiog ar gefn y nodyn a adawyd iddo gan Meira. Caeodd ddrws y tŷ yn glep tu ôl iddo a chychwynnodd injan y car. Cyn iddo estyn y teclyn bach i agor y giât, gwelodd hi'n agor o'i flaen – roedd car Meira yn y lôn ar fin troi i mewn i'r dreif. Tynnodd Jeff i'r naill ochr i adael iddi basio, ac wrth iddo wneud hynny gwelodd gar Dan Foster tu ôl iddi. Gyrrodd yntau drwy'r giât y tu ôl i gar Meira. Dechreuodd Twm bach gynhyrfu pan welodd ei dad, gan godi ei ddwylo a bownsio i fyny ac i lawr yn y sedd gefn. Edrychodd Jeff yn rhwystredig ar ei watsh. Gwyddai nad oedd ganddo lawer o amser, ond roedd yn ysu am dreulio munud neu ddau yng nghwmni ei deulu.

Dringodd o'r car a sefyll wrth ochr ffenestr agored Meira.

'Gweld bod dy warchodwr personol yn dal i ofalu amdanat ti,' gwenodd, gan droi ei lygaid tuag at Dan Foster yn ei gar y tu ôl iddi.

'O, paid â bod fel'na, Jeff. Mae'r hogyn yn trio'i orau. Pan mae o'n gwybod nad wyt ti yma, mae o'n troi fyny yn yr ysgol pan fydda i'n nôl Twm, a heddiw mi gynigiodd fy nilyn i adra o'r pwll nofio hefyd, chwarae teg iddo fo.'

'Ia wir, chwarae teg iddo fo – ond ti'n meddwl 'i fod o'n dechra cymryd gormod o ddiddordeb ynddat ti, Meira? Ydi o wedi trio rwbath?'

Roedd Jeff yn dal i amau cymhellion y plismon ifanc, er ei fod yn ymwybodol o'i berthynas â chwaer yng nghyfraith Rob Taylor. Dewisodd Meira anwybyddu ei sylw.

'Lle ti'n mynd, Jeff?'

'Wel, mi o'n i wedi gobeithio mwynhau noson adra efo chdi heno ond mae 'na rwbath newydd godi. Fedra i ddim deud mwy ar hyn o bryd, ond mi ddo i adra cyn gynted â phosib. Dwi'n addo.'

Aeth at ddrws cefn y car a'i agor. Gafaelodd yn dynn am Twm.

'Mae'n ddrwg gen i, yr hen fêt. Rhaid i Dad fynd allan i ddal mwy o bobol ddrwg. Os fyddi di wedi cysgu cyn i mi ddod adra, dwi'n gaddo dod i dy weld di a rhoi sws fawr i ti. Ydi hynna iawn?'

'A stori?' meddai Twm.

'Dim ond os wyt ti'n dal yn effro, ond cofia fod isio codi'n gynnar fory i fynd am yr ysgol. Iawn?'

Gwenodd y bachgen ar ei dad a lapio'i freichiau o amgylch ei wddf.

Erbyn hyn roedd Dan wrthi'n bagio'i gar allan yn ôl tua chanol y ffordd ac yn paratoi i adael.

'Helo, sarj,' meddai'n hwyliog drwy'r ffenest agored. 'Dim ond isio gwneud yn saff 'u bod nhw adre'n ddiogel o'n i.'

'Diolch yn fawr i ti unwaith eto, Dan. Mi gawn ni amser am sgwrs ryw dro eto, ond maddeua i mi am rŵan wnei di, plis? Rhaid i mi fynd.'

Sylwodd Jeff ar yr olwg chwilfrydig ar wyneb Dan wrth iddo gau ffenest y car a gyrru i gyfeiriad y dref.

Dringodd Jeff yn ôl i mewn i'r Touareg a chychwyn ar ei daith i Gaergybi. Llai na dwy awr nes y byddai'r fferi'n hwylio. Yn ystod y daith, dechreuodd feddwl am yr hyn oedd yn ei ddisgwyl yn y porthladd. Dim o gwbl, mwya tebyg, ond beth petai Littleton ar y fferi? Ddylai o geisio'i arestio? Wedi'r cwbwl, dyna'r rheswm pam yr oedd yn gyrru fel ffŵl ar hyd yr A55 drwy ganol Môn. Yr ochr arall i'r ddadl oedd nad oedd ganddo reswm cyfreithiol i wneud hynny – ond doedd Jeff ddim yn un i adael i fanylion felly ei stopio. Ei unig achubiaeth oedd y byddai gan Littleton go' bach yn ei feddiant ac arno wybodaeth gyfrinachol o gyfrifiadur Proctor. Fyddai ganddo ddim modd o gadarnhau hynny cyn ei chwilio, ond câi groesi'r bont honno pan ddeuai ati.

Parciodd ei gar yn frysiog ym maes parcio gorsaf reilffordd porthladd Caergybi, a rhedodd i gyfeiriad swyddfa'r Gangen Arbennig. Ychydig mwy na hanner awr oedd cyn i'r fferi hwylio, ac roedd y rhan fwyaf o'r teithwyr ar ei bwrdd yn barod. Drwy lwc roedd Jeff yn adnabod y ditectif sarjant ar ddyletswydd a chafodd osgoi'r rigmarôl o ddangos ei gerdyn gwarant a rhoi rhaglith hir. Yn frysiog felly, rhoddodd fraslun sydyn o'r sefyllfa ac aeth y ddau yn syth at y sgrin CCTV oedd yn dangos y teithwyr troed fu'n byrddio'r cwch cyn iddo gyrraedd. Gobeithiai Jeff mai ar droed roedd Littleton, os oedd yno o gwbl, neu fyddai dim gobaith ganddo o ddod o hyd iddo. Cyflymodd y sarjant rediad y tâp i arbed amser. Roedd chwe blynedd a mwy ers i Jeff weld Littleton yn y cnawd. Oedd o wedi newid, tybed? Am sut ddyn yn union roedd o'n chwilio? Dyn smart canol oed, hynod o dal, gyda gwallt gwyn twt. Dyna'r darlun olaf oedd gan Jeff ohono, ym maes awyr Caernarfon. Ond roedd Littleton yn ddyn cyfrwys, ystyriodd, fyddai'n ymwybodol iawn o sut i newid ei ymddangosiad. Arafodd y tâp ambell waith pan welai rywbeth a allai fod yn arwyddocaol, ond dro ar ôl tro, doedd dim golwg o Littleton. Gwyliodd gannoedd o ymwelwyr, yn deuluoedd gan fwyaf, yn cerdded tuag at y llong. Craffodd ar ddelwedd o ddyn tebyg iawn i Littleton, yn cerdded wrth ochr dynes a phedwar plentyn. Gwisgai'r dyn siaced lwyd ysgafn dros grys melyn a jîns glas, ac roedd yn cario bag llaw. Edrychodd Jeff arno'n codi cês trwm y ddynes a'i gario iddi. Gwnaeth hithau, yn ôl pob golwg, ymdrech i gario'i fag yntau, un llawer iawn ysgafnach, ond gwrthododd y dyn. Daeth y ddelwedd yn fwy eglur pan drodd y dyn i gyfeiriad y camera. Doedd dim ddwywaith – Toby Littleton oedd o, yn gwneud ei orau i glosio at y teulu er mwyn edrych fel petai'n un ohonynt.

'Rhaid i mi fynd ar y fferi – rŵan!' mynnodd Jeff.

'Argian, well i ti frysio,' meddai'r sarjant. 'Ma' hi'n amser codi'r bont.'

Cael a chael fu hi i Jeff gyrraedd y bont fel yr oedd dau o staff y porthladd yn paratoi i'w chodi. Fflachiodd ei gerdyn gwarant swyddogol, a phan welodd y dynion fod ditectif sarjant y porthladd yn sefyll y tu ôl iddo, cafodd ryddid i redeg ar fwrdd y llong.

Teimlodd Jeff y llawr yn crynu oddi tano wrth i'r injan fawr refio yng nghrombil y llong. Aeth i gyfeiriad y dec, oedd â dwy fil a mwy o bobl, y rhan fwyaf yn deuluoedd, yn rhuthro i lenwi'r seddau i bob cyfeiriad, eu plant yn rhedeg yn afreolus a swnllyd. Edrychodd allan trwy'r ffenestr. Yn barod, roedd y fferi yng nghanol harbwr allanol Caergybi ac yn anelu tuag at y morglawdd. Wel, meddyliodd, os oedd Littleton ar fwrdd y fferi yma, roedd ganddo awr a hanner dda i ddod o hyd iddo.

Penderfynodd mai'r peth doethaf fyddai cael gair â'r capten neu'r swyddog cyntaf. Ni ddywedodd lawer wrthynt, dim ond cyflwyno'i hun a datgan ei ddiddordeb yn un o'r teithwyr. Edrychai'r capten yn ddigon hapus efo'r eglurhad hwnnw, felly fu dim rhaid i Jeff ymhelaethu – am y tro, o leiaf.

Roedd y fferi tu draw i'r morglawdd erbyn hyn, a mynydd Twr Caergybi yn pellhau yn y cefndir. Cerddodd Jeff o amgylch y dec, yn chwilio'r amryw siopau, y sinema, y tai bwyta, lolfa gyrwyr y loriau a hyd yn oed y toiledau. Ystyriodd fynd i lawr i gyfeiriad dec y cerbydau, ond yn sydyn gwelodd y ddynes a'i phedwar plentyn a oedd yng nghwmni Littleton cyn byrddio'r cwch. Aeth ati'n hwyliog ac yn hamddenol.

'Lle mae fy mêt i 'di mynd?' gofynnodd iddi.

'Pwy ydi hwnnw felly?' gofynnodd y ddynes mewn acen Wyddelig.'

'Mi gollon ni'n gilydd pan roddodd o help i chi gario'ch cês i'r cwch gynna.'

'O, y dyn neis na? Mi roddodd bunt yr un i'r plant chwarae teg iddo fo. Mae o 'di mynd ... dwi'n meddwl mai i'r tŷ bwyta posh dosbarth cyntaf 'na a'th o.'

'Ia, welis i o'n mynd,' ategodd un o'r plant.

Diolchodd Jeff a'u gadael.

Roedd y bwyty ym mlaen y fferi'n llawn. Gwelodd ŵr yn eistedd a'i gefn ato wrth un o'r byrddau, ei ben mewn papur newydd. Gwisgai'r un dillad ag a welodd Jeff am y dyn ar y tâp, ac roedd bag lledr brown ar lawr wrth ei ochr. Daeth gweinydd at Jeff.

'Bwrdd, syr?' gofynnodd.

Dangosodd Jeff ei gerdyn swyddogol heb ddweud gair,

ac amneidiodd ar i'r gweinydd ei adael. Ufuddhaodd hwnnw, gan fynd yn syth at ei oruchwyliwr wrth y ddesg.

Safodd Jeff yn ddistaw y tu ôl i Littleton, yn gwybod nad oedd awdurdod ganddo i'w arestio. Gwyddai o brofiad y byddai'n gallu dweud yn syth oedd y dyn yn euog ai peidio, dim ond wrth ddarllen ymateb Littleton i'w ymddangosiad annisgwyl – ond beth wnâi o wedyn?

Heb oedi ymhellach, camodd Jeff ymlaen, gafaelodd mewn cadair ac eisteddodd wrth yr un bwrdd â Littleton. Edrychodd yn syth i lygaid y gŵr nad oedd wedi'i weld ers chwe blynedd, a gwelodd ei wep yn disgyn. Roedd yn amlwg bod Littleton wedi'i adnabod yntau hefyd. Gollyngodd Littleton ei lwy bwdin ac agorodd ei geg mewn syndod.

'Mae 'na un neu ddau o bethau 'dan ni angen eu trafod, Toby.' Ocdodd Jeff yn ddramatig am ciliad. 'Yr arfau ocdd i fod ar eu ffordd i Syria, yr holl wybodaeth sydd wedi'i ddwyn oddi ar gyfrifiadur Neil Proctor ynglŷn â diogelwch y teulu brenhinol, heb sôn am herwgipio fy mab a cheisio fy meio i am lofruddiaeth Gwyn Cuthbert.' Gwelodd Jeff y geiriau yn cael eu hamsugno gan y dyn o'i flaen.

Ni allai Littleton ddirnad sut roedd y plismon gwledig wedi cael y fath wybodaeth. Gwyddai fod tystiolaeth yn ei feddiant a fyddai'n ddigon i'w gyhuddo a'i anfon i'r carchar am weddill ei oes am fradychu ei wlad – tystiolaeth oedd yn profi'r hyn a ddywedodd Evans. Byddai'n rhaid iddo gael gwared â'r dystiolaeth, ac yn sydyn. Dyna'i unig obaith.

Cododd Littleton ar ei draed yn gyflym, y bag lledr yn ei law. Defnyddiodd y bag i daro Jeff ar ochr ei ben gyda'i holl nerth. Syrthiodd Jeff i'r llawr gan daro'i ben yn y bwrdd agosaf ar y ffordd i lawr. Roedd y lle'n troi am ennyd, ond er na allai weld yn glir dechreuodd ddod ato'i hun yn ddigon cyflym i weld Littleton yn diflannu trwy'r drws. Roedd Littleton wedi ymateb i bob un o'i gyhuddiadau heb agor ei geg. Rhedodd Jeff ar ei ôl a'i weld yn baglu ar draws nifer o blant yn chwarae yn yr eil, a chlywodd araith liwgar y mamau Gwyddelig yn ei ddamnio ymysg sgrechian y plant. Ceisiodd un neu ddau o ddynion ei atal, ond yn aflwyddiannus. Closiodd Jeff ato ynghanol y cynnwrf, ond cyflymodd Littleton drachefn. Lle aflwydd oedd o'n meddwl mynd ar fwrdd llong, meddyliodd Jeff? Ond yna, yn sydyn, sylweddolodd yr ateb. Heb dystiolaeth byddai'n anodd neu'n amhosib ei gyhuddo – ac roedd y dystiolaeth honno yn amlwg yn ei feddiant, am y tro. Roedd starn y cwch, y man agored lle byddai teithwyr yn hel i ysmygu, i'w weld ganllath i ffwrdd. Roedd Jeff yn sicr ei fod yn anelu at y fan honno, ac y byddai'r bag lledr a'i gynnwys yn cael ei luchio i'r môr. Yn wantan ar ôl ei godwm, doedd Jeff ddim yn sicr a oedd ganddo ddigon o nerth i ddal i fyny â fo a'i atal. Closiodd ato drachefn, ond roedd Littleton bron yn y starn.

'Heddlu! Stopiwch y dyn yna ar unwaith!' gwaeddodd Jeff ar dop ei lais.

Fel yr oedd Littleton yn cyrraedd y starn rhoddodd un o staff y fferi ei droed allan o flaen y ffoadur a'i faglu. Syrthiodd Littleton yn bendramwnwgl i'r llawr a syrthiodd Jeff ar ei ben. Gafaelodd Jeff a'r dyn arall ynddo a thynnu ei gôt fer hanner ffordd i lawr ei gefn i'w atal rhag defnyddio ei freichiau, cyn ei godi ar ei draed. Gwelodd Jeff fod y bag lledr brown ar y dec wrth ei ymyl. Cododd Jeff y bag a dechreuodd fynd trwyddo. Prin oedd ei gynnwys, ond roedd bag arall tu mewn iddo – bag taclau molchi. Ynddo roedd tri cho' bach 32 megabeit yr un, digon i gadw swm helaeth iawn o wybodaeth.

'Lle rhyfedd i gadw pethau fel hyn,' meddai Jeff.

Edrychodd ar Littleton a gwelodd ddyn gwahanol iawn i'r un a gyfarfu chwe blynedd ynghynt. Nid y Comander awdurdodol, hyderus, o'r Met, fel pìn mewn papur, oedd o'i flaen, ond cysgod o ddyn heb ddyfodol ganddo. Roedd ei wallt gwyn yn flêr dros ei dalcen a'i ddillad yn edrych yn flêr ac yn rhad.

Gwyddai'r cyn-Gomander Toby Littleton hefyd fod ei fyd wedi'i ddryllio. Yr oedd wedi osgoi cael ei ddal am bob math o droseddau dros y deugain mlynedd flaenorol trwy dwyll, trais a grym. Dim ond muriau carchar fyddai'n eu gweld weddill ei oes – a doedd o ddim yn barod i dderbyn hynny. Tynnodd ei hun o'i siaced a'i gadael yn nwylo gweithiwr y fferi. Doedd Jeff, na 'run o'r ysmygwyr cyfagos, yn ddigon sydyn i'w atal. Mewn tri cham sydyn, llamodd dros ochr y starn i'r ewyn cynddeiriog islaw. Sugnwyd Toby Littleton o'r golwg i'r dyfnderoedd.

Edrychodd Jeff trwy bocedi'r siaced a daeth ar draws un co' bach 32 megabeit arall. Beth oedd ar hwn tybed? Rhywbeth mor bwysig nad oedd wedi ei gadw yn y bag lledr. Câi weld yn ddigon buan.

Trefnodd i gasglu enwau pob un o'r ysmygwyr yn y starn fel tystion i'r digwyddiad. Tynnodd rhywun sylw Jeff at y briw gwaedlyd ar ochr ei ben, ac wrth iddo roi ei law arno teimlodd y boen am y tro cyntaf. Dim rhyfedd ei fod o'n arafach nag arfer! Anwybyddodd y boen ac aeth i chwilio am rywun a oedd yn defnyddio gliniadur. Cyn hir rhoddodd y swyddog a roddodd gymorth iddo un yn ei ddwylo, a heb oedi rhoddodd Jeff y co' bach o boced y siaced ynddo. Roedd yr hyn welai ar y sgrin o'i flaen yn gymhleth, a doedd o ddim yn deall llawer ohono, ond roedd sawl cyfeiriad at systemau diogelwch adeiladau yn perthyn i'r teulu brenhinol. Hefyd roedd manylion ymweliadau, cyfrinachol hyd yn hyn, y Frenhines ac aelodau eraill y teulu brenhinol â gwahanol rannau o'r byd yn y dyfodol agos. Ar un o'r coeau bach arall roedd manylion meddalwedd systemau arfau milwrol yn perthyn i BAE Systems. Ar y trydydd roedd manylion ei holl fuddsoddiadau yn y Dwyrain Canol ac ar yr olaf, manylion yn ymwneud â Cuthbert. Edrychodd Jeff ymhellach trwy'r bag lledr brown ac ymysg eitemau o ddillad canfu nifer o bapurau hanner canpunt wedi'u rholio mewn band elastig. Gwerth tua phymtheg mil o leiaf, tybiodd Jeff. Roedd yn fodlon rhoi bet y byddai eu rhifau yn cyd-fynd â'r rhai a ddefnyddiwyd yn ystod herwgipiad Twm bach. O'r diwedd, roedd y dystiolaeth a'r holl wybodaeth am yr hyn a ddigwyddodd yn ystod y mis diwethaf ganddo – ac yn pwyntio'r bys yn gadarn i gyfeiriad Toby Littleton. Yr unig beth nad oedd Jeff yn ei ddeall o hyd oedd sut yr oedd Littleton wedi gallu llofruddio Gwyn Cuthbert a phlannu'r dystiolaeth arno mor dwt. Oedd o wedi bod yn ei gartref?

Rhoddodd Jeff y gorau i'r chwilio. Roedd angen tabled lladd poen arno, neu wydryn o wisgi. Gafaelodd yn ei ffôn symudol a gwelodd ei fod yn codi signal un o rwydweithiau ffôn Iwerddon. Deialodd rif ei gartref gan ddefnyddio'r cod rhyngwladol.

'Meira,' meddai. 'Fi sy 'ma. Wnei di ddeud wrth Twm na fydda i ddim adra'n ddigon buan i ddarllen stori iddo heno?'

'Mae o yn ei wely ers meitin,' atebodd Meira. 'Lle wyt ti beth bynnag?'

'Dulyn.'

'Be ddiawl ...?'

Pennod 37

Cyrhaeddodd Jeff yn ôl i Gymru yn oriau mân y bore wedi awr neu ddwy o gwsg pytiog. Yn harbwr Caergybi, gwelodd fod nifer o'i gydweithwyr yn disgwyl amdano, yn cynnwys yr Uwch-arolygydd Irfon Jones a'r Dirprwy Brif Gwnstabl, a oedd hefyd yn ymwybodol o'i anturiaethau.

Mewn ystafell breifat cymerodd Jeff hanner awr i ddweud yr hanes wrth Irfon Jones. Rhoddodd iddo'r bag lledr a'i gynnwys, y siaced a'r co' bach oedd yn ei phoced, a'r papurau hanner canpunt. Yna, gyrrodd Jeff yn ôl i Lan Morfa wedi llwyr ymlâdd, a'i ben yn curo fel injan ddyrnu.

Pan gyrhaeddodd adref roedd Meira ar fin codi, a chafodd hithau'r hanes dros baned.

'Wn i ddim be i wneud efo chdi wir, Jeff,' meddai, gan olchi'r briw ar ei ben a'i ailorchuddio. 'Tasat ti ddim 'di colli cymaint o dy wallt mi fysa gin ti rwbath i dy arbed di rhag y glec,' chwarddodd, gan afael amdano'n dynn.

'Diolch am dy eiriau caredig, Meira,' atebodd yntau. 'Ond o ddifri rŵan – wyt ti'n iawn? Efo pob dim sy wedi digwydd yn ddiweddar, dwi'n poeni amdanat ti a'r babi. Dydi'r holl straen 'ma yn ddim lles i ti.'

'O, mi fydda i'n iawn, 'sti. Mae gen i fis arall da i fynd, does?'

Anwesodd Jeff ei bol chwyddedig. 'Oes, ma' 'na fis, ond mae'r mis olaf yn un pwysig, fel y gwyddost ti. Rhaid i ti fedru ymlacio.'

'Ymlacio? Be 'di peth felly?' chwarddodd. 'Ond does dim isio i ti boeni. Dwi'n ddigon 'tebol.'

'Wel … ella nad ydw i wedi medru rhoi lot o help i ti'n ddiweddar, ond mi fydd petha'n well o hyn ymlaen, rŵan bod y busnes dychrynllyd 'ma ar ben. O'r diwedd.'

'Ia, o'r diwedd,' cytunodd hithau.

Clywodd y ddau sŵn traed cyfarwydd, a rhedodd Twm i mewn i'r ystafell. Neidiodd at ei rieni nes bod y tri yn un coflaid fawr.

'Sori, 'ngwas i, nad oedd Dad yma neithiwr i fynd â chdi i dy wely,' meddai Jeff. 'Mi gei di stori hir, hir heno – be ti isio, stori pysgota, stori sw neu stori ffarm?'

'Stori sw, plis Dad.'

Roedd Jeff yn benderfynol o gadw at ei addewid i'r bychan y tro hwn, ar ôl gorfod ei siomi mor aml yn ddiweddar.

Ar ôl i Meira fynd â Twm i'r ysgol, eisteddodd Jeff yn ei hoff gadair yn y lolfa. Er ei fod wedi blino'n lân, roedd gormod yn troi yn ei ben i feddwl am gysgu. Tarodd y teledu ymlaen er mwyn chwilio am ryw fath o adroddiad ynglŷn â'r awyren a hebryngwyd i Gyprus y diwrnod cynt. Er iddo chwilio ac ailchwilio sianeli newyddion niferus, ac edrych ar wasanaeth testun y teledu a'r we, doedd dim sôn am y peth. Peth rhyfedd, meddyliodd, cyn ailfeddwl. Mae'n siŵr fod y Gwasanaethau Diogelwch wedi rhoi bloc ar bob adroddiad am resymau diogelwch cenedlaethol.

Er ei fod yn gwybod na allai Littleton ei boeni bellach, fedrai o ddim osgoi'r hen deimlad hwnnw yng ngwaelod ei fol oedd yn dweud wrtho nad oedd pen y mwdwl wedi ei gau. Pan ddaeth Meira adref am un ar ddeg ar ôl gwneud tipyn o siopa a chael paned yng nghwmni Heulwen Taylor, penderfynodd Jeff fynd i'w wely, ond ni ddaeth cwsg yn hawdd. Bu'n troi a throsi am oriau. Clywodd gloch y giât ffrynt yn canu tua dau, a llais Meira yn siarad â rhywun trwy'r teclyn cyfathrebu. Dan, mae'n siŵr, meddyliodd. Penderfynodd godi – doedd dim diben gorwedd yn ei wely ac yntau'n methu cysgu. Tra oedd o'n taflu dŵr oer dros ei wyneb yn y stafell molchi, galwodd Meira arno o waelod y grisiau.

'Jeff, mae Irfon Jones yma i dy weld ti.'

'Gofyn iddo roi dau funud i mi!'

Pan ddaeth Jeff i lawr y grisiau roedd Irfon Jones yn eistedd yn y stafell haul yn mwyhau paned o de efo Meira. Pan welodd ei gŵr, cododd Meira a mynd i'r gegin er mwyn paratoi coffi cryf iddo – a rhoi llonydd i'r dynion drafod.

'Lle braf sgin ti'n fama,' edmygodd Irfon Jones wrth edrych dros y môr o'i flaen.

'Ydi, taswn i'n cael dipyn mwy o amser i'w fwynhau.' Chwarddodd y ddau.

'A finna'n dod yma i darfu arnat ti …' ychwanegodd Irfon Jones yn ffugwylaidd.

'Na, dim o gwbwl,' mynnodd Jeff. 'Yr hen fusnes 'ma sy wedi bod yn fy nghorddi fi – ac yn dal i wneud, i fod yn berffaith onest efo chi.'

'Wel, dyna pam dwi yma,' cyfaddefodd yr Uwch-arolygydd.

Daeth Meira â mwg mawr o goffi i Jeff, a'u gadael heb ddweud gair.

'Pwy sy'n edrych ar ôl coeau bach Littleton?' gofynnodd Jeff.

'Mae un o ddynion y Gangen Arbennig o'r pencadlys ym Mae Colwyn wedi cael ei yrru gan bobol Llundain i gymryd yr un sy'n cynnwys yr wybodaeth am BAE Systems a'r un sy'n ymwneud â diogelwch y teulu brenhinol. Mae'r Met isio golwg ar yr un sy'n cynnwys manylion ei fuddsoddiadau. Mae'r rheini yn mynd yn ôl bron i hanner canrif, goeli di?'

'Dim syndod bod y Met isio'u gweld nhw felly. Be am y llall?'

'Yr un sy'n sôn am Cuthbert? Wel, mae hwnnw ym meddiant y Prif Arolygydd Pritchard erbyn hyn.' Gwelodd Irfon y dirmyg ar wyneb Jeff. 'Wedi'r cwbwl,' eglurodd, 'fo sy'n rheoli'r ymchwiliad i lofruddiaeth Gwyn Cuthbert. Wn i ddim be yn union sy ar y ddyfais na pa mor ddefnyddiol fydd yr wybodaeth i ni. Tydi Pritchard ddim yn un am rannu gwybodaeth, fel y gwyddost ti. Ond mi glywis i gynna bod yr adroddiad fforensig wedi cyrraedd, a bod pethau'n edrych yn ddrwg i ti. Yn ôl pob golwg, cwynodd Pritchard fod pethau'n cymryd rhy hir, a gyrrodd rywun i'r labordy yn un swydd i'w nôl o.'

Gwenodd Jeff wrth feddwl am holl ymdrech y Dirprwy. 'Sut mae'r adroddiad yn fy mhardduo i?' gofynnodd.

'Mae olion gwaed Cuthbert ar dy ddillad a dy sgidiau di, sy'n cyd-fynd â'r syniad fod y sawl oedd yn eu gwisgo wedi cicio Cuthbert i farwolaeth.'

'Dydi hynny ddim yn fy synnu fi o gwbl – ond neno'r tad, ma' hi mor hawdd gweld bod Littleton wedi gwneud ei orau i fy fframio i. Mae hynny'n amlwg ers y dechrau.'

'Dwi'n dallt hynny, Jeff, ond mae Pritchard, yn ei ddoethineb, yn trio profi dy fod ti wedi bod yn cydweithio efo Littleton. Mi gawn ni weld be fydd canlyniad hynny ar ôl iddo orffen mynd trwy gynnwys y co' bach.'

Chwarddodd Jeff mewn anobaith. Gwyddai y byddai

posib cyflwyno'r dystiolaeth mewn ffordd fuasai'n awgrymu ei ymglymiad o yn llofruddiaeth Cuthbert.

'Sbiwch ar bethau fel hyn,' parhaodd Jeff. 'Gynta, mae rhywun yn trio fy maeddu fi mewn llythyr i'r Prif Gwnstabl, trio dweud bod perthynas amhroffesiynol rhyngdda i a Nansi'r Nos, a 'mod i wedi dod yn ddyn cyfoethog drwy ryw ddull anghyfreithlon.'

'Ac mae hynny'n digwydd ddyddiau ar ôl i Cuthbert gael ei ryddhau o'r carchar.'

'Ydi. Ac roedd Cuthbert wedi treulio rhan o'i ddedfryd yng Ngharchar Prescoed efo cyfaill i Littleton – un o'i gyn-gydweithwyr, Andy Wilson.'

'Cyd-ddigwyddiad, felly.'

'Felly ma' hi'n edrych. Wedyn, mae rhywun yn plannu cyffuriau ar Nansi a dwi'n cael y bai pan mae'r dystiolaeth yn diflannu o'r swyddfa 'cw. Do siŵr, mi es i i weld Nansi yn y gell y bore hwnnw, ond pam lai? Hi ydi'r hysbysydd gorau ges i erioed. Ac ma' raid i ni gofio mai trwy Nansi ges i'r neges i fynd i'r fynwent 'na lle gafodd Cuthbert ei lofruddio – ac ar yr un noson.'

'A hynny ar ôl i ti fynd i'w gartref a dechrau'i herio fo o flaen pawb.'

'O, peidiwch â f'atgoffa i 'mod i wedi bod mor wirion. Ond be arall fysa rhywun yn disgwyl i mi wneud, ar ôl i rywun gynnau tân reit wrth ochr fy nhŷ i a rhoi bocs matsys trwy'r drws, heb sôn am loetran o gwmpas pan oedd Meira yn codi Twm o'r ysgol.'

'Ac yna 'dan ni'n dod at yr herwgipio,' meddai Irfon Jones.

'A dwi mor sicr ag y medra i fod mai Cuthbert oedd yn gyfrifol am hynny.'

'Sydd, yn ôl y co' bach sy yn ein meddiant ni rŵan, yn ein harwain yn syth yn ôl at lofruddiaeth Cuthbert.'

'A finnau dan amheuaeth o hyd, yn ôl pob golwg. Clyfar te? O edrych ar bethau fel hyn, does dim rhyfedd bod Pritchard am fy ngwaed i.'

Rhannodd Jeff yr hyn a ddysgodd gan Andy Wilson, prif swyddog diogelwch Llysgenhadaeth Oman a Philip Barrington-Smythe gyda'i bennaeth am y tro cyntaf. Eisteddodd Irfon Jones yn ôl yn ei gadair yn feddylgar.

'Does dim dwywaith, Jeff, mae Littleton wedi bod yn eithriadol o glyfar – ond fedra i yn fy myw â dallt sut gafodd o'r wybodaeth i gynnwys Nansi'r Nos yn ei gynllun, a gwneud i'r dystiolaeth yn ei herbyn ddiflannu.'

'Heb sôn am wneud yn siŵr fod gwaed Cuthbert ar fy nillad i. Dyna be dwi wedi bod yn pendroni drosto fwyaf, ond sgin i ddim ateb, ma' gin i ofn.'

'Wel, dwyt ti ddim wedi cael dy wahardd o dy waith na dy arestio, ond mae'n ymddangos fod y bygythiad yn dy erbyn di a dy deulu wedi diflannu o'r diwedd. Be wnei di felly?'

'Dwi'n meddwl mai'r peth callaf fedra i 'i wneud ydi mynd yn ôl i 'ngwaith reit o flaen trwyn y dyn Pritchard 'na er mwyn dangos nad ydw i'n poeni dim amdano fo na thystiolaeth ffug Littleton.'

'Pryd wnei di hynny?'

'Cynta'n y byd, gora'n y byd, 'te?' Cododd ar ei draed. 'Meira,' galwodd ar ei ffordd allan. 'Dwi'n mynd i lawr i'r swyddfa. Mi fydda i'n ôl erbyn amser te.'

Parciodd Jeff y Touareg yn ddigywilydd o agos i gar y Prif Arolygydd Pritchard yn iard gefn gorsaf heddlu Glan

Morfa. Prin y byddai digon o le iddo agor drws y gyrrwr. Pwysodd y cod diogelwch cyfarwydd i agor drws cefn yr adeilad ond wnaeth y drws ddim agor. Canodd y gloch, ond gwrthododd y gweithiwr sifil wrth y ddesg roi'r cod newydd iddo nac agor y drws. Cerddodd Jeff rownd i'r brif fynedfa, neidiodd dros y cownter heb ddweud gair wrth y sifiliad, a brasgamodd i swyddfa'r sarjant. Yno roedd Rob Taylor.

'Hei, Rob. Dwi'n falch o dy weld di. Pam fod cod y drws cefn wedi newid?'

Edrychodd Rob i gyfeiriad y nenfwd gan wenu. Doedd dim rhaid gofyn mwy.

'Stwffio'r diawl gwirion. Be 'di'r cod newydd?'

Rhoddodd Rob y rhifau iddo'n syth.

'Hen bryd i ti ddod yn ôl,' meddai.

Rhedodd Jeff i fyny'r grisiau dair stepen ar y tro. Rhoddodd ei ben drwy ddrws swyddfa'r ditectifs.

'Su' ma'i bois? Dwi adra!' meddai'n hwyliog, gan godi ei law i ymateb i'r croeso a gafodd. Edrychodd o gwmpas yr ystafell. 'Lle ma' Dan?'

'Welson ni mohono fo ers peth cynta bora 'ma,' oedd yr ateb.

'Rargian, ma'r lle 'ma 'di mynd i'r diawl hebdda i!' ebychodd.

Ar y ffordd i'w swyddfa ei hun, galwodd yn ystafell yr ymchwiliad i lofruddiaeth Cuthbert.

'Sut ma'i, 'ogia?' meddai, cyn troi ar ei sawdl.

Edrychodd hanner dwsin o heddweision yn yr ystafell ar ei gilydd yn gegrwth. Pawb ond y Prif Arolygydd Pritchard. Roedd o'n crensian ei ddannedd.

Eisteddodd Jeff y tu ôl i'w ddesg. Doedd dim llawer wedi newid, heblaw am yr holl bapurau a'r ffeiliau ychwanegol oedd wedi pentyrru ers iddo adael. Rhoddodd nifer o ffeiliau trwchus mewn trefn ar un ochr, yr achosion brys ar y top, a'r lleill, y rhai allai ddisgwyl ychydig hirach am sylw, oddi tanynt. Gwelodd amlen A4 wedi'i chyfeirio ato a stamp coch 'cyfrinachol' arni – llythyr mewnol. Agorodd yr amlen a gweld mai adran personél y pencadlys oedd wedi'i gyrru. Ynddi roedd ffeil gyfrinachol, gyflawn, Cwnstabl Dan Foster. Cofiodd Jeff ei fod wedi gwneud cais amdani er mwyn paratoi adroddiad datblygiad y llanc yn ystod ei gyfnod prawf yn dditectif. Roedd Jeff ar fin ei rhoi ar waelod y pentwr papur, ond newidiodd ei feddwl a phenderfynodd ei darllen. Roedd y nodiadau diweddar ym mlaen y ffeil a dogfennau hŷn yn nes at y cefn, a phob adroddiad a welai yn canmol Dan i'r cymylau. Wrth gofio i Dan ddweud wrth Rob, yn ystod y parti yn Rhandir Newydd bron i fis ynghynt, iddo fynychu cwrs yn Llundain, chwiliodd Jeff am gofnod o hynny, ond yn ofer. Rhyfedd, meddyliodd, a chodi'r ffôn.

'Rob? Ti'n cofio be oedd enw'r bwyty ar y cerdyn hwnnw syrthiodd allan o boced Dan yn y parti acw?'

'Rargian, ti'n gofyn rwbath rŵan. Aros funud ... Abu rwbath ... rwbath yn dechra efo "Z" os cofia i'n iawn. Pam?'

'Sgin i'm amser i egluro rŵan ... ffonia i di'n ôl yn y munud.'

Rhoddodd Jeff y ffôn i lawr a dechrau bodio ymhellach i gefn y ffeil a synnu o weld mai drwy ymuno â Heddlu'r Met y dechreuodd Dan ei yrfa yn yr heddlu, cyn symud i Heddlu Gogledd Cymru dair blynedd ynghynt. Gwelodd ei fod wedi cael ei addysgu mewn ysgol breifat, ond doedd dim sôn iddo fod wedi mynychu coleg yn unman. Doedd y ffaith iddo gael addysg dda ddim yn syndod i Jeff, ond roedd mwy o ddirgelwch yn y ffaith na fu i'r dyn ifanc sôn am ei amser yn y Met. Canfu gopi o'r adroddiad a luniwyd pan wnaeth Dan gais i ymuno â'r Met, a dechrau ei ddarllen. Dan Foster, unig fab Maria Foster (*née* Littleton) ... Gollyngodd Jeff y ffeil ar y ddesg o'i flaen yn syfrdan. Na, roedd hynny'n amhosibl. Roedd cannoedd o bobl â'r cyfenw Littleton yng nghyffiniau Llundain, siŵr o fod. Syllodd Jeff i'r gwagle o'i flaen.

Roedd y cerdyn bwyty a syrthiodd o boced Dan yn edrych yn un newydd, ond roedd wedi gwadu iddo fod yn Llundain yn ddiweddar. Ychydig ddyddiau ynghynt, gwelsai Jeff rywun tebyg iawn i Dan ar y platfform yng ngorsaf Euston, ac unwaith yn rhagor, gwadodd iddo fod yn agos i'r brifddinas. 'Heb fod allan o'r dre' – dyna ddywedodd o wrth Jeff. Edrychodd yn frysiog trwy weddill yr adroddiad. Doedd dim byd arall o ddiddordeb, heblaw'r ffaith nad oedd sôn am dad yn agos i'r teulu. Chwiliodd ar Google, a phan deipiodd 'Abu Z...' roedd enw bwyty yn 129 Edgeware Road ar dop y rhestr. Abu Zaad. Roedd y posibilrwydd mai Dan a welodd yn Llundain y diwrnod hwnnw yn fwy real nag erioed. Yr un diwrnod ag y darganfuwyd peth o arian yr herwgipiad mewn banc yn Llundain. Chwiliodd y we eto a darganfod bod dau fanc yn Edgeware Road, sef Barclays yn rhif 247 a Lloyds yn rhif 223. Cofiodd fod Rob Taylor wedi dweud wrtho echnos fod aelodau o'r tîm a oedd yn ymchwilio i lofruddiaeth Cuthbert wedi mynd i Lundain i wneud ymholiadau pellach. Meddyliodd am fynd i'w holi, ond prin y byddai'n debygol o gael ateb. Wedi'r cyfan, roedd o dan amheuaeth o lofruddio Cuthbert, gyda neu heb help Littleton.

Gwelodd Rob Taylor yn pasio'i swyddfa a galwodd arno.

'Cau'r drws a stedda i lawr, Rob. Rhyngddat ti a fi mae hyn, a neb arall, reit?'

Amneidiodd Rob ei fod yn cytuno.

'Ti wedi deud wrtha i fwy nag unwaith yn ystod y mis dwytha nad oeddet ti'n hollol sicr o Dan Foster. Does gen i ddim amser i esbonio mwy, mae gen i ofn, Rob, ond dwi isio i ti ddeud wrtha i yn onest be oedd dy amheuon di. Mae hyn yn hynod o bwysig.'

'Wel ... iawn, Jeff,' meddai Rob, gan ddewis ei eiriau'n ofalus. 'Does gin i ddim math o brawf o hyn, cofia, ond un nos Sadwrn, rai misoedd yn ôl, roedd 'na dwrw ar y stryd, a dim sôn am Dan. Yn ôl be ffendis i, roedd o yng nghefn tŷ tafarn yr Alarch Du, ac mi ddeudodd o wrtha i wedyn 'i fod o'n disgwyl twrw yn y fan honno. Esgus twll din, Jeff, ond dwi wedi sylwi ers hynny 'i fod o'n treulio lot fawr o amser yng nghyffiniau'r dafarn honno pan fydd o ar y shifft nos, ac mae o wedi cael ei weld yn dod allan o'r lle yn oriau mân y bore yn 'i amser ei hun hefyd.'

'Ffafrio'r dafarn honno ti'n feddwl.'

'Ia, ond mae 'na fwy, yn anffodus – er, unwaith eto, does gin i ddim prawf. Roedd 'na fyrgleriaeth mewn siop gemwaith un noson. Fo oedd yn delio efo'r mater, ond un o dy fois di ar y CID ddaliodd y lleidr rai dyddiau wedyn. Cafodd hwnnw ei gyhuddo, ond roedd o'n taeru nad oedd o wedi dwyn yr holl emwaith oedd wedi'i restru ar waith papur y cyhuddiad.'

'A ti'n meddwl mai Dan oedd yn gyfrifol am ddwyn y gweddill.'

'Y gwir ydi na fedra i ddim deud. Ond mae'r holl beth wedi gadael blas cas yn fy ngheg i. Yr unig reswm na ddeudis i ddim wrthat ti cyn hyn ydi nad ydw i isio gwneud cam â'r hogyn heb fath o brawf.'

Ar ôl i Rob Taylor adael, cododd Jeff y ffôn a deialodd swyddfa Philip Barrington-Smythe.

'Un cwestiwn sgin i, a does 'na ddim amser i chi fy ffonio fi'n ôl ar linell arall. Wyddoch chi rwbath am dŷ bwyta yn Edgeware Road o'r enw Abu Zaad?'

'Heb ddweud gormod, Jeff, mi fedra i gadarnhau fod y targed, T. L., wedi bod yn mynychu'r lle yn gyson i gyfarfod â'i gysylltiadau.'

'Dyna'r cwbwl dwi isio'i wybod. Diolch.'

Brasgamodd yn swnllyd heb gnoc na gwahoddiad i swyddfa ymchwiliad llofruddiaeth Cuthbert. Cododd Pritchard ar ei draed.

'Allan, rŵan!' gwaeddodd. 'Does gennych chi ddim hawl yn y fan hyn, Evans.'

Cerddodd Jeff yn syth ato.

'Yr arian, y papurau hanner canpunt sy 'di troi fyny yn Llundain. Ym mha fanc oedd hynny?' gofynnodd mewn llais yr un mor uchel ac awdurdodol.

'Allan,' bloeddiodd Pritchard eto. 'Allan, rŵan! Mater cyfrinachol ydi hynny, a chi fydd yr olaf i gael gwybod.'

'Reit, mi ofynna i fel hyn. Ddaru nhw droi i fyny ym manc Barclays neu Lloyds yn Edgeware Road, Llundain?' Erbyn hyn roedd wyneb Jeff fodfeddi oddi wrth drwyn Pritchard, a'i lais yn uwch fyth.

Nid atebodd Pritchard.

'Dwedwch *hyn* wrtha i 'ta. Ai mewn tŷ bwyta o'r enw Abu Zaad gawson nhw eu defnyddio?'

Gwelodd Jeff yr olwg ar wyneb tanbaid Pritchard yn newid, a'i geg yn agor.

'Sut ddiawl gawsoch chi'r wybodaeth yna?' gofynnodd, ei lais wedi distewi erbyn hyn. Roedd cwestiwn Jeff wedi'i ateb.

'Dim ots sut ges i'r wybodaeth,' meddai Jeff yn bwyllog, er mwyn i bawb yn yr ystafell gael clywed. 'Be sy'n llawer iawn pwysicach ydi bod dyn fel chi, sydd i fod yn arwain ymchwiliad pwysig fel hwn, wedi eistedd ar y fath wybodaeth tra ydw inna, un sy'n cael fy amau, wedi cael fy ngadael i ddarganfod pwy laddodd Cuthbert ar eich rhan chi.'

Trodd ar ei sawdl a cherddodd at y drws yn araf a phenderfynol.

'Ylwch, dowch yn ôl, Evans. Dwi'm 'di gorffen efo chi eto. Dewch yn ôl! Gorchymyn ydi hynna, Sarjant. Dwi isio gair efo chi, rŵan!'

Trodd Jeff i'w wynebu.

'Gwnewch apwyntiad,' meddai, cyn gadael.

Pennod 38

Ar ôl clywed y newydd y bore hwnnw, nid arhosodd Dan Foster yn ei weithle yn hir. Treuliodd y dydd yn gyrru o amgylch y wlad heb le yn y byd i fynd iddo.

Parciodd y car mewn llecyn anial ac yno gadawodd i'w feddwl grwydro – yr holl ffordd yn ôl i'w blentyndod. Nid oedd yn cofio ei dad. Roedd o'n ifanc iawn pan ddiflannodd hwnnw o'r aelwyd, ond ni chofiai unrhyw gyfnod heb fod ei ewythr, Yncl Toby, yn llenwi'i fyd. Roedd o'n rhan o'i atgofion cyntaf i gyd, atgofion llawn llawenydd, hapusrwydd a hwyl. Byddai bob amser yn edrych ymlaen at ei ymweliad nesaf. Arferai Yncl Toby ddod ag anrhegion iddo'n gyson – teganau, ceir bychain, llyfrau lliwio a Lego; a chanddo ef y cawsai Dan ei feic cyntaf. Yna, pan oedd dipyn hŷn, cawsai beli a chit pêl-droed a beic go iawn, rhywbeth y bu'n ysu amdano er mwyn cadw i fyny efo'r bechgyn eraill yn y stryd. Sylweddolodd Dan yn fuan fod gan y plant eraill i gyd dad yn byw efo nhw. Ond er nad oedd o'n ddigon ffodus i gael tad, roedd ganddo Yncl Toby – tad penwythnos, mewn ffordd. Prin y gwelai ei ewythr yn ystod yr wythnos, a hyd yn oed ar ddyddiau Sadwrn a Sul, fyddai o byth yn aros dros nos. Er hynny, byddai Yncl Toby yn ei ffonio bob nos, pan fedrai, cyn iddo fynd i'w wely, a byddai'n mynd â fo a'i fam ar dripiau, allan i'r wlad neu i lan y môr yn ystod yr haf a phantomeim, efallai, yn y gaeaf. Ar ben hynny roedd yr ymweliadau â White Hart Lane bob yn ail Sadwrn i wylio'r clwb pêl-droed lleol, Tottenham Hotspur, yn chwarae. Gwenodd wrth gofio sut y bydden nhw'n cael cinio mewn rhan foethus o'r stadiwm cyn y gêm, a'r seddi gorau bob tro, ond welodd o erioed ei ewythr yn rhoi ei law yn ei boced. Synnai'r Dan ifanc faint o bobl yn y fan honno, a phob man arall a dweud y gwir, oedd yn adnabod ei ewythr ac yn awyddus bob amser i'w gyflwyno i'w cyfeillion – hyd yn oed y pêl-droedwyr a pherchnogion y clwb. Roedd Yncl Toby'n ddyn poblogaidd iawn, a buan y daeth Dan i sylweddoli na fyddai bywyd hanner mor bleserus heb bresenoldeb ei ewythr.

Dysgodd gan Yncl Toby sut i edrych ar ôl ei hun. Cofiodd sut y bu iddo gyrraedd y tŷ un diwrnod a darganfod bod Dan wedi cael llygad du ar ôl i nifer o fechgyn yn yr ysgol ymosod arno am nad oedd ganddo dad. Ymrestrodd Toby Littleton y bachgen mewn dosbarth karate ar unwaith, ac ymhen dim llwyddodd i ennill ei feltiau cyntaf, ac yna un glas. Pan geisiodd yr un bechgyn ei herio eto, nhw aeth adref â'u cynffonau rhwng eu coesau. Enillodd Dan barch ymysg y bechgyn, yn yr ysgol a thu allan, ar ôl hynny, ond buan y sylweddolodd y bachgen ifanc fod modd iddo reoli bechgyn gwannach na fo'i hun trwy ddefnyddio'i allu corfforol. Pan ddaeth hyn i sylw Toby Littleton, dechreuodd ei hyfforddi sut i ddefnyddio'r sgiliau newydd hyn i ymladd yn gall, a defnyddio'i feddwl, yr arf pwysicaf, yn ogystal â'i gyhyrau. Dysgodd iddo sut oedd cael yr hyn roedd o'n ei chwenychu drwy gymryd pob mantais, bod yn graff ac yn gyfrwys. 'Paid â bod ofn sathru ar neb, yn ddyn neu'n ddynes, os oes rhaid – mi wnân nhw 'run fath i ti petaen nhw'n cael hanner cyfle.' Dyna oedd ei gyngor. Buan y daeth y bachgen, dan ddylanwad profiadol ei ewythr, i ddeall sut i lwyddo yn y byd, a thyfai statws yr ewythr, ei arwr, bob dydd.

Buan y daeth i'r amlwg fod Dan Foster yn fachgen galluog, ac yn 2002, pan oedd yn dair ar ddeg oed, trefnwyd iddo fynychu Ysgol Alderview yn swydd Hertford. Nid oedd eisiau gadael ei gartref ddim mwy nag yr oedd ei fam eisiau iddo fynd, ond dyma, darbwyllodd ei ewythr, oedd ei gyfle i ddechrau byw. Roedd ffioedd yr ysgol breifat yn agos i dair mil y tymor iddo aros yno bum noson yr wythnos, a chododd hynny i dros chwe mil o bunnau'r tymor pan ddechreuodd fod yn breswyliwr llawn amser. Nid oedd deunaw mil y flwyddyn yn ormod i ddyn fel Littleton, a oedd yn ennill cyflog da yn uwch-swyddog heddlu'r Met, yn ogystal â'i enillion anghyfreithlon a oedd yn fwy na thair gwaith cymaint â hynny. Yn unol â'r disgwyl, llwyddodd y bachgen yn academaidd yn Alderview, a byddai Littleton yn dod â'i fam i'w weld yn disgleirio ar y caeau chwarae ar y penwythnosau. Yn ystod ei gyfnod yn yr ysgol, trawyd ei fam yn wael, ac o fewn misoedd, bu farw. Wedi hynny, Toby Littleton oedd unig deulu Dan Foster.

Gwenodd wrth gofio'r digwyddiad a ddrysodd ei addysg yn ulw. Roedd Dan yn ei flwyddyn olaf ac yn ddeunaw oed pan gafodd ei ddal yn cael cyfathrach rywiol gydag ysgrifenyddes y prifathro – ar ddesg y prifathro. Roedd yr ysgrifenyddes bymtheg mlynedd yn hŷn na fo, a'r peth cyntaf a ddywedodd hi pan gawsant eu dal oedd bod Dan wedi rhoi pwysau arni i gysgu efo fo, er nad oedd llawer o wirionedd yn hynny. Yn ystod yr helynt a ddilynodd, darganfuwyd bod Dan Foster yn rhedeg ymgyrch fetio ar rasys ceffylau, paffio, pêl-droed ac ati yn yr ysgol, a'i fod wedi gwneud miloedd o bunnau o elw yn ystod y flwyddyn flaenorol. Collodd nifer o'r myfyrwyr symiau sylweddol o arian ac roedd eu rhieni am ei waed – heb sôn am ŵr yr ysgrifenyddes a oedd hefyd yn athro yn yr ysgol. Llanast go iawn, cofiodd, a diolchodd fod ei ewythr wedi darbwyllo'r prifathro i anghofio'r holl fater petai ei nai yn cytuno i adael yr ysgol yn dawel, yn hytrach na chreu miri a fuasai'n debygol o ddod ag enw drwg i ysgol mor fawreddog a moethus. A dyna fu. Roedd dylanwad ei ewythr yn ymestyn ymhellach na therfynau heddlu'r Met. Er bod ei ewythr yn eitha balch o anturiaethau Dan, dyna fu diwedd ei amser yn ysgol Alderview.

Dipyn o wastraff amser oedd y blynyddoedd canlynol, yn ôl ei ewythr. Treuliodd Dan flsoedd lawer yn teithio o amgylch y Cyfandir, yn gweithio'n achlysurol mewn swyddi oedd braidd yn amheus, a dweud y lleiaf. Cafodd ei hun yn rhan o gynllwyn twyll cyfrifiadurol yn 2008, a hynny gyda'r bwriad o ddwyn arian oedd i fod i gael ei fuddsoddi ar ran nifer o bensiynwyr. Gwnaethpwyd cwyn i Heddlu'r Met, a dim ond ymdrechion ei ewythr a'i hachubodd, unwaith yn rhagor.

Cafodd dipyn o sioc wedi iddo gyrraedd yn ôl adref pan awgrymodd ei ewythr y byddai'n syniad da iddo ymuno â'r heddlu. Yr hyn a'i darbwyllodd i ymuno oedd addewid ei Yncl Toby nad gyrfa arferol fyddai'n ei ddisgwyl. Roedd ei ewythr ar fin ymddeol yn gynnar ar y pryd. Ni wyddai Dan y rheswm pam, cofiodd, ond eglurodd Toby i Dan fod ei yrfa o ei hun yn yr heddlu wedi bod yn anhygoel o broffidiol wrth iddo weithio tu mewn a thu allan i'r gyfraith. Ni wyddai Dan tan hynny sut roedd ei ewythr wedi ariannu ei addysg yn Alderview, a dechreuodd ddeall mwy am natur ei arwr.

Yn ystod ei ddwy flynedd a hanner gyntaf yn gwasanaethu yn yr heddlu yn Llundain, dysgodd Dan lawer oddi wrth ei gyd-weithwyr profiadol, ond cymaint mwy na hynny gan ei ewythr. Roedd y rhan helaethaf o'r hyn a ddysgodd yn bell o fod yn gyfreithlon, a manteisiodd Dan yn llawn ar hynny.

Cafodd sioc un diwrnod pan ddywedodd ei ewythr wrtho am wneud cais i symud i Heddlu Gogledd Cymru. Gan fod yr adroddiad a dderbyniodd y llu hwnnw o Lundain yn un ardderchog, bu'n llwyddiannus yn ei gais, ac ar ddiwedd 2011 canfu ei hun yn Wrecsam. Cawsai rybudd gan ei Yncl Toby i ymddwyn yn berffaith a chyfreithlon yn y fan honno – dim twyll, llygredd na dwyn – dylai ddisgleirio yn broffesiynol ac ennyn parch fel bachgen ifanc gyda gyrfa addawol o'i flaen.

Eisteddodd Dan yn ei gar y prynhawn hwnnw yn edrych draw ymhell dros arfordir gogledd Cymru. Cofiai'r diwrnod pan ddywedodd ei ewythr wrtho fod ganddo gynllun arbennig ar ei gyfer yng ngogledd Cymru, a chyn hir, byddai ei enillion yn enfawr. Roedd yn rhaid iddo weithio'i ffordd i ran Gymreigaidd o'r gogledd a cheisio gwthio'i hun yn agos at dditectif o'r enw Jeff Evans. Gwnaeth hynny'n llwyddiannus iawn heb wybod yn iawn pam. Dim ond addewid ei ewythr a gofiai: 'bydd dy enillion yn enfawr'. Dysgodd Dan Gymraeg o fewn misoedd, ac o fewn blwyddyn a hanner roedd yn rhugl yn yr iaith. Cafodd ganmoliaeth gan uwch-swyddogion Heddlu Gogledd Cymru am ei ymdrech, a chafodd gynnig symud i ardal fwy Cymreigaidd, er mwyn iddo gael mwy o ddefnydd o'r iaith yn broffesiynol. Neidiodd at y cyfle, a gofyn am gael gwasanaethu yng Nglan Morfa, gan smalio ei fod wedi mwynhau gwyliau yn y dref pan oedd yn blentyn. Ymhen tri mis, yr oedd Dan yno, ond hyd yn oed wedyn, ni wyddai pam. Roedd ei ffyddlondeb a'i barch tuag at ei ewythr wedi bod yn ddigon, hyd yn hyn, iddo ufuddhau heb holi mwy.

Ymhen amser, daeth Yncl Toby i'w weld, ac egluro iddo am y tro cyntaf beth yn union oedd ei gynllun, a beth fyddai rhan Dan yn y cynllun hwnnw. Yn ôl ei ewythr, Evans oedd yn gyfrifol am ei ymddeoliad disymwth, a lliwiodd ei fersiwn o'r stori i bardduo'r plismon o Gymro. Roedd Dan yn fodlon gwneud unrhyw beth i'w ewythr – a dyna wnaeth o. Syrthiodd y cynllun i'w le yn hwylus dos ben, ond roedd Jeff Evans yn ddyn cyfrwys, profiadol a dylanwadol, felly ni fu'r canlyniad cystal â'r disgwyl.

Ni feddyliodd Dan Foster ddwywaith ynglŷn â chlosio at deulu a chyfeillion Jeff. Sylwodd ar newid yn ymddygiad y ditectif sarjant pan ysgrifennodd ei ewythr y llythyr i'r Prif Gwnstabl wythnos ar ôl i Cuthbert gael ei ryddhau. Roedd yn wahanol, rywsut, ar ôl hynny – ac roedd Dan wrth ei fodd. Mater bach oedd darganfod mai hysbyswr pennaf ei fòs newydd oedd Dilys Hughes, neu Nansi'r Nos, fel yr oedd o'n ei galw hi. Mater bach hefyd fu cuddio'r canabis yn ei thŷ cyn galw'r Sgwad Gyffuriau, a dwyn y dystiolaeth wedyn o'r ystafell eiddo. Hawdd fu darbwyllo Cuthbert i loetran tu allan i'r ysgol ac i losgi'r gwrych wrth ochr tŷ newydd, crand Jeff. Ond cymerodd dipyn mwy o ymdrech i gynllunio i herwgipio'r bachgen. Gweddïodd y byddai Cuthbert yn gwneud y gwaith yn union fel y'i gorchmynnwyd gan ei ewythr ac yntau. Yn rhyfeddol iawn, ni theimlodd Dan emosiwn o gwbl pan grybwyllodd ei ewythr fod angen llofruddio Cuthbert. Bu'r dasg o ddenu'r hurtyn, a oedd yn casáu Jeff Evans gymaint ag y gwnâi ei ewythr, i'r fynwent uwchben Rhosgadfan yn rhyfeddol o rwydd. Rhoddodd Dan ddillad Jeff Evans amdano a tharo pen Cuthbert nes iddo ddisgyn; yna ei gicio'n giaidd dro ar ôl tro.

Chafodd Dan ddim trafferth cuddio'r arian budr yn y tŷ newydd, crand. Ni wyddai neb ei fod o wedi tynnu rhywfaint o'r arian allan o'r bag cyn ei roi yn nwylo Evans, ac yn ddiweddarach y noson honno, tra bu'n gofalu am Meira yn ei thrallod, cafodd ddigon o amser i guddio'r arian hwnnw tu ôl i'r bath i fyny'r grisiau. Roedd hi wedi bod yn dipyn mwy trafferthus cuddio'r gôt ddyffl hyll a'r esgidiau yn y garej ar ôl iddo'u dwyn a'u gwisgo i ladd Cuthbert, ond cafodd gyfle i wneud hynny pan oedd Evans yn garddio y bore ar ôl iddo lofruddio'r herwgipiwr. Bu bron i Twm ei ddal yn y garej ond gan fod y plentyn yn ei nabod mor dda erbyn hynny, wnaeth yntau ddim holi gormod.

Ond ar ôl yr holl lwyddiant; ar ôl i'w cynllun weithio mor arbennig o effeithiol, chwalwyd y cyfan gyda marwolaeth ei ewythr, ei arwr. Ni wyddai Dan yr holl hanes ac nid oedd eisiau gwybod chwaith – yr unig beth o bwys oedd bod Jeff Evans wedi ei ddilyn ar fwrdd y fferi i Iwerddon, a bod ei ewythr erbyn hyn, o ganlyniad i hynny, yn farw.

Eisteddodd yn ei gar, ei lygaid yn llenwi a'i gorff yn crynu â dicter.

Pennod 39

Pwysodd yr wybodaeth annisgwyl yn drwm ar feddwl Jeff wrth iddo adael swyddfa'r Prif Arolygydd Pritchard. Safodd yn stond yn y coridor tu allan ac mewn fflach erchyll daeth yr holl ddarlun yn eglur. Drwy gymryd Dan o dan ei adain, roedd o wedi bod yn gyfrifol am beryglu ei deulu – ei wraig annwyl a'i fab. Roedd Jeff wedi ymddiried yn Dan i warchod Meira a Twm yn ei absenoldeb, heb wybod bod ei fwriad ar ddinistrio'i deulu. Yr anifail creulon hwn oedd wedi cynllunio ar y cyd â Cuthbert a'i ewythr, Toby Littleton, i herwgipio Twm tra oedd o'n smalio bod yn gefn i Meira. Cofiodd Jeff fod Dan yn y cyffiniau pan daniwyd y clawdd ger y tŷ. Edrychai'n debygol mai fo oedd yn gyfrifol am roi'r bocs matsys trwy'r drws felly. Ond yn llawer iawn mwy difrifol oedd y sylweddoliad mai Dan lofruddiodd Gwyn Cuthbert a phlannu'r dystiolaeth arno mor daclus, yn ogystal â'r arian a ddefnyddiwyd i ryddhau Twm. Synnodd pa mor hawdd y bu hi iddo greu'r digwyddiadau a dynnodd Nansi'r Nos i mewn i'r helynt. Sut nad oedd o wedi sylweddoli ynghynt pa mor agos ato oedd yr un a blannodd y cyffuriau ar Nansi a'u dwyn drachefn, yn lle gwastraffu amser yn ceisio dychmygu sut roedd Littleton wedi medru cyflawni'r cyfan? Wrth i Jeff frasgamu'n ôl i'w swyddfa ei hun, yr unig beth ar ei feddwl oedd bod yr un a'i bradychodd, y llofrudd, â'i draed yn rhydd – a doedd gan Meira ddim syniad o'r hyn oedd ar ei feddwl.

* * *

Yr oedd pwysau'r tair wythnos flaenorol wedi dechrau codi oddi ar ysgwyddau Meira pan gerddodd i mewn i'r llyfrgell am hanner awr wedi dau y pnawn hwnnw. Tynnodd ei ffôn symudol allan o'i phoced er mwyn troi'r sain i lawr, a gwenodd wrth gyfarch y merched y tu ôl i'r ddesg a gadael nifer o lyfrau i'w dychwelyd o'u blaenau. Roedd y llyfrau'n hwyr – bu ganddi bethau amgenach ar ei meddwl ers iddi orffen eu darllen bron i fis yn ôl – a diolchodd fod y staff yn ddigon caredig i ddileu'r ddirwy, o dan yr amgylchiadau. Ar ôl dewis hanner dwsin o lyfrau newydd a sgwrsio efo hwn a'r llall, roedd yn amser iddi gychwyn i nôl Twm o'r ysgol.

Pan gyrhaeddodd y car, tynnodd ei ffôn symudol o'i phoced a'i daro yn y twll rhwng sedd y gyrrwr a sedd y teithiwr. Yr oedd Twm yn gafael yn llaw un o'r athrawon pan gyrhaeddodd Meira'r iard, ac ar ôl ffarwelio, rhoddodd Twm i eistedd yn ei sedd fach yng nghefn y car, fel arfer. Gwelodd rhywun y tu ôl iddi.

'O, haia, Dan! Be ti'n wneud yma?'

'Dim ond gwneud yn siŵr fod pob dim yn iawn,' meddai, gyda'i wên gyfeillgar arferol. 'Mi wna i'ch dilyn chi adra,' ychwanegodd.

'Iesgob, does dim rhaid i ti wneud hynny bellach,' atebodd Meira. 'Mae popeth wedi setlo i lawr erbyn hyn.'

'Na, dwi'n mynnu.'

Edrychodd Jeff ar ei watsh. Ugain munud wedi tri. Mi ddylai bod Meira wedi codi Twm o'r ysgol erbyn hyn, ac wedi bod yn y llyfrgell. Gafaelodd yn ei ffôn symudol a

326

deialodd rif y tŷ. Dim ateb. Yna pwysodd rif ei ffôn symudol. Canodd hwnnw nifer o weithiau cyn iddo glywed llais ei wraig yn gofyn iddo adael neges. Ffoniodd y llyfrgell, rhag ofn ei bod yn dal yno, ond heb lwc. Ceisiodd ffonio rhif y tŷ eto ond y tro hwn roedd y ffôn yn brysur. Gwnaeth hynny iddo deimlo ychydig gwell – ond pam nad oedd hi wedi ateb ei ffôn symudol?

Rhuthrodd i lawr y coridor a daeth wyneb yn wyneb â'r Prif Arolygydd Pritchard.

'Dewch efo fi i'ch swyddfa chi, rŵan,' meddai hwnnw yn ei lais mwyaf awdurdodol.

Doedd dim amser i stopio na rhoi eglurhad. Ceisiodd Jeff ei osgoi, ond tarodd ei ysgwydd yn erbyn ysgwydd Pritchard a'i wthio yn erbyn y wal. Clywodd Jeff ei waedd yn y cefndir wrth iddo hedfan i lawr y grisiau a rhedeg i'r maes parcio yng nghefn yr adeilad.

Taniodd injan y Touareg a gyrrodd, yn llawer rhy gyflym, tuag adref. Pan gyrhaeddodd gwelodd fod y giât yn agored, ac aeth ias drwyddo. Byddai Meira wastad yn ei chau ar ôl mynd trwyddi, yn enwedig ar ôl helynt yr herwgipio. Gwelodd gar Dan wrth ddrws ffrynt y tŷ a fferrodd ei waed. Rhedodd i mewn trwy'r drws agored a gwelodd fod Twm ar lawr y gegin, ar ei ben ei hun. Edrychai'n debyg ei fod wedi disgyn oddi ar stôl wrth geisio dringo i gyrraedd y ffôn ar y wal, a oedd erbyn hyn ar y llawr wrth ei ochr. Roedd dagrau yn llygaid y bychan, a dim sôn am Meira yn unman.

'Wel helô, washi,' meddai Jeff, gan drio'i orau i guddio'i bryder. 'Lle ma' dy fam?'

Cododd y bachgen ar ei draed a rhuthrodd i freichiau ei dad, yn bloeddio crio.

'Ma' hi 'di mynd efo Yncl Dan,' udodd Twm. 'Ond doedd hi ddim isio mynd efo fo. Mi oedd o'n brifo Mam ac mi oedd gynno fo gyllell. Dwi 'di trio ffonio chi, Dad.'

Roedd yr hunllef wedi'i gwireddu.

'Pryd ddigwyddodd hyn?' gofynnodd yn dyner.

'Ar ôl i mi ddod adra o'r ysgol.'

'Yng nghar pwy? Pa ffordd aethon nhw?'

'Car Mam. Dwi'm yn gwybod i ble.'

Ceisiodd Jeff ei ddarbwyllo y byddai popeth yn iawn, heb wybod hynny ei hun. Cododd ffôn y tŷ a deialodd rif swyddfa'r heddlu.

'Sarjant Rob Taylor. Rŵan!'

Atebodd ei gyfaill.

'Gwranda'n astud, Rob,' meddai, 'does gen i ddim amser i esbonio. Rhaid i ti gymryd fy ngair i. Dan Foster sy'n gyfrifol am herwgipio Twm ac am ladd Cuthbert. Mae o wedi mynd â Meira o'r tŷ 'ma yn erbyn ei hewyllys – yn ystod y chwarter awr ddwytha – ac mae o'n siŵr o wneud niwed iddi. I ddechra, dwi isio i ti gysylltu â Vodaphone, egluro bod Meira wedi cael ei herwgipio a bod angen iddyn nhw leoli ei ffôn hi ar unwaith. Mae rhif ei ffôn symudol gin ti, tydi?'

Cadarnhaodd Rob hynny a rhif cofrestru ei char.

'Gyrra pwy fedri di, ac ambiwlans ar eu holau, a chysyllta efo fi wedyn ar fy ffôn symudol. Hefyd, plis fedri di yrru Heulwen yma i edrych ar ôl Twm – ac os oes gen ti blismones ar gael, gyrra hithau hefyd.'

'Gad y cwbl i mi, Jeff.'

Cyrhaeddodd Heulwen Taylor ymhen chwarter awr a'r blismones yn fuan ar ei hôl. Eisteddodd Jeff yn y Touareg ger giât y tŷ – hyd nes y câi gyfarwyddyd gan Rob, doedd ganddo ddim syniad i ba gyfeiriad i fynd i ddechrau chwilio. Gobeithiai fod ffôn symudol Meira yn dal i fod ymlaen, ond gwyddai hefyd fod Foster yn ymwybodol, yn fwy ymwybodol na'r rhelyw, beth oedd gallu technolegol ffonau symudol.

* * *

Yn ddiarwybod i Jeff – a Foster, a oedd eisoes wedi bod yn chwilio amdano, yn aflwyddiannus, yn ei bag llaw – roedd ffôn Meira yn ddiogel, wedi'i ddistewi yn y blwch bach rhwng sedd y gyrrwr a sedd y teithiwr yn ei char.

* * *

Ar ôl yr hanner awr hiraf ym mywyd Jeff, canodd ei ffôn symudol.

'Mae signal ffôn Meira yn dangos ei bod ar y ffordd rhwng Sarn Mellteyrn ac Aberdaron ac yn teithio am y gorllewin,' meddai Rob. 'Mae gen i ddau gar ar y ffordd yno, ond fyddan nhw ddim yn y cyffiniau am sbel. Dwi'n dod allan i helpu hefyd. Mae'r Uwch-arolygydd Irfon Jones yma efo fi, ac mae o am reoli popeth o'r fan hyn.'

'Cadwa'r lein yma'n agored, Rob,' gorchmynnodd Jeff, 'a gwna'n siŵr fod rhywun yn gadael i mi wybod lle mae o'n mynd â hi.'

Cysylltodd Jeff ei ffôn symudol i system ddi-law y Touareg, a gyrrodd yn gyflym ar hyd lonydd culion Pen Llŷn, yn ymwybodol fod Meira a Foster o leia dri chwarter awr o'i flaen ac nad oedd ganddo syniad lle roedden nhw'n mynd.

329

'Mae'r signal 'di troi i'r dde oddi ar y B4413 cyn cyrraedd pen yr allt sy'n mynd lawr am Aberdaron,' meddai llais Irfon Jones dros system sain y car. 'Mae'n edrych yn debyg ei fod o'n mynd i gyfeiriad Uwchmynydd.'

'Lle mae'ch dynion chi erbyn hyn?'

'Mae 'na ddau gar tua dwy filltir y tu ôl iddo fo, ac mae Sarjant Taylor mewn car patrôl yn dy ddilyn di.'

'Be am yr ambiwlans? Mae Meira o fewn mis i eni'r babi.'

'Mae hwnnw ar ei ffordd rŵan hefyd.'

'Deudwch wrth bawb am ddal yn ôl pan welan nhw'r car. Duw a ŵyr be wneith Dan iddi petai o'n cael ei gornelu.'

Pwysodd Jeff ei droed yn galetach ar y sbardun wrth yrru drwy Benygroeslon, a gwibio i'r gorllewin. Gwrandawodd Jeff ar lais Irfon Jones yn rhoi'r sefyllfa ddiweddaraf iddo.

'Mae Dan yn teithio ar hyd lôn Uwchmynydd ar hyn o bryd, yn pasio capel Uwchmynydd ac yn mynd am y pentir sy'n edrych drosodd am ynys Enlli.'

'Argian, ma' 'na uffern o ddibyn yn y topia 'na,' ebychodd Jeff, ei galon yn cyflymu fwyfwy.

Cyrhaeddodd Jeff ben Mynydd Mawr a gwelodd ddau gar heddlu ar ochr y ffordd, a dau heddwas yn gwneud eu gorau i droi nifer o ymwelwyr ymaith heb i Dan eu gweld.

'Lle maen nhw?' gofynnodd Jeff wrth redeg tuag atynt.

Pwyntiodd un o'r heddweision i ben draw'r pentir, y man pellaf y gellid gyrru car yno'n ddiogel. Camodd Jeff yn wyliadwrus i'r cyfeiriad hwnnw a dychrynodd pan welodd yr hyn oedd o'i flaen. Roedd car Meira yr ochr draw i'r llecyn lle byddai ymwelwyr yn parcio, reit ar ochr y dibyn, ei drwyn y pwyntio i lawr ar ongl i'r gwaelodion lle

330

hyrddiai'r tonnau yn erbyn y creigiau gant a hanner o droedfeddi islaw.

Sleifiodd yn nes er mwyn ceisio gweld mwy, a synnodd pan welodd mai Meira oedd yn eistedd yn sedd y gyrrwr. Cerddodd yn araf rownd at sedd y teithiwr, gan ddal ei ddwylo i fyny i ddangos eu bod yn wag. Safodd o fewn ychydig lathenni i'r car a throdd Dan Foster i'w wynebu. Roedd y ffenestr rhwng y ddau ddyn yn agored.

'Aha – dach chi 'di cyrraedd, sarj,' meddai Foster mewn llais anarferol o ansicr. 'Fuoch chi ddim yn hir. Ma' raid bod ei ffôn hi yn y car 'ma'n rhywle felly.'

Edrychodd Jeff ar Meira, yr ochr arall i Foster. Roedd ei llaw dde yn gafael yn y llyw o'i blaen a gwelodd fod gefyn llaw'r heddlu o amgylch ei harddwrn a'r ochr arall wedi'i gloi am y llyw.

'Nid Meira wyt ti isio'i brifo, Dan, ond fi,' meddai Jeff yn bwyllog. Roedd yn rhaid iddo geisio annog Foster i siarad er mwyn asesu pa mor agos i'r dibyn oedd ei gyflwr meddyliol.

'Hi ... chi ... be 'di'r gwahaniaeth? Peidiwch â dod yn nes,' gorchmynnodd.

'Dydi Meira erioed wedi gwneud niwed i ti, Dan. Chest ti ddim byd ond croeso ganddi hi erioed. Paid â'i lladd hi, a'r babi, a gadael Twm heb fam am weddill ei oes.'

Syllodd Foster o'i flaen yn fud.

'Dan, yn enw'r Tad!'

Ni ddwedodd y dyn ifanc air o'i ben.

Trwy ochr ei lygad, gwelodd Jeff fod Rob Taylor yn agosáu yn araf o'r ochr arall, a'r Prif Arolygydd Pritchard, o bawb, wrth ei ochr. Nid oedd Foster, a oedd yn syllu'n syth yn ei flaen, yn ymwybodol o'u presenoldeb. Gwelodd ar wyneb Meira ei bod hi mewn poen. Roedd wedi lapio ei braich rydd o gwmpas gwaelod ei bol chwyddedig.

'Meira!' gwaeddodd.

'Jeff, y babi ...' llefodd hithau.

Am y tro cyntaf, ond dim ond am ennyd, gwelodd Jeff bryder ar wyneb Foster.

'Paid â gadael iddi ddiodda mwy,' plediodd. 'Cymera fi yn ei lle hi, dwi'n erfyn arnat ti, Dan. Fi sy'n gyfrifol am farwolaeth dy ewythr di, nid hi. Rwyt ti wedi gwneud digon o niwed iddi hi'n barod pan wnest ti a Cuthbert herwgipio Twm. Ond doedd hynny dim digon, nag oedd? Roedd yn rhaid i ti ladd Cuthbert a cheisio rhoi'r bai arna i. Faint o boen wyt ti'n meddwl y gwnaeth hynny ei achosi iddi?'

Daliodd Foster i syllu yn ei flaen, felly ni welodd Rob na'r Prif Arolygydd Pritchard yn nesáu at ddrws y gyrrwr. Gwelodd Jeff fod gan Rob oriad yn ei law – goriad i efyn llaw'r heddlu – a gwyddai Jeff y byddai hwnnw'n rhyddhau Meira.

'Doedd lladd Cuthbert yn golygu dim i mi.' Gwelodd Jeff lygaid oer Dan yn culhau. 'Ffŵl mawr cegog oedd o, a'i unig ddefnydd oedd ei ran yng nghynllun fy ewythr i'ch dinistrio chi, sarj. A choeliech chi byth pa mor hawdd oedd plannu'r dystiolaeth 'na.' Oedodd Dan, a chaledodd ei wyneb. 'Sgynnoch chi ddim syniad be mae'r hyn ddigwyddodd ddoe i Yncl Toby wedi'i wneud i mi – ac mi fysa wedi torri calon Mam petai hi'n fyw. A chi sy'n gyfrifol. Neb arall. Ac mae'n rhaid i chi ddiodda, fel fi.'

Gwelodd Jeff lafn y gyllell fawr yn ei law, a rhoddodd Meira ochenaid o boen. Trodd Foster i edrych arni, a gwelodd Rob Taylor yn neidio i agor drws y gyrrwr.

'Y bastard!' gwaeddodd Foster.

Symudodd y llafn yn ei law ac ar yr un eiliad, rhuthrodd Jeff ymlaen a chydio yn ei fraich. Brwydrodd Rob i agor y gefyn llaw tra oedd Jeff yn ceisio dal cyllell finiog Foster yn ddigon pell oddi wrth Meira. Rhedodd y Prif Arolygydd Pritchard i ochr Jeff o'r car, agorodd ddrws cefn y Passat a rhoi ei fraich o amgylch gwddf Foster i geisio'i lonyddu. Er i Jeff ddefnyddio'i holl nerth i geisio'i atal, llwyddodd Foster i anelu'r gyllell tu ôl i'w gefn a thrywanu ysgwydd Pritchard. Ar yr un pryd, agorodd Rob glo'r gefyn llaw a llusgo Meira o sedd y gyrrwr. Ni wyddai'r un o'r dynion nad oedd brêc awtomatig y Passat ymlaen, ac mai troed Meira ar y pedal yn unig oedd yn dal y car yn llonydd ar y llethr serth. Dechreuodd y car lithro yn araf, ac yna yn gyflymach, ac yn gyflymach, i lawr y clip tua'r môr. Ceisiodd Jeff ymestyn am y nobyn bychan rhwng y seddi i roi'r brêc ymlaen, ond erbyn hyn roedd y car yn cyflymu dros y tir anwastad, llithrig. Yn methu â dal y boen, gollyngodd Pritchard ei afael yng ngwddf Foster a disgyn allan drwy'r drws cefn – ond rhoddodd hynny fwy o ryddid i Foster ymladd yn erbyn Jeff. Doedd gan Jeff ddim dewis. Roedd yn rhaid iddo achub ei hun. Gwingodd o afael Foster eiliad cyn i'r car ddiflannu dros ochr y dibyn, neidio ohono a rowlio i stop ar hyd y gwelltglas. Diflannodd car Meira, a Foster ynddo, tros y dibyn a chwalodd mewn pelen o dân a mwg du ar y creigiau oddi tano, cyn cael ei lyncu gan Fôr Iwerddon.

Cododd Jeff ar ei draed yn boenus. 'Mi wyt ti efo dy ewythr rŵan, y diawl,' mwmialodd.

Trodd ei gefn at y môr a dechrau cerdded yn ôl i fyny'r llethr. Gwelodd y Prif Arolygydd Pritchard ar lawr tua hanner canllath o'i flaen, yn methu yn glir â chodi. Roedd gwaed yn llifo'n drwchus drwy siaced ei siwt. Pan gyrhaeddodd Jeff, ceisiodd ei helpu i godi.

'Diolch,' meddai'r Prif Arolygydd.

'Fi ddylai ddiolch i chi,' mynnodd Jeff.

'Dyna'r lleia fedrwn i 'i wneud i ti, o dan yr amgylchiadau.'

Pan gyraeddasant y top, roedd Meira yn cael ei chodi ar stretsier i mewn i'r ambiwlans. Rhoddodd Jeff ei law ar ei thalcen yn ysgafn.

'Mae bob dim drosodd go iawn rŵan, 'nghariad i.'

'Dim cweit,' gwenodd Meira. 'Mae 'na rywun bach yn fama isio dod allan i weld be ydi'r holl sŵn.'

'Oes 'na le i un arall?' gofynnodd Jeff i un o ddynion yr ambiwlans, wrth edrych ar Pritchard yn gafael yn ei fraich boenus.

'Dim blydi peryg,' mynnodd Pritchard. 'Jeff, mi fyddi di yn dilyn yr ambiwlans, mae'n siŵr gen i. Ga i lifft gen ti.'

'Â chroeso, ond mi fydd yn rhaid i mi alw adra i nôl Twm bach ar y ffordd.'

'Does dim rhaid i ti boeni am hynny,' meddai Rob. 'Mi aiff Heulwen â fo i'r ysbyty i dy gyfarfod di. Mi fydd yno o dy flaen di, felly, tân 'dani.'

* * *

Ddwyawr a hanner yn ddiweddarach, cariodd Jeff ei fab i mewn i ystafell breifat yn ward mamolaeth Ysbyty Gwynedd. Eisteddai Meira i fyny yn y gwely, ei babi newydd-anedig yn ei breichiau.

'Ty'd i weld dy chwaer fach, Twm,' meddai Meira.

Gollyngodd Jeff ei fab o'i freichiau a cherddodd y bachgen yn chwilfrydig at erchwyn y gwely, yn swil ond yn wên i gyd.

Rhoddodd Jeff gusan ar foch ei wraig.

'Be 'dan ni am 'i galw hi?'

'Wel, mae Twm wedi'i enwi ar ôl fy nhad ... be am Mair, ar ôl Mam?' holodd Meira.

'Be am Mairwen?' awgrymodd Jeff.

'Mairwen? Dwi'n licio hynna.'

Hefyd ar gael gan yr un awdur:

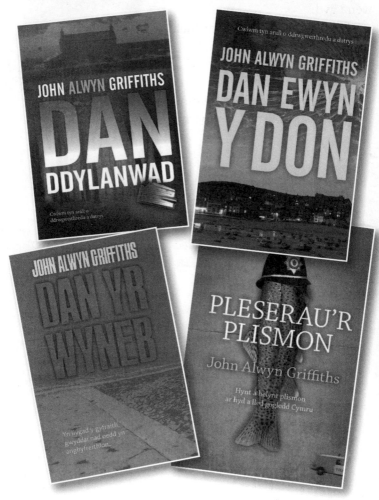

www.carreg-gwalch.com